公元787年，唐封疆大吏马总集诸子精华，编著成《意林》一书6卷，流传至今

意林：始于公元787年，距今1200余年

 意林幻青春
开启你的传奇

蓝色狮 ◎ 著

吉林摄影出版社
·长春·

图书在版编目（CIP）数据

灵犀.2 / 蓝色狮著.－－长春：吉林摄影出版社，2018.1
（意林幻青春）
ISBN 978-7-5498-3464-8

Ⅰ.①灵… Ⅱ.①蓝… Ⅲ.①长篇小说－中国－当代 Ⅳ.①I247.5

中国版本图书馆CIP数据核字(2018)第000325号

灵犀2
LINGXI 2

著　　者	蓝色狮
出 版 人	孙洪军
主　　编	顾　平　杜普洲
责任编辑	吴　晶
总 策 划	蔡　燕　李　岚
统筹策划	李　岚
设计总监	资　源
执行编辑	王天颖
封面设计	资　源
美术编辑	徐　丹　张　迪
发行总监	王俊杰
开　　本	700mm × 1000mm 1/16
字　　数	310千字
印　　张	16.5
版　　次	2018年1月第1版
印　　次	2018年1月第1次印刷
出　　版	吉林摄影出版社
发　　行	吉林摄影出版社
地　　址	长春市泰来街1825号
	邮　编：130062
电　　话	总编办　0431-86012616
	发行科　0431-86012602
网　　址	www.jlsycbs.net
经　　销	全国各地新华书店
印　　刷	北京市兆成印刷有限责任公司

书　号	ISBN 978-7-5498-3464-8	定　价：	29.80元

版权所有　翻印必究

（如发现印装质量问题，请与承印厂联系退换）

目录

第一章 多方行动 001

第二章 强行闯峰 017

第三章 灵均所在 032

第四章 苍梧之行 048

第五章 兄妹相认 064

第六章 心有灵犀 078

第七章 墨珑起疑 095

第八章 青丘往事 109

第九章	暗访玄股	123
第十章	异状迭出	138
第十一章	风雨欲来	153
第十二章	真相显露	166
第十三章	生死危机	181
第十四章	鸠占鹊巢	198
第十五章	海上激战	214
第十六章	尘埃落定	228
外　传	穷奇一家的那些事儿	247

第一章

多方行动

入夜,马回栏,鸟归巢,谷中越发显得清清静静。

用过饭的卓酌立在窗前,望着夜色中泛着点点蓝光的雪峰,心中既惆怅又失落。自从见过澜南上仙的画像,他便朝思暮想,盼能有一日得见真颜,为此煞费苦心。万万没想到,好不容易来到了天镜山庄,却还是见不到她。

只是他心中还存着一点点希望,修复书画非一朝一夕之功,他可以精雕细琢,在谷中住上三年五载,也许有一日能够等到澜南。

灵犀趴在窗边,支着肘,也同样望着雪峰,脑子里想的是墨珑提到的避风珠。从西山石壁泉相识,到象庭救熊,再到双影镇他巧计骗了成衣铺的店家,她知晓墨珑总有许许多多她想都想不到的法子。

但是避风珠,真能轻易拿到吗?眼下是在天镜山庄,天镜山庄隐世已近万年,又是玄飔和澜南两位上仙所居之处,想来谷中精怪也绝非寻常之辈,万一墨珑被他们察觉……她咬咬嘴唇,心想一人做事一人当,便是偷避风珠也该自己去偷才对。

三人之中,唯一已上床歇息的是墨珑,只是他一点儿睡意都没有,睁着眼睛,默默地想心事:老爷子眼下肯定急得直跳脚,待出了天镜山庄怕是得让他唠叨上半年了;莫姬在何处?明日得伺机打听一下芥园所在;还有灵犀,灵犀——想到她,不知怎的,思绪就有点儿乱,他翻了个身,正好听见隔壁灵犀打了声喷嚏,紧接着便是关窗上床的动静。他在心中叹了口气,这段时日虽不长,与她一道经历的事儿却不少,她的性情他甚是了解,烈火璧或者避风珠让她拿到一样,她肯定就敢去闯老风口,完全不会考虑自己的修为够不够……

另一间厢房,卓酌满怀伤感地关上窗,脱靴上床,刚想吩咐人吹灯,才想起身边已无随侍。他叹了口气,不得不从床上起身,吹了灯,摸黑回床。

沉沉夜色中,木屋屋脊上一道如木雕般的黑影动了动,继而展开翅膀,竟是那只白日里在拱桥上体型最大的苍鹰。也不知它究竟何时歇停到了屋脊上,为何直至夜阑人静之时才飞离。

苍鹰飞至东面的一栋木屋,并不入内,双爪钩在栏上,仿佛在静静地等着什么。过了半晌,屋内的人推开窗,传来雪心亭的声音:"唐石,进来吧。"

苍鹰飞入窗内，待落地已化身为一名玄袍男子，剑眉星目，十分干练的模样。

雪心亭问道："如何？"

唐石摇头道："有点儿怪，三个人全是冲着澜南上仙来的。而且，那个小姑娘口口声声要找哥哥，不知怎的会找到这儿来。"

"你且仔细说说。"

唐石遂将听到的对话尽数告诉雪心亭，他修为甚高，目力和耳力皆非同寻常，身处屋脊之上，便能将木屋内各处的动静听得清清楚楚。

听罢，雪心亭微微皱眉："小姑娘的哥哥会不会是……"他没有再说下去，抬眼看向了唐石。

唐石点了点头："你我想的一样，应该就是他。"

"还不到时候，君上说过，此事绝不可外泄。"雪心亭叹了口气，"已经过去这么久了，怎么会寻到这儿？"

"他们口中提到的莫姬，会不会就是那株凌霄藤？"唐石提醒他。

在天镜山庄，草木虽可修行，却不可修人身，故而它们并没有名字。雪心亭对谷中飞禽走兽、一草一木皆了如指掌，在莫姬还小时便识得她，故而莫姬想混过拱桥时，便已被他认出。他并未找她麻烦，而是让她回到谷中恢复原身。

此时听得唐石提醒，雪心亭行到窗边，凌霄藤正种在他窗下，藤蔓沿墙面攀缘而上，叶片在夜风中轻轻摆动。他将手轻轻覆在其中一片绿叶上，柔和的光芒笼罩着叶片，凌霄藤将所知晓的事情尽数告诉了他。

雪心亭点了点头，叹道："原来如此，想来也是天意，当年君上封了山谷，没想到还是被熊罴捡到了鳞片，带出山谷。"

唐石问道："眼下怎么办？找个借口把他们都赶出去？"

"说起来，此事是我们理亏，对不住东海，小姑娘也挺可怜的。当年君上让雪九送去昆仑血灵芝，总算有些用处。"雪心亭目光柔和，"且让他们住下吧，等君上回来再处置。这些日子辛苦你，看紧些。禁地虽有君上的结界，但还是要多加防范，莫让他们惹出乱子来。"

"我知晓，在禁地周遭已经加派了人手。"

"还有，他们想打避风珠的主意？"雪心亭摇头，又是好笑又是好气。

唐石笑道："这事我可不管，看雪九自己的本事。避风珠若在他手上丢失，他在我面前至少低眉顺眼三年。"

此时，门外传来另一个人的笑声："白日做梦！"说着，一个白衣红冠的年轻人大步走进屋，双手上满是泥巴，面上带着笑意，相貌与雪心亭有七分相似，正是雪兰河，又名雪九。

"有人打避风珠的主意？"雪兰河挑眉问道。

雪心亭道："小事而已，待会儿我再与你细说。那株桃花如何了？"

雪兰河走到铜盆前，边掬水洗手边回道："还好，总算不费我这几日的心力，灵识正在慢慢进入桃核。只是，它此前为凌霄藤疗伤，耗损太大，还需慢慢调理。你说说，当初在昆仑山，性子最温暾的是它，没想到，最刚烈最决绝的也是它，有情有义啊。"

唐石道："都说人非草木，孰能无情，却不知草木之情，更甚于人。瞧瞧杏花开的，感知到了桃树灵识，欢喜成这样，现下又不是花期，非要开花。"

"由它去吧，多少年了，也没见它这么欢喜过。"雪兰河最喜草木，每日十二个时辰里头倒有十个时辰都用来料理花草树木，"就是凌霄藤麻烦些，它被幽冥地火所伤，体内戾气甚重，靠着吸取灵气才活下来，这可是重罪。等君上回来，还不知会怎么发落它。"

"君上自有裁夺，你莫担心。"雪心亭沉声道，"君上外出闭关炼药，还需过些时日才能回来。谷中如今有外人在，大家都辛苦一点儿，莫要出岔子才好。"

唐石和雪兰河皆应了。

"对了，你猜那个小姑娘是谁？"唐石笑看向雪兰河。

雪兰河怔了怔，看向雪心亭："我认得？"

"你可还记得君上让你给东海送昆仑血灵芝？"雪心亭含笑道，"她就是灵均的妹妹。"

雪兰河喜道："原来是她！"昔日，雪兰河与灵均相交最深，也知晓灵均一直记挂着久久不能出世的妹妹，当下自是欢喜。

"在我看来，卓酌和这个小姑娘心地纯良，倒不用过于担心，只是那位……"唐石看向雪心亭。

雪心亭笑了笑："小狐狸？那你记得把他看牢些。"

双影镇，已过了二更天。

顶着风雪，东里长沿着街，一家家问过来，终于在街末端的客栈找到了卓酌的两名随侍。

东里长花了好半天工夫向他们解释情况，并且让他们相信，灵犀确确实实是瞒着家人偷偷上岸，只有立即联系东海水府中人，才能避免卓酌被灵犀拖累。

因为对东里长完全陌生，两名随侍一直将信将疑，不肯有所行动，东里长恨不能把他们的脑袋掰开，把自己的想法直接放进去。直到白曦拿出聂季给他的那枚珍珠，那上面有东海水府的印记，他们这才相信了。

最令东里长失望的是，这两名随侍也不会腾云，只得随着他们至伊水河边。其中一名随侍捻诀念咒，手指探入河水，片刻后，以指端为中心荡开一圈圈涟漪，涟漪一波波在河面上扩散出去。若细心留意，还可以看见河浪尖上有小小的白鲸水滴跳跃腾挪。

"这样就行了？"白曦讶异道。

"这是我们水族的方式，只要他们距离水边不远，就能收到我们的信息，赶来双影镇与我们会合。"随侍道，"方才你说过他们在长留城，我的修为虽不深，无法将信息送至东海，但送到长留城应该没问题。"

眼下只盼聂仲和聂季能够尽早收到信息。东里长一时间也别无他法，只得回客栈去等消息。

清晨的山谷，弥漫着薄纱般的雾气，若有似无。墨珑起得甚早，他并未叫醒灵犀，独自出了木屋，信步而行，一副山野闲散之人的模样。

露珠从草叶尖儿上滚落，濡湿了靴面。早起的马儿悠闲地在草地上踱步，吃草；还有几只先行冲出羊圈的小羊，没头没脑地到处蹦跶撒欢，好几回差点儿撞着墨珑，他只好躲着它们走。

雪峰位于山谷的西北面，皑皑白雪覆盖着整座山峰，在晨曦中分外清冷。而通往雪峰的老风口，墨珑尝试着靠近，在距离十丈有余之时，便已感觉到森森寒意，冻得人直打战。这样的寒意他之前还从未体验过，不似寻常的寒冷，才片刻工夫，仿佛连血液都变得冰冷。

他接连退开数步，调匀呼吸，直至谷中的暖意重新温暖四肢百骸，才长长吐出一口气。他心有余悸地望了眼老风口——雪雾蒙蒙，呈旋涡状缓缓转动，最深处黑洞洞的，什么都看不清，仿佛能吞噬所有事物。

距离他不远的一株杏树上栖息着一只灰褐色苍鹰，隐在杏花丛中，双目眨也不眨地盯着墨珑。

"你在这里做什么？"

忽然有人在墨珑耳边说话，嗓音清脆，有点儿熟悉。墨珑转头，便见肩膀上停着一只银喉长尾山雀，身子圆滚滚的，像团小雪球，此刻也正偏头看着他。

"是你吗？"墨珑猜测它应该是昨日的那只小山雀，但又不敢肯定，这谷中不止一只长尾山雀，在他看来，它们长得都一模一样。

"是我呀！"小山雀歪着脑袋，顺便用小嘴梳理了一下自己的尾羽。

两个人这番对话听起来有点儿莫名其妙，墨珑忍不住笑了笑，问道："你能下来说话吗？这样看你，我脖子酸。"

"你把手举起来。"

墨珑不明其意，便抬起手来。

小山雀晃晃脑袋，扑棱着小翅膀，从他肩上飞下来，然后停到了他的手上："这样，你的脖子就不会酸了。"

墨珑笑着摇摇头："不行，我胳膊酸。"

小山雀没法子，从他手上飞下，落地时已化身成昨日那位小姑娘，偏着脑袋，笑盈盈地瞧着他，面上仍是雀儿的神态，十分可爱。

"你是初次来我们谷中，我带你逛逛，好不好？"她问。

此言正中墨珑下怀，这只小山雀虽然聪明伶俐，但毕竟年纪尚小，他自信可以从她口中套出些许天镜山庄的事儿，总比四下找人打听要强得多。

想着，他含笑道："如此，有劳姑娘。"

"老风口，你已经见识过了。"小山雀挑高眉毛，一副对他的行踪了然于胸的神态，紧接着颇感兴趣地问道，"我没骗你们吧，是不是很冷？"

墨珑点头："我没敢靠近，远远看时已经觉得很冷了。"

小山雀拎起裙摆，一蹦一跳领着他往前走："所以平日我们轻易不敢靠近老风口，有一回云雀姐姐不小心闯深了些，幸亏有雪五在，细心照料了好久才捡回命来。"

"老风口……是原本就这样？"墨珑问道，方才感受到的寒意不似天然寒气，倒像是刻意而为。

小山雀摇摇头："反正打我出生起，老风口就是这模样了。"

"你多大了？"

小山雀伸出两根手指头，得意道："等过了十一月，我就正好两百岁。"

确实还是个孩子，难怪这般天真烂漫，墨珑微微一笑。

"瞧，那边是雪九的屋子，屋里屋外都有好多花草，他对草木最好。还有那边是雪五的屋子，山崖上的是唐石……"小山雀一路行一路说，小嘴吧嗒吧嗒，声音甚是轻快悦耳，"这是紫白丁香、剑兰、万寿芙蓉、西府滇茶……都是雪九从芥园中抢救出来，细心养护，好不容易才活了下来的。丁香花开的时候，香味可好闻了，好像有根小羽毛在心里直挠痒痒，闻着就想乐。嘘……这话不能叫杏花听见……"

其他的都未放在心上，墨珑唯独留意到"芥园"二字，遂问道："芥园？我听说三百年前被一场大火烧毁，火光映在雪峰上，三天三夜未熄。"

"你也知晓？"小山雀看上去有点儿惊讶，随即朝他打了个噤声的手势，"这事在谷中是个忌讳，君上不喜欢大家谈论此事。"

墨珑佯作不懂："这是为何？不过是一场火灾。"

小山雀摇摇头："其中缘故我也不知晓，我生得迟，芥园大火的事儿也是听来的。你瞧——"她的手往东北面一指，"那就是芥园，现下是禁地，君上设了结界，谁也不许入内。"

墨珑循指望去，高大的杉木排成排，枝繁叶茂，压根儿也看不清芥园里头是个什么情形，偶尔可见苍鹰盘旋其上，看来除了设下结界，禁地的守卫防范也很严密。

一场大火，里面应该是一片废墟焦炭，谈不上会有什么值钱物件。即便是有，玄飓将它取出即可，何必这般大费周章设为禁地，又派人手防范。莫非……芥园中有什么不可告人的秘密？

墨珑心中生疑，故意试探小山雀，笑着调侃道："你就没偷偷进去过？"

"当然没有！"小山雀忙道，"有结界呢，君上的结界一般人可破解不了，我的修为更谈不上了。"

听了她这话，墨珑笑道："所以你好奇得很，想偷偷进去看一眼，只是可惜破解不了结界。"

小山雀吐吐舌头："我可不敢。"

墨珑又往芥园的方向看了一眼，目光沉沉，看不出情绪，他随即收回目光，朝小山雀笑道："你带我逛山庄，我也该有所回报才是。"

"嗯？"小山雀眨着眼睛看他，不明其意。

"我没什么能耐，但还能做几道小菜，味道尚可。你中午若肯赏脸，过来和我们一道用饭如何？"

小山雀惊喜道："当真！你做菜请我吃？"

墨珑点点头。

小山雀喜得跳起来："这是头一遭有人请我吃饭！是装在一个个盘子里头吗？还是装在一整个大锅里，大家一起吃？"

"自然是盛在盘中。"墨珑想不出一堆人围着一口大锅吃饭是什么光景，转念想到以往看见喂鸟的人总是把鸟食放在大盘中才明白过来。

小山雀蹦来蹦去，喜不自禁，干脆变回原身，盘旋在墨珑身周，忽上忽下，时而落在他肩上，时而落在他手上，时而落在他脑袋上，叫声轻扬婉转，快活极了。

双影镇，客栈内。

东里长被一阵急促的寻仇般的敲门声惊醒，他扶着脑袋，挣扎着下床去开门。昨日冒着风雪奔走在各家客栈，加上半宿失眠，他现下的脸色白得有点儿吓人。

当他打开门，收到信息连夜赶来的聂仲和聂季都立在门外，面色比他还要白上几分。北海的两名随侍就在他们身后。

"说，到底怎么回事？"聂季长臂一伸，揪住东里长衣领，狠狠问道。在青阳都城他就吃过他们的亏，身体受制，眼睁睁看着灵犀溜走，桃花林外又被墨珑所伤，此时自然怒不可遏。

夏侯风与白曦在隔壁屋，白曦天生易受惊，几乎是敲门声一响，他就惊醒了，连忙叫醒夏侯风。两个人刚出门便看见东里长受制于人，夏侯风脑子里"嗡"的一声，立刻就冲上前去，对聂季挥拳相向。

夏侯风向来自诩速度极快，然而拳头还未至聂季面门，便被人从旁制住。那人的手犹如铁钳，夏侯风半分动弹不得，转头看去，怒气冲冲道："放开老爷子，有什么事儿冲我来！"

一手擒住夏侯风，聂仲面无表情地朝聂季说道："灵犀要紧，莫顾着置气。"

白曦连忙上前劝解："就是就是，俗话说，'地和生百草，人和万事好'，有话咱们好好说，好好说！"

聂季松开东里长，斜睇了白曦一眼："怎么哪儿都有你……原来你跟他们是一伙儿的！"

"不是不是，此事说来话长，咱们还是……灵犀的事儿要紧！"白曦赶忙拿聂仲的话来当挡箭牌。

大事当前，聂季确实也没空寻他麻烦，推着他进屋去："都进来，把事儿原原本本给我说明白了！灵犀怎么会进了天镜山庄？你们是不是花言巧语、煽风点火地骗了她？"

"你……"

夏侯风又要恼，被东里长狠狠瞪了一眼："都什么时候了，你安分点儿！"

当下诸人进屋，东里长将此事原原本本说了一遍，从西山石壁泉如何遇见灵犀，长留城如何帮她救熊罴，再到后来的鹿蹄山、桃花林……皆详细说了一遍，只是按下龙牙刃之事未提。

听罢，聂仲与聂季四目相对，灵犀是他们熟识之人，可他们却从来没有意识到，灵犀对素未谋面的哥哥灵均竟会如此上心，并且坚定地认为灵均还活着，因此决意孤身上路。

"这个傻丫头！怎么不叫我陪着她呢？"

聂季说完这话，立即就明白了灵犀没有告诉任何人的原因。因为灵均失踪数百年，东海曾经派数百人寻找，甚至清樾亲自上岸找了三年，都未曾找到他。随着玉匮上灵均名字的变化，他们都以为灵均已死。灵犀单凭个人之言，又拿不出丝毫证据，他们如何肯信？

聂仲叹了口气："这孩子，平日里也看不出有这么重的心思。"

"咱们该想到的，灵均也是这样。"聂季满心自责。

此时聂仲再抬头看向东里长等人，语气便和缓了许多："说起来，还要多谢你们对她的照顾，东海上下感激不尽，定有重酬。"

听他提到重酬，东里长有点儿心虚，心中默默道：只要龙牙刃事发后，他们不要震怒就好，哪里还敢要什么重酬。

聂季不像聂仲这般有礼，心中仍是愤愤，恼道："你还谢他们，若非他们一路帮着灵犀，灵犀早就被我领回东海了。"

"是是是，都是我们不好……"东里长忙把话头接过来，"只是眼下最要紧的，还是如何把他们从天镜山庄弄出来，又不触怒玄飓上仙。"

聂仲与聂季面面相觑，片刻后聂仲道："天镜山庄不比寻常之地，恐怕得请大公主来才行。"

聂季点点头，他和聂仲虽说在东海有官职，但要登天镜山庄的门槛，还想把人要出来，则非得大公主清樾亲自出面才行，身为执掌东海之人，她才有这个分量。

"三弟，你速速腾云回东海，向大公主禀报详情。"聂仲吩咐道。

聂季应了，抬脚就要走，忽然像是想到了什么，转身不甚放心地叮嘱聂仲："二哥，这些人都狡猾得很，莫看他们现下一副老实模样，个个都是鬼精鬼精的。我不在这儿，你可当心，莫要着了他们的道儿。"

东里长闻言只能苦笑，早些时候得罪了聂季，现下自然一丝一毫也怪不得人家。夏侯风哼了哼，总算没出声。白曦极力想让自己的笑看上去显得既诚恳又谦恭，弄得腮帮子一阵阵酸疼。

"放心吧，我就在这儿等你们。"聂仲朝聂季道。

聂季点头："若无意外，天黑前我就能赶回来。"他这才转身离去。

灵犀好奇地靠在灶间门边，看着墨珑在里头忙活。这回墨珑没再叫她打下手，尽管她主动请缨，他却将她拒之门外。

"这顿饭很要紧，你还是莫插手。"他拿着刻刀正在雕冬瓜，一下一下，细心而认真。

"为何很要紧？"灵犀不解。

刻刀在手上滴溜溜转了一圈，墨珑轻轻铲掉一片冬瓜皮："我请了人来吃饭，自然要下点儿功夫。"

灵犀越发好奇："谁？是不是雪心亭？"

手略略一顿，墨珑斜睇她一眼："你怎么就惦记着他？"

"咱们才刚来谷中，只认得他呀。"

"不是他，是昨儿的那只小山雀。"

墨珑话音才落,灵犀身后便传来"啾啾"鸟鸣声。灵犀回头,正看见小山雀落在自己身后,笑意盈盈。

小山雀踮起脚,探着头,越过灵犀肩膀向墨珑笑道:"我是不是来早了?头一遭有人请我吃饭,我实在等不了了。"

墨珑笑道:"来得是早了些,不过也没关系,你可会剥花生?过来帮我剥些花生可好?"

"我会我会!"小山雀连蹦带跳地进了灶间。

灵犀忙自告奋勇:"我也可以剥花生。"

"不行,你力气太大,一不小心就捏碎了。"墨珑没想太多,把装花生的小竹匾递给小山雀。

小山雀边剥边好奇地问道:"花生能做成什么菜,不是剥着就吃吗?"

"这个用来做花生甜汤。"

听他们聊得正好,灵犀既插不上手也插不上话,只得默默转身离开,在屋后看着雪峰发了好一会儿呆,才闷闷低下头。昨夜里墨珑还说他会想法子,今儿他便只顾着请小山雀吃饭。小山雀又活泼又伶俐,自己看看都觉得她可爱得很,怪不得墨珑也喜欢她……

灵犀正一径胡思乱想,杏树后转出一个人来,白袍红冠,晃眼间灵犀差点儿将他看成雪心亭,愣了一下,才发觉此人虽与雪心亭衣着相同,相貌也颇为相似,眉目却更为细长些。

"你是?"灵犀心里猜度他就是雪九,但没敢贸然喊出口。

雪兰河看着她笑了笑:"你是昨日进谷的小姑娘?雪五和我说过,你很可爱。"

灵犀一下子脸红了。往日在东海水府中,她见着的人除了姐姐,就是聂仲、聂季等人,要不就是婢女侍读,他们对她虽好,可只当她是个金贵孩子,无人会这般夸她。到了岸上,墨珑、东里长等人嫌弃她都来不及,更谈不上夸她了。

"脸怎么红了?难道没人这样夸赞过你?"雪兰河又笑道。他往日与灵均交好,而今见到灵均的妹妹,她的相貌与灵均有甚多相似之处,叫人看了很是亲切。

这人莫不是会读心术?灵犀脸更红了。

"我叫雪兰河,在家行九,你唤我雪九就行。"雪兰河凑近她,替她拨开肩头的花瓣,"你唤作灵犀,对不对?"

灵犀点头。

"我在谷里专管花草树木,你看到的这些杏树,还有秋海棠、万寿芙蓉、珍珠兰等都是我在照料。"雪兰河用手指给她看,一一介绍给她听,"这株紫丁香活下来不容易,当初可耗费了我好些心思,好不容易才把它调理好了。对了,前几日还来了一株凌霄藤，也有点儿小毛病……"

"凌霄藤？前几日来的？"

他指的应该是莫姬吧！灵犀毕竟阅历尚浅，不懂得掩饰，心中所想一点儿不落地全都写在面上，尽数落入雪兰河眼里。

他大方问道："你想不想去看看这株凌霄藤？就在雪五屋后。"

"可以吗？"

"走，我领你去。"

等墨珑自灶间出来时，只能远远地看见灵犀和雪兰河的背景，理所当然地，他将雪兰河认成了雪心亭，皱了皱眉头："这丫头，见了雪心亭就晕了头。"

一片片叶子在微风中轻轻摆动，凌霄藤就攀爬在雪心亭木屋朝西的一面，静静地开着橙黄的小花。灵犀站着，看着，觉得既熟悉又陌生，她能感觉它是莫姬，但又从未看过莫姬这般模样。

"她还能说话吗？"灵犀小心翼翼地问道。

雪兰河笑道："在谷中，草木虽不可修人身，但也有法子和它们沟通。来，我教你。"

灵犀迟疑了一下："是不是要用灵力？我……我……没有灵力。"

"用不着灵力。"雪兰河笑道，拉过她的手，让她用双掌合拢住一片叶子，"草木用叶片吸取天地精华，你想说的话，只要你足够专注，它一样能感知到。"

"专注？"

"对。"

灵犀闭上双目，将注意力尽数放在掌心。她秉性单纯，心思简单，杂念比寻常人要少得多，很快就听见了莫姬的声音。"灵犀、灵犀……"她在唤自己的名字。

"莫姬，真的是你？"

"是我。"

叶子轻轻摆动着，灵犀从掌心能感受到此时此刻的莫姬流露出的安宁和平和，这是灵犀之前在莫姬身上从未感受过的。她轻轻松开手，生怕伤着那片纤细的叶子。原本灵犀有许多话想问她，可现下见她这般岁月静好的模样，便不想打扰她了。

"她……好像和以前不一样了。"灵犀有点儿诧异，言语间丝毫没有意识到自己已经不小心表明与莫姬相识。

雪兰河早就知晓，见灵犀确实没什么心眼，便微微一笑，答道："草木与飞禽走兽不同，若非非得已，它们不会选择漂泊的生涯。只有将根扎入土中，安安稳稳，方能真正休养生息。谷中不许草木修人身，也是这个道理，修成人身，对它们而言并无益处。"

"她会一直留在这儿？"灵犀想到夏侯风，他可还在痴痴地等着莫姬呢。

雪兰河温和道："我也不知，她的去留得等君上发落。但若让我说，她留在此地最好。对于草木，扎根泥土，风过而喜，雨润而欢，最简单的生活就是修行。"

灵犀听得似懂非懂，但明白了一点，对于莫姬而言，天镜山庄本就是她的家，现下她终于回到了家中，不用在外头奔波劳苦，对于她而言，这是好事。只是，对于夏侯风而言，大概是最糟的事儿了。

"刮风下雨，它们都欢喜得很吗？"灵犀不懂草木。

雪兰河笑道："只要风不过狂，雨不过猛，对它们自然都是喜事。"

"打雷闪电呢？"

"雷电本为一体，这雷也要看是什么雷。"雪兰河耐心说给她听，"仲春之月，雷乃发声，从地底而出，惊醒万物。到了仲秋之月，雷始收声，蛰虫坏户，这两种雷，草木都不会怕。但还有天雷，电中带着天火，所触之处，草木枯焦，这也是草木一大劫。"

灵犀此时方知，叹道："原来草木也有天劫。"

"渡劫便犹如凤凰涅槃重生。"雪兰河笑着看她，"自然是不易，但也不用怕。"

也许莫姬所遭受的那场大火，便是她的天劫，那么她算不算是平安度过天劫了？灵犀默默地想，那么哥哥呢？

"在想什么？"雪兰河问她。

灵犀抬眼看他，踌躇良久，问道："我……我有一事想问你。"

"你只管问。"

若澜南知晓哥哥的下落，说不定谷中的人也知晓，灵犀心中存了一线希望："你可认得东海太子灵均，他是我哥哥。"

雪兰河静默片刻，轻声道："听说他失踪很久了，是吗？"

看来他并不知晓哥哥的下落，灵犀面色黯然，点了点头。

心中有许多话却不能对她说，雪兰河暗叹口气，只能摸摸她的头，接着领着她去看虞美人、素馨、白梨花等各色草木，教她如何养护，如何捉虫，如何施肥，灵犀从未学过照顾草木，学得甚有兴致。雪兰河赞她能通草木之灵，多教几日，定然是个好帮手。

头回听到有人夸赞自己能干，灵犀美滋滋的，脚步轻快地回到木屋，看见墨珑已经做好了一桌子的菜。卓酌不知何时下了楼，绕桌看了一圈，啧啧道："没想到，一点儿荤腥没有，光凭瓜果时蔬也能做出这么多菜来，了不得！"

灵犀细瞅桌上，有香菇烧板栗、松仁玉米、小米香糕……想来样样都是捡飞禽爱吃的做成菜，她不由得闷闷地想，他对小山雀可真够上心的。

正看着，墨珑端着花生甜汤迈进屋来，看见灵犀，皱眉道："你才回来？半日不见人影。"

灵犀哼了声："你不是嫌我笨手笨脚吗？反正有人帮着你，比我聪明，又比我能干。"她自己都没有留意到话里头冒着一股酸意。

墨珑听得一怔，转而明白过来，他将花生甜汤往桌上一放，撑着桌子颇有兴趣地看着她："怎么？恼了？"

"谁恼了？"灵犀梗梗脖子，"方才雪九还夸我能通草木之灵……"她忽然想到莫姬一事，顿时忘了酸意，将墨珑拉到一旁，悄悄附耳道："我看见莫姬了！谷中不许草木修人身，她显了原身，就被种在雪五的屋后。"

"雪九特地带你去看她？"原来方才那白衣者是雪九，墨珑意识到雪五和雪九可能对他们所知甚多，尤其莫姬还在他们钳制中。

灵犀点头，然后告诉他："莫姬和以前不一样了，我觉得她不能离开这儿了。"

墨珑皱眉："若是她被废了修为，化不成人身，自然是走不了。"

"不是这样……"

灵犀话刚说了一半，小山雀的脑袋突然从旁边冒出来："你们在说什么？"

"聊谷中的草木，方才雪九带着她，去看了好些草木。"墨珑轻描淡写地带过，"饭菜齐备，大家都落座吧。"

灵犀话未说完，就被小山雀打断，又见墨珑只顾着招呼她，浑然忘了她这边说着半截话呢，心中不由得气恼，闷闷地在卓酌身旁落座。

事先，墨珑就告诉过卓酌要招待小山雀，卓酌倒是很乐意，他也想多打听一点儿澜南的消息。小山雀性情开朗，一张嘴叽叽喳喳说个不停，尽说一些谷中的趣事，卓酌听得轻松有趣。

虽然问起关于澜南的事情，她所知是少之又少，但卓酌怅然之余也会自我安慰，至少这些人和这些事儿都是距离澜南最近的，至少自己现下一睁眼就能看见雪峰，就能看着她住的地方，与以前相比，这已经是莫大的幸福了。

小山雀所聊之事与澜南无关，与灵均更无关系，灵犀无甚食欲，舀了一碗花生甜汤，低头慢吞吞地喝，不懂墨珑怎么听得那么认真，时不时还问上几句，好像他对小山雀的事真的很有兴趣。

"……有一回，我们玩捉迷藏，"小山雀聊得甚是开心，"她们要么躲在树上，要么躲在草丛里，你猜猜我躲在哪儿？"

墨珑猜道："马厩里？"

小山雀得意地摇摇头："不对！你肯定猜不着！我躲在灯笼下面，其实就在他们眼前，可他们愣是没找着我！"

"灯笼下面！"墨珑拍掌笑道，"你真是太聪明了！居然能想到这么好的法子！"

很聪明吗？根本就是很一般嘛。灵犀瞥了墨珑一眼，闷闷地想，这些小雀儿一大群，自然玩什么都欢喜。不像她，在东海水府里头，连陪她玩的人都没有。

并未留意灵犀的异样，墨珑看着小山雀，饶有兴趣地追问道："连唐石也没有发觉吗？他是鹰隼，目力原就极好，修为又高，连他也没找到你？"

"唐石修为是很高，可是他的……"小山雀压低声音，俯身到他耳边小声道，"他的双目在那次大火中受过伤，虽然现下无碍，但遇上强光，还是会不舒服。你可千万别说是我说的，他不喜欢旁人提这事。"

"我一个字也不会说。"墨珑保证道。

瞧两个人咬耳朵的模样，灵犀越发不舒服，但碍于礼节，不便发作，她便起身道："我吃饱了……你们慢用。"说着，灵犀看向墨珑，其实是盼他能留意到自己。

墨珑头都没抬，不在意地随口道："正好，灶间还乱着，你去收拾收拾。"

这话不说还好，灵犀听了越发气恼："你自己收拾去。"

卓酌比灵犀年长，同为龙族中人，觉得她在客人面前着实失仪，遂以兄长身份薄责道："不可无礼！"

灵犀郁闷，不再多言，转身离去。

看出她气不顺，却不知是为了何事，小山雀忙问道："她怎么了？"

"别理她！"墨珑摆摆手，"素斋吃不惯，闹脾气，咱们吃咱们的……对了，你可看过烟花？"屏风后的灵犀闻言，气得跺跺脚，"噔噔噔"上楼去，愤愤回屋。

小山雀摇摇头："烟花是什么，也是开在树上的？"她自出生后便在谷中，从未踏出过天镜山庄一步，而山庄之中一切崇尚自然，并不曾从外头购买烟花，更不会自行制作。

"是一种火花，夜晚的时候在空中绽放，亮晶晶的。"

本能地喜欢亮闪闪的东西，小山雀想象着："亮晶晶的，像星星？"

墨珑笑着摇摇头："比星星还亮，有点儿像流星！你若想看的话，求求这位二太子就成，他此番特地带了烟花来。"

"真的，你带了烟花？"小山雀期盼地看向卓酌。

"我那是要给……"卓酌有点儿尴尬，烟花他是特地为澜南上仙准备的，精挑细选，岂能轻易给小山雀？

墨珑在旁劝他："我也是为你着想，你想想，咱们能看见雪峰，澜南上仙在雪峰上肯定也能看见这里。别的东西都没有用，唯独这烟花能让她看得清楚。"

愣了片刻，卓酌双目一亮，如同醍醐灌顶："你说得对，说得对！别的东西都还罢了，烟花她肯定能看见，说不定看见之后，她也许会亲自过来瞧一眼。"

墨珑赞许地看着他:"是啊,说不定她会亲自过来瞧一眼!我倒未想到这层。"

小山雀对烟花又是新奇又是期盼:"你当真愿意?那等入了夜,我们就放烟花!你带了多少烟花,够不够?"

卓酌有点儿没底:"我也不知够不够?我挑了好几十种花样的烟花,还有特别定制的。"

小山雀也雀跃得很:"我马上去告诉姐妹们!就说夜里头……有好多好多流星可以看!"

一时间,小山雀扑棱着翅膀飞出门去,卓酌"噔噔噔"上楼去清点烟花。灵犀听见动静,莫名其妙,问了缘由,赶忙下楼来。

看见她下楼,墨珑慢条斯理地拈了块小米糕,懒洋洋起身,吩咐道:"我忙了半日,这会儿也该轮到你了。你把碗筷都收拾了,莫忘了把桌子抹干净。"

灵犀哪里肯去,拉住他的衣袖,问道:"卓酌方才说,澜南看见烟花便会来谷中,当真?我怎么觉得这事儿有点儿悬呢?万一她不来怎么办?"

墨珑无所谓道:"她不来,我们也能看场烟花,不吃亏呀!"

"你……"灵犀顿时有点儿恼了,跺跺脚,起身就走,走到门边又转过身来,气呼呼道,"所以,你撺掇二太子放烟花,根本就是为了讨那只雀儿的欢心而已。"

"人家有名字,叫奔云。"墨珑更正她,"你别走,收拾桌子。"

原以为他能惦记着给自己出主意,没想到他的注意力全在奔云身上,灵犀气恼道:"你这一桌子的菜又不是为我,是为了那只雀儿,你只管叫她来收拾!"

墨珑笑道:"谁说是为了她?"

"花生、松仁、小米……你专挑这些飞禽爱吃的,还说不是为了她!"灵犀不愿与他做无谓的口舌之争,转身就走。

"我专挑她爱吃的,为的也是你。"见她当真恼了,墨珑连忙拉住她,解释道。

灵犀没听懂,莫名其妙地看着他:"什么……什么为的我?"

"我是说,我招待她来吃饭,特地做她爱吃的菜,都是为了你。"墨珑按着她双肩,让她坐下,"她吃得欢喜,聊得开心,说的事儿就越多,我才能从中找出机会。"每一件小事他不仅听入耳中,而且在脑中细细过筛,留下可用的部分。

灵犀还是没听懂:"什么机会?"

"你还记不记得她讲的在夜里捉迷藏的故事?"

灵犀自然记得,斜睨他:"你又想夸她聪明?"

墨珑戳了下她脑门:"你怎么净在意这些?"

因为你都没有夸过我,灵犀闷闷地想,但未说出口。

"她说捉迷藏,她就躲在灯笼下面,谁也没看见她,这叫灯下黑。"墨珑看着她,"飞禽的目力虽然在夜间比不得白日,但山庄内的飞禽都是修行多年,自然目力也要比寻常飞禽好,所以若想成事,须得让别的东西吸引住它们。"

灵犀尚在懵懂中:"成事?"

墨珑戳她脑门:"避风珠,你忘了?这谷中耳目众多,若不用烟花引开它们,你怎么偷得到避风珠?"

"我去偷?"灵犀紧张地咽了口唾沫,虽说她此前确实这么想过,但今早雪九待她那般好,她却要去偷他的物件,着实有点儿说不过去。

"你今日不是还和雪九走得颇近吗?"墨珑睇她,"他带你逛了一大圈,你应该知晓他的屋子在哪里了吧?"

灵犀点点头。

墨珑提点她:"待到夜里,烟花最盛之时,大部分人都会被吸引,不会去留意其他事,那时候你就偷偷溜进他的屋子找避风珠。"

想到雪九对自己那般好,灵犀便有点儿犹豫:"……他若知晓了会不会恼我?"

墨珑很实诚地回答道:"你偷他东西,他肯定要恼。这也是没法子的事,你不是要找你哥吗?要不别找了。"

灵犀瞪了他一眼,越发沮丧。

墨珑笑了:"你从象庭把那么大一头熊罴偷出来,怎么不见你对季归子有愧意?"

"把异兽关起来,让它们自相残杀,季归子哪里算得上是什么好人?"灵犀理所当然道,"我们当时就应该把所有的异兽都放出来才好!"

墨珑又问:"若季归子是雪九那样的人呢?你还帮不帮熊罴?"

灵犀怔了一下,很快便回道:"若他是雪九那样的人,便不会做这等虐杀异兽之事。"

"你才识得雪九半日,就这般对他推崇备至。"墨珑冷笑一声,"那好,我再问你,若是到头来你发觉,你哥哥出事与雪九或是雪五等人有关,你又当如何?"

灵犀猛抬头,惊诧地看着他:"我哥出事和他们有关?"

"我不过打个比方而已。"墨珑话出了口,又有点儿后悔,别开脸自顾自夹了颗栗子放入口中。

灵犀狐疑地盯着他:"你是不是察觉到了什么?"

"逗逗你而已,紧张成这样!"墨珑若无其事地笑了笑,催促她,"赶紧地,洗碗去!"

事实上,从看见芥园被划为禁地,墨珑就已经心生疑虑。灵犀哥哥出事是否与那场大火有关,他虽无法确定,但能隐隐感觉到,谷中定有一件,甚至不止一件令众人讳莫如深的事情。而此事定然与芥园或是雪峰上的澜南有关。

他和小山雀在谷中闲逛时，通过暗暗观察，谷中各个方位，苍鹰多数栖息在东北面，也就是靠近芥园的方向。而雪五和雪九的屋子，加上悬崖上的唐石，正成犄角之势，守住芥园的入口。

反之，西北角的老风口则只有零零散散两三只苍鹰栖息在稍远处，大概因为寒气逼人的缘由，它们也不敢靠得太近。老风口的寒意堪比十道结界，确实不必再派过多守卫。

茶香袅袅，雪心亭与雪兰河相对而坐，棋盘居中，雪九持子，颦眉沉思，雪五并不催促，双目望着窗外，看雀儿叽叽喳喳。

"晚上，他们要在谷中放烟花。"雪心亭从雀儿们的嘈杂声中听出来了。

雪兰河目光未离开棋盘，眉毛略略一挑，漫不经心道："烟花，我多少年没见着了。"

昨夜里，雪心亭便从唐石口中得知卓酌特地带了些烟花，倒没想到这么快他就决定要燃放烟花。正想着，唐石自空中滑翔而下，停在他窗前，方才化为人身。

"听说晚上要放烟花？"雪九放下一黑子，偏头看向唐石。

"原来你们知晓了！"唐石双手抱臂，饶有兴趣地考他们道，"那你们倒是猜猜，他们为何要放烟花？"

雪九笑道："你都赶过来了，还有什么可猜的，肯定是别有用意。说说吧，他们想干吗？"

"惦记着你身上的避风珠。"唐石道，"用烟花吸引住咱们的注意，然后让那个小姑娘溜进你屋里偷避风珠。"

雪九笑着摇摇头："这个主意不错。"

拈了一枚白子在手中，雪五想了想，问道："是那只小狐狸的主意吧？"

"除了他，还有谁！"唐石叹道，"小姑娘还犹豫呢，说你人好，偷你东西于心不忍。她傻乎乎的，小狐狸卖了她估计都得帮着数钱。真想不明白，小狐狸是怎么和她走到一路去的。"

雪九摇头："以他们的修为，即便有避风珠也过不了老风口。"

雪五看他："你预备怎么办？"

"在屋里放一颗假的避风珠，如何？"雪九想了想道，"小姑娘要找哥哥的下落，这事没错，虽说咱们得瞒着她，但用不着伤和气。"

"就这样吧，拖一拖，等君上回来。"雪五又看向唐石，"不过你得给他们点儿警告，尤其是那只小狐狸，免得他日后又出馊主意添乱。"

唐石嘴角一勾："这差事好，正合我意。"

第二章

强行闯峰

双影镇上,北海的两位随侍已回自己客栈,聂仲独自一人留在客栈厅堂中,只要了一壶茶水,静静等待着聂季与大公主的到来。

白曦是个闲不住的,看他一人坐着,忍不住过去客套了几句。聂仲并未冷面,随口问了些灵犀的事情,当听说灵犀在桃林中晕厥过去,面色沉了沉。白曦观其面色,恐自己说错话,惹事上身,便讪讪作别,溜回房中喘了口大气。

东里长特地找店家换了间朝东的屋子,他也不肯歇息,就站在窗前等着,盼着聂季能早些把东海大公主带来。日头渐渐西沉,东面的天空一点点暗下去,东里长目力不行,又唤来白曦:"你目力好,帮我盯着,有没有龙?"

一直处于打杂地位的白曦受此重任,自然尽心尽力:"行,您先去用饭,我来盯着,尽管放心!"

东里长哪有心思用饭,只是脖子抻得实在太久,又酸又累,此时眯缝了眼也看不清天际,才缩了缩脖子,叹了口气坐下:"听说东海现下正对玄股国用兵,也不知大公主能不能赶过来。"

夏侯风奇道:"这里可是她唯一的亲妹子,骨肉相连,肯定会赶过来。"

东里长摇摇头:"她执掌东海,必定以东海要事为先,未必能赶来。"

"亲妹子也不管?"夏侯风不信。

"当年她的父君母君为了东海苍生,以身殉柱。在其位,谋其事,他们龙族在这方面远远超过……"东里长又叹了口气,不肯再说了。

夏侯风不善察言观色,偏偏还要问:"超过什么?"

东里长疲倦地摆摆手:"小孩子家,别问了!"

夏侯风还想说话,却听见白曦"咦"了一声。东里长立即起身扑到窗前,焦切地问道:"看见了?"

白曦用手指向层层堆起的云,不能确定道:"方才似乎看见有条龙尾摆过,可现下又看不见了,莫不是我眼花了?"

闻言,东里长眯着眼,努力往天际望去,脖子抻得笔直,看得夏侯风和白曦提心吊胆,生怕他脖颈绷出毛病来。

"你看清楚没有？"东里长边看边叨叨地问。

白曦也不能肯定，刚想解释，便听见有人敲门，正是聂仲的声音。

"大公主已到，请诸位下楼说话。"

东里长疾转过身，脖颈比身子略慢，差点儿别住，晃了晃才缩回去，连忙往门口赶去。夏侯风和白曦跟在他身后。

三个人甫一转过客栈厅堂的屏风，几乎第一眼就看见了东海大公主，灵犀的姐姐，清樾公主，而在看见她的那瞬，他们几乎都被震慑住了。

说起来，清樾与灵犀是姊妹，眉目间自然有相似之处。可清樾不仅容貌秀美，而且眉宇间英气勃发，目光清亮。当下，她以亮银束发，身着白袍银甲，衣袍下摆用银丝线绣着海水翻腾，英姿飒爽，容光逼人。

夏侯风与白曦自不必提，连最为见多识广的东里长也愣了片刻，才慌忙上前见礼："在下东里长，参见大公主！"

夏侯风与白曦见状，也才回过神来，参差不齐地施礼："……参见大公主！"

"不必多礼，闲话免谈。"清樾双目冷厉地扫过众人，说话干脆利落，半分也不拖泥带水，"灵犀进了天镜山庄一事，我已知晓。现下有个问题想问问你们，跟着灵犀进天镜山庄的人是谁？他为何要跟着她？"

她一开口，东里长便感觉到清樾对他们并无好感，猜想是聂季转述之时添油加醋，忙解释道："跟她一块儿进山庄的是在下的侄儿墨珑，他行事稳重，对令妹一直照顾有加，定然是不放心才跟着她进了山庄。"

清樾听罢，不动声色，接着问道："你们为何会到此地来？"

之前，东里长并未告诉聂仲等人莫姬之事，因为莫姬已进了山庄，又不知在里头是个什么状况，生怕连累了她，只是没想到眼下竟不好解释。他迟疑了一瞬，才说道："为了买羊舌家的兵刃，这孩子想换一把弓。"为证真实无虚，他还指了指夏侯风。

可惜夏侯风是个直肠子，不懂配合，当下奇道："老爷子，要给我换弓，怎么不早告诉我？"

幸而白曦机灵，忙道："就是想给你个惊喜，所以才瞒着你，谁知晓会节外生枝呢。"

"原来如此。"清樾语气淡淡的，听不出她到底是信了还是不信。

东里长还想说话，便看见清樾抬手点了点自己。紧接着，她吩咐聂季道："把他绑了！"

从怀中抖出揽月索，聂季径直朝东里长走过来。

这一生变，东里长等人大惊，夏侯风大怒，朝聂季扑过去。他身至半空，清樾轻轻扬手，一个巨大的柔软的水泡立刻将夏侯风包裹了起来，他怎么挣扎都感觉使不上劲，拳打脚踢，所触之处软绵绵的，片刻之后又把力道反弹回来，弄得他狼狈不堪。

眼看夏侯风被困，东里长被捆，白曦鼓足了勇气没逃，艰难开口劝解道："是不是有什么误会？"

他话音刚落，清樾的手又是一扬，一滴小水珠从她掌心激射而出，触及白曦的一瞬，骤然变大，化为水泡将他包裹在其中，和夏侯风一模一样。

东里长也不明白清樾为何骤然发难，虽然手脚被捆得结实，好在还能说话："大公主，若有误会，我可以解释，何必……"

清樾打断他的话，淡淡地说道："那你解释一下，龙牙刃为何会到了你侄儿的身上？"

闻言，东里长一惊，顿时说不出话来。

聂仲也是一惊，看向清樾："龙牙刃？"

清樾示意他看聂季的手掌，语气略带责备："这是被龙牙刃的寒气所伤，你没看出来？"

没想到灵犀还带走了龙牙刃！聂仲重新察看了聂季手上那道伤痕，眉头微皱，片刻后惭愧道："卑职无能，请大公主责罚！"

"……待回了东海，再数罪并罚。"清樾复看向东里长："你说，龙牙刃为何会到了你侄儿身上？灵犀虽不懂事，但知晓龙牙刃是龙族宝物，绝不会把它放到旁人身上。"

犹豫着该不该说实情，东里长一时说不出话来："它……它……"

"你们是如何从她身上骗来的？"清樾逼问道。

聂季紧了紧手中的揽月索，喝问东里长："快说实话！"

水泡内的夏侯风眼见东里长被拽得东倒西歪，心中焦急，便尽全力左突右冲，想冲破水泡出来救他，却被反弹之力冲得东倒西歪。

心知必须要清樾相信自己，她才会出面与天镜山庄交涉，东里长实在别无他法，只得将如何骗取龙牙刃的经过说了一遍，但将所有错处都揽到了自己身上，说明墨珑只是被迫执行而已。

听罢他这番说辞，清樾眉间微蹙，不知是对他们用的手段不满，还是对东里长的话仍有存疑之处……

东里长心中焦急，恳切道："大公主，我真的再无隐瞒之事，咱们还是赶紧想法子把那两个孩子从天镜山庄弄出来吧。"

"我再问你一句，你侄儿为何要进天镜山庄？他的目的何在？"清樾问道。

显然，她认为墨珑随灵犀进天镜山庄必然是有所图谋。而有此想法也怪不得人家，换了是自己也会这么想，东里长当真是百口难辩。

"他……他……我也不懂他怎么会跟了进去！真是……"东里长望着清樾，"虽然我们确实骗了令妹，但也确实对她还是……还是有爱护之意，我想，他一定是担心令妹，才会跟了进去。"

清樾面无表情，倒是旁边的聂季冷哼一声。

"真的，等两个孩子从天镜山庄出来，要打要罚，要杀要剐我都听任大公主发落，只是现下咱们得先把人弄出来才行。"东里长急道。

灵犀是与北海二太子卓酌一起进的天镜山庄，说实话，清樾虽然对卓酌不甚欣赏，但卓酌既然是天镜山庄请来的客人，灵犀和他在一起应该无碍。而令她最为担心的，是那个所谓的侄儿，他进天镜山庄定然另有所图，灵犀年幼天真，恐怕会被他利用。

眼前这只老乌龟不肯说实话，一时半刻也没有别的法子，清樾思量片刻，不管怎样还是必须先确保灵犀安全，便是明知要上这老乌龟的当，也只得见机行事。

东里长明知清樾对他们误会颇深，一肚子委屈，却是解释了也没人信，真是说不出的憋屈郁闷。

"带上他，走！"清樾吩咐道。

聂季一拽揽月索，指向水泡中的夏侯风和白曦，问道："他们呢？"

"就让他们在这儿等着。"

清樾转身便出了客栈，聂仲跟上，聂季拉着东里长紧随其后。

客栈厅堂中仅留下夏侯风和白曦，两个人都被柔软的水泡包裹着，怎么挪动身体也出不来，急得满头大汗。客栈的店家和伙计从未见过这般情景，皆不敢贸然上前，更别说替他们想法子了。

小肉球也不知从何处冒出来，看见水泡欢喜得很，用头顶顶这个，用屁股蹭蹭那个，玩得不亦乐乎。

清樾径直往镜湖边行去。

此时，跟在后头的聂仲方有机会低声问聂季："与玄股国的战事如何？大公主怎么穿着铠甲就来了？"

聂季低声应道："接连三战三胜，算是把他们打服了，现下进入和谈。大公主记挂着灵犀，留大司马，还有大哥和他们商谈条款，她顾不得卸甲就先随我赶过来了。"

这段日子东海对外用兵，灵犀出走，清樾像是一段蜡烛两头烧，其中煎熬自不必说，聂仲暗叹了口气。旁边的东里长也听见了，暗叹姊妹情深，又叹清樾肩上责任之重，实非寻常女子能承受得了。

一直行至镜湖旁，看见寒气森森的湖面，清樾转头看了一眼东里长，问道："你可过得去？"

东里长虽是火龟，这些年为了不引人注意，一直韬光养晦，他本能地摇头："我这把老骨头，可受不了这个罪。"

清樾对他虽不甚相信，但也不清楚他究竟是何底细，当下吩咐聂季："你背上他吧。"

聂季应了，一拽一抬，轻松将东里长扛上肩头，整个将他当麻袋。东里长大头朝下，难受得很，可也没法子。

清樾踏上镜湖冰面，足踏之处，寒气四下散开，对她不敢有丝毫冒犯。聂仲与聂季跟随着她的脚步，踏过镜湖，穿过层层浓雾，来到镜湖对岸。周遭一片荒寂，雾气弥漫，一道看不见的屏障挡住了清樾的脚步，她很清楚这是玄飓上仙设下的结界。

她抬手，伸出纤长的手指，在结界上书写拜帖。

她以灵力注入指端，一笔一画嵌入结界上，溅起点点星芒，宛如在玉石上刻字一般——

山谷内，小山雀召集了她的伙伴们早已等在卓酌木屋外头，叽叽喳喳，上下翻飞雀跃，个个都是迫不及待的模样，就等着天尽暗黑，才好看烟花。

卓酌略心疼地看着墨珑往外拿烟花，那些都是他费尽心思精挑细选的烟花，就这样随随便便地燃放，万一……他忐忑地看向墨珑："万一，澜南上仙看不见烟花怎么办？"

墨珑用手清点烟花，不以为然道："那你就再想想别的法子。"

卓酌轻叹口气："我哪里还有别的法子？好不容易才来到这里，谁能想到，想要见她一面依旧难如登天。"

说话间，灵犀心事重重地进来，看着从竹筐中取出的数十个烟花，顺手拿了一个端详上面的标签，上头以蝇头小楷写着"春莺啭"。她想不出来会是什么烟花，也懒得问，估摸是个形如莺莺燕燕的烟花吧。

"把这些搬出去，先放到杏花树下。"墨珑指使她做事。

灵犀默默抱着他所指的烟花就出去了。

卓酌看出不对劲儿："她怎么了？"

"大概是晚上没吃饱。"墨珑不在意道，对于灵犀纠结的心思，他心知肚明。

第二章 强行闯峰

好在让她去偷避风珠也只是为了引开唐石等人的视线而已。他抱起另一撂烟花也要出去，被卓酐按住。

"要不，留几个？万一……"卓酐有点儿舍不得。

墨珑拍拍他肩膀："舍不得孩子套不着狼。"

"……"卓酐听着别扭。

"话是糙了点儿，可理是这么个理。"墨珑道，作势要把烟花放下，"要不你再想想，反正我不急。"

卓酐想想也是，横竖自己也没别的法子了，松了手："算了，都拿去吧！"

墨珑微微一笑，拿着烟花，出了木屋，也放到杏花树下。灵犀已经在那儿了，小山雀们围了一圈，七嘴八舌地问她好些问题：烟花吓不吓人？会不会燎着毛？都有些什么颜色？……好些问题灵犀自己也不知晓，被她们问得连连后退。墨珑笑着上前替她解围："不可说，都不可说！现下都告诉了你们，待会儿看烟花还有什么意趣？"

灵犀不堪其扰，奔回屋内，躲开雀儿们的聒噪，心下仍是忐忑不安。待墨珑进屋之后，她忍不住上前，焦虑问道："若我拿不到避风珠怎么办？"

墨珑睇她："拿不到，就还有拿不到的法子。"

"拿不到也有法子？"灵犀不解。

看她眉心打结，便知她为此事究竟有多么烦忧，墨珑伸手在她眉心揉了揉，笑道："你自然不行，可不是还有我吗？"

灵犀不甚相信地看着他："真的？拿不到也有法子？"

墨珑点头："有我在这里，你只管把心放肚子里，踏踏实实的。"

灵犀却又觉得太为难他，下决心般认真道："我一定会尽力拿到的！"

着实喜欢看她这副认真的模样，墨珑歪头看她，笑了笑。

这时，银喉长尾小山雀迫不及待地从门外探头，催促墨珑道："日头已经落山了，快些！快些！"

灵犀便不再说话，墨珑也走出木屋。

看了看天际，还有一抹暮色，未尽数暗下来，墨珑遂道："不急，再等上片刻，尽数都黑下来才好看。对了，把附近的灯笼也熄了才好。"

"这个容易，我来！"

小山雀与她的小伙伴们一下散开，各自奔向一盏灯笼，双翅合拢一扇，烛光应声而灭。

见此状况，一直栖息在高处的唐石心中冷笑：这小狐狸的花招还挺多！

不多时，天色已全然暗下，因小山雀们熄灭了好多盏灯笼，谷中只剩零零星星的烛火，越发显得幽静。

期待不已的小山雀早已看中最大的那个烟花，早早蹦到烟花上等着，一看见墨珑过来便嚷嚷道："这个！这个！这个好！"

灵犀与卓酌此时也都从木屋中出来，心中各怀忐忑。卓酌往雪峰方向望了又望，明明知晓什么都看不到，还是按捺不住期盼的心情。与他相比，灵犀的忐忑则要沉重得多，她的注意力全然不在烟花上，紧张地东张西望，想找出雪九在何处，偏偏四周昏暗一片，压根儿看不清人影，更莫说栖息在树间的飞禽。

应小山雀的要求，墨珑拿起最大的烟花，行至他早就看好的一块空地上，放稳烟花，示意小山雀们先散开，这才取出火折子，迎风晃了晃，火折燃起。他却不急着点烟花芯子，转头挑衅般瞥了眼不远处的唐石，这才将火折子凑近烟花……

芯子带着火花"刺刺"响。

胆小的小山雀们簇成一团，挨挨挤挤，伸长脖子往这边瞧；羊儿躲在高大的马身后，屏气等待着；雪五心不在焉地看着，时而望向小风口的方向；唐石沉着脸，面无表情地紧盯着墨珑的一举一动；卓酌看着烟花，又是期盼，又有点儿担心火药受了潮气，燃放会受到影响；灵犀慢吞吞地往雪九木屋方向挪了两步，生怕被人发觉，又赶紧挪回来一步……

火花隐没在烟花内，静默片刻，烟花发出"砰"的一声巨响，一株郁郁葱葱的大树拔地而起，枝繁叶茂，烁烁闪闪。这株大树还在不断地向夜空伸展，长大，直至华盖森森，几乎覆盖了整个山谷。

绿茵茵的，闪着亮光的叶子轻轻摆动，眨眼间，叶子又变成花朵，洁如羊脂，细如鹤翮……谷中不得使用法术，小山雀们何曾看过这些，欢呼雀跃，一只只飞入烟花所幻化的花朵之中，上下翻飞，看着星星光芒在羽翼间闪动。

灵犀常年居于海底水府之中，也未曾见过这个，当下看得怔住，一时竟忘了还有正事要办。

花开到最盛时，齐齐散开，星星雨般沙沙落下。

整株大树也在瞬间化为虚无，仿若南柯一梦，只余下点点残光。

小山雀们发出沮丧的叹息声，随即飞向墨珑，叽叽喳喳地让他再来一个。灵犀如梦初醒，转头看向墨珑，他朝她暗暗点了点头，示意她可以动手了。

唐石看在眼中，暗自冷笑，心想小狐狸真狡猾，多半他自己想要避风珠，却哄这小姑娘去偷。

雪九的木屋其实并不远，灵犀做贼心虚，一步三回头，东瞅西看，总觉得自己的一举一动肯定被旁人看在眼中。墨珑看着好笑，顺手又拿起一个烟花，这个烟花的芯子特别长，却不知是为何。

点燃，芯子"刺刺"燃烧，有了上一个的经验，小山雀们已经不再害怕，蹦蹦跳跳追着芯子，烧到哪儿它们就蹦跶到哪儿，弄得唐石在旁边提心吊胆，总担心小家伙们不慎受伤。

趁着众人没留意，灵犀加快脚步，闷头而行。

芯子燃尽，砰然作响，比上一回的动静还要大上几分，惊得小山雀们一哄而散，纷纷躲到树后、马儿身后，还有的躲到唐石身后。

潮水从烟花中奔涌而出，一浪比一浪高，向四面八方漫开，带着点点蓝光，漫过草木，漫过木屋，漫过众人的身体，顷刻间将山谷变成了一片汪洋。众人仰首，只见一尾巨鲸，不知从何处而来，双鳍摆动，徐徐在众人眼前游过。紧接着，又有一头巨鲸，拍打着尾鳍，高高跃起，溅起巨大的水花……

这种场景，灵犀在海底不知看过多少回，对她而言实在无甚趣味，但对于从未见过大海的谷中飞禽走兽而言，这个景象足以令它们大开眼界。

此时灵犀已经溜到了雪九的木屋前，试着推门，门居然轻轻一推就开，反倒吓了她一大跳。犹豫了片刻，她探头入屋，轻声唤道："有人吗？有人在吗？"

雪五靠在木栏上，看着灵犀鬼头鬼脑的模样，着实想笑。

见灵犀当真溜进了雪九的屋子，唐石觉得是时候给墨珑一点儿教训了。他展开翅膀，从高处俯冲而下，径直朝着墨珑扑去……

听见身后有翅膀扇动的动静，紧接着是利爪破空之音，墨珑犹豫了一瞬，才预备闪身躲开，却已然来不及，他整个人被唐石扑倒在地。唐石的爪子在他肩部紧了紧，锋利的爪尖紧挨着他的咽喉，只要他稍稍一动，利爪立刻可以嵌入咽喉。

"小狐狸，别以为我不知晓你在打什么鬼主意！"唐石沉声道。

墨珑侧着头，辩解道："只是放烟花而已，您误会了吧。"

"哼！狐族生性狡猾多端，但我告诉你，在这里，莫要你那点儿小聪明，否则的话，你能不能走出山庄都难说。"

这时，小山雀们原本上蹿下跳欢欣鼓舞地看烟花，忽看见唐石扑住墨珑，皆吓了一跳，但碍于唐石威严，又都不敢上前，在旁挤作一团。银喉长尾小山雀见状也是害怕，但她好歹与墨珑相熟，便鼓足勇气上前问道："出什么事了吗？"

墨珑依旧侧着头，语气不急不缓："放烟花这事，他大概是有什么误会。"

小山雀忙解释道："唐石，是我求着他放烟花，姐妹们也都很想看。"

这只小狐狸还会倒打一耙，唐石冷笑着松开爪子，落地化为人身，玄袍星目，一脸冷峻。墨珑也站了起来，拍打着身上的草屑，面色如常，倒不见有惊慌之意。

"莫非谷中不能放烟花？"墨珑有礼道，"那我把它们收起来便是。"说着，他便要去拿烟花。

闻言，小山雀们齐齐发出沮丧的声音。

"区区烟花，这种小孩子的玩意儿，我拦着你作甚？只是……"唐石意有所指地盯了他一眼，"你莫要横生枝节才好。"

"如此，多谢。"墨珑不卑不亢，从容应对。

不远处的木屋之上，凭栏而立的雪五与雪九将这一幕尽收眼底。雪五先摇了摇头。

"狐族生性狡猾多端，心机深沉。表面上看，他似乎不受唐石震慑，实际上却未必是这样。"雪九笑道，"说不定，现下他的心怦怦直跳，紧张得要命，手心直出虚汗呢。"

"我看不像……"雪五还想说什么，忽然袖中金铃作响，清脆悦耳。他忙取出金铃，铃声振动，漾开一波波微光，透过微光，他看见了清樾立在结界之外……

东海清樾，冒昧登门，自知唐突，情非得已，请终赐见！

看着她在结界上刻下的字，雪五微微皱眉："她怎么来了？"

雪九也看见了清樾，思量片刻道："我去吧，我去打发了她。"

"恐怕她不是那么容易打发的人。"雪五道。

"好歹我曾经去东海送过东西，与她有过一面之缘。"雪九回想那时候的情景，眼神黯了黯，"灵犀出世之后，她应该比那时候好多了吧。"

"真是多事之秋，偏偏选在君上闭关炼药的时候。"雪五摇摇头，只得说道，"你去吧，她多半是为了那个小姑娘而来，你先挡了。一切事宜，等君上回来。"

"我知晓。"

雪九飞身纵下，袍袖翻飞，堪堪触地之时，已化身为白鹤，足尖轻点，展翅掠空而去。

烟花幻象中，巨鲸挥动双鳍，竟像鸟儿般腾空飞起，鲸群缓缓离去，在夜空中渐渐淡去，直至完全消失。众人回过神，这才意识到散发着蓝光的海浪不知何时也消散了。

这样的烟花，莫说在谷中难得一见，便是在长留城这样的繁华之地都极其罕见，大多数烟花只图热闹，绝做不到像这般别出心裁。墨珑朝卓酌道："这样的烟花可不易得，想来你定是煞费苦心。"

看见众人惊叹，卓酌也有得意之色，朝他附耳道："不瞒你说，从寻访烟花名匠，再到制出我中意的烟花，足足用了三年。"

常言道，人无癖不可与交，以其无深情也；人无疵不可与交，以其无真气也。卓酌只见过澜南画像，便痴情至此，真真难得。墨珑原本只当他是游手好闲的纨绔子弟，如今看见这烟花非得费心费力用尽心思才能制出，才对他另眼相看。

"若是澜南上仙看见，必定喜欢。"墨珑道。

卓酌望向雪峰，怅然道："也不知，她看见了吗？"

墨珑将手中火折子递给他："来，你来点！"

"我？"卓酌愣了愣。

旁边小山雀们七嘴八舌地叫嚷着——

"再来！再来！"

"真好看！真好看！"

银喉长尾小山雀飞到卓酌肩上，催促道："再来一个！再来一个！"边叫着，边用小嘴轻轻啄卓酌耳根后头的发丝，显然已是迫不及待了。

被她啄得直痒痒，卓酌虽从未亲自点过烟花，眼下被众人簇拥着，不禁跃跃欲试，便取了个烟花，恰好是灵犀之前拿过的"春莺啭"。

瞧这名儿与鸟儿有关，小山雀们越发欢喜，绕着卓酌转圈圈。卓酌点燃芯子，片刻之后，烟花中升腾出一个个婀娜多姿的美人，举步起舞，如轻云蔽月，流风回雪，美不可言状。

雪九屋内，灵犀唤了半日，见无人应答，才壮着胆子进去。屋内与他们木屋甚是相似，简朴干净，一尘不染，不同之处则是屋内摆放着许多花花草草，大多数灵犀都叫不上名来，但有一个光秃秃的花盆引起了她的注意。

花盆内并无花草，泥土半埋着一枚青果。

这枚青果，灵犀认得，与她在桃花林中吃下的又酸又涩的小青桃一模一样。再想起莫姬此前原想托她带到山庄内的事情，想来应该就是这枚青果。雪九将她埋在此处，大概是不忍它就此殒命吧。

灵犀伸手，轻轻用指腹摸了摸它，希望它能好好的。

她继续小心翼翼地往里头行去，隔开里屋和外屋的是一株爬山虎，因事先听了雪九的嘱咐，并未为难灵犀，就蜷曲着细茎，静静观察灵犀的一举一动。

因为不想让灵犀太费事，雪九特地把存放假避风珠的木盒就放在里间的桌上，桌面上空荡荡的，除了一株铃兰，便只有木盒，再显眼不过。

灵犀却是聪明反被聪明误，寻思着这样的要紧东西必定放在极为隐秘之处，所以她压根儿就没有留意过桌面，反而把抽屉、床底、房梁……所有犄角旮旯之处都找了一遍，没有收获。最后她沮丧地在桌边坐下，顺手打开木盒，一下子看见了避风珠，如此轻易，倒让她自己吓了一跳。

"避风珠？"她无法确定，但很快木盒下方篆刻的一行小字解答了她的疑问——

却笑东风从此闲。

想来应是避风珠无疑了，灵犀心中大喜，伸手要去取，又顿了顿，双手合十，歉疚地喃喃道："此番情非得已，暂借避风珠一用，待见到澜南上仙之后，即刻归还，还请见谅！"

铃兰花微微摆动着，灵犀取走避风珠，揣入怀中，紧张而兴奋，急急地就要回去找墨珑，告诉他自己已大功告成。

唐石接连看了几个烟花，虽说别出心裁，但并未暗藏玄机，想来那只小狐狸并不曾在烟花上动手脚。再看现下放烟花的人换成了卓酌，更加不必担心小狐狸弄鬼。小狐狸故意弄烟花应该就是为了替小姑娘打掩护，并无其他。

几只贪玩的小山雀见烟花这般好玩，按捺不住化为人身，也去拿烟花。墨珑看在眼中，并不阻拦，火折子尚在卓酌手中，他便回屋到灶间拿了几根线香，用火折子点了，分发给那几只小山雀。

谷内这般热闹，而小风口外，却是另一番景象。

隔着结界和淡淡的薄雾，清樾看见雪兰河朝这边飞来，身形翩跹，优美灵动，白羽似雪而胜雪。待到近前，雪兰河足尖轻点，化为人身，白袍红冠，眸兮如华，温乎如莹，施施然向清樾躬身施礼。

论起辈分，雪兰河曾与龙族先辈并肩作战；论身份，他是玄飓上仙座下左使，清樾如何受得他这一礼，连忙恭恭敬敬还礼。

约三百年前，雪兰河曾经亲来东海水府，说是玄飓上仙得知龙君尚有遗孤未出世，特送来昆仑血灵芝，此物极其难得，是保胎养神之上上品。她将此物放入巨蚌之中，果然得其滋养，过了百年，灵犀终于出世。当时清樾曾备下厚礼，亲自上门致谢，却被天镜山庄辞谢婉拒。

说起来，天镜山庄也算对东海水府有恩，故而清樾言语间甚是谦恭有礼。

"冒昧打扰，实在唐突。"清樾歉然有礼道，"我刚刚才知晓，舍妹随北海二太子进了贵庄，她年幼莽撞，行事恐怕失了分寸，给贵庄徒增麻烦。故此，我特来将她领回。"

东里长听清樾这番话，未有一字提及墨珑，忙在旁道："在下侄儿墨珑，也随北海二太子进了贵庄。我也是来此将他领回。"

雪九微微挑眉："你说的是那只小狐狸，他是你侄儿？"

"他……他是不是惹出什么事来了？"东里长心里直发紧。

雪九含笑道："眼下倒还没有……两位的来意我已明白，只是庄内规矩大，不可轻易进出，我也做不得主。眼下君上不在谷中，还烦请两位再等上几日，待君上回来，我自当将此事禀上。"

"灵犀，她……"

清樾还想争取，突然看见远处庄内的天空蹿起数道光芒，顿时吃了一惊。东里长脑中一下子想到的就是幽冥地火，更是紧张万分，说话都有点儿磕磕绊绊："是不是……出……出事了！"

雪九循他们的目光回头望去，笑道："二太子带了烟花，在谷内燃放，诸位不必惊慌。"

原来如此，清樾等人这才稍稍松了口气。聂季一脸鄙夷，与聂仲低语："二太子刚刚拒了婚，转脸就放起烟花来，真是闻所未闻！"

聂仲盯了他一眼，示意他莫再乱说话。

谷中，怀揣着避风珠的灵犀偷偷溜出雪九的屋子，行出几步，又折返回来关好门，这才偷偷离开。

烟花在天空炸开，却燃起更猛烈的火光，足以照亮半边天空，火光中逐渐显现出一个巨大而奇怪的人形，人面兽身，赤发红膛，一手操坚石，一手操长戈……

"这……这是……"虽然知道是烟花幻影，小山雀们看着还是害怕。

卓酌解释道："这是祝融，火神祝融。"

此时，另一个烟花也炸开来，显现出滔天洪水，水光中也有一人，人面蛇身，虬髯戟张，手舞镇海三叉戟，气势汹汹……

"这个我知晓……是共工！"银喉长尾小山雀在卓酌肩膀上蹦跳着嚷嚷道。

卓酌笑着点点头："对！"

水火不相容，两大远古神祇在天空操戈舞戟，洪水如山耸，浑波层层叠叠翻腾而上，烈焰似火轮飞上飞下，赫赫巍巍直扑而去，俨然便是远古时代那场大战重现眼前，看上去触目惊心。莫说小山雀们，谷中的马儿、羊儿，连栖息在树间的鹰隼们也目不转睛地看着夜空……

将线香分发给小山雀们之后，墨珑不留痕迹地退开来。唐石不动声色地盯着他，看见他只是退出喧哗之地，似随意择了一株树懒懒散散地靠坐下来，依然看着夜空中的烟花，间或瞥一眼雪九的屋子，看样子，他是在等灵犀。

随即，烟花接连燃放，两大远古神祇的出现着实震撼至极，光芒万丈，便是唐石也在不知不觉间将目光停留过久……

雪五倒未曾被烟花干扰，只是他留意的人是刚刚从雪九屋中出来的灵犀，很好奇她下一步会去做什么。

压根儿没有看烟花的心思，灵犀一溜小跑回来，边跑边找墨珑，却始终没看见他的身影，心下诧异，还在四下张望之时，忽见唐石风驰电掣般从自己身边掠过，同时听见他疾声道："拦住他！"

循着唐石所去的方向，灵犀看见了最前头的墨珑，他正向老风口的方向飞掠而去。四五只鹰隼听见唐石的话，纷纷从高处俯冲下来，正追在他身后……

他……他为何要去老风口？

他身上没有避风珠，去老风口岂不就是送死？

灵犀不解，怔怔看着，唐石已恢复原身，比其他几只鹰隼更快，双爪如钩，疾扑向墨珑。

听得身后劲风扑来，比起此前，墨珑的反应要快捷得多，简直就像换了一个人，他迅速就地翻滚，躲开唐石的利爪，猛地向前蹿出数丈。唐石这才意识到，此前自己轻易扑倒他，纯粹是他故意装的。

狐狸就是狐狸！天生狡诈！唐石心中暗骂。

两个人此时已经很接近老风口，风势在逐渐增大，寒意也在增强，后头紧跟着的几只鹰隼因为风力和寒气的缘由身形渐缓。

再往前飞，羽翼末梢已有冰凌凝结，加上风力强劲，对于飞禽而言，比起走兽要吃亏得多。唐石心中暗暗咒骂，想着必须尽快将他逮住，否则进了老风口他必死无疑。

为了加快身形，唐石收敛双翼，顶着劲风，沉身猛扑向墨珑。

此时因寒风劲猛，墨珑已完全听不见其他声响，身体已被寒气所侵，行动间越发艰难。墨珑不再迟疑，一手捻诀，默念避火咒，一手按向胸前烈火璧所在的位置，以灵气催动……刹那间，火光腾起，笼罩住他全身，唐石收势不住，被燎伤羽毛，一冷一热，两下猝不及防的冲击，令他踉跄倒地。

从唐石发觉不对劲儿开始，雪心亭便朝这边飞掠而来，只是他距离太远，身形虽快，这时也才堪堪赶到，眼见墨珑进了老风口，只能卷起受伤的唐石，护着他退到安全所在。

"这只小狐狸！"唐石气恼不已，忍着痛道，"他身上不对劲儿……"

雪心亭先扶他躺下，又替他把脉，知晓他心脉无碍，看来只是皮外之伤，才稍稍松了口气。

"那火光是什么？"这是雪心亭最担心之事。

唐石明白他的意思，摇头道："不是那个！"

"真的不是？"

"真的不是，完全不一样。"为了让他安心，唐石忍痛拨开自己被灼伤的部分，"你看，伤口不一样，没有黑气。"

雪心亭察看伤口，确实只是寻常烈焰所灼，转头吩咐旁边的鹰隼："去小风口外，让雪九速回！"一只茶隼领命，展翅飞走。

灵犀奔至唐石身旁，颤声问道："他呢？他在哪儿？"

看见她，唐石忽然明白过来："你们俩根本是事先计划好了，对不对？声东击西，你去偷避风珠引开注意，加上有烟花扰乱视听，他正好趁机进老风口。"

他怎么知晓自己去偷避风珠？灵犀一时间有点儿蒙了。

雪心亭还算沉得住气，看出灵犀对此一无所知，温言道："他进了老风口，你事先可知晓？"

灵犀脑子乱糟糟一团，所有的事情急速旋转着——方才那团火光是怎么回事？莫非是唐石使的法术？不对，若是唐石使的法术就不会灼伤自己。那么是墨珑？还是不对，谷中不能使用法术。或者他想出法子过老风口了？为何不告诉她？……

忽然，墨珑说过的话在她脑中复响起——

"拿不到，有拿不到的法子。"

"有我在这里，你只管把心放肚子里，踏踏实实的。"

莫非，真的如唐石所说，墨珑根本没指望自己能拿到避风珠，他一直都另有打算，却始终没有告诉她……

得不到灵犀的回答，雪心亭望向老风口的方向，皱紧眉头，没有避风珠，以他的修为也进不去，小狐狸贸然闯进去，着实危险。只是眼下别无他法，只能等雪九回来，只是时候一长，恐怕小狐狸性命难保。

看出雪五心中所想，唐石忍痛皱眉道："那只小狐狸……他自己要找死，拦都拦不住！"

手中握着从雪九屋中拿出来的避风珠，灵犀已经不能肯定它究竟是不是避风珠了。唐石既然早已得知她会去偷避风珠，雪九肯定也知晓，他怎么可能还把避风珠放在如此显眼的地方等着自己来偷呢？

可是墨珑进了老风口，没有避风珠，他怎么办？

来不及多想，她攥紧避风珠，朝老风口冲去。

"这孩子！"唐石吃了一惊，正想起身，身旁的雪心亭已飞掠出去。

雪心亭身形比灵犀要快，在灵犀尚未来得及进入老风口之前拦在她身前，未料到灵犀冲劲甚大，一时竟阻不住她的去势，反而被她撞得倒退丈余。

两个人现下已在老风口边界处，雪心亭挡在灵犀身前，背部承受着彻骨寒意，不由自主地微微颤抖。万年前那场大战，他曾受过重伤，后来虽然伤愈，但还是给身子留下了损伤，镜湖的寒意对他而言不在话下，但老风口的极度深寒对他而言却如一把把冰刃，剜肉削骨，苦不堪言。这也是为何玄飔指定了雪九进出老风口，而非雪五。

"你不能进去！"他往外推灵犀。

寒风被他所遮挡，加上有鲛珠护体，寒意一时还无法侵入灵犀体内。灵犀的气力还是大得惊人："你让开！"

话音刚落，她猛地格开他的双臂，雪心亭反手再擒，拿住她的左手腕向后拧。此刻两个人皆侧对老风口，雪心亭半身如浸冰窟，行动已是颇为勉强；灵犀也已感觉到手脚被冻得僵硬，心知必须速战速决。

灵犀猛然一转，伸腿锁住他的右腿，再一转，曲臂为肘，重重撞向雪心亭前胸，情急之下，她用尽全力，力大无比，生生将他撞飞出去。

怎么也想不到她的力气竟会这么大，比当年灵均还要强。雪心亭甫一落地，站稳身形，立刻回头望去，灵犀已闯入老风口，风卷雪尘，渺渺茫茫，哪有还看得到她的身影，他不由得跺足叹气。

第二章　强行闯峰

第三章
灵均所在

老风口内，一阵阵强劲的寒风扑面而来，墨珑即便有烈火璧护体，依然感觉到寒气透体，十分难熬，几乎无法顶风前行，只能趁着一阵风与一阵风之间短暂的停歇才能勉力往前行几步。寒风中卷雪夹尘，烈火璧火光虽亮，周遭却是混沌一片，也是无济于事。

如此行出数丈，风力越发强劲，火光笼罩处隐隐约约出现一道屏障，将去路堵了个结结实实。

此路竟是堵死的？难道此路根本不是通向雪峰？或者，澜南根本就不在雪峰，这只是玄飓对外的说辞？

刹那间，墨珑脑中转过数个念头，他全身已被寒气冻得生疼，即便有烈火璧也不敢在老风口里待太久。若是此路不通，他必须赶紧退出去才行。

转念一想，这道屏障会不会只是玄飓设下的障眼法——墨珑想起鹿蹄山风雨神所设下的障眼法，犹豫一瞬，决定上前察看一番。忍着渐渐渗入体内的彻骨寒意，他走近那道屏障，试着伸手去触碰。

只是稍稍一碰，他便吃了一惊，屏障竟是柔软的，且微微起伏，起伏间便有少许雪屑从上面抖落，仿佛是个活物一般。他试着用手扫去雪屑，想看清究竟是什么，冷不防一股劲风当胸而至，强劲至极，他被吹得跟跄直后退，努力想稳住身形，无奈手足皆被冻僵，几乎不听使唤，直至他的脚绊到某个物件，这才勉强站定。

他低头望去，只一眼，呼吸立刻艰难起来——虽然风雪太大看不清模样，但那人一袭衣衫他再熟悉不过，正是灵犀。

她怎么进来了？

"灵犀！灵犀！"他忙扶她起来。

极度深寒之下，鲛珠在灵犀体内也逐渐被寒意所侵，出现了一道道裂纹，灵犀四肢百骸被寒意所侵，奋力往老风口闯进数丈，终因肢体被冻僵而栽倒在地。墨珑扶起她时，她尚有知觉，艰难抬手，低声喃喃道："避风珠，给你……"

"你……"墨珑这才明白她竟然是为了把避风珠给自己才闯入老风口。他此前对于灵犀去偷避风珠其实根本不抱任何希望，一方面是让她引开其他人的注意力，另一方面也是不愿她跟着自己进老风口，毕竟烈火璧能有多大效果，他心里也没底。他相信，凭自己的能耐，便是烈火璧抵不住寒气，他也可以全身而退，可灵犀却未必能做到。

生怕碰伤她冻伤的手脚，墨珑尽量轻柔地将她纳入烈火璧的火光之中，然后才从她手中拿过那枚"避风珠"。

雪兰河很厚道，虽然放在桌面的并非避风珠，却是一枚玉灵珠。墨珑试着以灵力催动，一波波暖意从玉灵珠上散发出来，瞬间缓解了两个人周身的寒意，手足处的冻伤也缓解了许多。玉灵珠暖而不炙，可以保护他们不受寒意所侵，不至于因为冒然进了老风口而丧命。

灵犀若有灵力，也能少遭些罪。墨珑将她搂得更紧些，在她耳边大声道："前头有东西堵住了去路，过不去。"

实在太想过老风口，想见到澜南问明哥哥的下落，灵犀不愿放弃，强撑着精神："什么东西？我去看看！"

知晓她一心想要找到哥哥，好不容易进了老风口，她决不肯轻易放弃，墨珑便顺着她，带她行到方才所遇的屏障前，小心翼翼地躲开风力强劲之处。

"像是个活物，当心！"

方才被墨珑扫开雪屑的地方现下裸露出来，凹凹凸凸的暗纹，轻轻起伏着，灵犀端详着，看不出它究竟是个什么东西。

"路都被它堵死了。"

墨珑小心地留意着所处的位置，以防再次有猝不及防的劲风。灵犀挣开他些许，伸手去摸那物件，才摸了两下，那物件骤然大动起来，雪屑"噗噗"直落，腾起团团雪雾。墨珑忙护住灵犀，疾退开去。

这时，玉灵珠终究不是避风珠，暖意也抵不过老风口的寒气，短暂的温暖之后，玉灵珠发白，成了一枚死珠。墨珑想带她退出老风口，灵犀却不肯，固执地想看看究竟是何物堵住去路。

雪雾消散，出现在他们眼前的竟是一头体形庞大的雪蛤，通体暗纹，鼻吸口呼间，阵阵寒风劲涌。原来这老风口的风竟是从它而来。这样一头巨型雪蛤，也不知玄飓是从何处寻来，用它守老风口也算是一道奇景。

雪蛤鼓起腮帮子，"呱呱"叫了两声。

灵犀转头看墨珑："它说什么？"

墨珑懂些兽语，却不是所有兽语都懂，雪蛤的叫声他是当真听不懂，当下摇摇头。

虽然听不懂，但雪蛤的动作看得明明白白，它迈了两步，侧过身子，为他俩让出了一道路……

第三章 灵均所在

墨珑愣住。

眼见有一丝希望，灵犀不愿多想，催促他道："我们走！快，它把路让出来了！"

这头雪蛤根本不认得他们，按理说不攻击他们已是万幸，怎么还会把路让出来？会不会是个圈套？墨珑犹豫着。

灵犀断然不会放过这样的机会，急着过去，便想挣开他。其实以灵犀现下的状态，便是墨珑硬要带她退出老风口，她也无力反抗，只是……墨珑暗叹口气，日后被她埋怨也罢了，只是她不知会怎样懊恼沮丧，那倒叫人看不下去。反正进来了，干脆豁出去陪她走这一遭。

想着，墨珑半蹲下身子，将灵犀负到背上，沉声道："我背你过去。"

体内，满是裂缝的鲛珠在寒气夹击中无声无息地破碎，灵犀的意识一点点涣散，她轻轻"嗯"了一声，把头搁在墨珑肩膀上。

墨珑谨慎地朝雪蛤走近两步，略停，试探它是否有攻击的意图。雪蛤非但没有丝毫攻击之意，连呼吸都刻意压抑着，似不想伤着他们。

它当真想让他们过去？

灵犀的鼻息就在他脖颈边，有点儿痒，墨珑不再多想，大步向前行去，径直穿过老风口——不多时，眼前豁然清晰起来，月光如水，白雪皑皑，极目望去，雪峰就在眼前高高耸立，冷虽冷，却不是老风口的极度深寒，相较起来，简直可以用"清凉"二字来形容。

真的到了雪峰！墨珑撤去烈火璧的火光，稍稍松了口气，接下来只需找到澜南所住之处便可。他轻声唤灵犀："你看……"

身后静悄悄的，毫无反应。

忽然意识到她的鼻息比方才微弱了许多，墨珑的心猛地被揪紧，转头想看她："灵犀！灵犀！"

她的头颅无意识地垂下，身体冷冰冰的，没有任何回应。

恍惚间，墨珑仿佛又回到了桃花林中找到她的那刻，那时候他还不太熟悉这种感觉，而现下他明白了——这是心慌，由于害怕、恐惧而带来的心慌。

他慢慢安慰自己，她也许只是暂时晕厥过去，过会儿就能醒过来。或者和上次一样，她进入了龟息状态，终归能醒来……先找个避风之处，把她放下来，墨珑想着，迈步往前，灵犀的发丝有几缕落在他胸前，随着他的走动而轻轻摆动。他怔怔看着，心中有股说不出来的滋味。

骤然间，脚下突然踩了个空，原本看上去平整的雪地下面竟是空的，这一生变着实猝不及防，何况他身上还负着灵犀，身子凭空下坠，落到下面的陡峭斜坡，沿着斜坡翻滚而下。

茶隼飞出小风口，羽翼带风，雪九循风声转头，抬起手来，让茶隼稳稳停在臂间。

"有人闯进老风口，雪五让你速回！"茶隼低声禀道。

莫非灵犀当真以为自己拿到了避风珠，竟敢去闯老风口？雪九面色一变，虽然很想问明详情，但当着清樾的面多有不便，遂朝清樾拱手施礼："谷中有事，急待我回去，失陪！"

清樾从他面上便已看出谷中出了大事，疾声问道："是不是灵犀出事了？"

雪九不能答，眼睛本能地避开她："请大公主先回……"

小小的眼波流转并未逃过清樾的双目，她何等聪明，急迫道："是灵犀对不对？让我进去！"

灵犀出事了？那么墨珑呢？

东里长也紧张得很，扑上前问道："墨珑呢？他有没有事？"

"……两位少安毋躁，请先回吧。"雪九不愿再与他们耽搁时间，转身飞掠而去。

越发感觉到是灵犀出事，看着雪九匆匆离去的身影，清樾心中焦急万分，却连里头是什么状况都无法知晓，她双手蓄力，重重击上结界，数道金光溅开，整个结界都在微微抖动。

袖中金铃与结界相连，此刻剧烈摇晃，雪五望了一眼，无奈苦笑，灵均之事，君上已有愧于东海。若此番灵犀又在谷中出事，不知君上该如何向东海交代。

雪九飞掠而至，茶隼追不上他，尚落后在远处。此时烟花已熄，小山雀们见唐石受伤，不知发生了何事，纷纷聚拢过来。卓酌更是一头雾水，还以为是自家烟花惹了祸，害得唐石不慎受伤，顿时有点儿惶恐。

"怎么了？"雪九远远地便见唐石受伤倒地，顿时感觉到不对头，落地后不可置信地问道，"她还伤人？"

迟一分，灵犀与墨珑就多一分丧命的危险，雪五拉住他："来不及细说，灵犀和小狐狸都进去了，你赶紧把人弄出来！"

唐石在旁补充道："……小心那只小狐狸，他身上不对劲儿，有火！"

火！雪九一惊。

"不是那个。"雪五道，"大概是带了特别的火器，你小心。"

雪九点头，自怀中取出避风珠，飞掠进老风口。雪五等人进不了老风口，只能在外面等着。卓酌这才听明白一点点，惊诧道："灵犀和墨珑，他们进了老风口？"

唐石横了他一眼："别说你事先不知晓！"

这黑锅着实被扣得冤枉，卓酌瞠目结舌："我……我真的不知晓，他们怎会……"灵犀与墨珑竟然有那么大的胆量敢闯老风口，他怎么也想不到。

就算他不知晓，这两个人也是他带进山庄的，唐石没好气，还想说话，被雪五制止："他不知情，罢了，你还是先去疗伤吧。"

唐石摆手制住欲上前扶他的人："皮外伤，不碍事，等雪九把那两个小兔崽子拎出来，我再去。"

雪心亭知晓，唐石和自己一样，是在担心灵犀和墨珑的安危，故而也不再相劝。

雪峰之下。

墨珑在下坠途中，为了护住灵犀显出原身，柔软的皮毛将灵犀妥当包裹起来，防止她受到更多伤害。

他们沿着雪坡一路翻滚而下，直至坡底才算停住势头。墨珑抖抖皮毛上的雪，小心翼翼地松开灵犀，细察她的鼻息。

"灵犀，灵犀！醒醒……"他试探地唤她。

大概是方才那阵翻滚过于猛烈，听见他的声音，灵犀似醒非醒地睁开双目，首先对上的是墨珑一双狐狸眼。他尚是原身，一只通体银黑的狐狸，针针毛发在月光下闪着银光。

她愣愣地盯着他看，半响才虚弱地笑道："……我要告诉小风，说你是圆毛。"说完就慢慢合上眼皮，竟还往他怀里窝了窝，然后任凭墨珑怎么唤她也不再睁开。

偌大天地，茫茫白雪，墨珑除了拥紧她，不让她的身体在雪中冷却，竟别无他法。

便是找了澜南，又有何用？难道灵犀出世的原因就是为了找到灵均吗？

对她而言，何其不公！

墨珑什么都不能做，或者说除了守着她，他根本不知晓自己还能做什么。

灵犀的眉眼近在咫尺，间或有雪花轻轻飘落在她长长的睫毛上，沾上，片刻后融化成水，顺着睫毛梢滴落，从她的脸颊上滑落，似一滴泪珠儿。若冥冥之中真的有股力量在指引着她，即便是一卵双胞的感应，只希望，这股力量能让灵犀醒来。

只要她醒来，他就再也不骗她。

龙牙刃，还给她。

烈火璧，也可以给她。

她喜欢吃的菜，他可以给她做。

她想去看梅花，他可以带她去看。

她要他去东海探望她，他可以日日去，月月去，年年去。

只要她能醒过来。

搂紧她，墨珑深埋下头，将眼中的恐惧尽数藏起。

苍茫天地，人鸟声俱绝，周遭静寂至极，仿佛回到盘古开天的初始，万籁俱寂，时光停滞。

不知过了多久，一道苍老而慈祥的声音将墨珑唤回神来。

"小狐狸，你怎么了？"

墨珑缓缓抬头，看见雪地里头站着一位拄拐的老妇人，鹤发鸡皮，面上的皱纹深如沟壑，写尽沧桑，唯独双目很温暖，正关切地看着自己。

不知她是何人，也不知她从何而来，更不知该如何作答，墨珑只是看着老妇人。

"小姑娘病了吗？让我瞧瞧。"老妇人行路似不太便，拄着拐，蹒跚着走近他们。

墨珑对人，向来戒备之心颇重，虽然这位老妇人看上去并无恶意，但看她近前来，他迅速化为人身，抱着灵犀谨慎地退开几步。

见他这般紧张，老妇人也不恼，也不逼他，立在原地道："她对你，很要紧是不是？"

墨珑盯着她，犹豫了片刻，才点了点头。

"大概是从老风口过来的时候冻着了。"老妇人道，"你让我瞧瞧她，兴许还有救。若是拖得时候长了，我也没法子了。"

"你是谁？"墨珑自然是希望她能救灵犀。

老妇人道："你们来这儿不就是为了找我吗？现下又问我是谁。"

墨珑愣住："你……你是澜南……澜南上仙？"修为高深者，身体都保持在最好的状态，容颜亦是在鼎盛之时，不会露衰老之貌。此前才听卓酌说过画像中的澜南如何倾城倾国，故而他印象中澜南即便不是一位妙龄少女，也应该是中年美妇，无论如何不该是这样一位白发苍苍的老妇人。

澜南也知晓他为何事惊讶，并不愿多做解释，温言道："现下，可以让我看看小姑娘了吗？"

自觉很是失礼，墨珑抱着灵犀，缓步近前。

澜南伸出手来，干枯的手如老树皮般布满皱纹，轻轻拂过灵犀的眉眼，在眉心处略略停留了片刻，轻叹了口气，弄得墨珑很是紧张。她却什么都没说，从怀中掏出一个小巧的玉葫芦，从中倒出一枚丹药递给墨珑："喂她吃下去吧。这孩子先天不足，门户不牢，灵识难以常驻，只怕是……"大概是后面的话不吉利，澜南也不愿再说下去，叹了口气。

墨珑将丹药放入灵犀口中，轻托她下颌，让她将丹药吞入腹中，静静待她醒来。

空中传来一阵鹤唳，随即一只白鹤翩然落下，化为人身，正是雪兰河。他先恭恭敬敬朝澜南施礼，然后才转向墨珑与灵犀，松了口气道："总算找着你们了！你们俩真是……灵犀怎么了？"见灵犀一动不动，雪九甚是不放心。

澜南看向他，语气中有责备之意："这孩子先天不足，这身子过老风口如何受得住，你们也太大意了。"

雪九低头愧疚解释道："实在是事先没料到，他们……竟然会硬闯。"

"她想见我，难道你们事先不知？"澜南问道。

雪九头更低了："知晓。"

澜南语气越发严厉起来："既然知晓，你为何不带她过来，逼得她非要硬闯不可？这孩子出了事怎么办？"

雪九被训得头都不敢抬，低低道："君上吩咐让您安心养病，不许让人打扰，属下不敢违背。"

听闻是玄飓的意思，澜南这才未再追究，只皱了皱眉头。

灵犀不知何时醒来，轻轻地"咦"了一声，双目看向澜南和雪九……墨珑静静看着灵犀，再多的心潮起伏，所有的欢喜和悲伤都被他强制按捺住，他低哑道："你醒了。"

"我睡着了吗？"灵犀对于自己的昏迷浑然不觉，诧异地问他，"他们……怎么了？"

墨珑指着老妇人哑声提醒她："你要找的澜南，就是她。"

澜南温和一笑，才道："小姑娘，你找我有何事？"

此时雪九方才抬头，目光中却有紧张之色。

怎么也没想到澜南竟然已是个老妇人，而且苍老至此，灵犀怔怔看了澜南好一会儿，才将信将疑地问道："你认得我哥哥吗？"

"你哥哥？"

"他叫灵均。"

"灵均"二字一出，澜南的身子顿时晃了晃，慌张地用力拄紧拐杖才稳住身子："你哥哥是灵均……你可知晓她是灵均的妹妹？"后半截话问的是雪九。

雪九不敢看澜南，默默点头。

"既然知晓，你……"澜南气恼，只是她生平都不会骂人，此时也不知该说什么才好。

灵犀不明白她为何气恼，只知晓她的反应必定是认得哥哥，急急追问道："你认得我哥哥对不对？"

澜南点头，缓缓道："我自然认得他。他还好吗？"

这一问，轮到灵犀怔住："他……他在哪里？"

澜南也是一呆："他不是已经回到东海了吗？"

"没有，他一直没回东海。"隐隐察觉到希望落空，灵犀茫然道，"我们都以为他死了。"

两个人面面相觑，彼此都不知究竟哪里出了问题。墨珑亦是莫名其妙，怎么也想不到，好不容易找到澜南，竟然会是这样的状况。唯独雪九面色很差，低着头，一声不吭。

片刻之后，澜南转头，疑惑地看向雪九："怎么回事？二哥明明说过，已命你将灵均送回东海。"

雪九不知该如何回答，只能咬牙硬撑着不说话。

澜南见他不言语，心猛地往下沉去："莫非二哥一直在骗我，其实灵均死了？他真的被我打死了？"

此言一出，灵犀如被重锤击打，直愣愣看着澜南，颤声道："是你杀了我哥哥？"

澜南说不出话来，也没有否认，看上去比她更加悲伤。

"不是！不是！不是这样……"眼看事情越发不对劲儿，恐生出其他误会，惹出更大的麻烦，雪九连忙解释道。

"你哥哥没死，真的没死！"雪九先朝灵犀道，然后赶紧朝澜南道，"灵均没死，当年他是受了重伤，但是没死，君上并没有骗您。"

一时间，众人的目光尽数落在雪九身上。

墨珑沉声道："你还是把事情解释清楚为好，她为何会将灵均打成重伤？眼下灵均若还活着，他又在何处？"

雪九踌躇良久，始终说不出话来，似为难至极。澜南在旁长叹口气，道："罢了，前面这段我来说。"

她看向灵犀，缓缓道："想必你们知晓，八千年前，幽冥入侵，我与两位哥哥率兵迎击，最后幽冥兵败，退回幽冥界。那一场战役，死伤甚多，我大哥……"

说到此处，复忆起当年往事，她神情痛苦，顿了好一会儿。

墨珑默默地想，澜南口中的大哥应该就是三青鸟之首羽阙，难道他的死与幽冥之战有关？

努力定了定心神，澜南接着往下说，却不再提羽阙："……我也受了伤，当时以为只是小伤，不碍事，却未料到是中了幽冥地火之毒……"

雪九忍不住道："君上说过，这不是您的错！"

"不，是我修行不够，心魔未除，幽冥地火才会在体内一日比一日严重。"澜南悔恨道，"那时候我明明知晓自己不对劲儿，却瞒着二哥，以至于后来害了灵均。"

灵犀紧紧盯着她："真的是你伤了我哥哥？"

那段记忆对于澜南来说阴沉而混乱，她自己都只能记得些许片段，然后勉强才能把事情串起来："幽冥地火一直被我苦苦压抑在体内，终于有一日爆发出来。我就记得，那时候我在芥园……对吧？"她看向雪九。

雪九默默点头。

"灵均见我不对劲儿，上来拦我，我对他动了手，到处都是火光……"澜南痛苦不堪地回忆着，"我飞了出去，他追上来，迫我落到一处山谷，然后……那时候我入了魔，根本也分不清人，将他伤得甚重。但也多亏了他，废了我的一双翅膀，让我无法再飞出去伤其他人。"

那处山谷想必便是鹿蹄山的山谷，灵犀回想到在血光中看见哥哥的身影，那时怎么也想不到与哥哥力战的人是澜南。澜南虽说是女子，却是西王母驾下三青鸟之一，修为功力不知比灵均要高出多少，哥哥竟然能凭一己之力硬撼。

"再后来，我就晕厥过去，醒来时已被二哥送至这雪峰中疗伤。"澜南道，"二哥告诉我，灵均虽被我重伤，好在性命无碍，已命雪九送他回东海调养。从此，我未曾再见过灵均，还以为他被我骇住，不愿再来见我了……雪九，此事你该向我好好解释解释。"

雪九艰难地抬眼看向澜南，又看向灵犀，才道："灵均受了重伤，君上为了给他疗伤，费了很大气力，起色不大。后来……"

"后来怎么了？"灵犀紧张地盯着他，"……他没死吧？"

"没有，没死！"雪九安慰她后才接着道，"但伤势太重，他一直也没醒。君上将他送到了苍梧丘，安置在地底泉眼之中。这些年君上花了很多功夫来炼药，不光是为了您，也是为了他。"

"地底泉眼之中？"灵犀没听懂，"为何要把他放在那里？"

澜南皱眉道："灵均是龙族中人，二哥应该知晓，让他疗伤最好是送回东海。"

雪九忙解释道："苍梧丘的泉水也有疗伤效果，君上将他置于泉眼之中，也是为了对他的伤势有好处。"

"既然如此，二哥为何要骗我？说灵均已被送回东海！"澜南问道。

灵犀也不解："既然我哥哥没死，为何不告知东海他的下落？"

墨珑在旁，却已明白玄飓的心思，冷冷一笑，只是未言语。

看见他的冷笑，雪九心中不好过，犹豫半晌，终于还是如实道："君上不愿让别人得知此事，因为……于您声誉有损。"

在墨珑看来，玄飓所担心的何止是有损澜南声誉，恐怕还有他自己的声誉，整个天镜山庄的声誉。毕竟，他们是西王母驾下的三青鸟，是统帅大军对抗幽冥恶鬼的上仙，若让人得知他们竟然也会入魔，世人对他们的信赖崩塌不提，只怕还会引起世人恐慌。

"……他……他怎么能……"澜南万万没想到竟然是出于这个原因。

雪九道："君上也知此事对不住东海，他知晓灵均有妹妹因先天不足无法出世，故而将自身灵力注入昆仑血灵芝之中，命我送往东海。就是有了君上此举，才令灵犀能够平安出世。"

听到此处，灵犀愣住，怎么也想不到自己身世竟然如此曲折。玄飓上仙因觉得对不住哥哥，对不住东海，所以才会出手助自己出世。换而言之，若无哥哥以性命博取，自己今日也不可能活生生站在这里。她的这条命，竟是素未谋面的哥哥换来的。

"苍梧丘，地底泉眼。"灵犀想到哥哥一个人孤零零地躺在地底，又想到姐姐这些年的模样，心中便翻涌起一阵阵难受，"你们怎么能这样？他是东海太子，他有家人，不管什么缘由，都应该告之东海。我姐姐……"

说到气苦之处，她哽咽难言。

"……我姐姐一直以为哥哥死了，她觉得这都是她的错！"灵犀吸吸鼻子道，"她这些年过得有多苦，你们可知晓！你们怎么能这样对她……我宁可我不出世，也不要这种你们自以为是的所谓补偿！"

雪九默然，从灵犀的立场，她说的话句句在理，他实在无言以对。

澜南更是惭愧至极，灵均因自己而重伤，又因自己而令他的家人蒙在鼓里。虽然玄飓以自己的方式去补偿东海，可灵犀说得对，这样的方式只是玄飓的自以为是。以为清樾失去一个弟弟，所以补偿一个妹妹给她，只是为了让自己心安，却不曾真正为清樾细想过。

仰着头，硬是没有在这些人面前流泪，灵犀转身，泪水堪堪滑落之时，埋入墨珑怀中，瓮声道："我们走，去接我哥哥回家。我不想再待在这儿！"

墨珑轻轻抚摸着她的背，柔声道："好，我们走。"

他搂着灵犀，再也不看澜南与雪九，转身欲走。

"小姑娘，你等等……"澜南唤住她，她从怀中将玉葫芦拿出来，递了过去。

雪九见状，有点儿急了，出言欲阻止："这是君上特地为您炼制的丹药……"

澜南转头瞪他，目光罕见地严厉，不许他再说下去，然后才看向灵犀，温和道："你虽已出世，但先天不足，灵识不稳，这葫芦中的丹药有定神之效，还可助你修行，你拿着，身子不舒服的时候就服上一枚。"

"我不要。"

灵犀硬邦邦地拒绝。她倔强至极，虽然知晓自己身子不对劲儿，但怎么肯再接受玄飓、澜南等人的恩惠？抬眼时，她正对上澜南恳求的目光、苍苍白头和颤颤巍巍的手，终是禁不住心软，放缓语气道："我们东海也有很多丹药，我用不着你的。"

墨珑却知晓，玄飓上仙亲自炼制的丹药岂能与寻常丹药相提并论，对灵犀身体定然大有益处，从方才服下一枚丹药后灵犀立刻就能醒来便可见端倪。

"澜南上仙也是一番好意……"他想劝她。

灵犀仍是摇头，很坚决："我不要。"

墨珑拿她一点儿法子也没有，叹了口气道："好吧，不要就不要。"

他扶着灵犀，两人转身沿着雪坡往老风口走去。

看着他们走远，想到灵均，再想到玄飓瞒着自己所做的一切，澜南感到一阵阵无力，挂着拐杖的手微微颤抖。雪九在旁，看出她的不适，忙上前想要扶她，却被澜南挡开。

"雪九，你送他们出谷，然后和他们一起去苍梧丘，务必将灵均平安送回东海。"澜南吩咐道，同时将玉葫芦交给他，"她现下虽不肯收，但你带着，路上找机会再给她。"

雪九迟疑道："此事还是等君上……"

澜南打断他，抬眼盯住他，目光严厉而痛苦："在你眼里，我的话已经不顶用了，是吧？"

雪九连忙跪下："属下不敢！在我心里，您与君上是一样的，绝无差别。"

"莫要说违心话才好。"

"句句属实，绝无二心。"

澜南这才让他起来："灵均的事儿若再有差池，我就只能亲自出谷了。"

"万万不可！"雪九惊道，他深知澜南体内幽冥地火未除尽，只能留在雪峰中养病，"属下一定妥当将灵均送回东海，请放心。"

"去吧。"澜南疲惫道。

雪九朝她深施一礼，转身快步去追灵犀和墨珑。

望着他们渐渐远去的背影，澜南只觉得胸口气血翻腾，头昏脑涨，生怕被雪九看见自己不舒服，她死死用拐杖撑住，免得栽倒在雪地之中。

雪九使用避风珠，送灵犀和墨珑出老风口。经过雪蛤时，墨珑忍不住问道："方才我们来时，它为何会给我们让出路来？"

其实雪九来时，在老风口内找不到灵犀和墨珑，心中诧异至极，怎么也想不到雪蛤会给他们让路。后来问过雪蛤，方才知晓缘由。

"它是把灵犀认作灵均了。"雪九道，"当年就是灵均在雪峰深处找到它，它一直都记得灵均身上的气味。"

灵犀这才明白过来，伸手摸了摸雪蛤，与它作别。

若雪蛤不是将灵犀当成灵均，是断然不会让路的，那么他二人要么冻死在老风口内，要么退出去，别无他法，当真是天意如此。墨珑心底隐隐升起一丝不好的感觉——冥冥之中，似乎真的有股力量在推着灵犀，让她越来越接近灵均。

对她而言，这是一件好事吗？墨珑不敢确定。

灵犀本没有出世的机会，是因为灵均伤重，玄飓内疚之下才助她出世。之后，灵犀一步一步走到现在，距离灵均越来越近。她因灵均而生，会不会也因灵均而……

想到这里，墨珑猛然禁止自己再往下想，无论如何不愿想到那个字。

老风口外，雪五、唐石、卓酊还有小山雀们都在焦急等待着。灵犀与墨珑着实进去太久，雪五几乎以为灵犀和墨珑都会冻死在老风口内，直至看见雪九带着他们俩平安无事地出来，才松了口气。

"没事吧？"雪五关切地看向灵犀。

灵犀气恼他们一直向自己隐瞒哥哥的事情，沉着脸，并不愿回答。

雪五倒未着恼，唐石看这两个小家伙险些闯出祸来，居然还端着臭架子，脾气顿时就上来了，呵斥他们道："我说你们俩还懂不懂事？不收拾你们，那是让着你们……"

雪九在灵犀身后朝唐石急打眼色，示意他莫再说下去。

雪五看出些许不对劲儿，问道："怎么了？"

雪九将他拉到一旁，将雪峰内发生的事情说了一遍。雪五越听心越往下沉："如此说来，她什么都知晓了？"

雪九点头："我得和他们一起去苍梧丘，澜南上仙之命，我不能违！君上那里……怎么办？"

雪五沉吟片刻："你和他们去。我去告知君上。"

"眼下也只能如此了。"

另一旁，卓酊也甚是担心，拉着灵犀问道："你怎么也不和我说一声就进了老风口，里头有多危险不知晓吗？出了事儿怎么办？我如何向你姐姐交代……还有你！"

他转头看向墨珑，手指着他："你过来！你又是怎么回事？你们俩事先是不是串通好了，就瞒着我一个人？还有……你怎么伤了唐石？你身上带了什么东西？"

墨珑不肯回答，朝他低声附耳道："我们见到澜南了。"

闻言，卓酊立刻呆住，不可置信地盯着他，看了半晌："真的？"

"嗯。"

早知道如此自己也豁出去，跟着他们去闯老风口了，卓酊真是悔恨至极，连连叹气。

"她怎生模样？"他问道，目光期盼至极，"你们快说说。"

灵犀望了眼墨珑，有些犹豫要不要对卓酊说实话。以澜南上万年的修为，将容颜保持在鼎盛之期轻而易举，眼下的她那般苍老，显然是被幽冥地火折磨多年所致。

"她挺美的。"灵犀终于还是没忍心,不管是对澜南,还是对卓酌,"不过,和我姐姐相比,还是差一点儿。"

小孩子总是这样,和谁最亲近便觉得谁最美,卓酌只当后半句是孩子气的话,并不放在心上。他满足地长长叹了口气:"她真的在雪峰就好,终有一日,我肯定能见着她。"

虽说灵均重伤一事并非出于澜南本意,但他终究是被澜南所伤,更不用说玄飔为了维护澜南的名声,向东海隐瞒了此事。灵犀完全可以实话实说,毁掉澜南在世人心目中的模样……墨珑注视着她,心中若有所思。

"小狐狸!你过来!"唐石虽还伤着,但气性一点儿没小。

之前伤着他,又知他是好意,生怕自己进老风口送了命,墨珑也甚是歉然,走过去问道:"……伤口不碍事吧?"

在小狐狸身上吃这么大的亏,唐石怎么瞅他都不顺眼:"你身上到底带着什么玩意儿?"

墨珑也没打算瞒着,从怀中掏出用火浣布包好的烈火璧:"是烈火璧。"

"烈火璧!"唐石虽未见过,却听说过,"是从甘渊炼制出来的那块烈火璧?"

灵犀也是惊讶莫名,望着墨珑:"你何时从象庭拿了烈火璧,我怎么不知晓?"

墨珑看着她,迟疑了一瞬,将她拉到一旁,下定决心道:"其实,还有一件事你也不知晓。"

"什么事儿?"

"这事你知晓肯定要恼……"墨珑顿了顿,"你得先答应我,恼了可以,可是不许恼太久,最多一天……"

灵犀莫名其妙地看着他。

墨珑无甚把握,又想了想:"……三天吧,最多恼三天,行不行?"

灵犀越发奇怪:"我一定会恼吗?"

墨珑不出声,别开脸去,轻轻叹了口气,然后取出龙牙刃,递给她:"它还在。"

这下灵犀是真的大吃了一惊,接过刀时莫名其妙地看着他:"你……你不是说它……"

"骗你的。"墨珑很实诚。

疑心他究竟哪一句话才是真话,灵犀瞅瞅他,又瞅瞅龙牙刃,猜测它会不会是仿造的,用手试着挥舞数下,丝丝寒意从刀身上散发出来。

是真的龙牙刃!她将龙牙刃收入掌中,瞪向墨珑:"为何要骗我?"

对于墨珑而言,骗了人之后再坦白已是前所未有,更不消说还得面对质问,若要照实说,他确也有点儿难以启齿,只得道:"……你猜。"

"我猜？"灵犀盯着他，猜测道，"你是不是拿它另有用处？"她从小锦衣玉食，除了不能自由出入水府之外，东海水府里头的东西她想要什么就拿什么，压根儿没有过将别人的东西据为己有的心思。

"算是吧。"墨珑承认道。

灵犀接着猜测道："和回青丘有关？"

闻言，墨珑顿时皱起眉头："你怎么会知晓此事？"

这下轮到灵犀支支吾吾："那个……在庙里的时候，我听到老爷子和你说的话……我不是存心想偷听的，只是正好……"

"你都听见什么了？"

"什么太子星、复兴有望、青丘……"灵犀讪讪道，"你们说话嗓子压得太低，其实我也听得不甚真切。"

墨珑皱着眉头看她。

片刻后，灵犀还是没忍住，问道："血咒和封印是怎么回事？谁被封印了？还有，老爷子担心你来了天镜山庄会节外生枝，说你们这么多年忍辱偷生，到底是怎么回事？"

"……还说听得不真切。"

墨珑瞥她。这时他才明白过来，当时灵犀为何说要回东海找姐姐，原来是听到老爷子和他的对话。

"你要龙牙刃，是不是与此事有关系？"灵犀追问他。

墨珑无奈，只得点了点头。

灵犀皱眉看他："那你怎么不问我借呢？何必要骗我？"

"龙牙刃是你们龙族的宝物，岂能轻易出借？"墨珑苦笑，"你可莫忘了，当初你可是连让我碰一碰都不肯。"

灵犀回想此前在长留城的种种情景，那时候自己确实不可能将龙牙刃借给墨珑，她低头闷声道："若现下你问我借，我必是肯的。只是，这柄龙牙刃是北海的定亲信物，你也知晓卓酌退婚一事，我姐肯定要将它送还北海，这可怎么办才好？"

见她非但不恼，反而还想将龙牙刃借给自己，径自左右为难，墨珑心下竟是说不出的滋味："你呀，可知君子无罪，怀璧其罪。我便是没有青丘之事，看见你有这刀，也会想方设法骗了来。"

灵犀瞪着他，问道："既是如此，现下你又何必拿出来还我？"

"我……"墨珑欲言又止，终是叹了口气，"你就当我变傻了，和你一样傻。"

以他的身份，即便回到青丘，恢复少主的地位，与灵犀也绝对称不上门当户对，何况他眼下只是一个被流放之人，他断然不会对灵犀表露心中情愫。

稍远处,小山雀在朝他招手,墨珑一时也不知该如何面对灵犀,暗叹口气,转身离开。他才走出两步,便听见身后灵犀道:"等等!"

下一瞬,他被人自身后牢牢抱住,圈着他腰身的手臂纤细而有力,墨珑当即有点儿怔住。

背后传来灵犀的声音:"你不傻,我也不傻,我知晓谁对我好。"

她的话直直撞入他的心底,墨珑心中五味杂陈,最终尽数化为一股甜意,逸到唇边。轻轻拍拍她的手,他佯作随意,却掩盖不住因为内心激荡而略有些干哑的嗓子:"知晓还勒得这么紧,我气都喘不上了。"

灵犀这才松开手,改成揪着他的衣袍:"你等会儿再过去。"

墨珑转过身,见她低着头闷闷不乐的模样:"为什么?"

"你对她不要那么好,"灵犀不满地嘟囔着,"我只想你对我一个人好。"她自小在东海水府长大,身边并无成对情侣,连夫妻都没有,只有姐姐、嬷嬷、侍女等人,再有便是聂仲、聂季,无人会对她提及情爱之事,故而她压根儿不懂情为何物,此时情窦初开,自己尚在懵懵懂懂之中,心里想什么便说什么。

闻言,墨珑禁不住失笑,却是不忍拂逆她,当真没有再朝小山雀走去。

心急的小山雀冒着被唐石骂的风险自己飞了过来,朝他们俩道:"你们俩怎么能自己闯进老风口,胆子也太大了!没出什么事儿吧?"

灵犀躲在墨珑身后,不吭声。

墨珑只得微笑以对:"没事。"

"你们可真是命大!换成是我,肯定活不成了。"小山雀偷偷瞥一眼唐石,不安道,"只是这么一来,你们在谷里多半是待不下去了,这可怎么办才好?"

"不打紧,我们本来也打算出谷去。"墨珑安抚她道。

小山雀本还想再说什么,忽然瞥见雪九朝这边过来,顾不得再说话,连忙飞走。

雪九走过来说道:"走吧,我带你们出谷。"

"等等,在出谷前,我还有一事,不知可否行个方便?"墨珑道,"前些日子,有一株凌霄藤进了山庄,我不知晓她还能不能出谷,外面还有在等她的人。"

雪九沉吟片刻:"她犯下重罪,还得等君上回来才能发落。这样吧,有什么话让她自己和你说。"

将墨珑领至雪五屋后栽种凌霄藤的地方,雪九仍是按教灵犀的法子来教墨珑如何与草木交谈,墨珑试了几次,却始终听不见回应。

灵犀在旁诧异,忍不住道:"我来试试。"

她几乎是轻而易举就和莫姬沟通上了,转头朝墨珑道:"她说,让我们替她给小风带一封信。"

"信？"

墨珑正自疑惑莫姬怎么写信，凌霄藤上便晃晃悠悠落下一片叶子，凌空悬在他面前，直待他摊开掌心，叶子才安然落下，静静躺在他掌中。

"把叶子交给那个人，仍按我教你的法子，他就能读懂。"雪九道。

墨珑存疑："若他和我一样，也感知不到，怎么办？"

雪九淡淡一笑道："那也不过就是'无缘'二字，且让他放下吧。"

灵犀插口道："没事，我可以读给小风听。"

墨珑仍是不解："为何她能感知，而我不行？"

"心思简单，能专注于一处的人，更容易感知草木。"雪九解释道，"你心思细密，做一步想三步，比她自然是要难些。"

难得她有件事儿居然比墨珑还要强，灵犀得意扬扬，昂着头看墨珑。墨珑好笑，胡乱拨弄了下她的头发。

第三章 灵均所在

第四章
苍梧之行

双影镇上，夏侯风和白曦还在水泡之中。夏侯风犹在想法子挣脱，无奈水泡以柔克刚，任凭他怎么折腾，都无济于事。白曦则半躺在水泡内，反正也出不去，想着合目休息片刻，没想到竟不知不觉睡着了，呼噜声忽长忽短，听得夏侯风越发气恼。

小肉球先是玩了一会儿水泡泡，腻味之后，便不知钻到何处去了。过了好一会儿它才又跑回来，小肚子鼓囊囊的，也不知吃了什么。店里的伙计要来逮它，它躲在凳子下，一道水箭从口中激射而出，喷得伙计满脸是水。

伙计想找人管管它，可惜夏侯风和白曦都在水泡内，于事无补，只得接着来抓它。一个连喷带逃，一个连追带躲，在桌子椅子间转来跑去，折腾得天翻地覆。

瞅准机会，小肉球腮帮子一鼓，又是一道水箭射出，伙计机灵地偏头躲过，水箭越过他，射在包裹白曦的水泡上。水泡立刻应声而破，睡得正香的白曦重重跌落在地，惨叫着醒来。

夏侯风双目一亮，原来这样就可以破解，连忙大声招呼白曦，示意他朝自己喷水。白曦是个聪明人，立刻就明白过来，赶忙从地上爬起来，直接抓过桌上的茶壶饮了一大口，然后对准夏侯风直喷过去。

水花溅得到处都是，可夏侯风的水泡一点儿没动静。

"你不成，让它来！"夏侯风指向小肉球。

白曦点头以示明白，抱起小肉球，对准夏侯风，对准小肚子就捏下去——一股手臂粗的水柱从小肉球口中冲出，径直冲破水泡，然后将夏侯风直接撞到屋角，淋成了个落汤鸡。

"这小家伙，肚子里哪来这么多水？"白曦不解地端详小肉球。

夏侯风一跃而起，甩甩水："别管这些了，我们快走！"

白曦揣好小肉球，和夏侯风朝天镜山庄的方向赶去。

小风口外，此时此刻的清樾已是焦灼至极，面前的结界却始终固若金汤，任凭她用尽浑身解数，都无法破开结界。东里长也急，但无计可施，除了伸长脖子望着、等着，把自己站成一尊可驮碑的石龟，已别无他法。

聂仲和聂季立于清樾身后，两人都紧紧地盯着结界后的小风口，也担忧着灵犀的状况。

"大公主，有人出来了！"聂季眼尖，一下子就辨认出灵犀的身形，"是灵犀！她没事，没事……"

清樾也看见了，从小风口过来三个人，为首一人是雪九，后面两人，她认出其中之一是灵犀，另一人不认得，想来便是东里长口中的侄儿。

东里长个头虽矮，幸好脖子长，一下子看见了墨珑，见他全须全尾没有损伤，顿时放心了许多，一肚子的怒气蹿起来，脑中已开始酝酿待会儿怎么狠狠地骂他，低声嘀咕道："这个臭小子！看我怎么收拾你！"

闻言，清樾瞥了他一眼，心里盘算着待灵犀回东海之后除了加强守卫，还得再布上三四层结界，她才能放心。

出了小风口，雪九听见半空一声鹤唳，仰头看去，暗夜中，雪心亭的身影翩然飞入云中，正是往西面君上闭关炼药之处而去。他暗暗期望君上丹药已炼成，否则的话，中途离开药炉，不仅前功尽弃，连辛苦搜罗到的配药也会作废。花费银两倒还是小事，其中有几味药材极其难得，是玄飓花费数年才搜集到的。

不仅雪九心事重重，墨珑心底也同样藏着沉沉心事。卓酌说过的那句话始终在他脑中萦绕不去——"灵犀就会自然消失，她的那部分用于补足灵均。"冥冥之中，灵犀千山万水苦苦跋涉，难道就是为了让她牺牲自己来换回重伤的灵均？

想到此处，墨珑的瞳仁猛地痛缩。

不行！若是这样的结果，他说什么都要阻止灵犀，不能看着她去送死，即便是她心甘情愿也不行。

他不管灵均是不是东海太子，对于东海有多么要紧，也不管灵犀对东海有没有用，反正她不能死，她得好端端地活着！

三人之中，唯独灵犀一身轻松。寻寻觅觅许久，终于知晓了哥哥确实尚在人间，而且很快就能将他接回东海，她自然欢喜不已。再则便是她与墨珑两情相悦，彼此不用多说，只是这样简简单单地牵手而行，心中满是甜意。

正当她步履轻快地走向镜湖，结界外的身影映入眼帘，顿时让她动弹不得："那个……那个……是不是我姐？"

看见清樾，灵犀着实吓得不轻，完全忘记墨珑从来没见过姐姐。墨珑虽然不认得清樾，但抬眼看见清樾身后的聂仲和聂季，又看见东里长，微微拧眉，暗道：老爷子想什么呢？怎么把他们给领来了？

雪九回过神来，朝灵犀说道："东海大公主清樾特地来接你，已等了好久。"

灵犀直往墨珑身后躲，小声问雪九："她怎会知晓我在这里？你们告诉她的？"

一眼便可看出她是偷偷溜出家门，雪九好笑道："没有，大概她是从别处打听到了吧。"

墨珑瞅了瞅那个"别处"，甚是无奈地叹了口气，安慰灵犀道："虽说你是偷溜出来的，但所获颇丰，不仅知晓你哥哥没死，还知晓他在哪里。想来，你姐姐不会为难你的。"

灵犀对清樾是又敬又怕，小声道："你不了解她，在她那里，丁是丁，卯是卯，绝对没有功过相抵一说。"

此时此刻看见清樾出现，墨珑转念一想，觉得倒是件好事。清樾完全可以代替灵犀去苍梧丘，这样他就不必再担心灵犀有危险。

"怎么办？怎么办？……"眼看距离结界越来越近，灵犀紧张得手心直冒汗，再看见清樾沉着面，双目一眨不眨地盯着自己，她的心里就直发毛。

"不管她说什么，你就说你错了，下回再也不敢了。"瞧灵犀畏姐如虎，墨珑便给她出主意。

"这样行吗？"灵犀怀疑道。

"我小时候闯了祸就这样，反正刚开始几次是挺有用的，后来就……"墨珑无奈道，"我爹也不傻，看我光认错，就是不改，自然不肯饶我。你这是头一回离家出走，我估计应该有用。"

灵犀犹豫道："……那我试试。"

行至结界处，雪九伸手覆上结界，结界感应到隐在掌心之中的符咒，出现通道，让灵犀和墨珑走出结界。

"大公主，让您久候，抱歉至极。"雪九朝清樾施礼道，"令妹就在这里。"

眼见灵犀无碍，清樾还礼："多谢雪右使。"然后她才看向灵犀，后者躲在墨珑身后，就是不肯出来。想不到灵犀对他这般信赖，想来他必是用花言巧语骗得她团团转，清樾将墨珑上上下下打量一番，目光如冰如刀。

聂季看不过眼，走过去把灵犀拽出来，训斥她道："大公主为了你，刚刚结束战事，铠甲都来不及卸就赶过来，你还躲？"

"战事结束了？咱们赢了吧？"灵犀双目一亮，问道。

"那还用说。"

聂季把脚底有千斤般重的灵犀拉到清樾面前。清樾目光严厉地打量着小妹，道："本事大了啊……"

灵犀没等她把话说下去，立刻垂目低首老老实实道："姐，我错了！我错了！我真的错了！下回再也不敢了。"

"还打伤了侍卫……"

"我错了。"

"骗蚌嬷嬷帮着你……"

"我错了。"

"把聂季关进蚌壳……"

"我错了。"

"……瞒着我一个人偷偷溜出东海。"

"我错了,下回再也不敢了。"灵犀只能按墨珑所教,一路认错到底,虽说窝囊了点儿,好在对方是姐姐,只要她能消气,窝囊点儿也算不得什么。

头一遭见小妹这般服软,清樾还真有点儿不适应,不禁疑心小妹在外头是不是受了许多欺负,连性子都改了。如此一想,看墨珑的目光便越发冰冷。

墨珑虽被她看得汗毛直竖,好在心中无鬼,径自安之若素。

灵犀抬眼偷瞥清樾,生怕她立刻就要绑自己回东海:"姐,我打听到了,我知晓哥哥在哪里了。他没死,还活着!"

清樾怔住,对于她而言,这个消息着实太过震撼。她曾经寻找那么多年,都没有灵均的消息,他的名字在玉匦上早已变色,龙族中人都以为灵均定是遭遇了不测。

灵犀这话,莫说清樾感到震撼,便是聂仲聂季兄弟二人也是震惊不已,一则未料到灵均竟还活着,二则未料到灵犀胡闯瞎闯竟然真的找到了灵均的下落。

"……灵均还活着……"清樾深吸口气,稳定心神,"他在哪里?"

"他们说,哥哥受了重伤,玄飔没脸送他回东海,就将他安置在苍梧丘的地底泉眼之中。"灵犀飞快答道。

雪九听见她的措词,着实有点儿尴尬,轻轻咳了两声。

清樾挑眉,目光不善,看向雪九:"舍弟失踪一事,与玄飔上仙有关?"

"君上……这个……此事说来……"雪九有点儿为难。

灵犀解释给她听:"哥哥是为了救澜南才受了伤,玄飔觉得这事丢了脸面,所以不敢告诉我们……我没说错吧?"后半句话,她问的是雪九。

她此举却是替他解了围,雪九点头:"是这样,没错。"

灵犀这才接着道:"现下,他就是要带我去苍梧丘,让我把哥哥接回东海。"

见到灵犀无碍,又知晓很快就能见到灵均,清樾心中振奋异常,一扫之前对灵犀的怒气,想着先见到灵均要紧,其他的事待来日再慢慢向天镜山庄讨个说法。她转头吩咐道:"聂季,你把灵犀带回东海。聂仲,你随我往苍梧丘。"

不待聂仲与聂季答应,灵犀已急道:"姐,我也要去苍梧丘!"

"不行!"清樾断然驳回。

"为什么?"灵犀急得直跺脚,"姐,我不是小孩子了,你不能整日关着我!

这趟偷偷溜出来是我不对，可我把自己照顾得很好，认识了许多很好的人，还找到了哥哥的下落。你不能总拿我当小孩看待，动不动就要把我关起来！"

清樾冷哼一声，目光落到墨珑身上："他就是你口中很好的人吧？"

灵犀拉过墨珑，梗着脖子，理直气壮道："是啊！他帮了我好多事儿，还几次救过我……你帮我说说，别让姐姐把我送回去！"她求助地看向墨珑。

总担心救回灵均此事不利于灵犀，其实心底反而希望灵犀能回东海去，墨珑看着她，艰难道："……你还是回东海去吧。"

"你……"万万没料到他竟会这样说，灵犀大怒，甩开他的衣袖。

清樾冷冷道："你看，你将他当可推心置腹的好人，可知在他眼里，你是什么？"

灵犀不解这话。

墨珑本能地意识到了什么，看向东里长，后者不愿对上他的目光，低下头去。

"灵犀，我问你，"清樾不看灵犀，只盯着墨珑，"龙牙刃呢？"

"在这儿。"灵犀从掌心中取出龙牙刃，恭恭敬敬地交还到清樾手中，"北海退婚，他们的东西咱们也不稀罕。姐，你拿去还给北海！"

原以为龙牙刃必定藏在墨珑身上，怎么也没想到灵犀能拿出来，清樾狐疑地接过，在手中一掂，便已知晓此刀真伪。难不成是那只老乌龟骗了她？清樾转头看向东里长。此时东里长正望向墨珑，神情诧异，倒不似作伪。

究竟发生了何事，墨珑才将龙牙刃还给了灵犀？清樾心中甚感奇怪，碍于眼下不便追问，只能等回到东海水府，再细细问明灵犀。她多盯了墨珑几眼，方才收回目光。

从清樾的言行，还有老爷子心虚的模样，墨珑已然明白东里长定是将龙牙刃之事如实招了，心中不由得暗叹好险。若自己并未在谷中将龙牙刃还给灵犀，此刻被清樾当场拆穿，出糗丢人还是小事，只怕灵犀会对他失望至极，两个人之间又是另外一番光景了。

想到此处，心有余悸，他望向灵犀，自嘲地想：当个老实人，有时候倒是比当个聪明人来得好。

东里长看清樾脸色，小心翼翼提醒道："大公主，令妹安然无恙，龙牙刃一事又是一场误会。客栈中，我那两位小侄……您可否高抬贵手？"

灵犀听得一惊："姐，你把人家怎么了？"

"没什么，那两个家伙不懂事，大公主只是用水影困住他们而已。"聂季很看不惯灵犀一副胳膊肘往外拐的模样，"又没伤着他们，过六个时辰自然就解了。"

"不行，得赶紧把人放了。姐，人家帮了我一路，咱们谈不上涌泉相报，也断然没有恩将仇报的道理。"灵犀对清樾不满道。

"愧不敢当！愧不敢当！"东里长忙赔笑道。

既然夏侯风和白曦无碍，墨珑也不着急，看清樾的神情，涌泉相报什么的他压根儿也不指望。

既然墨珑没拿龙牙刃，灵犀也完好无损，从面上算起来还真的多谢他们一路照顾灵犀，清樾淡淡道："一场误会而已，先回客栈吧。"说罢，她转身踏上镜湖，众人跟在她身后。

聂季行在灵犀身旁，不满地瞥她道："你这才出来几日，话里话外的，怎么全帮着外人？"

"什么外人内人，我讲道理而已。"灵犀嘟囔着，转头去看墨珑，忽又想起他方才未帮自己说话，遂愤愤瞪了他一眼，弄得墨珑哭笑不得。

雪九正好行在东里长旁边，笑着调侃他："您的侄儿还真不少。"

对方辈分高修为深，东里长虽是一肚子苦水，但丝毫不敢造次，唯有苦笑而已。

夏侯风与白曦修为不够，过不了镜湖，在镜湖旁急得直打转。白曦是大尾巴羊，耳力甚好，听见镜湖上有动静，忙拉着夏侯风隐到树后——两人看着清樾一行人，又看见了墨珑和东里长，一时间弄不清是何状况，遂偷偷摸摸跟在后头，一直跟到双影镇的客栈。

东里长进了客栈，没看见夏侯风和白曦，只看见地上一摊水渍，忙唤过伙计来问。伙计如实相告，清樾眉头轻皱，思量所提到的小肉球究竟是何物，竟然能破她的水影。灵犀倒是大为惊喜，觉得自己捡了个宝贝。

"这两个不省心的兔崽子！又跑到哪里去了？"东里长找不着人，干着急。

夏侯风和白曦正躲在店外偷听动静。夏侯风心里还惦记着莫姬，不明白怎么墨珑和灵犀都出来了，为何莫姬没出来。当下听见东里长找他们，顾不得许多，便想现身相见。而白曦行事向来是谨慎再谨慎，不肯轻易露面，死死拉住夏侯风，不让他现身。只可惜，白曦的力气抵不过夏侯风，拉拉扯扯中，反被他拽了出来。

众人听见动静，转头正看见扭成一团的两人。

雪九修为深，一眼便看出两人真身，饶有兴趣。清樾冷冷扫了眼，没吭声。东里长赶忙招手唤过他俩："过来，别丢人了！"

夏侯风嫌弃地拨拉开白曦，快步走向墨珑，急切问道："莫姬呢？她怎么没和你一起出来？她没事吧？"

听他头一句问的便是莫姬，灵犀心下怅然，望向墨珑，此事定会叫夏侯风伤心，却又不得不说。雪九也是一愣，他怎么也想不到庄外等着莫姬的竟然会是一头穷奇。

"她没事，只是……她已经重新恢复草木之身，她原本就是山庄里头的，恐怕是不会再出来了。"墨珑尽可能说得和缓些，从怀中取出那片凌霄藤的叶子，"她让我给你带了一封信。"

夏侯风一脸诧异，但还是小心翼翼地接过叶子，莫名其妙地看了看，叶子上没有字。

"你试试合在掌中，看能不能感知到信的内容。"墨珑摇头道，"反正我不行。"

"珑哥，这种时候，你不要捉弄我！"夏侯风急道。

"我没想捉弄你！"墨珑不得不解释道，"整个天镜山庄，草木不许修人身，他们都是这样和草木沟通。不行你问他！"他指向雪九。

雪九朝夏侯风点了点头。

如此，夏侯风这才将信将疑地将叶片放到掌中，屏息闭目，全部的注意力尽数放到了掌心之中，居然很快，他就听见了莫姬的声音——"侬本草木，今归故土，往昔种种，终成一梦，望君勿以为念，珍重万千。"

他静静站着，脑中一遍遍回荡着莫姬的声音。众人都盯着他看，也不知他究竟听到没有，又生怕打扰到他，没人说话。

过了好半晌，白曦忍不住问道："你读懂信了？"

夏侯风尚未完全回过神来，看着他，蒙蒙地点了点头。

"她说什么？"东里长问道。

"她说，让我多保重……"众目睽睽之下，夏侯风强撑着笑了笑，"既然她没事，那我就放心了。"

看出他有点儿不对劲儿，墨珑安慰他道："山庄里头有人专门侍弄花草树木，莫姬在里头，日子过得比我们舒服多了。"

灵犀看着他可怜，忙道："你看，这位雪右使，他对草木最好。莫姬就在他屋后不远处，攀了半面墙，叶子绿油油的，长得可好了。"

夏侯风抬眼望向雪九，目光中满是期盼："我能去看看她吗？"

面对他的一片深情，尽管拒绝很残忍，但雪九还是缓缓摇了摇头。

"那……你一定得好好照顾她，她……性子不好，你别和她计较。"夏侯风声音干哑得不像他自己的声音，"只要她好好的就行，我……挺好的！她好就好！"

他居然还"哈哈"笑了两声，身子转了一圈，环顾四周，似乎自己也不知道该干什么，待对上东里长关切的双目，才讪讪道："……折腾一晚上，我困了，我回去歇歇。"

说着，他快步上楼回房去，众人只听见房门被关上，紧接着便传来令人惊悚的野兽嚎叫，叫声凄厉而痛苦，只有受伤至深至重的野兽才会这样叫。白曦毕竟是食草类，听到这种叫声，浑身汗毛直竖，起了一身鸡皮疙瘩，不由自主地搂紧小肉球。

东里长长叹了口气，朝雪九和清樾歉然道："还是个孩子，诸位见笑，见笑了。"

雪九并无嘲笑之意，反而叹道："对草木尚能有此深情者不多，足显令侄之可爱可亲。"

"说的是啊！"

不忍心小风这般伤情，东里长示意墨珑留下，他自己缓步上楼，推开房门，看见夏侯风蹲在地上，把头埋在臂弯中，嚎叫声从他胸腔的最深处发出，整个人都在颤抖。东里长叹息着，轻轻抚摸着夏侯风的后背。

夏侯风抬起头，看见东里长慈爱的双目，终于停止了嚎叫。

"她还说，以前权当是一场梦……"他喉结上下滚动，苦苦压抑着，不愿让自己过于失态，"我就是没想明白，怎么就成了一场梦了，明明不是梦，是真的呀！我现下还能想起来，头一回见她的时候，长留城的大街上，她拧着我耳朵……怎么就成了一场梦了……"

"傻孩子啊……傻孩子……"

东里长摸着他的头，又是心疼又是不舍。

楼下，灵犀怔怔地听着楼上的动静，忽然想到，若是有一日，自己也如夏侯风一般，再也见不着墨珑了该怎么办？想到此处，她转头去看墨珑。

墨珑也正看着她，只因两人心中所想皆是一样。他历经坎坷甚多，知晓世事变幻无常，心中不安更甚于灵犀，不经意间，眼底透出淡淡哀伤。

灵犀心思单纯，所想也有限，暗暗下决心：总之，不管怎样，我总是能想法见着他，便是姐姐再把我关起来，我也能想到法子溜出来。

这般想着，她便悄悄伸手，安慰地在墨珑手心捏了捏。墨珑报以一笑。

这点儿小动作并未逃过清樾的双目，眼风一扫，灵犀忙缩回手，佯作若无其事地东张西望。清樾微微拧眉，暗想着这只狐狸精手段不浅，没要龙牙刃，原来是为得放长线，钓灵犀这条大鱼。

小肉球见着灵犀，十分欢喜，挣扎着从布兜上蹦下来，堪堪落地之时，被一只手温柔接住。雪九好玩地瞧着小肉球，手指轻轻挠它肚皮，弄得小肉球舒服至极，左扭右扭，摆动身子来迁就他的手。

"方才说破了水影的，就是它？"雪九问白曦。

白曦忙点点头。

清樾望过来，见它就是肉乎乎一团，倒看不出什么能耐，而她执掌东海多年，所知所闻也算甚广，眼下却看不出这肉球是什么异兽。

像是看出她的疑惑，雪九笑道："这是一头水麒麟，难怪能破水影。"

"水麒麟！"

灵犀头回知晓小肉球的真实身份。

"难得得很，我还以为在上一战之后，水麒麟已经灭绝了，没想到还有存世的。"雪九问道，"你们在何处找到它的？"

灵犀便把象庭之事说给他听。听罢，雪九眉头紧皱："当年在白帝治下，长留民风纯良，为四海八荒之典范，想不到今时今日竟沦落至此，以血腥杀戮取乐。"

墨珑虽从未见过，但也曾听说过水麒麟，此兽生于山泽之中，性情温驯，可驭万水，也是上古灵兽之一。

"它长得圆乎乎的，身上连鳞片都没有，怎么会是麒麟？"灵犀把小肉球拎到怀中，捏着它软乎乎的肚皮，甚是费解。

雪九笑道："它还小呢，慢慢鳞片就长出来了，再大些便是高大威猛，器宇轩昂，再不是如今这般模样了。"

"姐，我们把它带回东海，好不好？"灵犀欢喜道，"我来养它。"除了喜欢小肉球之外，她还藏了个小心思——小肉球居然能破解姐姐的水影，说不定也能破除姐姐设下的结界，有它在身旁，将来想再溜出东海便再不是难事。

"行。"清樾答应得很干脆。

灵犀刚一喜，转而便听见清樾又道："你带着它，乖乖随聂季回东海。"

"不行，我也要去苍梧丘。"灵犀忙道。

清樾语气严厉："听话！"

"为什么我不能去？"灵犀急了，"姐！我不是小孩子了，我能照顾好自己，不会给你惹麻烦的。"

与灵犀之间是东海的家事，此刻却有不相干的人在旁，清樾原本还想给灵犀留几分面子，但见她执意要去苍梧丘，便沉下面色："你能照顾好自己？在长留城闯了那么大的祸，若非事后聂仲替你料理妥当，你以为长留城主会善罢甘休？"

灵犀语塞片刻，当时他们走小道逃离长留城，就此无事，还以为是季归子找不到人只得作罢，却未料到是聂季替自己善后。

"可是我……"

"闯出祸来，以为逃得远远的就行？"清樾颦眉看她，"莫忘了你是东海龙族中人，行事怎可这般没有担当！"

灵犀被清樾训得抬不起头来，不再敢辩解。墨珑在旁，心中却是不以为然，他在青丘长大，身为狐族中人，打小就明白，行事有益处就罢了，若是闯祸的事，早早就得想好怎么脱身，若脱不了身，便得想好找人来背黑锅，反正绝对和"担当"二字扯不上关系。他暗叹口气，怪不得觉得灵犀有点儿傻乎乎的，原来就是这么被教出来的。

雪九望着清樾，目光却满是赞赏之意。这世间遇事唯恐避之不及者已然太多，而愿意站出来一力承担者却是少之又少。

"你且先回去吧。"清樾放缓语气，柔声对小妹说道，"这次你偷跑出来，蚌嬷嬷一直担心你。"

"姐，我错了！待回到水府，你怎么罚我都行，可别现在就把我赶回去。"灵犀急道，"这一路我费了好些功夫才终于打听到哥哥的下落，你就让我去吧！"

清樾仍是摇头。她所担心的是，灵均在苍梧丘中是何状况，她并不清楚，万一出现意外，她来不及护灵犀周全该如何是好。身为长姐，对于她来说，最重要的事情便是灵均与灵犀平安无事。

"我虽从未见过哥哥，可他也是我的家人，我也想去接他回家。"灵犀自然不懂清樾的用心，甚感委屈，有些话不假思索，冲口而出，"姐！你不能因为我没有灵力，名字不在玉匣上就不拿我当一家人……"

"灵犀！"聂仲连忙出言喝止住她，"不可胡说！"

清樾静静立在当地，虽面无表情，但脸色发白，胸膛微微起伏，被亮银束起的黑发无风自舞，那一瞬间，整个客栈弥漫着肃杀寂寥之气。

意识到自己可能说错话了，灵犀讪讪地找补道："姐，我不是那个意思，我就是……"她自小在东海水府被照顾周全，自从上了岸才发觉没有灵力是极大的缺陷，别人对她是龙族中人将信将疑，她心中难免生出自卑之意，也正因如此，她越发想要证明自己。

飞快按捺住情绪，清樾打断她，语气低而轻："不必说了，你一起来吧。"

"真的？"灵犀大喜，扑上前挽了清樾的胳膊，"姐，我刚刚胡乱说话，你大人不记小人过，别往心里去。"

"你从前可不是这样的，也不会说这样的话。"说这话时，清樾的目光有意无意地从墨珑面上淡淡扫过。墨珑心中一凛，暗叫不妙，这位东海大公主该不会把这笔账算到他头上，觉得是自己从中挑拨离间吧？

"我错了。"不知该怎么解释，灵犀只能接着用墨珑的法子，很痛快地认错。

清樾瞥了小妹一眼，幽幽道："以前三年都听不到你认个错字，今儿一日倒听了七八遍，真是稀罕事儿。"也不知这些时日，这只狐狸精都教了小妹些什么，只看她认错的模样，便知晓压根儿没往心里去。

"我懂事儿了呀。"灵犀朝她撒娇。身后的聂季翻了个白眼。墨珑轻轻扶额，想着改日该教教灵犀何为活学活用。

清樾不愿再耽搁下去，朝雪九道："雪右使，我们走吧。"

雪九点头，转身向外行去。

清樾眼角余光看见墨珑跟上来，眉头微皱，刹住脚步，转向他："多谢你对灵犀的照顾，酬劳方面，你可到长留城的盖家……"

"我不需要酬劳。"墨珑平静道。

四海八荒之中，敢打断清樾说话的还没几个人，聂仲喝止住他："不得无礼！"

"也好，我相信灵犀给你们的，已然不少了。"清樾冷冷道。

"我答应过陪灵犀找到她哥哥。"墨珑道。他很清楚清樾说这话的意思。但灵均与灵犀之间仿佛有着宿命般的联系，他着实放心不下，万一救回灵均需要牺牲灵犀，那么他断断不会允许。

清樾道："这是东海水府的家事，不需要外人插手。"

"他不是外人！"灵犀忙道，"他是我的朋友，最好的那种朋友！"

"请阁下自重！"

清樾不愿纠缠，重重盯了一眼墨珑，拉着灵犀朝外走去。

"姐……"

"再啰唆，连你也别想去。"

鉴于姐姐向来说一不二，灵犀只得收声，回头歉然望向墨珑，却又被聂季挡住了视线。

"你……你到底给她灌了什么迷魂汤？"聂季不满地瞪他，"一个月不到的工夫，你倒成了她最好的朋友，是不是觉着她特别好糊弄？"

聂仲过来拽他："啰唆什么，快走！"

他们二人出客栈时，清樾已携着灵犀乘云而上，雪九显出原身，羽翼翩然，飞在最前头。聂家兄弟俩不敢耽误，连忙赶上，显出蛟龙真身，腾空蜿蜒而去。

待墨珑追出门去，已经看不见雪九、灵犀等人，只能看见两条蛟龙蜿蜒入云，很快消失在视线之中。他暗暗咬牙，可恨自己的灵力尚被封印之中，根本无法腾云。

确定人都走光了，白曦才跟出来，伸着脖子也往天上看，自然是什么也看不着，心有余悸地长长舒了口气："我原先觉得灵犀脾性太霸道，现在看来真是冤枉她了，跟她姐一比，根本不算什么。"

墨珑心不在焉，压根儿也没听见他在说什么。他立在街中，眉头深锁，一径出神。

左右无趣，白曦正准备回客栈好好睡上一觉，忽然被墨珑唤住。

"羊舌家的铁铺中，是不是有形如翅膀的铁器？"他问道。

白曦忙点头："是！叫云翅，专为不会爬云术的人预备的。我倒是想买，可惜太贵了……"他话还未说完，便见墨珑急匆匆地走了，正是朝羊舌家的铁铺而去。

"珑哥莫不是要去追他们？"白曦心惊，那位东海大公主可不是好惹的，方才话中已有警告意味，若墨珑执意跟去，恐怕没什么好果子吃。

他奔出两步想去拦住墨珑,转念一想,自己怕是拦不住,还得请老爷子才行,忙转身奔回客栈。

墨珑大步流星地走进正预备打烊的羊舌家铁铺。

"我要你们店里最快的云翅!"

有客上门,伙计自然不急着上门板,赔着笑脸将墨珑引到店内一角,那里有各种各样、厚实程度不一的云翅,皆是用铁或者铁中掺杂其他成分打造而成。云翅上有机括,运行时可自动扇动,上面片片铁羽铮亮,遇到风时可自动调整,与飞禽的羽翼相差无几。

"客官请看,本店的铁翅都在这里。您看,从上往下,分别是……"

墨珑打断他,重申道:"我要最快的云翅。"

"那就是这对!"伙计也很干脆,指着最上头的一对云翅介绍道,"它是由最轻的……"

"多少银两?"墨珑不想耽搁工夫。

"不瞒客官,这物件很贵!不过贵有它贵的道理,因为它是由最轻的……"伙计尽职尽责地介绍。

无奈墨珑并不领情:"到底多少银两,我有急事!"

"哦……那个……八千两银贝。"

墨珑点头:"我现下没有这么多银贝。"

"没事,你还可以再看看这边几款,我们也有比它便宜的。"

从怀中掏出烈火璧,墨珑沉声道:"叫你家老板出来,我用它来换这对云翅!"

伙计一愣,也看不懂火浣布中包着的究竟是何物,只得去将老板请了出来。老板看见烈火璧,双目放光,但仍如实对墨珑道:"兄弟,我开店做买卖,讲究一个公道。我得跟你说实话,这块烈火璧的价钱可远在这对云翅之上,你拿它来换,可就亏大了!"

墨珑点头:"我知道,换吧!我不反悔。"

这么爽快的人倒也少见,老板也不再啰唆,收了烈火璧,命人将那对云翅取下来给墨珑,并教他使用方法以及须留意的事项。

"若天气不佳,尤其是电闪雷鸣之际,须得速速降落,否则出了事故,这个责任小店是不担的。"老板着重强调。

墨珑笑着点了点头:"放心,不会来寻你们的晦气。"

"逮着你了!"伙计追着一个在地上乱跑的头盔,扑倒,按住,拿起头盔,发现藏在下面的小肉球。

墨珑循声望去，诧异问道："你怎么跟来了？"小肉球奔到他脚边，使劲蹭他的脚背，以示亲热之意。

无可奈何，好歹小肉球跟了他们这么久，也不能不管，何况……墨珑不再犹豫，找店家要了块方巾，把小肉球兜起来，系在腰间，然后在伙计的帮助下装备好云翅。行到街面上，路人甚少，他深吸口气，扳动云翅的机括，随即便听见身后铁翼展开的清脆响声……

东里长听了白曦的话，忙赶出来，追至街面，正好看见腾空而去的墨珑，连话都来不及说。

"臭小子！你……"

东里长怒不可遏，返身回客栈，吩咐白曦和夏侯风收拾行装。

"咱们要走？"白曦问道。

夏侯风尚在情伤之中，诸事不理会，只管失魂落魄，本能地听东里长的话收拾行装。至于为何收拾行装，要去何处，他概不理会。

东里长气鼓鼓地一边收拾行装一边道："这回休想让我再等他！我才不等呢！"

白曦忙劝道："珑哥一时糊涂，您老别生这么大气。"

"走！我们都去找他！"东里长狠狠道。

去找墨珑？白曦吓一跳："那位大公主可不是好惹的！"

"我也不是好惹的！"

东里长怒气冲冲，鼻孔里喷出来的气夹杂着火星子，"刺刺"直冒，吓得白曦扯着夏侯风躲远些，生怕一不小心溅上火星燎着毛。

"他们可都是飞过去的，"白曦提醒东里长，"我反正不会爬云术，您老和小风好像也不会吧？"

东里长不作声。

白曦不得不再提醒他："苍梧丘离这里可远了！"

"我知道。"东里长拎上包袱，"你们只管跟我走就行。"

半炷香之后，羊舌家铁铺的伙计恭恭敬敬地朝东里长道："您一下子买三对云翅，我肯定得给您一个折扣，不过价钱可还是不便宜啊。"

"我有钱！"

东里长掷地有声。

苍梧丘，距离它不远，还有一个深渊叫苍梧渊，在苍梧丘和苍梧渊的中间有座九嶷山，相传帝舜就葬在这里。这也只是传说而已，并没有人真正看到过，或者找到过帝舜的墓穴。

雪九足尖轻点，收起羽翼，落在苍梧丘与九嶷山交界处。此间草木茂盛，月光皎洁，透过树缝洒落在地，疏疏如残雪。

清樾携灵犀，还有聂家兄弟二人，在雪九身后落下。

"我哥哥在何处？"见此处只是荒山野岭，灵犀最是心急，诧异问道。

在飞来苍梧丘的这一路上，雪九已经尽可能飞得慢些，想着雪五能尽早找到君上赶来，或者传来君上的口信也好。只是没想到，此时仍未见到君上，连雪五也不在。

"诸位请随我来。"

他面对的人是清樾，目光锐利，心思缜密，并不是随随便便可以糊弄过去的。何况灵均之事已然很对不住她，眼下若再欺瞒她，雪九自己都觉得说不过去。

他领着清樾等人穿过树林，直行到一面峭壁之下的开阔处才停住脚步。

"这明明是条死路！"聂季左右张望，也没看见任何去路或是洞口，皱眉朝雪九道，"喂！你不会是故意耍我们吧？"

"不可无礼！"清樾喝止住他，又盯了一眼也想说话的灵犀，后者只得噤声。清樾这才转向雪九，目光清冷，沉声问道："雪右使，灵均在何处？"

雪九指着这面峭壁，解释道："就在这面石壁之后，只是须得等到日月交辉之际，石壁门才能打开。"

日月交辉有两个时段，黄昏与清晨，眼下天还未亮，清樾抬眼瞥了眼月亮，估摸着等到日月交辉还须等上一阵子。灵犀好奇地在石壁上摸了摸："这里当真有门？"

心下已有了猜忌，清樾挑眉问道："等到日月交辉？或者是……雪右使在等什么人？"

总不能说自己说的话确实是真话，不过自己也确实是在等人，雪九只得道："在下所言是真是假，待日月交辉之际可辨真伪。"

"好！我敬您是前辈，再信您一次。"清樾冷声道，"当年您来东海，可是骗得我好苦。"

三百年前，灵均出事之后，雪九奉玄飐之命，带着昆仑血灵芝往东海去。雪九身为右使，身份仅在玄飐上仙之下，当时清樾虽家事烦忧，案牍劳形，但礼节丝毫不失，更衣设宴款待。席间曾向雪九询问过灵均的消息，雪九只能推说不知。

当时雪九是奉命行事，清樾年纪轻轻便不得不独立执掌东海，对她，他深以为敬，但必须瞒下灵均之事。没想到，多年之后清樾重提此事，又刻意称呼他为"前辈"，意指他的所作所为根本不是一位前辈应有的风范，雪九着实尴尬至极。

灵犀还有聂仲、聂季等人听见清樾的话，虽不敢乱说话，但都拿眼瞪着他，跟一把把小飞刀似的在剜他。

雪九不自在地挪挪身子，试着与清樾商量道："……不如还是等君上到了，让他领你们去接灵均，如何？"

"等君上到了？你果然在等他！"清樾了然地看着他。

雪九解释道："毕竟灵均的状况君上最为清楚，我觉得此事……"

清樾毫不客气地打断他："将灵均之事瞒着我们的是玄飓上仙，将灵均偷偷安置在此地的，也是他。现下，你要我相信，他会带我们把灵均接出来？"

雪九无可反驳，只得默然不语。

灵犀细瞅他神情："你莫不是后悔了？不想让我们把哥哥接回去？"

雪九苦笑："此事我领了澜南上仙之命，要将灵均平安送回东海，我自然不会违命。"

听他如此说，灵犀这才放下心来。知晓了玄飓正往这边赶来，清樾与雪九已再无话可说，心中暗暗下定决心：今日不管怎样，都要将灵均带回东海，谁来都没用！玄飓又如何，理亏在先，就算他是上古神禽，东海也不是吃素的。

东面的天际已经开始泛起鱼肚白，很快石壁门将会开启。雪九心里急得很，不明白君上怎么还没来。

眼看日月交辉之际很快就到了，君上很可能赶不及，雪九忙提醒他们："诸位听我说，石壁门随日月交辉而开，同时也随着日月交辉结束而关上。所以大家一定要快，速速将灵均带出来，千万不可逗留，否则将会被关在里面。"

太阳星升起，太阴星尚未落下，日光与月光交相辉映，石壁上的暗纹吸收到光芒，图形越发清晰，一黑一白两条小鱼竟在石壁上游动起来，身形越变越大，足有两人之高，最后停住时，便是一幅太极图。

雪九上前，掌心贴上太极眼，两鱼从中分开，露出幽深的洞口。"走吧！要快！"雪九朝清樾道。说罢，他率先入内。

清樾不放心地看向灵犀："你跟紧我，千万不可乱跑！"灵犀连连点头。清樾这才快步入内，灵犀与聂家兄弟紧随其后。

此刻墨珑方堪堪在苍梧丘落地，云翅虽然是羊舌铁铺最好的一双云翅，但终究比不得腾云，又因他心焦，操纵机括飞得太快，以至于有些许铁羽掉落，嵌入他背部，疼痛非常。

落地后，墨珑卸下云翅，一面四下观望，一面反手摸到扎入皮肉中的铁羽，忍痛拔出，随手掷于地上。铁羽上血迹斑斑，落入郁郁葱葱的青草，草尖上露珠滚落，迅速冲淡血迹。

苍梧丘方圆数十里，墨珑四下察看，不仅找不到灵犀、雪九等人的踪迹，连自己此刻身处何处都不甚清楚，甚是焦急。他也是曾经历过大乱之人，心下虽急，行动间却丝毫不乱，判定安置灵均的泉眼必定在林深僻静之处，目察鼻嗅，往树林深处行去。

林深草密，枝丫繁多，他一时不察，树枝将系在腰间的布兜挑落，小肉球骨碌骨碌滚落，在地上弹了几下，小胖腿稳稳站住，朝墨珑哼哼了几声。

墨珑回头，看了它一眼，简单道："跟着我。"

小肉球不动，又哼了哼，见墨珑压根儿没理它，头也不回地继续往前走，索性"嗷嗷"大叫起来。墨珑复回头，小肉球朝他晃晃脑袋，"嗷嗷"两声，迈着小胖腿朝另一个方向奔去。莫不是它知晓自己想寻灵犀？墨珑微怔，遂试着跟上小肉球。

见他跟来，小肉球奔得更快，四条小短腿迈得如风火轮一般，直蹿进树林深处。墨珑快步跟上。

灵犀初进石壁内，一股凉意扑面而来，她一面紧跟着姐姐，一面四下张望。洞内本无光源，两侧有无数条流畅的亮线，却是从洞口吸收而来的日月之辉灌注其中，仿佛流星群划过天空，迅速照亮洞穴。脚底下是质朴的青砖，磨得平整光滑，砖与砖之间严丝合缝，连最薄的蝉翼都插不进去，可想而知，当年建造的工匠必定花费了许多功夫。

甬道斜斜向下，拐过一个弯口，又出现了一道石门，两侧蹲守着两头石兽。雪九停住脚步，等待甬壁两侧的亮光灌注入石门。很快，日月之辉顺着凹槽涌入石门，门中间朱雀形状的图腾亮起，随之开启。

穿过这道门，雪九领着他们继续向前，脚步飞快，两侧甬壁的亮线随之而行，飞星逐月一般。他们接连又穿过两扇皆有石兽把守的石门，分别是鸾鸟和凤凰的图腾，终于来到甬道的最深处。

两侧甬壁的所有亮线向穹顶汇聚，化为漫天星辰，同时也照亮了灵犀身遭。灵犀这才发觉自己身处于一间极为宽敞的石室内，前方石台上供着一柄长枪，枪头黝黑黯淡，与寻常兵刃有所不同，枪柄通体乌黑亮泽，竟是用乌沉木制成。

饶得一心记挂着灵均，见到此枪，清樾也不禁轻轻"啊"了一声，看向雪九："此处莫不是……"

雪九点了点头："此地便是帝舜的枪冢，那是冰鉴枪。"

冰鉴枪，冰者明净，鉴者镜也，传说中可鉴鬼神，可辨人心，凭他什么魑魅魍魉，皆逃不过枪尖一点。随着帝舜归天，再未听说过此枪的下落，原来竟是随帝舜一同葬在了苍梧丘。

第五章
兄妹相认

清樾心中微微一凛，疑虑暗生：若灵均真在此地，那么为何玄飓要将他置于枪冢之中？

"我哥呢？"灵犀对冰鉴枪无甚兴趣，环顾四周，并未看见有泉眼。

雪九打手势示意她少安毋躁，行到石台旁，双掌用力抵住石台，缓缓推动，石台挪开寸许，灵犀隐隐约约听见有水声自石台下传来，待石台尽数挪开，下方出现两丈来宽的洞口，水声更甚。

聂季欲上前探头看看，却被聂仲一下子拉住胳膊，转身后顿时骇了一跳——不知何时，在众人毫无察觉之下，原本守在甬道门两旁的石兽竟然跟着他们进了这间甬室，两头皆呈守护之姿态。

"它们……"

聂季刚开口便听见雪九安抚道："它们奉命在此守护冰鉴枪，只要不动枪，它们就不会为难我们。"

听罢，聂季方才暗松口气，守门的这些石兽形态各异，他只辨认出其中有驺虞、貘、天狗，而眼前这两头大概是已经灭绝的上古异兽，如今已不可见，他也不认得。

雪九掐诀念咒，洞中泉水冉冉上升，在空中形成一根水柱，而水柱中央悬空漂浮着一人，黑发素袍，眉目间与灵犀甚是相似，面廓更加硬朗，正是失踪了三百多年的灵均。

看见灵均的那瞬，清樾身子微微一晃，几乎难以自持。自灵均失踪，她找寻多年无果，又看见玉匮上灵均的名字转暗，以为他已经不在人世，她多年来一直自责不已。

"姐，"灵犀扶住姐姐，仰头看向灵均，不能确定地问道，"他是哥哥吗？"

清樾点了点头，目中隐约有泪光。

尽管东海水府中也有哥哥的画像，但与眼前的真人相比，似乎相差甚远。也许是由于那次重伤的缘故，泉水中的人双目紧闭，苍白憔悴，身形也更加消瘦。

雪九在旁，望着清樾，再次劝道："当年他受伤颇重，君上将他安置在此地养伤，这些年来已快痊愈。我觉得，既然已经见到，你也可以放心了。至于是否要将他接回东海，不如还是等君上回来之后，再行决定如何？"

他一再劝自己不要接回灵均，难道仅仅是为了给君上一个交代？或者还有别的缘故？清樾颦眉，看向雪九，问出了心中疑问："玄飓上仙为何要将灵均置于枪冢之中？"

"这个……我也不明白，也许是因为这里有泉眼吧，地方也足够隐蔽。"雪九面露难色。当年他也曾经问过这个问题，但君上并未回答他，只是眉头深皱，一言不发。

这个理由并不能使清樾信服，在人迹罕至的深山密林之中，泉眼比比皆是，为何偏偏要将灵均置于枪冢之中，虽非帝陵，但也着实让人心里有些硌硬。

两个人说话，一时没有留意旁人，灵犀仰头看了半晌哥哥，忍不住轻轻伸出手，探入泉水之中："哥哥……"

就在她的手触及泉水的一刻，灵均似有所感，他的双目骤然睁开，直直对上了灵犀。

这一生变令雪九猝不及防，他曾随玄飓来过数次，灵均一直在沉睡之中，并没有转醒的征兆。实在没想到他会突然醒来。

泉水形成的水柱轰然碎裂，无数水珠四下溅开，灵均虽有意识，身子却还虚弱，失去凭托后跌落下来。清樾反应极快，指尖小水珠急速一弹，柔软的水泡顿时包裹住灵均，令他安然缓缓落下。

"灵均……"

清樾半跪在地，拂去水影，温柔地抱住弟弟。

灵均望向她，迟疑了好久，待真正看清眼前的人确是清樾，才虚弱道："姐……是我错了……"

只这一句，清樾便禁不住泪如雨下："……不是，是我不好。"

聂仲、聂季在旁跪下，亦是双目含泪："太子殿下！"

唯独灵犀怔怔地站在一旁，望着眼前本应熟悉却很陌生的哥哥，灵均和她想象中并不完全一样。在见到灵均之前，她觉得哥哥应该是雪五那般样子，温文尔雅，举手投足间从容不迫，而眼前的灵均……她也说不上来哪里不对劲儿，总之与她长期以来脑中所想象出来的哥哥不一样。

"她是灵犀，咱们的妹妹。能找到你，全靠了她！"清樾欣喜之余，唤过灵犀，让她与灵均相认。

灵犀也在灵均身旁蹲下，小心地轻声唤道："哥哥。"

灵均偏头看向她，唇角浮起微笑："我一直都能感觉到你，灵犀！从你出世开始，我就能感觉到。"说着，他向她伸过手，灵犀连忙握住他的。

双手交握的那一刻，天生的龙族血缘，一卵双胞的心灵感应，灵犀心中顿生亲切之感，只觉得哥哥的手又冰又凉，她本能地紧紧握住，想让他和暖一些。

灵均当年被重伤，连逆鳞都掉落，可算是命悬一线，如今见小弟虚弱的模样，清樾记挂着他的伤势，轻轻揭开灵均的衣袍，察看他胸口逆鳞所在的位置——只见胸口处重新长出一片薄薄的逆鳞，透着殷殷血色，逆鳞周遭肌肤泛黑，应该是当年受损的肌肤还未完全修复。他身上的伤不止一处，清樾只是稍作察看，便看见除了逆鳞之外，胸口还有五六处伤痕，想来他身上那些尚未察看的地方，定然也是伤痕累累。

灵犀握着灵均的手，那些年他所经历过的一幕幕竟自动进入她的脑海，灵均幼时读书，灵均首次处理东海事务，灵均被姐姐责罚……最后是灵均逆鳞被夺那瞬，痛彻心扉，她竟感同身受……

猛然间，一道黑影疾冲过来，拉开灵犀，飞快地将灵均的手打开。众人吃了一惊，这才看清来者是墨珑。

清樾本该察觉，只是她乍见弟弟，悲喜交加，全部心神都放在灵均身上，根本无暇顾及其他。雪九倒是知晓，但他深知小狐狸只是关心灵犀，才会一路找到此地，故而也未阻拦他。

"灵犀！灵犀！"墨珑急唤她。

灵犀看见他，心中也是一喜，刚想起身站直，才察觉到脑袋昏昏沉沉，身体更是发虚得厉害，连想抬头说话都做不到，简直就像不是自己的身体。

"灵犀怎么了？"清樾这才察觉到灵犀在片刻间变得面青唇白，大吃一惊。

雪九想起澜南的嘱咐，忙从身上取出玉葫芦，倒出一枚丹药，上前递给墨珑。墨珑认出那个玉葫芦正是澜南的，知晓丹药有用，忙给灵犀服下。

待灵犀将丹药咽下之后，墨珑才抬头看向清樾，目中满是恼怒："灵均是你弟弟，灵犀也是你的妹妹。难道为了灵均，你就可以牺牲灵犀吗？"

清樾完全不明白他在说什么，怒道："你在胡说八道什么？"

"灵犀怎么了？"灵均也不甚明白，吃力地撑起身子看向灵犀。

不管他是不是东海龙族太子，墨珑眼下已视灵均为洪水猛兽，护住灵犀，往后退了退，紧盯住灵均："方才灵犀握着你的手，你想吸走她体内灵识，你还装？"

闻言，灵均大骇，颤声道："我没有……"

此刻，连雪九在内，众人皆惊，以清樾为甚。

刚才雪九只是以为灵犀因先天不足犯了病，现下听墨珑这么说，忙为灵犀把脉，一探之下，方松了口气，朝清樾摇摇头，示意她安心。

知晓灵犀无碍，清樾心神稍定，拧眉看向墨珑："你到底在胡说什么？灵均怎会去伤害灵犀！"

"我曾听北海二太子卓酌说过，灵犀与灵均是一卵双胞，两个人皆有先天不足之处，只是灵犀更甚。若当年东海君后并未提前剥下龙胎，灵犀便会自然消失，用于补足灵均。"墨珑紧紧搂住灵犀，守护之态再明显不过，"方才灵犀握住灵均的手，神情就不对劲儿，我看得清清楚楚，定是灵均想吸走灵犀的灵识，引为己用，否则她不会突然间虚弱成这样。"

灵均望着自己的手，目中尽是不可置信："我怎么可能……若是如此，我宁可一死了之！"

甬道中脚步声纷沓，东里长、夏侯风和白曦也都赶了过来。他们来得还真是时候，此时此刻的清樾，连同聂仲、聂季根本无心理会他们。雪九也只是暗叹口气，想着这座枪冢还从未这么热闹过。

东里长直奔到墨珑身旁，对这仿佛冰霜凝固的氛围感到莫名其妙："怎么了？你们一人搂着一个，预备分家产呢？"

没理会他，墨珑盯住清樾："你给我一句话，若灵犀和灵均只能留一个，你选谁？"

"臭小子，不知天高地厚！"聂季大怒，上前欲揍墨珑，被夏侯风挡住。夏侯风双目圆睁地瞪着他："想打架老子奉陪！"

白曦知趣地避开几步，免遭池鱼之殃，身子正抵到石台上。

面对墨珑的目光，清樾嘴唇微微发抖，片刻之后，她才出声，字字铿锵："他们两人都要活下来，我的命可以不要！"

这时丹药起了效验，灵犀终于找回些许气力，摁住墨珑的手臂，连忙开口为哥哥辩解。"不是……不是这样……你错怪我哥哥了。"

"灵犀！"墨珑知晓她心地善良，皱眉道，"这是生死大事，你不可为了偏帮哥哥而不顾自己的安危。"

灵犀安慰他道："真的没有，我想我可能是被吓着了。哥哥当时逆鳞离体的痛楚我刚才突然感同身受，很可怕，像是整个人都快被撕裂了……"

雪九在旁思量后说道："澜南上仙说过，灵犀先天不足，灵识不稳，应该是受惊之后，灵识游离身外所至。"他将玉葫芦交给墨珑，"这些丹药对定神有奇效，你收好。"

灵犀认出玉葫芦是澜南之物，仍欲推辞："不用……"话才说了一半，便见墨珑毫不迟疑地将玉葫芦收入怀中。

"命要紧还是面子要紧？"他瞪着她，看着她依然惨白的唇色，心有余悸。灵犀咕哝了几声，终究是没再反对。

一时间，众人的注意力都在灵均和灵犀身上，未有空暇留意其他。聂季忽然感觉到后脖颈直冒凉气，刚想转身，便被一头石兽扑倒在地。石兽大口张开，尖锐的石齿直逼他的咽喉。

未想到石兽会突然发难，众人皆惊，雪九反应最快，转头看向石台——石台边，白曦背对着众人，正拿着冰鉴枪爱不释手地端详，对于身后发生的事情浑然不知。

"快把冰鉴枪放下！"雪九怒喊道。

白曦一愣，迟疑着转过头，看见聂季被石兽压倒在地，而另一头石兽正对他做出蓄势待发之势，喉间发出沉闷的咆哮。

"啊！啊！"白曦吓得不轻，"救命啊！"

墨珑朝他急道："把枪放回石台上，快！"

清樾朝扑倒聂季的石兽弹去水珠，岂料水珠撞上石兽，并未化为水影，而是碎裂成更加细小的水点，飞溅开来。

"快啊！"聂仲大喊，同时想踢开扑倒聂季的石兽，他也算气力不小，一踢之下，只听见清脆的"咔嚓"之声，石兽丝毫未损且纹丝不动，而他的腿骨传来一阵剧痛，他痛苦倒地。

另一头石兽已经扑至白曦身前，双爪就搭在他双肩上，神目炯炯地盯着他看。尽管双腿抖如筛糠，白曦总算强撑着没瘫下，在石兽的注视下，抖着手将冰鉴枪放回石台的凹槽之中。

枪复原位，两头石兽方才收回利爪，松开白曦与聂季，众人皆松了口气。

"哥！"聂季刚能动弹，便忙去看聂仲，"你怎么样？"

清樾因扶着灵均不便过来，目光却十分关切："腿伤着了？"

"腿……好像断了。"聂仲咬牙，勉强笑道，"没想到区区石兽竟如此了得，我太大意了。"

雪九蹲下来察看他的伤势，同时解释道："它们身上有帝舜留下的上古神力，专为守护冰鉴枪，只要不动枪，它们是不会伤人的。方才其实你不该动手……腿是断了。"

见聂仲为了自己而受伤，聂季满腹怒气，朝白曦骂道："你为何要动冰鉴枪？真是市侩小人，见利忘义！"

自己也被骇得不轻，白曦很是委屈："我事先并不知晓……"

聂季怒瞪他，狠狠道："我记着你了！"

不知不觉间，甬室慢慢暗了下来，雪九抬首看穹顶，原本闪亮的星光正在逐渐黯淡……"不好！日月交辉就快消失，我们得赶紧出去！"

众人不敢耽误，墨珑抱起灵犀，清樾扶着灵均，聂季背起聂仲，夏侯风拖上东里长，还有白曦，都跟着雪九快步朝枪冢外奔去。其他人倒也罢了，白曦因刚刚被骇得手软脚软，跑了几步便不慎跌倒，夏侯风嫌他麻烦，干脆拖起他甩在背上，负着他朝外奔去。身为大尾巴羊，居然能骑在穷奇身上，白曦听着风声从耳畔呼呼刮过，不过片刻工夫便出了枪冢。

天际，太阴星隐没，最后一丝日月之辉也消失了。石门关闭，就连轮廓都隐没无踪。

数数人头，确认无人遗漏在枪冢内，雪九这才安下心来，忽听得一声鹤唳，抬眼望去，雪五轻飘飘从半空落下。

"你怎么才来？"雪九语气中颇有埋怨之意。

看见这么多人从枪冢中拥出来，雪五诧异地问道："你怎么带这么多人进了枪冢？观光吗？"

"哪里是我……待回去再与你细说吧。"雪九摆摆手，也不想再提，"君上有何吩咐？"

早已看见灵均出了枪冢，雪五面色一肃，才道："君上叫我过来送些丹药，然后向东海赔个不是。"

"就这样？"雪九愣住。

雪五朝他使了个眼色，示意他莫再问了，然后转身看向灵均，又从袖中取出红木匣子递给清樾："这是君上特地为灵均炼制的丹药，对他的伤势痊愈有好处。"

究竟要不要收？关于玄飓隐瞒灵均重伤一事，原本她是想等灵均回到东海之后再向天镜山庄要个说法，眼下若收下玄飓送来的木匣，正所谓拿人手短，日后自然不好再去找碴儿。

清樾犹豫片刻，想到灵均逆鳞离体都能活下来，应该是靠玄飓之力，为了灵均身体着想，伸手收下木匣，淡淡道："多谢。"

肯收木匣，自然就是不再怪罪之意，雪五深施一礼："大公主客气。此事君上有愧于东海，他知晓灵均伤势还未痊愈，雪兰河自幼习歧黄之术，遂命他随灵均一道前往东海，待灵均痊愈之后再回来不迟。"

此言一出，非但清樾愣住，连雪九也愣住了，听君上的意思，非但要自己送灵均回东海，还得留在东海。

不知君上此举有何用意？又或者这是澜南上仙的意思？雪九心中虽疑惑，但碍于清樾在场，面上不动声色。

要雪九入住东海，清樾本能地皱了皱眉头，不明白玄飓有何用意，直觉就要推辞："不必，东海水府内也有医者，且擅疗水族中人。灵均调养恐怕颇费时日，还是不耽误雪右使为好。"

"不耽误，他平日里就闲得很，对吧？"

雪五转头，朝雪九使了个眼色，雪九满心无奈，面上还得强作笑颜："是啊。"

雪五紧接着又说道："匣中丹药的服用方法，大公主也尽管问他就是。若是灵均……出现任何不适，也只管让雪九来告之君上。"言下之意，灵均伤势若有变化，玄飓上仙会亲自赶来。

他言语恳切，加上灵均身体最为要紧，清樾遂也不再反对，看向雪九："东海起居饮食自然比不过天镜山庄，我只怕委屈雪右使了。"

雪九笑道："我不挑嘴，而且也喜欢吃海菜。"

旁边的墨珑却是另一番心思，他听雪五所言虽然入情入理，但不知怎的，总觉得哪里有点儿怪怪的。

"灵犀，我们回东海。"清樾唤小妹，此时小妹依然倚在墨珑身上，对这只狐狸很是信赖，看得她甚是不满。

灵犀忙道："姐，墨珑他们帮了我一路，我想请他们回东海，好好招待一番！"

他们……清樾没想到小妹不光想把这只狐狸带回去，竟然连同老乌龟等人也想带回去。

从来只是听说，却从未去过东海水府的白曦立刻兴奋起来，忙道："我也不挑嘴，而且特别喜欢吃海鲜。"

聂季扶着哥哥，盯着白曦，慢悠悠道："我们那里的海鲜应该也会喜欢你，尤其是白鲨将军。"

白曦本能地往夏侯风身后缩了缩。夏侯风胸膛一挺，毫不畏惧道："那倒真要见识见识了！"

添什么乱！东里长自然晓得自己不受欢迎，不满地白了这两个臭小子一眼，然后把墨珑拉过来，替他往背上的伤口上药。

"咱们可犯不上去东海。"东里长在墨珑耳边低声道。

墨珑不作声，但方才枪冢内的一幕还是让他不甚放心，总觉得对于灵犀而言，灵均是个危险的存在。

灵犀紧接着朝清樾说道："还有，终于找着了哥哥，咱们也得好好庆祝庆祝，是不是？大宴宾客，公告四海，总是要有的！"自打她懂事以来，东海水府始终笼罩在灵均下落不明的阴霾之中，眼下哥哥回来了，在她看来，东海终于到了焕然一新的时候。

小妹的话确也有理，灵均回来是东海的大事，宴请宾客自然少不得。再者，龙族向来恩义分明，不管出于什么动机，墨珑等人确实帮了灵犀甚多，而且……清樾回想方才在枪冢的那幕，墨珑对灵犀的关切之情溢于言表，不似作伪。

想到此处，她又看了墨珑一眼，后者神情淡漠，叫人看不出心思。狐族以狡猾多端自私自利者为多，她自然不可能允许小妹与这只狐狸在一起，只是小妹性子倔，此事不可硬来，须得另想个法子才好。

思及此处，清樾朗声道："此番能接回灵均，诸位于东海有恩，不嫌弃的话，请到东海做客，我有重谢。"

"大公主……"聂季自然是看不上这群乌合之众，话说一半，被聂仲重重掐了一下，只得收声。

"不嫌弃，我们不嫌弃。"夏侯风大大咧咧道，被东里长一把拽到旁边去。白曦忙替他道："多谢大公主盛邀，我等荣幸之至。"

见姐姐应允，灵犀喜得转头看向墨珑："等回了东海，我带你去见蚌嬷嬷，整个东海，她待我最好，我说什么她都肯答应，我喜欢的她也一定喜欢。"她就像个孩子，有了心爱之物，恨不得亲近之人都知晓，都和自己一样喜欢才好。

墨珑微微一笑："好。"他对灵均仍不放心，便是清樾没有邀请，他也打算厚着脸皮跟到东海去。

东里长自然是不想去，可方才清樾话中的"重谢"二字，却让他颇是动摇。清樾所执掌的东海富足充裕，她口中的重谢自然少不了，将来墨珑回到青丘用银两的地方多得去……老爷子自顾自晃着脑袋算计着。

他们谈话之时，雪五与雪九在一旁低语，多半是雪五在说，雪九点头。声音并非刻意压低，但即便有只言片语被旁人听见，也只是鸟鸣之音，完全不知他们在说什么。

苍梧丘近旁便是洛水，聂季领清樾之命，显出原身入水，让众人都骑在他身上，顺着河水一路往东海而去。

其他人倒也罢了，夏侯风和白曦因是头一回乘蛟，破浪前行，激动不已，时而被浪花打得嗷嗷乱叫，时而又忍不住拨弄蛟龙的鳞片，弄得聂季恼火不已，碍于清樾又不便发作。

洛水赴海，奔流不息，蛟龙善水，走水路比起陆路自是要快上许多倍。日头西落之前，便已到了东海。清樾给墨珑等人都用了水影，以隔绝海水对他们的影响。雪九见她没理会自己，只得捏了个避水咒，一同潜入海底。

由浅及深，日光也越发暗淡，到了海水深处，周遭暗沉沉的，不由得叫人心生忐忑。好在不多时，便可见远处有荧荧亮光，再近些，看见成千上万条身上会发光的鱼分成两列纵队迎上前来，点点亮光，连成一片，照亮了原本昏暗的海底。墨珑等人久在陆上，从未见过海底这般景象，甚是开眼界。

"快到了！"灵犀指给墨珑瞧，"过了这条海沟，前头就是东海水府。"

数条会发光的鱼接二连三从身旁掠过，白曦奇道："这是什么鱼？怎么自己会发光？"

"烛光鱼。"灵犀道，"这是短棘烛光鱼，它们游得快，所以做迎宾之用。水府里头还有很多长棘烛光鱼，游得慢些，日常照明都用它们，比夜明珠好使。"

用鱼照明？它们游来游去怎么办？白曦想不出来，不过没好意思问，想着待会儿就能见识到了。

过了海沟，再穿过一大片巨藻林，眼前豁然开朗，一座以琉璃为砖建成的恢宏宫殿出现在众人眼前。牌楼前数十名龙虾侍卫举螯而立，聂季在牌楼前落下，放下众人，复化为人身，扶住哥哥。

见大公主带着灵犀归来，又看见消失多年的灵均，侍卫们惊诧之余亦没忘记齐齐施礼。侍卫队长回过神后，看见有人在水影之中，忙呈上颜色各异的丝绦，又忙命侍卫入内报信。清樾将丝绦送入水影之中，朝墨珑等人道："将丝绦系在身上，有避水之用。"

丝绦拿在手中滑溜溜的，非锦非缎，也不知是用何物制成。墨珑顺手将丝绦在手腕上绕了几道系好，再看其他人，东里长系在腰间，夏侯风嫌碍事系在脚上，白曦一时拿不定主意，试试胳膊，试试腰，最后往脖子上套。夏侯风在旁看得直抓狂："让你避水又不是让你上吊！"

雪九虽会避水咒，但他并非水族中人，长久待在水中也不甚舒服，见清樾并未给他丝绦，只得厚着脸皮跟她要。清樾轻轻挑眉："雪右使也需要？"

"嗯。"

清樾神色不变："正好用完了，还请见谅。"

雪九无言以对，寻思着她大概还在为他当年骗了她一事而气恼。

待墨珑等人都将丝绦系好，清樾方才解了水影。此时从牌楼后的惊涛门中急急迎来一位老态龙钟的老者，虽为人身，但脖颈柔软而细长，神态举止与东里长多有相似之处，一望便知同是龟族中人。

"大公主，我听说太子……"老者话未说完，便看见雪九扶着的灵均，瞬时喜不自禁，不由得老泪纵横，颤颤巍巍地就要跪地施礼："灵均太子，老臣……"

不等清樾上前，灵犀已抢在前头扶起他，笑道："班爷爷，是我把哥哥找回来的！厉害不厉害？"

被她称为班爷爷的这位老者正是东海水府的总管事班乾，当下他笑着夸赞道："厉害，厉害……小公主，你也总算平安回来了。"

灵犀举袖替他拭泪，取笑他："班爷爷，你又哭又笑……"

班乾自己也忙着拭泪："老臣无状，还请公主恕罪。"

灵均身子虽虚弱,但仍撑着身子上前,清樾忙扶着他走。"班爷爷……"灵均柔声道,"这些年让你担心了。"

"太子,您回来就好,回来就好。"班乾看见灵均憔悴消瘦的模样,心疼不已,越发落泪。

清樾轻拍班乾的后背,柔声道:"班总管,灵均回来是东海的大事。我想这两天就设宴款待这些朋友,还有他们的起居,你都安排一下。"

班乾忙道:"是,老臣这就去。"他拭泪而退。

在班乾的吩咐下,很快便有侍女来将墨珑、雪九等人领到玉振阁歇下,高床软枕,锦衣玉食,款待周到。

东海水府是海中建筑,许多地方都与陆上建筑大相径庭,众人亦是眼界大开。白曦很快明白了烛光鱼是如何做照明之用。水府中的灯笼是用磨得薄薄的水晶制成,烛火鱼游入水晶灯笼内,灯笼便会亮起晶莹的光芒。除了灯笼,在玉振阁中,所有琉璃柱都是中空的,成群结队的烛火鱼在柱中游弋,按时辰换班,有条不紊,令人叹为观止。白曦贴着柱子,脑袋跟着鱼群上上下下左左右右地转,模样傻乎乎的,弄得旁边的侍女掩口偷笑。

无心于这些新奇事物,墨珑心系灵犀,唤住门口的侍女问道:"请问灵犀住在何处?"

侍女施礼答道:"她住在北面的瞻星院中。"

"你能否引我过去?"

"我是玉振阁的侍女,若无令牌,不可随意进出其他地方。"

墨珑黯然:"如此……多谢。"

侍女见他再无别的吩咐,躬身退下。

东里长从廊下踱步过来,两条小电鳐对他甚是好奇,围着他游来游去,被他不耐烦地挥走。方才墨珑的话他自然都听入耳中,不满道:"人家是一日不见如隔三秋,你这才分开一盏茶工夫,至于吗?"

担忧的缘由,墨珑还不能对他明说,便默不作声。

见他不吭声,东里长越发对他不满意:"瞧瞧你现下这副模样,莫忘了,儿女情长,英雄气短,想不到你也会这般黏黏糊糊起来。"

"不是这么回事。"墨珑无奈,"现下多有不便,以后我再告诉你缘故。"

"什么事儿连我都得瞒着?"

东里长越发不满,恰好小电鳐复游回来,他想都不想便挥手去赶,电鳐毫不示弱,两道电光闪过——东里长惨叫一声,好在电鳐还小,只是电得他整条胳膊直发麻,一时半会儿连抬都抬不起来。

第五章 兄妹相认

墨珑哭笑不得，忙赶走小电鳐，为东里长揉胳膊。

"我早先就不想来，就是知晓来了准没好事。"东里长嘟嘟囔囔，又朝探头的夏侯风和白曦没好气道，"看什么，都给我回去！"

听到惨叫声，雪九也出来了，温颜以对："怎么了？"

在墨珑他们面前，东里长算是长辈，但在雪九面前，他无论如何不敢以长辈自居，顾不得胳膊尚麻，恭恭敬敬道："在下不慎，惊扰右使，还请多多包涵。"

从不在意身份，雪九并不摆架子，看出他胳膊不适，伸手替他拿捏了几下。也不知是他手法得当，还是别的缘故，东里长一下子觉得好多了，忙连声道谢。

"老爷子，你几日没合眼了，进去歇歇吧。"墨珑劝道。自从他进了天镜山庄，东里长就一直没歇过，双目都熬得凹下去了。

雪九温和道："东海的磁草茶有安神助眠的功效，喝一点儿，可好好睡一觉。"

东里长谢过雪九，又盯了墨珑一眼，才回房去。廊下独留下墨珑与雪九二人，皆各怀心事，静默不语，看着庭中的鱼儿自由自在地在珊瑚丛中穿梭。

过了好半晌，雪九才缓缓看向墨珑："你……还是觉得灵均会对灵犀不利？"

墨珑也看向他，不答反问道："你留在东海，又是为了什么缘故？"

雪九微微一笑，不动声色："君上不放心灵均的伤势而已，你不必多想。"

"关心则乱，大概是我想多了。"墨珑也是一笑，转开话题，语气轻松了许多，更像是在和他闲聊，"此番灵犀能接回哥哥，可真是不易啊。对了，灵均当年伤得那么重，连逆鳞都掉落，他是怎么活下来的？"

这只小狐狸，也不知比寻常人多了几个心眼，与他说话，雪九不敢掉以轻心，飞快地思量一番，确定毫无漏洞才答道："君上当年也是费了很大的劲儿才将他救回，还耗费灵力与修为，为他炼制丹药。"

墨珑问道："灵均就没问过你们，为何不将他送回东海？"

"这数百年里，他一直在昏睡中，约在三年前他才从龙形化为人形，也一直没有醒过。"雪九叹了口气。

"为何灵犀一碰到水柱，他就醒了？"回东海途中，灵犀告诉墨珑时，他便存了些许疑虑。

这点也正是雪九的不解之处，这数百年间，他随同君上来过枪冢数十次，为灵均喂药、推拿、疗伤，其间灵均从未醒来。为何灵犀只是轻轻触及泉水，灵均就突然醒了？

"大概他们俩是一卵双胞，所以有此感应吧。"雪九只能如此解释。

墨珑幽幽道："……或者说，灵均一直在等的人就是灵犀。"

"他俩是双胞兄妹，本就比旁人更加亲近。"雪九看向他，叹道："小狐狸，别想太多了。"

墨珑笑了笑，挑眉看向他："我再问你一事——在枪冢中，你为何要将玉葫芦给我，而不是给大公主？"

雪九微微一怔，回想那刻，自己确实是下意识地把玉葫芦交给墨珑，按理说，清樾是灵犀的亲姐姐，于情于理，都应该交给她才对。"我……"一时间他竟不知该如何回答才好。

"因为在你心底，也觉得灵均危险，而大公主与灵均过于亲近。所以当事关灵犀安危，你连大公主都信不过，只相信我。"墨珑缓缓道。

"我可没想过这么多！小狐狸，这话可不能乱说！"雪九忙道，正巧此时，鼠尾藻后面影影绰绰似有人影，定睛一看，原来是一条花斑喙头海豚追着小乌贼游过月牙门去。

雪九这才松了口气："这话若是让大公主听到可了不得……我还得在东海待些时日呢。"

话音刚落，便听见上方传来清樾冷淡的声音："若是雪右使担心东海水府怠慢于你，大可不必。"

墨珑与雪九齐齐抬头，看见玉振阁顶盘旋着一条巨大的鳐鱼，双翼展开足有两丈来宽，清樾盘腿端坐其上。墨珑颇无辜地望了雪九一眼，耸耸肩，示意与己无关。雪九无奈，看着鳐鱼降落在庭中。

与此前的白袍银甲不同，清樾显然已经梳洗过了，换了一袭半旧石青衣衫，眼底看不出情绪："待会儿会有人接您去灵均所住的碧波殿，府中的几位医官也想向您请教一二，还望前辈不吝赐教才好。"

雪九想开口解释，清樾却并不给他开口的机会，朝墨珑道："上来，灵犀要见你。"闻言，墨珑丝毫不耽误，跃上鳐背。

庭中水波荡漾，顷刻间，鳐鱼翩然远去，雪九独立廊下，长叹口气。

"当真是灵犀要见我？"鳐背上，墨珑望了眼面无表情的清樾，沉声问道。

清樾也不看他："何出此言？"

墨珑微微一笑："若真是灵犀想见我，自然有侍女代为通传引路，这等小事又怎么会劳烦大公主呢？想见我的人，应该是大公主您吧。"

鳐鱼在水府上方任意遨游，时而穿梭在巨藻林，时而与海豚群翩然共舞，时而顺着海沟的暗流一路漂浮，压根儿就不是往北面灵犀所住的瞻星院去。

"你的底细我都已经知晓了。"清樾不喜废话，"青丘玄狐族的少主，数百年前因掘了狐族的祖坟，被封印灵力，赶出青丘，没错吧？"

尽管面色很难看，墨珑还是答道："没错。"

"灵犀是东海龙族的小公主,现下她虽年幼懵懂,将来却是要担起龙族重任的,能站在她身旁的人,必须得是品性高洁、德才兼备之人。"清樾的语气不夹杂丝毫情绪。

对于清樾的来意,墨珑已然清清楚楚,他默不作声,指节微微泛白。

"我并无门户之见,也不想否定你对灵犀的真情实意,但阁下与品性高洁、德才兼备着实相距甚远。我希望明日宴席之后,你们即刻离开东海,莫让灵犀对你们留念想。"

"……莫留念想。"墨珑冷冷一笑,语带嘲讽道,"大公主想是杀伐决断惯了,以为人心也如血肉,能一刀斩下。"

清樾不急不怒:"我虽然不喜欢狐族中人,但也素闻他们都是些聪明人。我想,你实在没必要做损人不利己之事,更何况,你也不仅仅只是你一个人,总要替身边的人多想想。"

她暗指的自然是东里长、夏侯风等人,以她东海大公主的身份,加上眼下他们又在东海地界,她想要收拾他们是轻而易举的事情。

墨珑冷笑:"我以为东海大公主行事光明磊落,俯仰无愧,想不到也会行这等阴诡之事?"

"两害相权取其轻。"清樾淡淡说道,"为了灵犀,这点儿事儿不算什么。"

墨珑冷冷道:"在枪冢中,你并未回答我的问题,现下我再问你一次,若灵犀与灵均只能活一个,你会选谁?"

面寒如冰,清樾冷冽道:"我也想问,你一而再、再而三地挑拨离间,又是为了什么?"

"我绝无挑拨离间之意。"

清樾冷哼:"你的心思并不难猜度,我不否认你对灵犀的情意,素闻狐族天性自私,你盼着灵犀能够疏远我们,才会对你越发亲近。在枪冢中,你故意在灵犀面前问出这种问题,想让灵犀对灵均心生戒备,且对我心生不满。"

"不是!我……"

墨珑这才意识到,由于对灵犀关切过甚,以至于自己言行失当。这种话原就不该当着灵犀的面说,当时情急之下,着实是做错了。

清樾继续冷冷道:"我虽身处东海,青丘的事情倒也曾听说过一些。你们狐族最喜这等钩心斗角、尔虞我诈之事,以至青丘狐族分崩离析多年。如此,你竟然想在龙族也用这套,我劝你还是早些罢手吧,否则我对你们不会再客气。"

由于自己言行失当,清樾对他误会已深,加上她原本对他就颇为排斥,墨珑知晓,他就是再解释也没有用,想在东海多留几日恐怕都不可能。

灵犀怎么办？谁才能将她照顾周全？

显然清樾不行，她连自己的话都不信。

墨珑陷入沉思之中。

见墨珑不再说话，清樾以为他终于心虚了。该说的都与他说了，她拍拍鳐鱼，鳐鱼回转过身子，折向北面。

"我也不算是骗你，灵犀确实想见你。"她瞥他，"应该是你们最后一次见面，该说什么，我相信你心里有数。当断则断，别给她留念想，免得徒增烦恼。我行事分明，此前曾说过要重谢你们，明日宴席之后即会奉上重酬。"

墨珑虽不言语，心中也不得不佩服清樾的手段，打一巴掌再给个甜枣，她运用得炉火纯青。

第五章 兄妹相认

第六章
心有灵犀

前方出现一大片院落，有山有石，还有成片数丈高的珊瑚林。鳐鱼降低身子，一个平稳的俯冲，稳稳当当地停在了院落前头，左右四名侍女忙上前来施礼。清樾端坐未动，吩咐侍女道："去唤灵犀，她要找的人，我给她带来了。叫她别闹了，吃多了海蛎子，回头又该嚷嚷心口疼。"

一名侍女领命，忙去通传。

看来此间便是灵犀所住的瞻星院，墨珑跃下鳐背，鳐鱼随即带着清樾游走。余下的三名侍女虽守礼，却不禁偷偷拿眼瞧了他好几次，对于灵犀这般急切想见的人，又是在陆上结识的朋友，她们都着实好奇得很。

记着清樾方才的话，墨珑问道："大公主说海蛎子一事，是怎么回事？"

为首一名侍女掩嘴一笑，才道："小公主她担心大公主不让你来，说是要吃掉一筐的海蛎子。"

饶得墨珑本是满腹心事，听到此事还是不禁微微一笑，灵犀在家人面前还真是孩子气得很。

才一会儿工夫，他便看见灵犀快步朝他迎来，也许是在水中的缘故，她走一步大概等于陆上三步。从他看见她，到她站在他面前，似乎只是一眨眼的时间。

"我还担心姐姐不肯让你过来呢。"她莞尔一笑，牵了他的手便往里行去，边走边道，"你们住在哪儿？可还习惯？这里和陆上不同，若有不习惯的地方，你只管告诉我，我让班爷爷帮你们换。你怎么不说话？"

看她嫣然无方，墨珑怔了一瞬，才笑问道："你吃了多少海蛎子？"

灵犀大笑："姐姐把这事儿告诉你了？我吓唬她呢，我小时候有一回是真吃多了，身子不舒服，闹腾了小半个月才算消停，后来我看见海蛎子就避之不及，哪里还会再去吃。"

说话间，她领着他绕过整块玉石屏障，上了夜幽桥，桥下的水流清澈透亮，晶莹皓白，与其他海水明显分得出层次来，想来引的是海底地层中的淡水。在桥上展目四望，可看见这处院落颇大，亭台楼阁无一不有，且高低错落有致。随处又可见侍女洒扫庭除，青衣盈盈，来来往往。

"你看那儿！"灵犀指着桥对面的一座塔楼，足有七层之高，"我时常到顶层，虽然有结界隔开了水府外的动静，可到了夜阑人静之时，仔细地听，就能听见鲸鱼们在说话，就像在唱歌一样。"

墨珑望着塔楼，又低头看向灵犀，似能看见她孤零零一人在塔楼顶上抱膝而坐，凝神细听外界的声响，虽有偌大的庭院，她终是向往着自由自在。

灵犀不知道墨珑在想什么，拉了他的手，朝桥对面行去："走，我带你去见蚌嬷嬷。"

过了桥，跟着她沿长廊而行，游廊曲折，通花渡壑，尽头处豁然开朗，一大片细细的白沙从脚底铺将开来，稍远处静静卧着一只巨蚌，身子大约有一半埋在泥沙之中，仅露在外的蚌壳已大如屋舍，令人望而惊讶。

"蚌嬷嬷！"灵犀连蹦带跳地行到巨蚌身旁，手抚上她的蚌壳，将头挨近壳缝，不由自主地压低声音，"他来了！他就是我同你说的那人，待我很好很好。"

闻言，蚌壳动了动，一连串泡泡从蚌中吐出，发出"咕咚咕咚"的声响。

灵犀抿嘴一笑，朝墨珑招招手："你来！"

墨珑依言行到巨蚌旁边，灵犀拉了他的手放到蚌壳边缘。蚌壳复开启，吐出一连串泡泡的同时，某种柔软且湿滑的物件拂过他的手，软软的，痒痒的。墨珑怔了怔，灵犀笑道："你莫怕。"

他并未收回手，回以一笑："我不怕。"

说话间，巨蚌竟将他的手往里带了带，巨大的吸力让他踉跄了一下，整条小臂都被巨蚌吞入壳中。鹬蚌相争的故事墨珑自然听过，小小蚌壳合拢之力就能将鹬鸟的尖嘴夹住，令它挣脱不得，眼前这只巨蚌如此庞大，若是合拢蚌壳，只怕当场就能将自己手臂夹断。

饶得如此，墨珑还是抑制住本能，并未挣脱。

"蚌嬷嬷，你别吓着他！"灵犀见状忙说道。

巨蚌方才松开墨珑，他抽出手来，察觉手中似有异样，展开手掌——掌心中躺着一枚光华流转的黑珍珠。

灵犀见状，喜道："蚌嬷嬷很喜欢你，这是她送你的见面礼。"

墨珑合拢掌心，忙向巨蚌施礼道谢。

"我就知晓，我喜欢的人，蚌嬷嬷也一定会喜欢。"灵犀欢喜得很，扑到巨蚌身上，抱了又抱。蚌壳中伸出蚌足，轻轻在她身上蹭了蹭，看得出巨蚌对灵犀很是宠爱。

离开巨蚌所在的白沙地，灵犀又带着墨珑前往自己常与聂季比武打斗的小重山。

墨珑想起一事，问道："此前聂季曾说过，他在大蚌中被关了两日，可就是蚌嬷嬷？"

灵犀笑道:"是啊!我骗他说,蚌嬷嬷有好东西要给他,他便信了。"

"蚌嬷嬷也肯帮你?"墨珑诧异道。

灵犀道:"那是当然,蚌嬷嬷最疼我,我说什么她都肯的。我在她怀里躺了八百多年,姐姐说,对蚌嬷嬷而言,我已是她的骨中骨、血中血,自然待我极好,只是未免太惯着我了。"

墨珑摩挲着掌中的珍珠,若有所思。

"此番哥哥回来,蚌嬷嬷也欢喜得很。"灵犀朝他笑道,"你一定要多住些时日,我的二十八位侍读中也有一只狐狸,眼下他们还被我姐姐罚着,待我向姐姐求情,将他们都放出来,你也能见见他们,有好些有趣的人呢。"

二十八位侍读,还有这院中来来往往的侍女,墨珑默默地想,看来为了不让灵犀无聊,清樾还真是颇费心思。

见他未回答,灵犀转头看他的神情:"嗯?"

墨珑未来得及回过神:"嗯?"

"你在这里多住些时日,好不好?至少住上半年……"灵犀喜滋滋地想着,"如今哥哥也回来了,姐姐心情大好,定会答应的。"

"灵犀,我……"墨珑顿了顿,还是道,"明日宴席之后,我就得走了。"

灵犀一愣:"这么快?"

墨珑点了点头。

灵犀立即明白过来:"你,要回青丘是不是?"

其实眼下还不到回青丘的时候,但也只能以此为借口了,墨珑点头道:"是,我要回青丘了。"

"青丘的事,很难吗?你须得回去很久吗?"

便是青丘无事,只怕清樾也不会允他再踏入东海水府,墨珑暗叹口气,不知该说什么。

见他不答,想来是默认了,灵犀怅然,低头思量了半晌,复振奋地望向他:"没事,我可以去寻你,便是姐姐不许,我也可以偷偷溜出去。"

上次她溜出东海,想必清樾会将她看得更严,她又没有灵力,想再次出去只怕不易。饶得如此,墨珑仍顺着她笑了笑,道:"是啊。"

连找哥哥这么难的事儿都让自己办成了,这世上又能有何难事呢?墨珑不过是回青丘而已,并非天涯海角,也不像哥哥那般无迹可寻,灵犀想着,心情又好起来,继续拉着墨珑逛园子。

墨珑却知晓两人再见不易,更让他担忧的是灵犀的安危,也许是狐族天性多疑,说不上为什么,他始终对灵均存有疑心,觉得他对灵犀有潜在威胁。掩下重重心绪,他随着灵犀几乎走遍了整个瞻星院，表面上谈笑闲聊，脑中一直思虑着该怎生想个法子。

待最后来到灵犀指给他看的塔楼下，墨珑依然想不出一个周全法子，心下焦灼，再难掩饰，不由自主颦起眉头：灵均是灵犀的亲哥哥，如今终于回到东海，他们兄妹二人自然会越发亲近，自己便是叮嘱了灵犀，也是拦不住……

灵犀看见他皱眉，奇道："你不喜欢这儿？"

"不是。"墨珑无计可施，心底暗暗有了决断，只是须得寻个清静无人之地，"我能不能到上面去，看是否也能听见鲸鱼的歌声？"

"好啊！"

灵犀拉着他上到塔楼顶层，侍女们素来知晓这位小公主在塔顶时不许人打扰，故而只在塔楼下侯着，并未跟上来。

半个身子探出塔楼窗外，灵犀望向穹顶的结界——寂静深邃的墨蓝，如一块巨大的蓝宝石，隐约有鱼影映在穹顶上。

"也不知今日鲸鱼们会不会来……"

灵犀喃喃自语，期盼能在穹顶上找到鲸鱼游过所投射下来的巨大影子。原本立在她身后的墨珑无声无息地背过身去，拉开自己的衣襟，露出锁骨下方的肌肤，右手抬起，略一咬牙，拇指、食指与中指发力，三指嵌入肌肤之下，一方乌玉被他硬生生从体内取下。

血在水光中迅速被冲淡，逸于无形无状。

仍是隐隐闻到血腥味，灵犀诧异回头，看见墨珑背对着自己："你怎么了？"

掩好衣襟，将伤处盖住，手指以及乌玉上的血迹也都在水光中荡净，墨珑佯作若无其事地转过身来，笑道："你过来。"

灵犀不知何事，依言走近，问道："我方才闻到血腥味，可是你受伤了？"

墨珑不答，只道："我有件要紧东西要送你，是我娘留给我的，你须得答应我，不可离身。"

"是它吗？"灵犀看见他手中的那方乌玉，忙要推辞，"既是要紧东西，又是你娘给的，你自己收着岂不好？不用送我。"

交到她掌心，墨珑轻叹口气："你比它更要紧。"

灵犀接过乌玉，仔细端详，见它与寻常玉佩大不相同，有棱有角，方方正正，上头纹着一条龙，惊喜道："龙纹？怎么会是龙纹？"

墨珑微笑道："这是狐族祈雨的玉器，你们龙族司雨，所以刻龙纹，我的名字便是从这玉器而来。"

"这么巧……"灵犀笑道，"莫不是你出生之时，你的阿爹阿娘便知晓你会遇

第六章 心有灵犀

081

见我？只可惜我还不懂兴云布雨之术。"

"我阿爹是狐族的大司马，我将出生之时，青丘已大旱三年，阿爹为我取名为珑，便是祈雨之意。"

"后来呢，你出生后可有降雨？"灵犀颇有兴趣地追问，她还是头一遭听墨珑说起他过往的事儿。

"没有，我出生后，仍是大旱。"墨珑叹道，"青丘足足大旱了十年。"

灵犀默然片刻，叹道："看来靠取名来祈雨没什么用。"

"这方乌玉，我……"墨珑欲言又止，"你答应我，不可离身。"

灵犀见他面容郑重，尽管不解缘由，但还是点了点头，将乌玉放入腰带中："放心，我绝不离身。"看墨珑言行举止，便知晓此物对他确实要紧，又是他阿娘留给他的，他将这么要紧的物件赠予自己，灵犀心中自然感动非常，也很想拿出一件珍贵东西来送他。想来想去，却想不出自己有什么要紧的物件，相较之下，那些珍珠、金贝、银贝又怎么及得上这方乌玉的心意。

看见灵犀眉头紧皱，墨珑问道："怎么了？"

灵犀实在想不出该如何回报，只得径直朝他道："你看看，我这院落里有什么喜欢的东西，我都送给你！"

明白她此刻的心情，墨珑笑道："你道我是在等着你投桃报李吗？"

"不是……"

"你若真想回报我，就答应我一件事。"

"什么事，你只管说！"灵犀忙道。

墨珑静默一瞬，沉声道："不瞒你说，对你哥哥我仍是不放心……"

闻言，灵犀开口欲言，被他举手拦住。

"我并无挑拨你们兄妹感情之意，只是不论何种缘故，在苍梧丘的枪冢之中他都使得你灵识不稳。"墨珑甚是认真地看着她，"你一旦灵识不稳，便会陷入昏睡，何时能醒连你自己都不知晓。万一，我正好来东海探你，却只能看你睡觉，岂不无趣得很。"他既不想吓着她，又想让她能够时时警觉，只得这样说。若他叮嘱她不可接近灵均，恐会有性命之忧，一则确有挑拨之嫌，二则她多半要认为自己危言耸听。当下墨珑只提她会昏睡一事，她盼着能与他相见，自然会上心。

灵犀眼睛一亮："你会来东海探我？"

"待回了青丘，我就能恢复灵力，腾云不过是小事。得了空我便可来东海探望你。"明知清樾不会再让自己进入东海，墨珑却只能骗她，"所以，我说的话，你可记着了？"

"我记着了。"灵犀点头，想到两个人再见亦非难事，心中自是欢喜不已。

忽有水波荡漾，自窗口而来，如劲风扑面，因为在水中身子比陆上轻了许多，墨珑尚未习惯，险些站立不稳，连忙扶住桌子。

灵犀转头朝窗外看去，一头白鲨以迅雷不及掩耳之势冲至窗外，看见灵犀连忙刹住，化为人形，朝灵犀施礼道："卑职闻到此处有血腥味，故而前来察看。公主可无恙？"

隔这么远他都能闻到自己身上的血腥味？墨珑暗暗吃了一惊。

"我没事……"灵犀忙道，立刻看向墨珑，"你受伤了？"

墨珑尴尬地笑了两声，轻描淡写道："方才不小心在贝壳上割破了一点儿，皮外伤，小事而已。"

灵犀心存疑惑，多盯了他两眼，墨珑神色如常，含笑以对。她这才复转过身，朝白鲨道："一场误会而已，劳你辛苦。"

"职责所在。"白鲨朝灵犀又施一礼，"卑职告辞！"说罢，他貌似无意地看了墨珑一眼，这才转身离去，三丈开外，恢复成白鲨原身，所到之处，鱼群纷纷散开。

墨珑笑道："这白鲨是谁？当真是八面威风。"

"他是瞻星院的侍卫长。"灵犀答得很简洁，转而立即问他，"你到底何处受伤了？方才我也闻见了血腥味，你莫想要骗我。"

"真的是不小心……"墨珑还欲隐瞒。

"伤在哪里？手上？腕上？还是腿上？"

灵犀上前就要察看，墨珑欲挣脱，拉扯间却令她一眼看见衣领处透出的隐隐血迹。"你别动！"灵犀恼火道。

见她恼了，墨珑暗叹口气，只得不再挣脱，笑道："你这是要脱我衣衫吗？委实不成体统。"

灵犀拉开他领口处的衣襟，已然看见了锁骨下方的伤口，方方正正，正好与那方乌玉一般大小。

"你……"她拿乌玉比了比，不可置信地问道，"这玉原是嵌在你身上的？你竟将它生生抠出来给我？"

墨珑轻咳两声："要不你先让我把伤口包好。"

"我帮你。"灵犀低头找利器，她的血是最好的疗伤之药。

墨珑连忙阻止她："为我这点儿小伤犯不上，你再把自己割伤了，那位侍卫长岂不是还得跑一趟？"

灵犀退开一步，咬着嘴唇，看他从腰际取出伤药敷到伤处，她赶忙拿干净的布巾。待将伤口完全包扎妥当，她这才将乌玉交到他手中，不安道："这东西我不能要，你……你还是将它放回去吧。"

先前墨珑说这方乌玉很要紧，她尚不能完全明白，现下发现它原是嵌在他身上的，要紧的程度自然不同一般。

墨珑复放回她手中，笑道，"它是我从青丘带出来的，因为怕丢了，所以藏于体内。你安心收着，玉有灵气，最好贴身安放。"

"怕丢了就要藏于体内，你莫哄我。"灵犀自然不信。

墨珑语塞片刻，转而笑道："你这些日子当真是长进不少，当初半缘君骗你，你都肯信，现下连我的话都不肯信了。罢了，我对你说实话便是。我从青丘走时颇狼狈，是被赶出来的，身上不许带物件，所以只得藏在肌肤之下，实属无奈之举。"

"原来如此。"灵犀这才信了，颦眉道，"何人将你赶出来，怎么那么坏？"

墨珑淡淡一笑："不算什么，将来总要他们一件件还回来的。"

待墨珑回到玉振阁，东里长尚还睡着未醒，夏侯风和白曦却是还未睡，两人皆换了一袭崭新的衣袍，鲛纱质地，做工考究，连头发都有小鱼儿替他们重新打理过，梳得油光水滑，用珊瑚冠束起。

想不到在东海水府竟有如此礼遇，正所谓人靠衣装马靠鞍，白曦全身上下焕然一新，在水镜前徘徊许久，摆出各种姿势来端详自己，时而作揖，时而背手而立，时而含笑不语，口中情不自禁地啧啧而叹："翩翩绝世佳公子，不过如此，不过如此……"

夏侯风虽情伤未愈，却也被东海水府的新奇之物削减了一大半。他倒不在意穿什么，只是觉得这鲛纱衣袍轻飘飘的，穿在身上就跟没穿衣衫似的，弄得他十分别扭。加上月牙门外有头小虎鲸似对里头的新住客十分好奇，没有允许它不敢进来，便三番五次从月牙门外游过，就为了朝里头多瞧两眼。夏侯风索性就蹲在月牙门里头，想着小虎鲸再游过时跟它好好对对眼，不料好不容易等到小虎鲸游近，小肉球就抢先一步扑了出去。

眼看一鲸一球追逐嬉戏，渐行渐远，夏侯风百无聊赖，起身欲回房，正好看到墨珑回来了。

"珑哥，你去了何处？那位大公主为难你了？"夏侯风见墨珑眉头紧皱，忙问道。

白曦看见墨珑回来，也忙弃了水镜迎过来，疑惑道："不会吧？你看她又送衣袍，又送吃食，礼数周全得很，不像会为难咱们的样子。"

夏侯风白了他一眼，语气不善道："滚！一件衣裳就让你晕了头，都快把自己烙在镜子上了，眼皮子真够浅的。"

泥人尚有三分土性，白曦被他说得脸红一阵白一阵，再顾不得他是凶兽穷奇，恼道："就我一人穿着吗？你没穿？"

墨珑原就心烦，再听到他二人争吵，越发头痛，重重道："行了！这是在东海水府，你们这般吵嚷，成何体统，存心让人笑话是不是？"

他甚少发火，当下这般叫夏侯风和白曦都怔住，两人皆不敢再开口，面面相觑，不知墨珑的怒火从何而来。墨珑不再理他们，径直入内，迎头正好碰上循声起身的东里长。

算是看着墨珑长大的，东里长一眼便看出墨珑不对劲儿，当着夏侯风和白曦的面，他并未问什么，只对墨珑道："你回来得正好，进来帮我捶捶背，这儿的床软和是软和，就是睡得我腰酸背痛，还不如睡地上呢。"

墨珑暗叹口气，已料到东里长必是要盘问自己，只得硬着头皮随东里长进房，顺手将门掩好。东里长沉着面，坐到太师椅上，小眼炯炯盯着他："说吧，那位大公主唤你去干什么？"

"没什么。"墨珑疲倦道。

东里长越发不满："怎么，你如今连我也信不过了？"

烛光鱼在水晶灯中游来游去，墨珑看着烦心，衣袖在灯笼上轻轻一拂，将里头的烛光鱼都赶了出来，看着这一小群鱼儿游出窗去，再掩上窗。屋内现下没有了光源，仅有琉璃窗外透进来的朦胧光线，晦明不定，正落在墨珑面上。

自打墨珑进了天镜山庄，再到出天镜山庄，去苍梧丘，最后来到东海，这期间东里长一直没有机会能与墨珑好好谈谈。从墨珑一连串的言行举止，东里长都能感觉到在天镜山庄一定发生了什么。

"其实你不说，我也能猜着些许，和灵犀有关系，对不对？"东里长缓和下语气，叹道，"我不瞎，这一路上你们那小模样我看得清清楚楚，可你还是得清醒些，咱们回青丘还有大事未定，现下可不是儿女情长的时候……"

"老爷子！"

墨珑只得打断他，思量着与其让东里长瞎猜，还不如将事情原委告诉他，东里长毕竟是五足之龟，见多识广，说不定还能帮着想想法子。他便坐下，慢慢地将事情向东里长说了一遍。

听到幽冥地火之时，东里长眉头便已不自觉地皱起，直至听完整件事情，他的眉头已经皱得像个铁疙瘩。

"枪冢之中，我承认，是太过失态了。"墨珑低道，"以至于清樾认为我是在故意挑拨离间。她方才已对我说了，明日宴席之后就要我们即刻离开东海。"

"自然是要走，要我说，最好今日就走！"东里长猛地起身，朝墨珑说道，"幽冥地火可绝非一般，青鸟澜南修为比你我高出数倍，尚被地火折磨至入魔，更何况他人。"

"你是担心灵均……"

东里长摇头:"我不是担心,我是确定!若如你所说,当年是灵均制止住了澜南,那么灵均身上一定会有幽冥地火的残留……我说为何玄飓要将灵均安置在苍梧丘,且就在冰鉴枪之下,原来他是想借着帝舜陵的天地正气来消解灵均身上的幽冥地火。"

想到这层,东里长又有点儿犹豫了:"说不定此法还真的有用。传说冰鉴枪可鉴鬼神辨人心,若灵均身上还有幽冥地火,它应该会有异动,只是古书却不曾记载……"

这厢老爷子苦苦思索,而墨珑终于恍然大悟:雪九奉命来东海,名义上是为了灵均的伤势,而实际上应该是为了察看灵均身上是否还有残存的幽冥地火。怪不得雪五曾说,若灵均有任何不适,雪九便会立即告知玄飓。

此事雪九尚还瞒着清樾,距离上一次与幽冥界大战已过去八千余年,若让其他人知晓幽冥地火尚在世间,只怕会引起极大的恐慌,所以即便对清樾,他也没有吐露一字。

"可说到底,这是他们东海自己的事儿,伤的是灵均又不是灵犀,你愁眉苦脸作甚?"东里长想想不对。

墨珑皱眉道:"灵犀先天不足,仅仅只是没有灵力;而灵均也是先天不足,可他的不足之处是什么,至今我们都不知晓。"

"你是担心灵均会……"

东里长这才明白在苍梧丘中墨珑喝问清樾的那句话是何意。凭他过往对龙族的了解,他本可以宽慰墨珑,但此事中牵扯上了幽冥地火,这是能魔化人心之物,事情便平添许多变数。

看墨珑眉头深皱的模样,东里长叹道:"这事吧,这事吧……唉,说到底是东海自己的事儿,咱们插不了手。你便是将灵犀看得再要紧,能有她亲姐姐、亲哥哥来得亲吗?你若从中干涉,保不齐便要被人家当成挑拨离间。"

"已经如此了,所以清樾才要我们明日宴席后就离开。"墨珑淡淡说道。

东里长默了默,道:"离开青丘数百年来,你行事都还算稳重,此番知晓什么叫作关心则乱了吧?"

墨珑冷冷道:"便是我没有挑拨离间之嫌,清樾也容不得我。她一回东海,便查了我的出身,说我一身歪门邪道,还挖了狐族祖坟,是无德无才之人。"

东里长噎了一下:"这些年青丘狐族在外头的名声确实不太好,不过即便要棒打鸳鸯,这话也忒狠了点儿。"

"她怎么看我,我倒不在意,只是如此一来,我的话她也听不进去。"墨珑忽然想到雪九，雪九与自己不同，又是玄魃座下右使，他的话清樾应该听得进去。

想到此处，墨珑腾地起身朝外行去，留下东里长一人独在房中。东里长原先对墨珑颇有责怪之意，如今听他说了这些事儿，不由得心下唏嘘，自言自语道："我得看紧些，这俩孩子眼看就要被棒打鸳鸯，墨珑这般放不下她，可莫闹出私奔的大戏来，不是时候，不是时候啊！"

这厢墨珑径直来到雪九房前，叩门半响，无人应答。旁边趴在栏杆上一只巴掌大的绯红色海星抬起半个身子，柔软的腕足轻轻摆动，扭动着身子，让自己落到地上，化为一位穿着绯红衣袍、身形胖胖的小侍官，朝墨珑施礼道："仙使大人去探望灵均太子，还未回来。"

"多谢。"墨珑犹豫片刻，决定就在此等着雪九。

廊下游鱼成群，除了灯笼鱼外，还有许多奇形怪状的鱼儿和光怪陆离的水母，墨珑等了许久，百无聊赖，遂顺手拨弄，随即便听见小侍官出口制止。

"贵客当心，不可用手碰它，这水母虽然没有毒性，但蜇人极疼。"这小侍官的声音似孩童般清脆，说得极是认真。

墨珑依言收回了手，笑了笑，看向小侍官："你们东海水府里头，处处都有鱼儿和水母，岂不是处处都危险得很？"

小侍官愣了愣，继而弯下小胖腰，朝墨珑又施一礼才朗声道："贵客此言差矣，它们伤人只为自保，并无恶意。我听说陆上也有蝎子、蜈蚣等物，蜇人极疼，且有毒性，与我们海里头颇为相似。"

"你这小海星，想必从未出过东海，陆上的事情倒是知晓不少，算是上博学多识了。"墨珑逗小孩般道。

大概平常很少有人夸赞，小侍官全身涨得通红，"砰"的一声复变回海星原身，颜色比先前深了些许，"啪"地把自己贴墙上去了。墨珑看得哭笑不得，想想周遭这一切便是灵犀的日常，倒也怪有意思的。

雪兰河为灵均诊过脉，看着他服下丹药，方才出了寝殿。外头早有三名水府中的医官等候着，他被医官们纠缠良久，将灵均的伤势翻来覆去说了八九遍，总算才脱身出来。

刚出了外殿，一眼便瞧见清樾。她独自一人，对着一池的海莲花，不知在想什么。水波荡漾，衣袂飘飘，她的背影越发显得清瘦。

雪兰河轻咳一声，清樾随即拉回思绪，转身望向他。

"有劳前辈，我送您回去。"她袖子一拂，大鳐鱼也不知从何处冒了出来，平平稳稳地停在雪兰河身前。

"前辈"，雪兰河被这两个字噎了下，瞧清樾神情淡然，多半她是打算一直这么唤下去。

"我虽年长你些许，但'前辈'二字实不敢当。"雪兰河试着修补下此前那算不得误会的误会，尽力轻松笑道，"在谷中，无论大小，他们都唤我雪九，你也这般称呼便好。"

清樾淡淡道："前辈说笑了，清樾不过区区东海一条小龙，怎敢与天镜山庄众上仙齐肩。"

雪兰河只得试着解释道："之前墨珑的话，你莫往心里去，我当时只是顺手一递，未来得及考虑太多。"

清樾示意他先上鳐鱼，两个人相对而坐，鳐鱼翩然游起。

"狐族擅诛心之术，前辈不必耿耿于怀。"清樾疏离而有礼，"玄飓上仙虽令我与灵均分离数百年，但终是保全了灵均的性命，于东海有恩。如今前辈不辞辛苦来东海看顾灵均，清樾亦是铭感于心。"

这番话说得有礼有节，倒像是她一点儿也不怨天镜山庄，反而感激得很。雪兰河听着心中未免有点儿忐忑，细瞅她神情，又看不出有何不妥之处。

"我是他的姐姐，灵均的伤情，前辈可否据实以告。"清樾直直地注视着雪兰河。

她莫不是起了疑心？

雪兰河心中虽疑窦丛生，但面上甚平和："大公主不必太过忧心。我刚刚替他把过脉，心脉虽稍弱，却还平稳。君上特地为他炼制的丹药，他也已服下，加上府中医官在饮食上调理，相信两三个月间便可痊愈。"

"如此？"清樾仍看着他。

雪兰河点头道："如此。"

"那前辈预备在府上停留多少时日？"清樾又问。

依着君上的意思，是要他待上两三年，以便随时观察灵均，但眼下这话却说不出口，雪兰河打了哈哈，故意笑道："大公主可是担心我将府上吃穷了？放心放心，我吃得不多，还可以再少一点儿。"

在清樾的注视下，他的笑声有点儿发干，勉强笑了几声便草草收住。

"前辈多虑了。"清樾这才淡淡回道。

眼看鳐鱼就要落到玉振阁中，雪兰河想起一事，忙朝她道："在下还有一个不情之请，还请大公主行个方便。"

"前辈请说。"

"我既是来照顾灵均，这所住之处距离灵均的碧波殿是不是远了些？方才我瞧碧波殿甚大，想必有空房。我这人不讲究，随便打扫一间就行。"

"你想和灵均住到一处?"清樾看着他。

雪兰河笑道:"这样方便,免得侍女来回引路,还劳烦大公主您来接我。"

清樾静默片刻,点头说道:"也好,我命人打扫出房间,明日前辈便搬到碧波殿吧。"

"多谢大公主。"

鳐鱼在玉振阁落下,雪兰河跃下,清樾敛目施礼,随即便乘鳐鱼离去。直至见鳐鱼消失在水光之中,雪兰河这才长长地吐出口气,心道:怎么君上专给自己派这种差事,三百年前自己不得已得骗她,现下不得已又得瞒着她。想到接下来的时日怕是日日都要看见那双眼睛,雪兰河就不由得想叹气。

他走回房,堪堪进屋之时,忽被人唤住。

"雪九!"

他抬眼,墨珑双臂抱胸,斜歪在不远处的扶栏上,显然等了他许久。

这只小狐狸也不是个容易伺候的主儿,他等着自己,肯定没好事,雪兰河颇感头痛,但也得强打起精神。

"大公主没为难你吧?"墨珑行过来,见他面色不甚好。方才看见鳐鱼从上方游过,他便知晓清樾亲自送雪兰河回来。

"没有,一口一个前辈,恭敬得很。"雪兰河挑眉看他,"你,又有事?"

墨珑一笑,伸手替他推开房门:"一点儿小事,前辈放心!咱们进屋谈。"

雪兰河只得随他进屋,看着墨珑轻车熟路地将烛光鱼都赶了出去,又将门窗都关好。

"你这是……"他甚是不解。

"我家老爷子的年岁恐怕与你不相上下,"墨珑这才落座,"对于幽冥地火,他也知晓些许。"

听到"幽冥地火"四个字,雪兰河面色便沉了下来,警惕地看着墨珑。

墨珑甚是坦诚:"当年灵均与澜南一战,灵均不仅受了重伤,还中了幽冥地火之毒,所以这些年玄飓上仙才会将他安置在苍梧丘下。而你跟来东海,也是因为玄飓上仙无法确定灵均身上的幽冥地火是否已经完全去除,他不放心,所以要你来盯着灵均。一旦有征兆,你便须立即向他回禀。"

未料到墨珑已然知晓此事,雪兰河面色沉重:"你自己知晓就罢了,此事不可宣扬。幽冥地火重现世间,不是小事,君上不想引起世人恐慌。"

墨珑道:"老实说,世人是否会恐慌,又或者玄飓上仙还有别的理由,我都不感兴趣。我只想知道,灵均身上若当真还存有幽冥地火,他会做出何种事情?"

雪兰河踌躇半晌,才答非所问道:"据我观察,灵均身上应该已经没有残存的幽冥地火，你不必太过担忧。"

墨珑不依不饶："若还有会怎样？"

雪兰河沉默良久："入魔。"幽冥地火的可怕之处就在于它能够将魔性藏在人心的最深处，澜南那么高的修为，将幽冥地火在体内压制数千年，终还是没能敌过它的魔性。

室内陷入短暂的寂静之中，片刻后，墨珑站起身："此事应该告之大公主！不能瞒她。"

雪兰河忙拦住他："不可！"

"为何不可？"

"一则灵均身上未必有幽冥地火，二则你可知晓八千年前，身中幽冥地火之人该如何解？"

"如何解？"

"引天火煅烧，两火交织而战，其人所受痛楚，苦不堪言，能挨下来的人寥寥无几。"

墨珑不以为然："既是要解毒，苦便苦些，忍一忍也就过去了。"

雪兰河摇头道："眼下，受苦楚还在其次，最要紧的是无法引来天火。"

"如何八千年前能引来天火，现下就不能？"

"八千年前，有神器降世，可引天火。"雪兰河道，"但神器已随着羽阙上仙一并消失了。"

墨珑看着他，似等他再说下去，等了半晌，没听见下文，便道："那就是说，没法子了？"

"澜南上仙出事后的这些年，君上一直在找可以替代天火之物，已发现南荒的铁线草和北荒的寒骨石，还有其他几味药材……"雪兰河顿了下，"再加上君上自身的修为，一同炼制成丹药。谷中禁地里的一些受伤的花草鸟兽，用了君上的丹药之后，恢复得甚好。那时灵均伤得最重，送到苍梧丘时，冰鉴枪飞出石台，险些将他诛于枪下，经过君上数百年的调理，你也看见了，冰鉴枪再无异动。"

墨珑冷哼道："若他当真无事，你又何必跟来东海？"

"君上处事谨慎，所以才会命我来东海。"雪九安抚他道，"你虽知晓了此事，但着实不必杯弓蛇影。幽冥地火，世人谈之色变，这是一层；还有一层，便是会有人借此兴风作浪。你可知晓，八千年前，有多少人被无端指认入魔，生生受了火灼之刑。君上之所以一直死死压住此事，不仅仅是为了天镜山庄的名誉，更是不愿世间大乱。"

墨珑默然片刻，遂道："你所说的这些，与我都不相干。我只知晓，灵犀能补灵均之不足，灵均若未入魔，此事尚且不好说，但若灵均入魔，他第一个要下手的人必是灵犀。此事须得告之大公主我才能放心。"

他作势要走，雪兰河不得不再次伸臂拦住他，道："明日我便要搬到灵均的碧波殿中，可时时看护他，你放心就是。"

"你说的，可保灵犀周全？"墨珑追问道。

雪兰河方才意识到自己被这小狐狸一步步赶上架子，只得点头："对，我说的，保小姑娘安然无恙。你这狐狸，兜了这么大一个圈子，无非就是想让我应承你这件事嘛。"墨珑虽对他耍了心眼，但初衷却是好的，因此他也并未着恼。

见他终是应承了此事，墨珑面上并无得意之色，反而极是感激，朝雪兰河深施一礼："前辈高义，感激不尽。明日宴席之后，在下便得离开东海，往后的事就拜托前辈了。"

"你对小姑娘当真很好。"雪兰河伸手扶住他，叹道。

次日，东海设下宴席，灵均虽身子不适，但也在侍女的搀扶下现身宴席，亲自以茶代酒，一一谢过众人。

当着灵均和灵犀的面，清樾朝班乾点头示意，班乾会意，转瞬便有十二名侍女鱼贯而入，手中托盘中珠光宝气，乃是东海水府中的各色珍宝。

东里长是识货的人，目光略略扫过近前的三四个托盘，心中便已暗喜，面上倒还镇定，一派风轻云淡。夏侯风对珠宝不甚懂，只晓得亮晶晶的，估摸着定是好东西。白曦认得出的珠宝不多，但距离他最近的托盘中那枚夜明珠，他是认得的，一下子瞪圆了眼睛——这比鸽卵还大的夜明珠，若拿到长留城中，估摸着能买下一条街了吧！

唯独墨珑心思完全不在珠宝上，他一直留意着灵均，想从这位东海太子的言谈举止中看出点儿什么来。因太过专心，连灵犀几番朝他抛眼色，他都尽数忽略了。

灵均虽面容憔悴，但仍可看出眉清目秀，眉宇间有怡人神采，如杨柳拂面，令人觉得可亲可爱，并无可畏之色，即便初初相识，也能感觉到他是温和亲切之人。他这般模样与风度，还真不像是被幽冥地火附身之人，墨珑心中暗忖，也许雪九说对了，他身上的幽冥地火已然去除，否则冰鉴枪怎会没有异动。

"今日，我东海龙族的太子灵均能够平安归来，清樾感激诸位一路上对灵犀的照顾和扶持，特备薄礼相赠，还请诸位笑纳。"清樾微微一摆手，侍女们将托盘尽数放在墨珑等人的面前。

珠宝熠熠生辉，墨珑却是面沉如水，一言不发。

东里长瞥了眼墨珑，见他不作声，便含笑朝清樾道："灵犀小公主心地仁厚，聪明机敏，凭谁见了她都会帮忙的，这点儿小事实在不足挂齿。大公主这么重的礼，着实担不起、担不起啊。"他这话说得甚是客套，不过是循例做推辞状罢了，他拖着老胳膊老腿跑这一趟东海，为的就是这份酬谢，哪里会有不要的道理。

清樾岂会不知，淡淡道："不过是区区薄礼，略表谢意，你们就不要推辞了。"

生怕老爷子戏太过，白曦忙笑着，佯状劝道："老爷子，这是大公主的一番好意，咱们若不痛痛快快收下来，反倒辜负了好意，叫人瞧不起。"

东里长就坡下驴，笑道："既是如此，多谢大公主。"

灵犀探头看托盘上的珠宝，看得不甚真切，便索性离了席，将托盘都看了一遍，转头朝清樾皱眉道："姐，怎么没有避水珠？"

清樾温言道："他们马上就要回陆上去了，要避水珠有何用？"

灵犀急道："有了避水珠，他们闲时便可来东海寻我。我好不容易才有这些朋友的。"

清樾淡淡扫了眼墨珑，转向小妹，和颜悦色道："我原也是这么想的，可也巧了，府中恰好没有多余的避水珠了。那夜明珠也甚是名贵，对于他们，比避水珠有用。"

闻言，灵犀将信将疑，转头去问班乾："班爷爷，内库房当真没有避水珠了？"

对于清樾的意思，班乾心领神会，遂答道："此番也是巧了，上月把余下几枚都给南海送了去，而大海沟里的珠子还不到采收的时候，正赶上了青黄不接。"

听了班乾的话，灵犀无奈，提议道："要不把避水丝绦给他们。"

"小公主说笑，这是待客用的，且又是旧的……"

自始至终墨珑都没有吭声，东里长多看了他两眼，出言笑道："不打紧，改日若是我们想来，便在岸上买一颗避水珠便是。"

"陆上也有吗？"

陆上的避水珠自然与东海里头的避水珠不同，且不说能避水多久，单说到水府所在的深海便不可能，会因深海水压的关系而被碾碎，也只能在江河湖泊中勉强一用。东里长心里也有数，但为了安慰灵犀，只道："自然是有，不必担心。"

灵犀这才稍稍安心，看向墨珑，后者默默无语，也正看着她，想来是因为即将分别而闷闷不乐。小肉球从他身上蹦下来，跑到灵犀腿边蹭了蹭。灵犀摸摸它，从食案上拎了只大虾喂它，瞧它三口两口就吞了下去，连皮都不带吐。

"它是当初你捡来的，现下就让它留在水府中陪你吧。"不知何时，墨珑行到她身旁，轻声道，"水麒麟也是灵兽，你该给它起个名了。"

灵犀摸摸小肉球，想了想道："它长得跟肉丸子似的，就叫丸子吧。"

墨珑禁不住一笑："现下它还小，倒是能用作小名，将来它长大了，威风凛凛，震慑百兽之时，也这么唤它吗？"

"将来它长大了，你再为它取个大名。"灵犀道。

此一别，却不知何日才能再见，墨珑按捺下心中伤感，捏捏丸子的脖颈肉，点头笑道："如此也好。"

清樾望着他们俩，耳中听着他们的一问一答，明明白白能察觉到小妹对他的不舍之意，心软了一瞬，转眼间便又告诫自己，小妹情窦初开，可惜墨珑绝非良人，宁可眼下小妹伤情些，也不能纵放她再继续下去。

一直在旁的雪兰河将这对小儿女看在眼中，不由得心中唏嘘，叹这世人终是苦多乐少。灵均身子虚弱，不能久坐，雪兰河便先行向墨珑等人辞别，陪着灵均回殿内去。

一时宴席散了，东里长领着其他人向清樾辞行。

见酬谢的珠宝他们尽数收了，清樾也不再客套相留，请班乾将他们送出海去。

分别在即，灵犀越发不舍，将墨珑一直送至水府的牌楼下，忽得又想起一事来，朝墨珑急道："你且等等我！我去去就来！"说着便飞奔而去。

众人不明就里，班乾也不敢擅自把人送走，便都在牌楼下等着。约过了一炷香工夫，灵犀风风火火地回来了，手中拿着一柄如意，班乾看见便吃了一惊。

"你拿着这个！"灵犀笑道，"我刚刚才想起来，这柄如意不仅有驱邪除秽之用，还有避水的效验。你拿着它，什么时候想来东海就能来了。"

班乾在旁欲言又止，终于忍不住还是道："这柄如意可是……"话没说完，便被灵犀打断道："珑哥不是外人，这柄如意在他手里，和在我手里是一样的。"灵犀终是公主身份，班乾不敢再拦，遂领着东里长等人离开东海水府，往岸上去。

墨珑回首望去，灵犀立在牌楼下，身后是一排持戟的龙虾侍卫，越发衬得她孤零零一人。想那东海水府中，姐姐不苟言笑，哥哥病弱体虚，便是宝贝再多，地方再大，她一人又有什么趣儿。如此想着，墨珑心中便越发空落落的。

直至班乾将墨珑、东里长等人都送上岸，回来复命时，清樾才得知灵犀竟将父君留下的那柄如意送给了墨珑，不由得扶额叹气。那柄如意乃昔日西王母尚未飞升之前赏赐给当时的东海水君的，在东海龙族世世代代相传下来。这如意仙气环绕，能驱邪除秽，因小妹先天不足，又没有灵气，她担心小妹沾染不干净的物件，便将如意放在小妹身旁，万万想不到灵犀竟然会把它给了墨珑。

"这孩子……"清樾很想责骂灵犀，但想到小妹现下只怕还陷在别离苦中，想想终是不忍心，只能朝班乾道，"小妹眼里没什么贵重东西，也怪不得她，这毛病原是我们惯出来的。可今后不能再这样了，得教教她才行。"

班乾亦是无奈得很："那……那柄如意怎么办？"

清樾蹙眉:"小妹都给出去了,难道还能去要回来吗?岂不是丢我东海的脸面?罢了,随它去吧。"

班乾叹了口气,毕竟是在水府中传了数代的仙物,就这么让外人拿走,心中着实有些懊恼。

"对了,"清樾道,"你吩咐下去,那只狐狸……不,不光是他,只要他们这一行人中若有人再来水府,无论是谁,统统给我挡回去。莫说让他们进水府,便是替他们传信递话也不行。我不希望灵犀再与他们有任何瓜葛。"

"老臣明白。难怪您要我将谢礼备得厚一些,应该是不愿他们再来纠缠吧。"

清樾点了点头:"宁可贵重些,也不想让他们认为我们东海欠着他们的恩情,对这些人,了断干净才好……还有,此事不可让灵犀知晓。"

"老臣明白。"

第七章
墨珑起疑

站在海边，海浪撞着黑色的礁石，碎玉裂锦般散成点点水花落下，后头一波海浪再涌上，循环往复，周而复始，没有尽头一般。

墨珑就坐在礁石上，看着脚底下的浪花，一径不知在想什么。夏侯风就在他近处，心事重重，手无意识地去抠附着在礁石上的牡蛎，抠下来一个就丢进海里，抠了两三个之后他就被牡蛎壳划破了手。

距离他们不远处的白沙滩上，东里长和白曦席地而坐，面前摊放着从东海水府带出来的珠宝，面上带着掩也掩不住的喜色，正在给珠宝估价。

"这串珍珠可真好看，水滴形的，还金灿灿的。"白曦终不如东里长见多识广，虚心问道，"老爷子，能值不少钱吧？"

接过来在手中掂了掂，东里长笑眯眯地点了点头，心情颇好地教导他："这是东海独有的月夜心，其他海域虽然也产珠，但这种珍珠却只有东海才有。这一整串，形状又规整，不易得很，奇货可居啊。"

白曦双目舍不得离开那串珍珠，啧啧而叹，忍不住又拿过来细细观赏。

两个人对着珠宝，浑然不觉光阴飞逝，待抬起头，周遭已是暮色沉沉。东里长这才复将珠宝都收起来，看见白曦在旁的目光，顿了顿，从中将那串月夜心珍珠取出来递给他。

"来，拿着！这串就当是给你的。"东里长道。

尽管眼睛不由自主地发亮，白曦还是连忙推辞："不不不，我不要，这原是大家的。"

"你这遭也辛苦了，这就算是给你的酬劳。"

虽然很想要，白曦仍坚决地推辞："老爷子，若是把我当自己人，就莫给我。只要让我跟着你们一块儿，有吃有喝有事儿做，这一串珍珠算什么。将来咱们肯定还有更大的买卖！"

没料到这只大尾巴羊竟有这份胸襟，东里长颇为欣赏，便将珍珠收了起来："看见金银珠宝，还能把持得住，你也算是一条好汉，我认你是自家人！"

白曦挺挺胸脯，自我感觉也是甚好。

此时天色已暗，东里长眯眼转弯，才看见礁石上黑沉沉的两人，如同剪影一般，忙将他们都唤了过来。

他掂着手中的包袱，朝墨珑道："东海出手，着实大方，这一趟，抵得上咱们以前忙活十年。龙牙刃虽然还回去了，但拿了烈火璧，咱们也值当了。"

墨珑默了默，见东里长尚在兴头上，决定晚些时候再告诉他烈火璧的去向，遂道："咱们先找个地方落脚吧。"

直到这时候白曦才想起来，张望四周，疑惑道："咱们这是在哪儿啊？"

"那边有炊烟，像是个渔村，过去问问便知晓。"

墨珑率先往前行去，其他人跟上，沿着小道，穿过一片红树林，果然看见一座小村庄，家家户户外头晾着渔网，晒着咸鱼干、墨鱼干、海菜等等，弥漫着浓重的海腥味。

白曦素来是个自来熟，与一位修补渔网的女子攀谈片刻，便回来道："这里是玄股国的一个偏远渔村，最近的城镇距离此处也有二十多里地呢。"

黑灯瞎火再走二十多里地，路又不熟悉，东里长皱了皱眉头："今夜就在此歇脚吧，寻户人家，给些银两，应该不难。"

夏侯风却是被鱼腥味熏得受不了，捂着鼻子道："在这儿歇脚？那还不被熏晕过去啊。珑哥，你……"

墨珑淡淡道："就这儿吧，挺好。"

听墨珑也答应了，夏侯风只得不再提异议，但从白曦身上讨要了一方布条，直接捂鼻子上了。

不等东里长吩咐，白曦便去找住处，不一会儿便折返回来喜道："有了有了有了，说是前头有两户人家已经搬走了，屋子是空的，咱们根本不用花钱，在屋子里凑合一宿就行。"

他所说的屋子倒不难找，院中没有晒一堆鱼干、海菜的便是了，屋内虽空空如也，对夏侯风来说倒是件好事。众人进了屋，见屋中桌椅床具虽残旧些，但也勉强能用，只是没有被衾等物。

昨夜还在东海水府中高床软枕，今日便是这般光景，这落差委实有点儿大。夏侯风正待叹口气，便看见墨珑一声不吭地去打了水来抹桌椅床具，他不敢闲着，拿了墙角的笤帚去清理到处缠绕的蜘蛛丝。东里长让白曦拿了银两，去置些饭食来，又见窗户纸破洞甚多，被风吹得直响，便吩咐白曦再讨些白粥和毛边纸来。

不多时，屋中打扫妥当，白曦也端着饭食回来了。米饭和腌鱼，还有一盘新鲜的炒海蓬菜，虽简单，好在咸香味鲜，尤其对东里长的胃口，他还比寻常多吃了一碗米饭。

饭毕，又调了粥糊，众人将毛边纸糊到有破洞的窗上，如此这般，这屋子方才算收拾妥当，可安稳过一夜。

入了夜，海风仿佛比白日刮得更猛烈些了。这渔村距离海边不远，惊涛拍岸之声，如千军万马咆哮而来。墨珑靠墙而坐，闭目休息，静听涛声。

"老爷子，咱们接下来往哪里去？"白曦问东里长，颇有些兴冲冲想要大干一场的热情。

东里长就立在门口，看着苍穹如盖，星垂海面，心宿中的太子星光芒越发暗淡，而天王星红光愈盛，连庶子星的星芒也亮了许多……他转身看向墨珑，沉声道："去青丘！"

闻言，墨珑腾地睁开双目，定定地看向东里长："时候到了？"

"从星象上看，少则三个月，最多半年，血咒便可解了。"东里长道，"玄股国距青丘还有些路程，咱们一路慢慢往青丘走，我正好还得去几处地方收个租子。"

"老爷子，你还有地？还几处地方？"白曦奇道。

东里长不以为然："唉……早知晓北齐国东郊的地能翻出二十倍来，当初我就该多买一些。"

"您买了多少？"白曦问道。

东里长叹道："才买了一千多亩地。"

"这……您还嫌少！"白曦张口结舌，顿时才发觉东里长深藏不露，竟然是个理财高手。

"将来回了青丘，用银两的地方多了。"东里长此时方认真地看向白曦和夏侯风："小风，小白，我实话同你们俩说，墨珑是青丘玄狐族的少主，多年前因为狐族出了大变故，他被下了血咒，封印灵力，不得已才流落四海八荒。如今回去的时候就要到了，我得问问你们，你们肯不肯跟着他回青丘？"

白曦此前倒是听说过青丘狐族的一些事情，万万没想到墨珑竟然会是青丘玄狐族的少主，一时脑子冒出各种疑问，愣在当场。

夏侯风是个简单人，想也没想便开口道："我反正没地方去……"

他话才说一半，便被东里长打断道："有些话，我须得说在前头，回到青丘之后，因他要重掌玄狐族，其他族人也会百般阻拦，诸事艰难，再不似外边这般潇洒过活。"

此时，墨珑起身，朝他们二人说道："青丘实在不是什么好去处，且狐族最擅尔虞我诈、钩心斗角，弄不好反而害了你们，还是不去为好。我让老爷子拿些银两给你们。"

夏侯风愣了愣，只道："珑哥，这些话你都不用说，你只说你缺不缺帮手？"

"……自然是缺。"东里长替墨珑道,"当年他便是被族人出卖,在青丘也没个可信得过的人。"

"那我肯定要去呀!"夏侯风理所当然道,"本来我想说我反正没地方去,到哪里都无所谓。既然珑哥缺帮手,我自然得去青丘了。我也知晓,论心眼我肯定比不得珑哥,估计也及不上狐族的人,可打架跑腿我在行啊!"

白曦也忙道:"我也去……现下我一时也想不到我能做什么,反正多个可信之人总不是坏事。老爷子,你今日还说已把我当自家人,这话不是诓我的吧?"

东里长笑道:"没诓你,没诓你,是真话!"

"如此……"墨珑朝他二人拱手肃拜,"墨珑多谢两位!"他所行之礼,正是青丘之国的肃拜之礼,双手过心口,以头触手背,以表郑重感激之意。

夏侯风与白曦皆是头一遭见他行此大礼,匆忙想还礼,又不知该怎么施礼,手忙脚乱地照着墨珑的动作比画一通。

此事落定,且又赚了东海一大笔钱财,东里长心满意足,躺在光秃秃的床板上,不多时便已鼾声大作。夏侯风挤在他旁边,两个人鼾声此起彼伏,白曦只得找了稻草塞耳朵,趴在桌上闭目硬睡。

唯独墨珑毫无睡意,走出屋外,跃上屋顶,双手枕在脑后,斜斜一靠,望着远处黑暗中的海面。因为玄股国与东海水府签下盟约,夏秋两季不可下网,故而此时海面上并无渔火,幽黑深邃,唯有阵阵涛声拍岸。

墨珑禁不住默默地想,这会儿灵犀在做什么?可是睡了?或者是孤孤单单一人坐在塔楼的顶层,等着听鲸鱼的歌声?海面上这般喧嚣,谁能想得到海底深处又是那般寂静……

护身乌玉送给了她,那方乌玉有他阿娘在临终前用青丘禁术注入的狐魄,若无这方乌玉,他未必撑得过雷刑,被施血咒之时,也会灵力尽失。让它护着灵犀,再加上雪兰河的允诺,除此以外,他实在也没有别的法子了。

已近夜半,睡意一点点地漫上来,他正想回屋,眼角忽然察觉远处的海面上似有什么物件一闪而过,忙凝目望去,片刻之后,果然看到隐隐有一点红光闪过,却看不清是什么东西。

想起几人之中,白曦曾偶然间在月支山巅吃过苍目草,目力最好,且还能看穿隐身术,墨珑不加多想,翻身回屋,轻声唤醒伏桌而睡的白曦,叫他帮忙看看海面上究竟是什么东西。

骤然间被他叫醒,白曦睡眼惺忪,使劲揉揉眼睛,看向海面,待那红光再次闪过时,才道:"像是一条船,太远啦,船上的人看不真切。"

"是船啊。"墨珑难掩语气中的失望,他原本还存了一丝希望,想着说不定是灵犀偷偷溜出来寻自己。

白曦打了个哈欠:"奇怪,应该是渔船吧,怎么连灯都不敢点?"

墨珑道:"夏秋二季不可下网,那船应该是偷着下海的,所以不敢点灯。劳烦你了,你回去睡吧。"

"没事……"白曦又打了哈欠,拖着脚步回屋去了。

海风从耳畔呼啸而过,墨珑立于屋前,轻叹口气,想着明日便要启程回青丘了,距离灵犀自是越来越远,也不知要到何年何月才能再见。

一大清早,日头才刚刚升起,众人便被外面传来的嘈杂声吵醒。墨珑本就是和衣而眠,睡得又浅,最早醒来,推门出去,见这渔村中的村民皆面露惊惶恐惧之色,似受到了什么惊吓。

"大婶,出什么事了?"他询问一名匆匆赶回屋的妇人。

"死人了!就在海滩上,死得可惨可惨……这东海水府的人太狠了!"妇人边说边拭泪,"就算是偷渔,抓着了送官就是,何必这样杀人,太残忍了……"

说话间,东里长等人也都出了屋子,听见这话皆是一惊。

墨珑疾步往海滩走去,众人忙跟上,以夏侯风性子最急,跑起来又快,一下子冲到了最前头。

海滩上停着一条搁浅的小渔船,周遭不少村民在议论纷纷,大概因为船内景象太过骇人,这些村民虽然围着,却无人敢靠近。夏侯风拨开人群,走近了一看,饶得他自己是一头咆哮山林的凶兽,还是忍不住一下子别开脸,胸中一股浊气翻腾,几欲呕吐。

见墨珑走近,夏侯风挡在他身前道:"下手忒狠,你可想好再看啊!"

墨珑点了点头,拨开他,望向渔船内——渔船内有两具尸体,死状甚惨。

倒吸了一口冷气,墨珑别开头,也不愿再看第二眼,心中暗忖,这条船是否就是自己昨夜里看见的那条船?如果是,闪过的红光又是何物?还有,为何渔村的村民指认此事是东海水府所为?

东里长和白曦也都探头看了一眼,东里长倒还罢了,白曦确是实实在在受到惊吓,躲到一旁大吐特吐,连胆汁苦水都一并吐了出来。夏侯风原还想嘲讽他几句,后来看他着实可怜,反倒同情起来,从树上摘了个椰子,敲开了给白曦漱口。

听得周遭一众渔民都在骂东海水府,东里长忍不住上前问道:"这事如何就能肯定是东海的人做的呢?"

一黝黑大汉愤愤道:"以前我们玄股国曾剥下鱼皮制成衣裳,东海的人意见大得很。可此前与东海一战后,已经签下文书,我玄股国人不再制鱼皮衣裳,不捕捞鱼翅,不虐杀东海水族,夏秋二季亦不下网。怎么现下,东海居然杀害我玄股国人!"

第七章 墨珑起疑

"会不会是他们偷渔，抓了鱼上来剥皮？"东里长问道。

"不会！曲家兄弟我是认得的。昨日城中有人想订两条七八斤重的乌鲳鱼，出了高价，我们知道规矩，都不敢接。曲老三手头紧，想是接了这单子，撺掇着老二跟他一块儿出海，想不到竟逢此大难。"

墨珑在旁听着，眉头深皱。清樾此人虽然杀伐决断，说一不二，但做事却不似这般激进之人，譬如她这般讨厌自己，仍是摆宴席赠珠宝，有礼有节，叫人挑不出错处。既然东海与玄股国已经签订合约，便是有渔民偷渔，也应该依法裁断，绝不至于像这样动用如此刑罚。

会不会有别的缘故？那红光……墨珑心念一动，忙行到白曦身旁，"你可还记得昨夜里看到的红光？你仔细想想，那红光是什么，是不是火光？"

白曦刚吐得面色发青，坐在地上，抱着椰子怔怔回忆了半晌，缓缓摇头道："我就看见闪了一下，大概是他们点的烛火……实在看不清啊。"

知晓昨夜里距离实在太过远，着实怪不得白曦，墨珑拍拍他肩膀："难受就回去吧，这里血腥气也太重了。"

白曦点点头，手软脚软，挣扎着想站起来。夏侯风在旁看不下去，索性一下子把他甩到自己背上："算了算了，我背你回去，瞧你这没出息的样子。"

"多谢你……"白曦连斗嘴的气力都没了，软趴趴地任由夏侯风背着自己。

最后看了眼渔船，东里长叹了口气，朝墨珑道："我们也走吧。"

墨珑不动，看向东里长。

单从他的眼神，东里长就知晓不妙，紧接着忙道："这是东海与玄股国的事情，跟咱们没关系呀。"

"我总觉得此事哪里不对劲儿……"墨珑下决定道，"老爷子，你们且略歇一歇，我去去就来。"

"你去哪儿？"东里长急道。

"东海水府。"

"你……"

墨珑温言安慰他："我就是去问一问，问过就走，不会耽搁的。"

"你可别又生出别的事来，"东里长自然是不放心，"咱们跟东海的事已经了结。灵犀待在她自己家中挺好的，咱们该办自己的事儿去了，你也该收收心了。"

"收的，收的。"墨珑笑着拍拍老爷子的背，"你吃点儿东西，吃完我就回来了！"说着，他便往海中跑去，边跑边从怀中取出那柄如意。

东里长眼睁睁看一团柔光护着他没入海中，禁不住愁眉苦脸，唉声叹气："这孩子，就是放不下！怎么就放不下！"

东海水府中，清樾看望过灵均，又陪着灵犀用过早食，便回到日常起居的内殿中处理事务。

"聂仲的腿伤如何了？"她抬眼问班乾。

班乾答道："昨夜里大医官又去看了一趟，已无大碍，就是须卧床静养三个月。"

清樾点头，想了想又嘱咐道："既是要静养，便得寻个好去处。你安排一下，方壶岛的日光甚好，就让他去那里养伤吧。"

班乾躬身领命。

"还有，灵犀刚回来，难免心思浮动，让人看紧些。"清樾皱眉道，"绝对不能让她再有偷跑出去的机会。"

侍卫长白继点头称是："值班的侍卫已加了两道。"

想起小妹，清樾心又一软："我也没多少工夫陪她，班总管，你看有没有杂耍的、说书的也行，带进来给她解解闷，只是一定要检查清楚。"

班乾笑着点点头："不用请外头的人，内子就是个话本篓子，看过的话本子戏本子一堆一堆的，回头我就让她来陪着小公主聊天解闷。"

"有劳你了。"清樾笑道，"……龙牙刃已经回来了，择个日子给北海送回去吧，再挑两盒盐渍海葡萄，上次北海水君的夫人说咱们这儿的味道比他们府里头的好。"

"北海退婚，已弄得我东海颜面全无，大公主你何必……"

清樾摆摆手："北海二太子任性，水君拿他没法子，心里头已经觉得对不起东海了。退婚是一回事儿，东海与北海的关系是另一回事。四海龙族同气连枝，断不可生了罅隙，让外族人瞧不起，有机可乘。"

"大公主所言极是，老臣惭愧。"

清樾看向侍卫长白继："若无事，你就下去吧，让文震将军来一趟。"

白继欲言又止，清樾微一挑眉："有事便说。"

"昨夜里，守北苑的一名侍从受到袭击，一双眼睛被伤了。"白继道，"卑职该死，仍未查出行凶者是何人。但我已彻查过一遍，宫中并未有其他异动。"

清樾皱紧眉头："是有人想闯出去，还是想闯进来？"

白继为难地摇头："那名侍卫根本辨不清，说只记得有红光在面前闪过，连大小形状都说得含含糊糊。"

"会不会是灵犀又想闯出宫去？"清樾不得不怀疑小妹，毕竟上一次她也是打伤了侍卫逃出去的。

白继忙道："绝对不是，昨夜小公主一直在瞻星院中，连院门都没出一步，守夜的侍卫已向卑职禀报过。卑职其实还有一个猜想，近来是水母的求偶期，以往也曾经发生过侍卫被水母蜇伤的事件，昨夜那侍卫可能也是被水母蜇伤，只不过正好伤在眼部,所以辨不清东西。"

清樾沉吟片刻,看向班乾:"府中可有其他异常?"

班乾禀道:"老臣并未收到禀报,待会儿老臣马上再清查一遍,看看是否有物件丢失或者有人失踪。"

清樾点头,朝白继道:"给你三日,将此事查明。"

白继拱手领命,刚要退下,恰好有一名侍卫飞快地前来禀报。

"大公主,昨日离开的那位墨公子又回来了,就在牌楼外,说有事要见大公主还有雪右使。"

闻言,清樾秀眉皱起,毫不掩饰面上的不愉之色:"我不是吩咐过了吗?但凡他们来,一概不许进,不许传信递话。"

白继正要呵斥那名侍卫,便听他道:"卑职本来是轰他走的,可他说昨夜里有玄股国的渔民被杀害,渔民都认定是东海所为。事关东海声誉,卑职不敢不禀。"

"有渔民被杀害?"清樾腾地站起来,大步向外行去。

她疾步来到牌楼外,看见墨珑正拿着那柄如意,周身一圈柔光助他避开海水。

这柄如意正发出一圈柔光!清樾心下一沉,随即想到墨珑身上还有烈火璧,颦眉望向墨珑:"你有何事?"

墨珑不卑不亢地说道:"昨夜海上有渔民被杀害,请问府中昨夜可有什么异常的事情?"

异常的事情,清樾随即便想到那名侍卫眼睛受伤之事,但与渔民又有何干系呢,遂答道:"……自然无事。"

她方才稍稍迟疑了一会儿,墨珑便已经瞧出不对劲儿,急问道:"水府里也出事了?灵犀呢,她可安好?"

看他对小妹就是不死心,清樾有些恼火:"灵犀自然很好,不劳你费心。"

"你莫要骗我!"墨珑着实担心,"她是不是出事了?"

清樾道:"今早我还和她一起吃饭,她能有什么事!倒是你,成日想方设法地纠缠于她,想弄出事情的人是你才对!我且问你,昨夜你是不是想偷偷潜入水府,还伤了侍卫的双目?"

闻言,墨珑一怔:"没有,昨夜我一直在渔村里,并未下海。"

"你不必狡辩!"清樾喝道,"那侍卫说得清清楚楚,有道红光从他眼前闪过,恰恰这柄如意作避水之用时就会发光。"

有道红光?

墨珑忙道:"昨夜我看到海面上也有红光闪过。"

清樾皱眉盯着他:"你如何证明昨夜闯水府的人不是你?"

"昨夜我一直待在渔村，有人和我一起看见海面上的红光，他可以……"墨珑话才说了一半，就已经意识到什么，苦笑道，"他是我同行的兄弟，你自然不会信他的话。"

清樾冷冷道："渔民的事情我自会调查清楚，若让我知晓有人故意杀害渔民，陷害东海，我断不会饶了他！"

墨珑苦笑："大公主的意思是，怀疑是我？若是我的话，我怎么还会自投罗网，前来告诉你们这件事！"

清樾淡淡道："这世上有五成以上的凶案，报案人就是凶手。他们是聪明反被聪明误，自以为来报案，便能洗清自己的嫌疑。红光，除了如意，我记得你身上的烈火璧也能发光吧。"

墨珑扶额，真不知晓该怎么解释了，只能道："你自己上岸看看尸体，自行判断吧，此番就当我没来过。"

"等等！"清樾喝住他，"把如意留下！"

墨珑一怔，本能地握紧手中如意。

清樾缓缓道："昨夜府中侍卫被袭，一则你有动机，因为你还想见灵犀；二则你有能力，这柄如意能避水且助你潜下深海。此事你的嫌疑最大。所以，交出如意，永远不要再到我东海水府。"

墨珑在袖中默默攥紧拳头，脑子飞快转动——清樾自然不信自己，而能看出异常的人只有雪兰河，怎生想个法子，让雪兰河能上岸察看尸体，与自己见上一面才好。

清樾继续道："珠宝你们都收下了，东海与你们已两清，再无瓜葛。"

"如意我可以给你，但黑锅我绝对不会背！"墨珑朗声故意道，"烈火璧是在我身上，在天镜山庄我也用它伤过人，这些事儿你一问便能知晓，我也没必要瞒着你，免得你知晓后越发认定我是凶手。在天镜山庄时，雪兰河看过被烈火璧所灼伤的伤口，只要他还记得，他就能证明我的清白！"

清樾冷道："是不是被烈火璧灼伤，我一看便知，根本用不着雪右使出面。"

墨珑以手制止："大公主此言差矣，你信不过我同行的兄弟，我也同样信不过你东海的人。万一你存心要冤枉我，我岂非百口莫辩？雪兰河是天镜山庄的人，不是你东海的，也与我没甚交情，他来办此事我方才信服。"

清樾凝眉不语。

见状，墨珑将如意往前一递："我只是想要个公平而已！"

收了如意，以后便不必担心他再来东海水府吵扰，清樾伸手接过如意，冷冷道："好，我就请雪右使去，免得你认为我东海以大欺小。"

目的达到，墨珑心头稍宽，任由巡海夜叉将自己押送回海边，毫不抵抗。

因初到东海，大概是日常吃食尽数换成海鲜的缘故，雪兰河着实有些不适应。这日晨起，便发觉全身长满了密密麻麻的红疹子，奇痒难耐，他咬牙生忍，这也倒罢了，只是连脖颈和面上都长了红疹子，实在让他难以见人。

侍者来请时，他想来想去，最后只能用纱帽遮面，这才出去。

清樾早起时已来看过灵均，明显察觉到灵均气色又好了许多，恢复得甚好，听灵均说昨日雪兰河帮他推拿许久，心下对雪兰河多了几分好感，去了几分芥蒂。此刻，她见到他这副打扮，询问缘故，待见到纱帽下的雪兰河，禁不住低下头以几声轻咳掩饰了笑意。"前辈昨日可是吃了什么？"

雪兰河沮丧答道："昨日送来的螃蟹甚肥，我就多吃了几只，想不到今日便成了这般模样。"

"昨日的螃蟹？"清樾看向一旁的侍女。

侍女忙禀道："昨儿呈上的是醉蟹，因雪右使觉着好，便把那一坛子的蟹都捞出来，给他吃尽了。"

"醉蟹？"雪兰河叹道，"难怪昨夜里我睡得那么沉，原来都是这螃蟹的缘故。"

清樾吩咐侍女道："这几日请膳房专门备些陆上的清淡吃食。"

侍女领命去了。

雪兰河不免歉疚："给府上添麻烦，惭愧惭愧。"

"前辈不必客气，我也有一事想要劳烦您。"清樾便将渔民一事告之雪兰河，请他和自己同到岸上走一遭，"我虽不喜欢那只狐狸，但也不想让他觉得冤枉。"

听闻渔民死状这般悲惨，且墨珑如此坚持自己去查看，雪兰河已隐隐觉得有异，顾不得一身疹子，忙随清樾往岸上来。

此刻，死去的渔民仍在海滩的渔船内，因为涉及东海，玄股国官府人等一时也不敢轻易挪动尸体，只能层层上报，听候命令。

墨珑回来后，东里长暗松口气，他还真是担心墨珑又舍不得灵犀，在水府中拖拖拉拉不肯走，见墨珑回来得如此之快，着实出乎他的意料。

"走吧！"他道。

墨珑赔着笑，朝他道："老爷子，我还有点儿事儿，得在海滩等上一等。"

"等什么？"东里长紧张道，"你不会是把灵犀给拐出来了吧？你可别乱来，清樾一看就不是好惹的主儿……"

"没有没有……我等的人是雪兰河。"墨珑打断他，安慰道。

"莫非你怀疑渔民的死和幽冥地火有关？"东里长不傻，一想到此层，就越想越觉得有可能，越想越觉得骇人，"……那咱们还耽搁什么，赶紧走啊！"

墨珑无奈："老爷子，你……这样吧，你若害怕的话，就和小风、小白到城里头去逛逛。等此间事了，我马上过去找你们。"

"我不是怕，我是……"东里长急道，"你也不能待在这儿，咱们赶紧走，离此地越远越好。"

墨珑一眼瞥见清樾与雪兰河从稍远处海中出来，来得如此之快，想来清樾也将此事看得颇为要紧。两人未带侍从，行事低调，大概是不想引起玄股国人的留意，不过雪兰河居然还带着纱帽遮面，着实奇怪。

"他们来了。"墨珑来不及再与东里长多说，用眼神示意夏侯风上前来照顾老爷子，自己则快步迎上前。

"尸体就在那条船上。"墨珑直视雪兰河，语气意有所指，重重道，"昨夜里我看见海面上有红光闪过，不止一次。"

因清樾在旁，有些话不能直言，雪兰河很明白墨珑的意思，撩起面纱道："我先看尸体。"

墨珑看见他面纱下的脸，顿时愣住："你的脸怎么了？"

"海鲜吃多了，大意，大意了。"雪兰河惭愧地放下面纱，往渔船行去。

留意雪兰河连手上都长了红疹子，短短一日不见而已，墨珑啧啧。

尸体不能挪动，官府已派了人来看守，四名差人立在船下，禁止闲杂人等靠近，若要靠近，少不得要与官差纠缠一番。雪兰河迟疑一瞬，用手掐诀，手轻轻一扬，已将周遭人等尽数定住。

只是他施咒时，虽记得漏过墨珑，却不小心竟将清樾也给定住了。一转头，见清樾被定在当地，他连忙替她解开，解释道："抱歉！我们谷中不许用法术，这些法术我好些年都没用了，生疏得很，实在不是存心的。"

清樾被定住时整个人仿佛陷入虚空之中，无眼耳鼻舌身意，完全察觉不到时光流逝。虽说她的修为及不上雪兰河，但也是因为万万料不到他会对自己施法，她没有任何防备才会中招，否则绝不至于六感全失。

她自然心中微恼，觉得自己着实不该对雪兰河放松戒备之意，当下只是淡淡道："前辈客气。"

墨珑双手抱胸，不以为然，倒是觉得雪兰河不该替清樾解开，这样有些话说起来也方便些。

清樾率先跃入船中，皱眉打量尸体。雪兰河则轻飘飘地立在船帮上，自上而下，俯看两具尸体，目不转睛……过了半晌，雪兰河跃下来，眉头深皱，迎上墨珑探询的目光。

"是不是？"墨珑忙问道。

第七章　墨珑起疑

雪兰河摇摇头。

"不是？"

雪兰河又摇摇头，目中有纠结之色。

墨珑急了："到底怎么回事？你倒是说话啊！"

雪兰河瞥了眼渔船，见清樾还未出来，才低声道："这两名渔民是被吸取灵识之后被杀，这种残忍的手法确实像是幽冥界所为，但伤口并无幽冥地火留下的痕迹，我不能完全确定。"

料不到他仍旧不能确定，墨珑压低语气不满道："……你到底算什么上仙？吃海鲜发疹子也就罢了，连行凶者都看不出来。到底得死多少人，你才能看出来？"

雪兰河甚感冤枉，诚恳地朝他道："君上才是上仙，我的修为还远远算不得上仙。发疹子实在是始料未及，我日后定会多加注意。"

此刻，清樾跃出渔船，秀眉微颦，沉吟不语，不知一径在思量何事。雪兰河则扬手先解了周遭人的定身咒。

墨珑当下只能提醒雪兰河："大公主说，昨夜里水府的一名侍卫被袭击，眼睛受伤，他也看见了红光。不知雪右使可知晓？行凶之人会不会来自水府？"他这话已然很明显，就是想告诉雪兰河，行凶者很可能就是灵均。

雪兰河略略一惊，望向清樾："府中也出事了，怎么未听你提起？"

清樾看向墨珑的目光不善，暗忖墨珑之所以硬要将两件事情拉扯到一块儿，无非就是等雪兰河证明他不是杀渔民的凶手之后，就可以说明他自己并非私闯东海水府打伤侍卫的人。

"雪右使莫非也怀疑行凶者是我水府中人？"清樾冷冷道。

"不是，行凶者是何人还需细细调查，只是这两件事情一起发生，难免过于巧合。"雪兰河小心斟酌的应对，"大公主以为呢？"

清樾先瞥了墨珑，淡淡道："我相信渔民之死与你无关。"

墨珑面无表情，硬邦邦道："大公主明察秋毫，在下感激涕零。"

知晓他在讽刺自己，清樾不加理会，继续说道："此前玄股国人曾经剥鱼皮制衣，虐杀我东海水族，这两名渔民惨死，从表面上看，确实很像是东海的报复。但是，行凶者是先吸走他们的灵识，再取命。吸食灵识，有违天道，东海即便要报复，也不会做这等自损天命之事。所以，一定是有阴损之人，吸食灵识，同时嫁祸给东海。"

墨珑虽然不喜欢清樾，但也不得不承认，除了未将此事与幽冥地火联系起来，其他事情她都分析得很靠谱。

"为何要嫁祸东海？"雪兰河真正心里想的是，灵均有没有可能做此事？若当真是灵均，他为何要嫁祸东海呢，对他又有何益处？

"东海与玄股国已签下合约,或者是有人想再次挑起纷争?"清樾也不甚明白。

墨珑问道:"大公主为何相信此事与我无关?"

"此事阴损残忍至极,"清樾淡淡道,"你这一路虽说别有所图,但总算对灵犀帮助甚多,应该不至于做出这等事来。况且灵犀将你当作挚交好友,她虽天真但也不傻,我不是相信你,而是相信灵犀。"

墨珑微微一笑:"那我姑且当作你是在夸我吧。"

清樾不再理会他,朝雪兰河道:"此事蹊跷,我到周遭渔村去看看。前辈,你可先行回水府。"

雪兰河点点头,本能地叮嘱了一句:"诸事小心,掩了身份才好。"

执掌东海以来,清樾高高在上许久,几乎都是她吩咐旁人,而很久没有被人这样叮嘱过。当下她怔了怔,神情竟有些古怪,似连该说什么都忘了,微一点头,转身便走。

直至清樾走远,墨珑才追问雪兰河:"昨夜灵均可有什么不寻常的动静?"

雪兰河面露尴尬之色。

"快说啊!灵犀没事吧?"墨珑紧张道。

"灵犀没事,今早她还特地给我送了株海萝,放在我房中。"雪兰河忙安慰他,"只是昨夜,我吃多了醉蟹,睡得太沉,实在没察觉出灵均有什么动静。"

墨珑不可置信地盯着他,半晌才道:"你家君上派你来东海,就是让你来一饱口福的吗?我真是信错了你!还以为你好歹是上仙座下的右使,年纪又比我大了好几千岁,想不到做起事来如此不靠谱!"

雪兰河自己也很懊恼:"我也是头一回吃这么多海鲜……"

不待他说完,墨珑没好气地补上一句:"活该长疹子!"

"意外,意外……"雪兰河辈分虽高,为人却甚是和气,从不摆身份地位,被墨珑这般说道,他也丝毫未气恼,只是好意提醒他道,"小狐狸,你莫先急着骂我。咱们还是赶紧商量好正事,我早点儿回水府妥当些。"

眼下清樾和雪兰河都不在水府,若是灵均趁此机会去找灵犀……墨珑深吸口气,问道:"你预备怎么办?"

"我知晓你怀疑灵均,但你必须承认,还有一种可能,行凶者并不是他,而是某个杀了渔民又想闯入东海水府的人。"雪兰河冷静道,"我在水府中,看牢灵均;你在岸上,帮我留意其他可疑人物,一有线索,你就来告诉我。"

墨珑摇头,甚是不满:"此事已再明显不过,灵均一定有问题,我能感觉得到。你应该马上告知玄飓上仙,让他将灵均擒回去。"

"小狐狸,你这是关心则乱。"雪兰河道,"今早上我就见过灵均,也探过他的脉象，他恢复得甚好，并无异常。且渔民尸体上也没有幽冥地火的痕迹，没有证据可以证明行凶者就是他。"

"你睡得那么沉，当然找不到证据了！"墨珑恼归恼，也知晓雪兰河的话的确有点儿道理，"……我可以帮你留意，可我根本进不了东海水府，连避水的如意都被拿走，有事也没法告诉你，怎么办？"

雪兰河思量片刻，从怀中取出一枚金铃，放在手心之中，金铃一分为二，变成两枚小金铃。他将其中一枚金铃交给墨珑，道："有事找我时，你摇一摇它便可。"

墨珑拿过金铃，试着摇了摇，立刻另一枚金铃也在雪兰河掌心中剧烈跳动摇晃。雪兰河又道："我与谷中联系，用的也是这枚金铃，如今你拿了一半，雪五或玄飓上仙若寻我，你的金铃也会动，到时候你拿个东西罩起来便可。"

"行了，你快回去，千万看紧灵均。若灵犀有事，即刻告诉我！"墨珑催促他道。墨珑心想，有了这枚金铃，便可时时知晓灵犀是否安好，倒真是个好物件，省得自己日日挂心。目送雪兰河隐入海中，他转身看见不远处椰子树下正排排坐喝椰汁的东里长、夏侯风和白曦，顿感压力——此事该如何对老爷子说呢？

第八章
青丘往事

东海水府，瞻星院内，灵犀百无聊赖地靠在夜幽桥栏上，手边是一盘芙蓉糕，她掰下一小块，随手往上方一抛，成群的黄鳍金枪鱼立刻像旋风一般朝着糕点卷来，鱼群过处，糕点无影无踪，于是灵犀就再掰一块……

如此这般，掰了四五块，灵犀便厌烦了，将整个盘子往空中高高抛去，鱼群照样席卷而过，所不同的是，糕点吃净，空盘子被四五条小鱼稳稳当当地托着，慢慢落到灵犀手上。

灵犀赞赏地用手摸摸小鱼儿，端着空盘子下了桥。一位年长的侍女接过盘子，笑道："小公主，你在陆上待了那么多时日，想必有很多趣事，若是有空便与我们说说，让我们也开开眼。"

旁边侍女们闻言，也都笑着附和。

这些侍女都是自小服侍灵犀，与她甚是亲厚，灵犀知晓她们长年待在水府之中，甚少有机会能到陆上瞧上一眼，自然好奇，当下笑道："好，晚上在静峰轩备下暖锅，再温上酒，咱们边吃边聊，我好好与你们说说。"侍女们笑着应了。

"对了，我姐呢？"灵犀问道。

"大公主有事出府去了。"

灵犀心里其实很想回去看灵均，毕竟是亲兄妹，又是她好不容易才将他寻了回来。墨珑说过的话她自然记得，但转念又想，哥哥甫才归来，身子还在调养之中，于情于理，自己都该过去瞧瞧他。再说只是看望哥哥而已，小心谨慎，莫再触碰到哥哥，应该就不会有事吧？

这般想着，她不由自主地拍拍胸口，墨珑相赠的那方乌玉正贴身放在胸口处，仿佛在对墨珑保证自己一定会小心谨慎。

"姐姐没说，不许我去碧波殿吧？"她问道。

"那倒没有，只是大公主吩咐过，小公主得补全之前落下的功课才能出这院子。"

灵犀呆愣住："……全补上？"

侍女点头，好意问道："要不要我先请侍读过来？"

"不用，先让我缓缓。"灵犀掰着手指，默默数着自己究竟得补上多少功课，

"每日临摹小楷，到今日得补全四十六，不对，是四十八遍的《灵飞六甲经》，还得看完《东海商旅述略》《长物志》……"

正当她越数越心慌时，忽听见有侍女前来通传："小公主，太子殿下正在院外。"

"哥哥！"灵犀闻言一喜，她自己虽然出不去，但哥哥可以进来，岂不是一样的，"快请进来！不不不，我去接他！"

说着，她便快步往院门走去，果然看见灵均坐在铺设着海草毛毡的肩舆上，由四只海龟稳稳当当地驮着，停在院门之外。

"哥！"灵犀奔过去，笑吟吟道，"你身子可好些了？今日觉得如何？"

灵均在肩舆上笑答道："觉得好多了，所以出来走走。我记得原先这儿是一大片的白沙地。"

灵犀忙道："你想见蚌嬷嬷是不是？她就在我院子后头的白沙地里。哥，你若不累，就来我的院子走走如何？姐姐罚我，不补完功课便不许出院子，我想去寻你也不能。"

灵均温和一笑，点了点头，示意海龟降下肩舆。

灵犀欢喜得很，下意识就要上前扶他，却被灵均立即制止住。

"小妹，你别误会。"他温颜解释道，"我是担心你，那日着实有些吓人。"

灵犀立即明白了他的意思，原本是自己想着要提防他，想不到反倒是哥哥处处为自己着想，心底又是惭愧又是感激，忙示意旁边的侍女上前来扶他。

"瞻星院……"灵均缓步随着灵犀踏入院中，绕过玉石屏障，踏上夜幽桥，展目望去，竟不用灵犀为他一一介绍，他便已说出各处的名称来，"小重山、静峰轩、雪尽楼……"

灵犀讶异道："你怎么都知晓？姐姐曾与你说过？"

面上的笑意又是满足，又带着些许惆怅，灵均叹道："这院子，是照着我当年画下的图所建的。"

此事清樾从未曾向灵犀提过，她完全不知："你还会设计园林，我怎么不知？"

灵均笑道："哪里称得上设计，不过是自己喜欢瞎想，涂涂画画而已。姐姐见我在功课上懈怠，气得很，我记得这院子的画她明明是撕了的。"

当年清樾因年纪轻轻便执掌东海，知晓处事不易，故而对灵均要求颇为严厉。加上她毕竟年轻，政事上尚有人辅佐提点，家事上外人却不便插手，对于灵均的管教她着实操之过急，诸事说一不二，容不得灵均有半分反抗，姐弟间的关系便像牢头与囚徒一般。直至两人最终闹翻，灵均离家出走，清樾静下心来反省，方才意识到自己的错处。故而对灵犀，她已是迁就了许多，唯独盼着灵犀平平安安，功课上松了许多，还请了侍读，便是怕小妹闷得慌。

灵犀低头想了想,笑道:"肯定是姐姐当着你的面撕掉,后来后悔了,自己偷偷摸摸又粘补起来,碍于面子,不好意思拿给你。"

灵均笑了笑:"大约是如此吧。"

"你想不想蚌嬷嬷?"灵犀道,"我带你去见她好不好?这些年蚌嬷嬷也常念叨起你。"

那巨蚌,灵均在其中躺了两百多年,而灵犀则躺了八百多年,说起来他们俩都像是巨蚌自己的孩儿一般。

"好。当初我常到蚌嬷嬷那里去瞧你,你才这么点儿大……"灵均用手比画着,"盘着一动不动,身上的鳞片都是透明的,看上去比水母还要娇嫩,可爱得紧。那时候我常常盼着你能早日醒来,想不到一下子你都长这么大了!"

灵犀边行边笑道:"我也常常在想哥哥你的模样,有时候仿佛在梦里见到过,模模糊糊的,也看不清楚,但能听见你唤我小妹。"

灵均笑问道:"见着我,是不是觉着失望了?"

灵犀赶忙摇摇头:"没有,虽说和梦里头的不太一样,可你一唤我,我就知晓你是我哥哥。对了,我去过鹿蹄山,当年你与澜南那战流了好多血,龙血浸润过的地方都开着花,好看得很。那时候我就知晓,我哥哥定是个了不起的人!"

两人沿着游廊慢慢走,四只海龟驮着肩舆在不远处跟着,以备灵均体力不支之时可以及时让他歇息。说起来灵均与灵犀相处时日甚短,虽是兄妹,彼此间难免有生疏感,好在灵犀是挚诚之人,纵然只是说说笑笑,也能叫人感受到她毫无芥蒂,灵均与她在一起,着实比和清樾在一起轻松得多。

不多时,两人便来到了白沙地。

巨蚌似早有所感,蚌壳一开一合,吞吐间掀起层层白沙,白沙往前洒落,在她跟前形成一个浅坑。因巨蚌着实太过巨大,如同屋舍一般,挪动一次,白沙地必定要翻天覆地一番,沙尘漫天,整个瞻星院都会覆上一层薄薄的白沙。所以巨蚌轻易不会挪动身体,但今日她竟也往前行了两步,前来迎灵均。

数百年未见蚌嬷嬷,灵均亦想念得很,示意侍女不必再扶,自己往前朝巨蚌行去,行了数步,伸臂径直抱住巨蚌:"蚌嬷嬷,我回来了!这些年让您担心了吧,都是我不好……"

灵犀在旁,也伸手抚摸着巨蚌,心下欢喜得很。

巨蚌张开蚌壳,伸出柔软的蚌足,抚摸灵均。现下,她的两个孩子都安然无恙地回到她身边,她心满意足得很。多年未见,大概是想抱抱灵均,蚌壳又张得大些,一股巨大的吸力将灵均往里头带。灵均踉跄一下,差点儿没站稳。灵犀忙道:"蚌嬷嬷,哥哥在外头受了重伤,身子还弱了些,你轻点儿。"

灵均笑道："不碍事，你莫吓唬蚌嬷嬷。"

蚌嬷嬷听见了，用柔软的蚌足轻轻托起灵均，将灵均送入自己体内，灵均毫不意外。这原是灵均小时候就玩惯的游戏，躺在软软的蚌肉上，旁边放上一枚夜明珠，又舒适又惬意，还可以透过蚌壳的缝隙偷偷观察外头的情形。

灵犀笑眯眯地在旁边看着。

就在灵均堪堪进入蚌壳的一瞬，双目触及一片昏暗，蚌壳在头顶慢慢闭合，他的身子不知怎的骤然一震，本能地开始挣扎，想要冲出蚌壳。蚌嬷嬷不明其意，只道他有什么别的事情，愣在当地……

蚌壳光滑而坚固，蚌足柔软而滑腻，灵均愈挣扎愈使不上劲，越发紧张，被幽闭关押的恐惧笼罩着他，他再未犹豫，使出全力，狠狠一掌击上蚌壳——蚌壳裂开一条缝，蚌嬷嬷吃痛，原该本能地闭紧蚌壳，但她担心伤着灵均，忍着痛楚先将灵均轻柔地抛出去，才瞬间将蚌壳闭合。

这一生变太过突然，灵犀还未反应过来发生了什么，只见蚌壳裂开，灵均飞出。她冲上前从白沙地上扶起哥哥，见他面色惨白，已然晕厥过去了！

"哥哥！哥哥！……"她接连喊了数声。

灵均双目紧闭，虽无知觉，但眉间蹙起，似在忍受着极大的痛楚。

雪兰河从稍远处疾步过来，他回到水府之后，见灵均不在殿中，打听后才得知灵均往灵犀这边来了。担心灵犀的安危，雪兰河急急便往瞻星院来，侍卫们也皆知晓他是专程为调养灵均身体而来的雪右使，无人阻拦，他便由侍女引着，一路往白沙地来，还未到白沙地，便听见一声闷响，紧接着便是灵犀焦急的呼唤声。

他俯身先为灵均把脉，一按之下，便吃了一惊，灵均的脉行宽大，如波涛汹涌，形似两条大河在交汇口争抢河道，浪头与浪头相击，激起千层。体内血气如此翻涌，怪不得他会晕厥过去。雪兰河忙用手抚上他的额间，注入灵力，疏导他体内的气血，半晌之后，才算感觉到气血慢慢平复了下去。

"发生了何事？"雪兰河收回手，暗舒口气，转头问灵犀。

灵犀以为是自己闯了祸，不该带哥哥来看望蚌嬷嬷，手足无措道："我……我也不知晓。我以为哥哥定然很想念蚌嬷嬷，就带他过来。可是……蚌嬷嬷只是想抱抱他，哥哥就打了她一掌，他……他自己就成了这样。哥哥他怎么了？他不会死，是不是？"话到末句，已带哽咽之音。

雪兰河安慰她道："不会死！你放心。大概是方才他打出那掌，带着气血翻腾而上，他一下子经受不住才会晕过去。你方才说蚌嬷嬷想抱抱他？"他疑心这巨蚌想攻击灵均，灵均才会出手相抗。

灵犀点头："蚌嬷嬷常这么和我玩，打开蚌壳，让我躺到她身上。她和哥哥数百年未见，自然很想和他亲近亲近。"

在灵犀眼中，自然这是亲近之意，只是在旁人看来，更像是巨蚌把她吞下去一般。雪兰河心中暗忖，莫不是灵均以为巨蚌想吞他，所以才这样拼命抵挡，引起体内气血翻涌。

"蚌壳上这道口子……"

灵犀心疼地摸着蚌嬷嬷："是被哥哥方才打的，你不能怪蚌嬷嬷，她对哥哥一丁点儿的恶意都没有。你不知晓她方才见到哥哥有多么欢喜！"

看得出眼前这只巨蚌已有数千年的年纪，蚌壳上风霜斑驳，雪兰河伸手在蚌壳上摸了摸，为这老蚌减轻些许疼痛，才道："大概是一场误会吧。"

他抱起灵均，放上肩舆，带着灵均回碧波殿去。

灵犀守着巨蚌，手轻轻地抚摸着蚌壳，望着他们的背影，心中忐忑不安。巨蚌忍着疼，将蚌壳展开一条小缝，吐出一连串的泡泡来。灵犀看着泡泡，愣住："蚌嬷嬷，你要我莫管你，赶紧去看哥哥？"

巨蚌又吐出一串泡泡。

灵犀看着，忙道："这不是你的错！你莫要内疚。我现下就去看哥哥，他肯定会没事的，你莫要担心了！"

说着，她命侍女们照顾好蚌嬷嬷，自己便一路飞奔，追上灵均的肩舆。虽说清樾命她须得补完功课才能出院子，但眼下出了这事儿，自然是顾不上功课了。

雪兰河知晓她不安心，倒也不赶她，就让她一路陪着灵均回到碧波殿。

将灵均安置到床上躺好，雪兰河复替他把了一次脉，确定他的脉象已经平稳下来，才朝灵犀招招手，招呼她出了内室。

"不用给他吃丹药吗？"灵犀不放心地问道。

雪兰河摇摇头："今早刚给他服下一枚，这丹药的药性大，连着吃可承受不住。"

"哦。"灵犀点点头，也不知该做什么，转头望向重重帷幔里的灵均，心有余悸道，"今日幸好你及时赶到，否则……我可就闯下大祸了！"

"是你哥哥误会了巨蚌要伤他，才会弄成这般，与你不相干。"雪兰河安慰她道。

灵犀摇头："是我自作主张，让哥哥进瞻星院，又带他去见蚌嬷嬷。若不是我，怎会发生这样的事。待姐姐回来，肯定饶不了我。"

见她畏姐如虎，雪兰河着实有点儿同情她："其实，今儿这事，很难说是好事还是坏事。"

"还能是好事？"灵犀不解。

雪兰河解释给她听："从表面上，灵均是晕厥过去了。但我探他脉搏，他是因为体内气血翻涌过度，才会晕厥过去。你想想，体质虚弱之人，气虚无力，血行不足，气血便是再怎么翻涌，也有限得很，绝不可能使人昏厥过去。所以，此事至少证明灵均体内的气血已慢慢丰盈起来，说明他的身子恢复得很快，而且很好。"

这个道理甚是简单，灵犀一下子就听懂了，喜道："哥哥当真恢复得很好？"

雪兰河点头笑道："比我预料还要快得多，想来他是东海龙族，这方水土终是最适合他的，回到此间，便是什么补药都不吃，对他的调养也是有极大的好处。"

"所以呀，就该早些让我们把哥哥接回来……你的脸怎么了？"直至此时，灵犀方才有心情问此事。

雪兰河今日已是第三回解释此事，颇无奈道："昨儿吃多了海鲜，大概是不适应吧。"

忍着笑，灵犀复望一眼内室，问道："哥哥他何时能醒？"

"顶多两三个时辰，他现下脉象平稳了，多睡睡对身子也好。"

灵犀站起身来："那我就不在这里待着了，我得去姐姐的偶华殿等着，等她一回来就把这事告诉她，我怕她会怪罪蚌嬷嬷。"

明明担心清樾处罚她自己，还是要去等着清樾，就为了担心姐姐会怪罪蚌嬷嬷，这个小姑娘做事很有先人后己的仗义，雪兰河对此颇为欣赏，点头道："去吧，你姐姐若怪你，我替你求情便是。"

灵犀笑着对他施了一礼，方才转身离去。

雪兰河一人独在殿中，身旁茶几上搁着一盘海瓜子，他原顺手就想拿一个，刚伸出手，看见手背上的红疹子，自己暗骂了自己一句，连忙缩回手来。他朝内室望了一眼，可看见重重帷幕后灵均安卧的身影，不由得眉间微微蹙起——他方才与灵犀所说的话，其实半真半假，灵均恢复得甚好是真，而其原因究竟是不是因为他回到东海水府之中呢？雪兰河自己并不能确定，只是短短几日间，灵均气血增长得如此快，着实出乎他的意料之外。

他从袖中掏出金铃，右手掐诀，片刻后金铃轻摇，身前的水光漾起，透过水光，他看见了雪心亭。

"这两日在东海如何？"雪心亭面上略有疲惫之色，问他道。

雪兰河如实将这两日发生的事情都说了，尤其是惨死的渔民和双目受伤的侍卫："……眼下这状况，我也无法确定行凶之人究竟是谁。你看是不是请君上来一趟？"

雪心亭面露难色："君上他……眼下恐怕走不开。"

"怎么了？"

"澜南上仙状况不太好，君上这些日子一直守着她，不曾离开过。"雪心亭道，"你既然还无法确定是否与幽冥地火有关，那就继续探察，待有了明确线索，再让君上过去吧。"

雪兰河点头，关切道："澜南上仙怎么了？"

雪心亭摇头叹气："自那日你们出了老风口后，澜南上仙便病倒了，君上一直守着她，你不必太过担心。"

雪兰河回想那日在雪峰下的情景，澜南上仙获知真相之时，又气又急，想来是深觉愧对灵均，愧对东海，才一下子病倒了。

"若有什么事，你一定要告诉我。"他朝雪心亭嘱咐道。他与雪心亭都是自小跟着三青鸟在昆仑山长大，澜南上仙对他而言如师如姐如友，眼下知晓澜南病重，他自是心焦不已。

雪心亭应了："你自己也得小心。"

水光渐淡，直至敛去，雪兰河复将金铃收入袖中，想着雪峰中病重的澜南上仙，又想到惨死的渔民，又想到灵均奔涌激荡的脉象……林林总总，在他脑中反复穿插，却是一点儿头绪也没有。

重重帷幔深处，一直在昏睡中的灵均，眼皮轻微地颤了一下。

第八章 青丘往事

夏侯风给东里长摘椰子时，挑了个最大的，有东里长脑袋两个大。原本是想让老爷子多喝些椰浆，消消火，可现下他有点儿后悔了。东里长捧着两个脑袋大的椰子，对着墨珑怒目而视，让人担心保不齐下一瞬他就会把椰子砸过去。

"你再说一遍！"东里长觉得墨珑是不是中邪了，怎么要他离开东海就这么难。

墨珑和颜悦色道："此番并非我的本意，而是天镜山庄的雪兰河求我在此地多留些时日，帮他留意是否有可疑人等。我说我家老爷子还有大事要办，肯定不能答应，他是求了又求，求了又求。我看他也一把年纪了，辈分比老爷子你还高，也不好太驳他的面子，这才勉强答应下来。"

作为看着墨珑长大的人，他这点儿小伎俩东里长怎么可能看不穿，自然不信："他求着你？我看，是你求着他吧！"

"我哪里有事需要求他。"

"他现下能进出水府，你自然想求他带你去见灵犀。"东里长越说越气恼，越看墨珑是越觉得他没出息，"就为了个女娃娃，又不是什么三头六臂的神人，你至于这般恋恋不舍吗？你下半辈子就预备在海边过了？"

"没有，老爷子，你想太多了。"墨珑好言好语地哄他，"最多半年吧……不超过一年……"

白曦在旁听着，觉得东里长这话说得有些毛病——论容貌，灵犀确是上上之姿，三头六臂的神人自然没有她好看，珑哥恋恋不舍也是情有可原的。

不知该怎么劝架，夏侯风只好再接再厉地从树上又摘下一个椰子，好心好意剖开来，递给墨珑："来，尝尝，要不咱们寻个凉快的地方坐下来慢慢聊。这日头忒毒，把老爷子脖子都晒得通红。"

"是是是，咱们坐下聊。"墨珑忙道，接过椰子来。

东里长被他方才所说"半年""一年"的话气得够呛，哪里肯坐，连手中沉甸甸的椰子都不想要了，气呼呼地往墨珑身上一扔。墨珑笑着一闪，躲过椰子，不妨自己手上的椰子一颠，里头清凉的椰子汁倒有一半全洒到他领口上。

"哎呀！可惜了！"白曦惋惜道，也不知是惋惜被东里长丢了的椰子，还是被墨珑洒出来的椰子汁。

墨珑也不着恼，朝东里长笑道："老爷子，从小你就告诉我，再生气也不能糟蹋东西，这回你可没做到。"领口处被椰子汁浸透了，湿湿的，黏黏的，弄得人极不舒服，他本能地拉扯了下领口。

东里长眼尖，一下看见他领口下包扎伤口的布条："你受伤了？"

"没什么，不小心被鱼鳍划伤了。"墨珑轻描淡写，顺手已经又将领口整理好。

对他已然太过熟悉，愈是想要遮掩要紧的事情，他就愈是一副风轻云淡的模样。东里长沉着面，伸手就要拉开他的领口。

墨珑本能地躲开。

"别动！让我看看。"东里长喝道。

"老爷子，你何必……"

墨珑话未说完，领口已被东里长拉开，紧接着又揭开包扎伤口的布条，露出肌肤上方方正正的伤口。

"你……你……"东里长气得已快说不出话来，"玉呢？玉呢！那可是你护身的玉啊！"

自然不能说实话，说弄丢了估计老爷子也不会信，墨珑只好沉默不语。

与珑哥在一块儿那么久，却从来不知晓他还有块玉在身上，夏侯风诧异地打量那伤口："你将玉藏在身上？"话未说完，他就被东里长一把拨拉开。

"说，你是不是把玉给了灵犀？"东里长紧盯着墨珑，不让他的眼神有丝毫躲闪。

墨珑暗吸口气，只得点头。

东里长抬手指着他，手指、手臂、乃至整个身体都在微微颤抖，半晌说不出话来，最后重重打了墨珑一巴掌……

还从未见过东里长动手打墨珑，夏侯风和白曦一时间全都愣在一旁，不知如何是好。墨珑不动也不躲，只低低道："我知道错了，老爷子，你消消气。"

东里长怒道："去把玉要回来！"

"不行。"墨珑语气虽温和，却十分坚决。

东里长失望至极，盯了他半晌，才疲倦道："好，你爱怎样就怎样吧。如今你也大了，用不着我这老头子在眼前惹嫌。我走了，再也不会管着你……"边说着边拖着脚步，转身离去。

"老爷子……"

墨珑心中难受，上前欲拉住他，却被东里长狠狠甩开。

"连你娘的玉，你都能给出去！你的心里难道还有什么舍不下的吗？我一个糟老头子算什么。"东里长转头看他，决绝道，"我陪了你数百年，对得起你爹你娘了。从今往后，我与你再无干系！"

墨珑立在当地，眼看着东里长越走越远，原本就矮小的身子，因为伤心而显得越发佝偻，看得他心里一阵阵绞痛。

"老爷子，这……"夏侯风手足无措，"早知晓我就不摘椰子了，这可怎么办才好？"

"小风、小白，你们去陪着老爷子。"墨珑沉声吩咐道，"他现下在气头上，听不得话，待他气消一些，告诉他，让他放心，青丘种种，我一日不敢忘。"

"我们……"白曦看了看夏侯风，又看了墨珑，眼下他倒成了脑子最清醒的人了。他将夏侯风拉到一旁，低语道："这样吧，小风，你去陪着老爷子，我就陪着珑哥。你腿脚快，若老爷子有事，就赶紧来告诉我们。我估摸着，老爷子舍不得走远。"

夏侯风尚有疑惑："你怎么知晓？"

"你想啊，老爷子和珑哥在一块儿数百年了，那绝对是打断骨头连着筋呀。现在是被气头顶着，说的话做的事都算不得数。咱们一人跟着一边，互通消息，他们俩也才能各自放心，对不对？过两日，咱们再趁机拉拢，大概就能和好了。"白曦一副胸有成竹的模样。

夏侯风想想觉得有理，不过还是有一事不解："为何是我跟着老爷子，你跟着珑哥呢？"

"珑哥要留在这儿，多半还是住渔村里头，你不是不爱闻鱼腥味吗？"白曦有点儿受伤，"莫非你还以为是我在占什么便宜？"

夏侯风明白过来，忙道："还是你想得周全。"

两人商议毕，夏侯风不再耽搁，甩开长腿去追东里长，白曦则慢慢踱回墨珑身旁。

墨珑皱眉问道："你没去？"

白曦叹了口气，道："所以说，你真的不懂老人家的心思，只想着有人陪着老爷子你就放心了。可有没有想过，你孤家寡人一个，守在海边，老爷子会不会担心？"

墨珑怔了怔，出了半日神，才长长叹了口气："你说得对。"

清樾所住的偶华殿大概是整个东海水府中最无趣的地方了，灵犀坐着等了一会儿，顺手抽了本旁边的书，一看书名《刑律疏议》，赶紧放了回去。再拿一本，《渔税总要修正》，再放回去……翻了一摞，也没有一本有趣些的书，灵犀长叹口气，姐姐成日看这些板正的书，难怪整个人都无趣得很。

殿中的侍女们皆知晓大公主对小公主甚是宠爱。以前小公主还在幼年之时，夜里头又怕黑又要人陪着，便常常见大公主将她抱到偶华殿来，一直哄到她睡着了，大公主自己再起来批阅公文，着实辛苦。殿中的许多侍女都是看着灵犀长大的。

灵犀大了之后，来偶华殿便来得少了，间或来一遭，侍女们便将她平日爱吃的茶果一样样端了上来，仍像小时候般哄她开心。灵犀与她们说笑一番，见姐姐还未回来，她倒是有些困乏了，便想着到姐姐房内躺一躺。她自小便是在姐姐房中睡惯了的，侍女们自然不会拦她。

将烛光鱼都放了出去，室内暗下来，眼角的余光瞥见还有一物在书架上发出柔光，她转头看去，顿时愣在当地——摆在清樾书架上，会发柔光的，明明就是她送给墨珑的那柄如意！

它怎么会在姐姐房中？灵犀不解，难道是姐姐暗中又将此物讨要回来？又或者是姐姐硬生生抢来的？

她取下如意，唤来侍女，连接问了几名侍女，都不知晓缘由。此时她已困意全消，拿着如意，一直奔到殿外去等姐姐。

清樾刚刚回水府，在牌楼处便有侍卫向她禀报了灵均一事，故而她先去了碧波殿，看望过灵均，确定他安然无事。她本待再去看看灵犀，从雪兰河口中得知灵犀一直在偶华殿中等自己，这才忙回偶华殿。

"姐！"灵犀自然很想立即质问如意一事，但懂得事有轻重，故而将那柄如意先掩在袖中，向姐姐详细诉说白沙地所发生的事情。

因已经知晓灵均无碍，清樾不急不怒，耐心地听灵犀说完，才道："此事大概是一场误会，我自然不会怪蚌孀孀。只是你要告诉她，灵均身子尚未恢复，对他要小心些才好。"

灵犀点点头，不确定地问："你真的不会怪蚌孀孀？"

清樾微微一笑："在你眼中，我就当真这般冷酷无情吗？"

踌躇片刻，灵犀从袖中拿出那柄如意，直接了当地问道："这柄如意怎么会在你房中？我明明将它给了珑哥。"

看见如意，清樾也是一怔，她原想着将如意收好，只要不让灵犀看见便无事，反正灵犀也不可能再和墨珑见面。只是当时她十分匆忙，记挂着渔民的事情，回房放下如意，换了一袭衣衫便去寻雪兰河，实在想不到灵犀会正好来自己殿中，而且还偏巧进了自己房间。

"你说啊！"见她不答，灵犀越发确定了这柄如意是她从墨珑手中抢来的，急道，"你把他打伤了对不对？我知晓你不喜欢他，他也不是你的对手，可你也不能这么欺负人啊！"后半截话灵犀几乎是在朝她嚷嚷。

清樾面色往下一沉："动辄叫嚷，成何体统！你随我进来。"

说着，清樾寒着面，率先迈上台阶，径直进了殿内。灵犀咬咬嘴唇，只得跟进去。殿外，方才听见争吵声的侍女们寂静无声，彼此交换了下眼神，无人敢议论。

进了殿内，清樾挥手让正欲上前奉茶的侍女们都退了出去，自己先行落座，严厉地盯了眼灵犀，重重道："你坐下！"

灵犀只好坐下，心下暗自咕哝，姐姐这人当真霸道，不管有理没理，姐姐反正都是居上风的。明明是自己在质问她，怎么她这架势倒像是自己做错了事一般？

"这如意不是我抢回来得，我也没有伤着他。"清樾头一句话还是解释了一下，不愿让小妹误会。

灵犀略略提高声音，问道："可如意怎么会在你这里？你向他讨要？"

"是我要他交还回来。"清樾刚说完，便抬手制止小妹插话，自己接着说下去，"昨夜里发生一起意外，有人试闯水府，还伤了侍卫的眼睛。虽然还未抓到凶者，但他颇有嫌疑，所以我要他交还如意。"

"肯定不是他！"灵犀急道，"姐，你不喜欢他，可也不能冤枉他。"

清樾道："此事发生得实在太巧，刚刚才送他们上岸，当夜就有人闯水府，偏偏他手中还有可以潜入深海的如意。你叫我如何不疑心他？再者，那柄如意是东海圣物，世代相传，你本就不该将它轻易送人。"

"我……我送都送了，你罚我便是！"灵犀气恼道，"怎么能又冤枉人，又讨要回来！你不肯给他避水珠，如意也没了，将来他想来东海寻我，怎么办？"

"他在陆上帮你，我已给过重酬，此事就算是两清了。他为何还要来东海寻你？除非是他贪心不足。"清樾冷道。

灵犀急道："他才不是你所想的那等人。你瞧不起青丘狐族，所以连带着也不喜欢他，可他虽是狐狸，却是极好极好的人。"

"极好极好……"清樾暗叹口气，觉得也该让小妹清醒一点儿了，正色看向她，"小妹，我问你，你可知他的出身来历？"

"他是青丘玄狐族的少主，他爹爹是青丘的大司马。"灵犀飞快答道，乍一听似乎她对墨珑非常熟悉，其实她所知的也只有这么一点点而已。

清樾点头道："不错。那么，你可知晓他为何会被封印灵力，赶出青丘，在四海八荒流落数百年却不能回去？"

灵犀迟疑地摇摇头："……你知晓？"

"你也曾读过《椿龄纪年》，应该知晓，青丘以玄狐族、白狐族、赤狐族为首，三狐族各自的首领分别担任青丘国的大司马、大司空和大司徒，三公议政，共同执掌青丘。"清樾慢慢说道。

《椿龄纪年》里头记载的都是四海八荒内各地各国朝代更迭、年号转换等政事，烦琐而枯燥，全然没有《八荒异兽录》好玩。灵犀以前倒是看过，也就是用眼睛看了一遍，压根儿没入脑子，自然记不住。现下听姐姐说起，她便听得格外认真。

"狐族本性狡猾，极擅心计，其中又以自私自利者为多。三公议政本是为了平衡各族势力，然而三族之间又怎么谈得上绝对平衡，暗地里三族势力相互倾轧，斗得鸡飞狗跳。"清樾摇摇头，在她眼中，青丘那群狐狸做下的事情实在上不得台面。

"所以墨珑是因为狐族倾轧才被排挤出来的？"灵犀不由得问道。

"他没你想的那么可怜……"清樾接着道，"青丘内乱，自然就有邻国想要趁乱取利。黑齿国突然出兵攻打青丘，令狐族猝不及防，一路突进，直至朝天城外才被墨珑所率的玄狐军挡住，但也因此玄狐军被困在朝天城。黑齿国攻不下来，便断了玄狐军的粮草。"

再料不到墨珑竟然还曾是个将军！灵犀焦急问道："难道就没有援军来救？"

清樾冷笑叹息："你可知晓，为何玄狐军会在朝天城？朝天城原是白狐族的地盘，玄狐族以追击山寇为借口，带兵进了朝天城，从此便赖着不走，硬是占了朝天城。白狐族纵然可以援救，却不肯轻易出兵，大概是想等玄狐军折损殆尽之后再行出兵。而赤狐族更是想等着玄狐族和白狐族两败俱伤之后，自己再来捡现成的便宜，更不会出兵援救。"

灵犀张口结舌，想不到狐族内斗竟是这般复杂而惨烈，早已远远超出她的想象："那墨珑怎么办？玄狐军真的都被困死了？"

"那倒没有，他想出了个法子，说实话，在那种境况下他居然还能想出这个法子，虽说缺德得很，但我确实也佩服。"清樾道，"朝天城外八里地便是白狐族的祖坟所在，他命斥候在敌军中散布消息——只要挖了狐族的祖坟，朝天城内的狐狸必定军心溃散，不战而降。黑齿军急于攻下朝天城，果然中计，派人去挖了白狐族的祖坟。后面的事情，你就该料到了……"

灵犀道："是不是白狐族大怒，大破黑齿军，解了朝天城之危？"

清樾点头道："不错，只可惜这却不是最后的结果。玄狐族内，有人出卖了墨珑，说出是他故意挑拨敌军挖白狐族的祖坟。这等罪过等同于欺师灭祖，摆上台面是怎么也说不过去的，白狐族自然容不得他，他被绑上狐族祭坛，受天雷，施血咒，封印灵力，赶出青丘。"

原来这就是墨珑曾经在青丘的过往，灵犀只觉得胸口一阵阵发闷，皱眉思量："挖白狐族祖坟固然不对,可他是为了保全玄狐军,实在没有办法……白狐不肯出兵是因为玄狐占了朝天城,若他当初不占朝天城就好了……玄狐为何要占朝天城呢?"她试图整理清楚,抬头问清樾。

清樾淡淡叹息:"这谁又说得清呢?或许是因为白狐也占过玄狐的便宜,或许是朝天城的赋税油水多,又或许他们只是想抢地盘,根本不需要理由。"

灵犀怔怔地发呆。

清樾行到她身旁,轻轻抚摸她的头发:"小妹,墨珑的身世,他的处世方式都太过复杂。他这些年被迫流落八荒,日积月累,心里多半也积攒了许多恨意。"

"只要不占便宜,不就好了吗?"灵犀抬头问道,"现下的青丘是个什么情形?"

"现下是赤狐族一家独大,执掌青丘国事。当初出卖墨珑的人倒是坐上玄狐首领的位置,只可惜他并无才能,无人信服,玄狐族分崩离析,再无首领。白狐斗不过赤狐,只能偏居一隅,再不过问青丘之事。青丘原也算是个大国,自赤狐掌权以来,国力日微,时不时便要被邻国欺负。赤狐内斗是好手,对外却甚没骨气,只求日子安稳,割让了好些土地出去。"

"斗来斗去,最后竟没有一个赢家。灵犀靠在姐姐怀中,疲倦地低低道:"他们狐族为何要把日子过得这么累?"

"贪欲罢了,自己有了,便想要更好的;看见别人有了,便想要抢过来。"清樾替灵犀拢了拢鬓角的发丝,"咱们龙族和狐族不一样,墨珑的为人处世与我们大相径庭,实在不适合你。"

灵犀喃喃道:"可是他待我很好,真的很好……"

该说的,都已说尽了,也知晓小妹开始思量她与墨珑的不同,清樾笑了笑,柔声道:"你说说,这水府里头的人,哪个待你不好?"

灵犀一怔,转而道:"……可他不一样。"

"因为你是头一遭到陆上去,人生地不熟,正好遇见了他。"清樾道,"且不论他为何要帮你,总之他是帮了你,所以你才会觉得他待你甚好。你仔细想想,是不是?在水府里头,班爷爷、蚌嬷嬷我就不提了,聂仲、聂季待你不好吗?聂季被你关在蚌壳里头三天,得知你孤身一人去了陆上,他生怕你有危险,立刻急着要去寻你,你说说,他待你好不好?"

"自然是很好……"从清樾的话语间,灵犀似意识到了什么,猛然抬头看向她,"姐,你什么意思?"

清樾含笑道:"我什么意思?"

灵犀跳起身来,咕哝道:"我不与你说了……我回去了!"隐隐约约察觉到姐姐似乎有意把自己和聂季拉扯到一块儿,她只得赶紧溜了。她心里明白得很,聂季

第八章 青丘往事

是待她很好，但与墨珑却绝不相同。

月上中天，渔村格外寂静。

因今日才发生了渔民惨死之事，这晚是断然没有渔民再敢偷偷下海去的。墨珑仍坐在屋顶上，望着茫茫大海，留意着任何异常之事。白曦爬上屋顶，帮忙看了好几次，也都没有任何发现，便回屋睡觉去了。

墨珑摸到袖中的金铃，今日雪兰河回去后，并未通知他有什么异常的情况，想来灵犀无事。他踌躇片刻，仍是取出金铃，摇了摇——金铃震荡，泛起层层金色的波光，从波光渐渐浮现出雪兰河的模样，头发披散着，衣襟宽松，显然他正在睡觉。

"小狐狸，有状况？"雪兰河紧张问道。

墨珑摇摇头："没有，昨夜刚出事，今夜没有渔船敢出海。"

"哦，那就好。"雪兰河松了口气，顿时恢复睡眼惺忪的模样。

墨珑皱眉道："我这边没事，你那边才更要盯紧些！看你睡成这样，便是灵均把房子拆了你都未必知晓吧。"

"放心，我在灵均寝殿布了结界，只要他一触及结界，我就能知晓。"雪兰河打了个哈欠，"难为你啊，小狐狸，整夜守着不睡。"

"……灵犀可还好？"墨珑问道。

雪兰河支肘，撑着脑袋看向波光中的墨珑，叹气道："你大半夜把我吵醒，其实就是为了问这句话吧？"

墨珑也不遮掩，坦然点头道："是啊。"

"她挺好的，就是……"雪兰河便将白沙地发生的事情讲了一遍，"……算是虚惊一场吧。"

墨珑自己也曾被蚌蠛蠛吸住手臂往里头带，说实话，心底确实有点儿害怕，想着万一蚌壳夹下来，手臂肯定就断在里头了。蚌蠛蠛将灵均整个人往里头带，灵均毕竟多年不曾回东海，感到害怕自然就会想挣脱，倒也在情理之中。

忽地听见野地里有动静，墨珑凝目望去，月光下一头穷奇的身影快捷如风，正朝着渔村而来。

"我兄弟来了，不与你说了。"墨珑收了金铃，跃下屋顶，朝夏侯风迎去。

东海水府之中，雪兰河笑着摇摇头，被墨珑这一打搅，睡意已消散了大半。他索性披衣起床，细看屋中那株海萝。在陆上养护过许多花草树木，还从未养护过海里头的草木，这株海萝对他而言，倒颇有趣味。

第九章
暗访玄股

"珑哥！"

穷奇腾空跃起，纵身三丈有余，化为人身落到墨珑跟前。

"我和老爷子就在玄股城中落脚，我等他睡熟了才回来寻你们。"夏侯风一口气跑了四五十里路，"有水吗？"

"进屋吧。"

墨珑将他让进屋来。白曦听见动静醒过来，见夏侯风来了，忙翻身下床。墨珑给夏侯风倒了杯水递过去，夏侯风一口饮尽，不待他再倒，自己把整个大茶壶捧过去，咕嘟咕嘟全灌了下去，才算觉得畅快，随意用衣袖抹了抹嘴，对墨珑委屈道："珑哥，我说了一箩筐的好话，劝老爷子回来，可他就是不听。"

这本就在意料之中，墨珑只问道："老爷子胃口可还好？身子没气坏吧？"

夏侯风不是个细心的人，努力回想了一下，才道："晚饭好像是没怎么吃，或许是菜不合胃口呢，谁会和肚子过不去呢。"

心中越发愧疚，墨珑轻叹口气："老爷子爱吃甜的，软和的，你想着给他买。还有，每晚睡前端盆水让他泡脚，他最爱这个。"

夏侯风连连点头："我知晓，在长留城时他就天天泡脚。"

白曦插口问道："明日呢？老爷子预备往哪里去？"

"他没说，我也没敢问。"夏侯风老老实实道，"他一路上都不肯说话，铁青着脸，我哪里敢问。"

"不能再让老爷子走远了。"白曦看向墨珑，"再远的话，小风再快也没法再这么来回跑。"他的意思是想要墨珑想个法子留住东里长。

墨珑心中却是另一番想法，东里长陪着自己流落八荒数百年，吃了许多苦，受了许多罪，眼下他决定离开自己，未必不是一件好事。将来回青丘，他孑然一身，又是众矢之的，要一步步拿回一切必要经历一番血雨腥风。不如等到青丘大局定下，再将东里长接回来安享天年，岂不是更好。

"由着他吧。"墨珑轻声道，"他想去哪里便去哪里，小风，你保他平平安安就好。"

见墨珑是这般态度,白曦开口想说什么,欲言又止。

夏侯风望望他俩:"还有旁的事吗?我还得快些回去,万一老爷子醒了见不着人,我还得找借口解释,这我可不擅长。"

墨珑摇摇头:"没事了,辛苦你!"

"来,我送你一程。"

白曦推着夏侯风往外走,一直陪着他行到野地里。夏侯风不耐烦地挣开白曦热络的胳膊,催促道:"你有什么话快说,别蝎蝎螯螯的。"

"你也不想老爷子和珑哥就此分开吧?"白曦问道。

"废话,那是当然!"

白曦出主意道:"那好,明日若是老爷子还要走,你就装病,总之病得走不了路就对了。"

夏侯风愣住:"装病?行不行啊?"

"你虎头虎脑,这么可爱,老爷子肯定舍不得丢下你不管。"白曦鼓励他。

头回听到有人把"可爱"二字用在自己身上,夏侯风浑身起了层鸡皮疙瘩,喝道:"什么虎头虎脑,老虎算什么,我可是穷奇!"

"对对对,穷奇头穷奇脑,比老虎可爱多了。"白曦很没原则地附和,"总之你只要装病就行,若是装着费劲,就去抓些巴豆来,熬水喝下,立刻见效。"

夏侯风大手一挥:"行了,我知道了!"

说罢,他显出穷奇原身,抖抖毛。白曦大着胆子,伸手摸了摸他的毛,手感甚是顺滑。随即,夏侯风腾挪飞跃而出,风一样消失在夜色之中。

接下来的数十日,竟再无任何异常。墨珑日日守在渔村,间或也到邻近渔村打听,也未听说有异常事件。

同样,在东海水府之中,雪兰河也未发觉灵均有任何异常。反而灵均一日日恢复得极好,短短一个月未到,他已回复和常人无异,清樾心中甚慰,对雪兰河多添几分感激。

这些天来,灵犀除了补功课,其余时候一直在府中勤读书籍,尤其将涉及青丘的书都找来看了一遍。无事时最喜与二十八侍读中的狐狸侍读谈天说地,这位狐狸侍读虽说是只狐狸,却从未在青丘住过,只是曾听说过一些青丘往事,倒与灵犀聊得极为热闹。

雪兰河与墨珑深夜闲谈,向墨珑提起灵犀热衷青丘之事,墨珑心中虽然感动,却又有些许忐忑——他深知灵犀性情,狐族纷争对她而言恐怕过于不堪,此后她又会如何看待自己呢?

这日晚间,清樾批阅过公文,在就寝前照例先去碧波殿看望灵均。灵均神采奕奕，正在试穿一件新制的鲛纱袍子。因他之前消瘦时，袍子穿在身上空荡荡的，叫人看了心疼。现下衣袍合身，往清樾跟前一站，颇有少年丰神俊朗的风采，她看着，一时仿佛回到三百多年前……

"姐，我近几日觉得甚好，想出去走走。"灵均理好衣袍，朝她说道。

清樾看向雪兰河，想听听他的意见。

这些时日，灵均并无任何异常，何况一直在养病也着实闷得很，雪兰河点头笑道："可以出去走走，我陪着他，不要紧。"

清樾一笑，问灵均道："想去何处？"

灵均想了想道："我听他们说，不久前咱们东海刚刚与玄股国大战一场，同他们签下了条约。我想就去玄股国走走，也好顺便看看，签下条约之后，玄股国究竟履行得如何？"

清樾闻言微怔，未想到灵均会想去玄股国。雪兰河也是一愣。

似看出她的不解，灵均微笑着说道："姐，这些年你执掌东海，处理政务，甚是辛苦。我既然回来了，慢慢地便要替你分担。以前你不是一直都希望我能独当一面吗？"

"是……"清樾说道，"以前是我太心急了，你不必着急，等身子养好了再慢慢来。"

"我已经觉得好多了，总是要慢慢替你分忧。不过，明日只是去走走而已。"灵均提议道，"姐，你若有空，不如和我一起去。"

见小弟兴致颇高，清樾不愿拂他的意，遂点头笑道："好，我同你一起去。"

灵均想了想，笑道："叫上小妹可好？她若知晓我们俩出去逛，撇下她一人，怕是要伤心的。"

清樾思量片刻，点了点头，当下便命侍女去告知灵犀。一则清樾并不知墨珑还在玄股国；二则灵犀这些时日功课都补全了不说，成日埋在书史典籍中，清樾还从未见过她乖成这样，心下难免忐忑；三则灵均重伤初愈，清樾心中对他满满都是歉疚，灵均说什么，只要不过分，她自然都肯应允。

看雪九取了丹药，灵均服下，由侍女们服侍着就寝，重重帷幔一道道放下，清樾这才出了寝殿。她望向雪兰河，有礼道："不知前辈困乏否？我还有点儿小事儿想听听前辈的意见。"

心知必是灵均的事儿，雪兰河微笑道："大公主你日理万机都不困乏，我这等闲人又怎么会困，有事但说无妨。"

清樾挥手示意侍女们都退下，这才与雪兰河沿着海莲花径信步而行。

"舍弟方才表露出涉政之意，前辈您也听到了，不知您意下如何？以他的身体，现在就开始处理东海事务会不会太早？"清樾秀眉微蹙。

雪兰河思量片刻，才道："说实话，灵均的身体恢复得甚好，比我料想中快了许多，我原以为他至少需要三个月才能达到今日模样。"

清樾微笑道："此事前辈居功至伟，清樾感激不尽。"

雪兰河连忙摆手："我不是这个意思，我细想过其中缘由，一则大概是君上此番炼出的丹药效验极好；二则东海毕竟是灵均生长之地，水土最宜；三则他与亲人相聚，心境愉悦。大公主莫要小看这第三点，忧虑最是伤身，但凡能够心境愉悦，不说是百病全消，至少这病就已经好了一大半了。"

清樾听懂了他的话："前辈的意思是，就顺着灵均的意思来？"

雪兰河笑了笑道："自然也不是事事都顺着他，否则案牍劳形，反而适得其反。我猜度灵均的意思，他大概就是想替你分忧，只要能帮到你，他便安心了。你不妨试着让他做一些轻省之事。"

清樾似在思量着什么，半晌未说话。一条碗口粗的海蛇正沿着海莲花茎蜿蜒而上，想去吸取花心的蜜，忽看见大公主与雪兰河信步而来，立刻低垂下头颅，定住身子不敢稍动，直至他们行过身畔，这才继续引颈向上。

雪兰河细瞅清樾的神色："大公主还有别的顾虑？"

"灵均他……"清樾回过神来，欲言又止，似乎心中颇有顾虑，"我原想让他好好歇个两三年，再慢慢将东海的事交给他。以前我操之过急了……"

听见"以前"两字，雪兰河怔了怔，转瞬明白过来，清樾内心真正的芥蒂恐怕是三百年前灵均离家出走一事。

"当初灵均离开东海，是为了何事？"雪兰河问道，说完才察觉自己这一问冒失了些，毕竟是东海龙族的家事，"是我冒昧了，能问吗？"

清樾却以为他早就知晓："我以为灵均早就告诉过你。"

"没有。"雪兰河道，"我只知晓他是与你争执之后才离开东海，至于为何会发生争执，他并未说过。"

清樾轻轻呼了口长气，抬眼去看在头顶处顺着水波轻轻摇曳的海莲花，静默了好一会儿，雪兰河以为她并不想回答，正要出言化解彼此尴尬，忽听见了清樾的声音——"我与他的争执，便是因东海政务而起。三百年前，白民国派使者到东海，以九头龙鱼为价向东海借道，攻打少昊国。当时我在北海，回来后才得知灵均已应承下来。"

"我觉得此事不妥，虽然少昊国与东海无甚交情，但长久以来井水不犯河水。若因此事与少昊国结下梁子，得不偿失。但灵均亦有他的看法……"清樾没接着往下再说，似有事不愿再往下说，叹了口气。

雪兰河关切地问道："后来呢，借道了吗？"

清樾顿了片刻，才摇头："没有，我派人追回了使者，也因此与灵均起了争执，后来他便离了家。"说这些话时，她双目看着海莲花的深处，语气虽是淡淡的，却透着掩盖不住懊悔之意。想来在这数百年间，尤其是误以为灵均已死，她不知多少次在自责深悔中饱受折磨。

雪兰河一时间不知该如何出言劝慰，只觉得这些年清樾既要执掌东海，又要照顾弟妹，名义上虽是姐姐，实际上弟妹的管教之责全在她肩上，与爹娘无异，其中的辛劳滋味又岂是几句话能宽慰得了的。

"灵均走后，我一直在反省自己是不是对灵均管教得太过严厉。"清樾低低道，"事事都要求他按我说的做，不许他有任何差错，所以那些年他宁可流落在外，也始终不愿意回来。这次他终于回来了，我想……我也许该放手一些才好，这样灵均也可以早日接任东海水君之位。"

"你……"雪兰河望向她，"为何一定要灵均接任水君之位呢？你执掌东海多年，为何不继任为东海女君？"以清樾的能力、人品，加上她在东海的声望，继任为东海女君是再自然不过的事情。

"此前我毕竟有婚约在身，北海也一直未提入赘之事，为了顾全北海颜面，我不便退婚，想等着灵均可以接任水君之后再谈婚事。"清樾尴尬地笑了笑，"好在北海二太子主动退了婚，也算是成全了我。但现下既然灵均回来了，他对东海政务又有兴趣，我自然以他为先。"

"你还真是个好姐姐！"雪兰河望着她叹道。

并不习惯被人当面这般称赞，清樾不自在地别开脸，忽地意识到自己说得太多了，特别是对于雪兰河这个外人而言。

"不该闲扯这些无趣的事情，耽误前辈休息了。"她折返回来路，有礼笑道，"此番灵均恢复得这么快，多亏了前辈，以前清樾冒犯无礼之处，还请前辈原谅。"

雪兰河笑道："不敢居功，不过有一事，想与大公主商量一下？"

"前辈请说。"

"能不能莫再唤我前辈。"雪兰河诚恳道，"我觉得我也不是很老。"

清樾转头望他，心里默默算了下他的年纪，他在西王母飞天之后随三青鸟一起下的昆仑山，算起来至少上万岁了，而清樾自己连两千岁都不到，唤他一声"老祖宗"都不为过。但是他既然这么说了，自己自然是不好逆他的意，清樾问道："雪右使？"

"在谷中，他们都唤我做雪九。"雪兰河看着她道。

"雪九？"

雪兰河解释给她听："我还有一位哥哥，雪心亭。他是初五所生，唤作雪五，我是初九所生，所以唤作雪九。"

"原来如此。"清樾还是有点儿踌躇，毕竟雪兰河年长许多，且又是玄飓上仙驾下右使，这般称呼着实有些逾矩。

方才那条海蛇吸吮花蜜，正自熏熏欲醉，身体随着海水蜿蜒漂荡，忽察觉到大公主折返回来，忙立刻老实起来，身子紧盘住花茎，大脑袋就搁在花叶上，丝毫不敢有放浪形骸之举。

雪兰河看出清樾的顾虑，解释道："在谷中，无论大小，上至君上，下至小山雀，都是这样唤我。便是灵犀他们来到谷中，也是唤我雪九。"

倒是听过灵犀这么唤他，当时只道是灵犀不懂辈分，清樾笑笑，从谏如流，道："好，以后我便知晓了。"

她十分有礼地将雪兰河送回碧波殿，方告辞而去，却始终没有唤过他一声"雪九"。雪兰河暗自摇头，笑了笑，多少有点儿了解清樾，她习惯把自己绷得太紧，一切言行举止都必须符合规矩礼仪，稍许的放松都会让她感觉不自在。

忽地他想到一事，忙从袖中取了金铃，急唤墨珑。

这些日子虽然无事，墨珑却也丝毫不敢放松，夜夜守在屋顶，遥望大海，此时他正半靠在屋顶吹着海风，忽然听见衣袍中金铃作响，惊得他立刻取出金铃，翻身坐起。

"灵犀出事了？"他紧张地问道，语气稍稍发颤。两个人虽常联络，但都是他寻雪兰河，雪兰河甚少会主动寻他，此时突然联络他，他自然以为是出事了。

"没事，她好得很！"雪兰河压低嗓音，将灵犀等人要上岸去玄股国一事告诉墨珑，"清樾可不知你还在玄股国，你躲着点儿，可莫让她撞见。"

听闻灵犀要上岸，墨珑心中又是欢喜又是疑惑，问道："灵均为何要到玄股国来？是不是有什么企图？"

雪兰河道："看样子不像，就是出门走走而已。他日后也要接手东海政务，到玄股国了解一下情况而已。我跟着他们，不必担心。"

"如此，我知晓了。"

墨珑收好金铃，在屋顶怔怔出了会儿神，想着明日就能见着灵犀，不由得暗自心生欢喜。

白曦这些日子待在渔村，与村中渔人渔妇混得甚是熟悉，闲来无事，倒学了一手厨艺。这晚他做了海蛎煎给自己当消夜，站到院中唤墨珑："珑哥，你饿不饿？下来尝尝海蛎煎！"

墨珑摇头："不饿，你自己吃吧。"

白曦也不勉强，端着盘子回屋，疑惑地叨咕："……珑哥一人在屋顶傻笑什么呢？天天这么待下去，可莫要变傻了。"

不仅能出水府，而且能到陆上去玩，灵犀自是欢喜异常，她性子又急，一大早便急急换了衣衫往碧波殿来。

"我们走吧！"她冲进殿来，带起的水波险些把两名侍女晃倒。

清樾已在碧波殿中，看灵犀这模样，薄责道："急什么，用过早饭再去不迟。"

灵犀便急着催促侍女们快将早饭端上来，又朝灵均道："还是哥哥你说话管用，以往我怎么求她，姐姐都不肯带我上岸去。"

灵均笑道："以后我带你出去玩，不用怕她。"

"你们俩是打算连成一气来对付我吗？"清樾挑眉，原本还佯作严肃模样，绷不住也笑了。

灵犀大笑，忽然想起一事："对了，我得把丸子也带上！"她急忙往外跑，刚下台阶又匆匆奔回来，"你们可不许先走，一定得等我！"

近日以来，灵均并无任何异样，想来经过三百年的净化，幽冥地火已除。雪兰河在旁，看着这姐弟三人其乐融融，心中也不免为他们欢喜。

玄股城内，夏侯风是个实诚人，依计一连装了数十日的病，成日里躺床上哼哼，饭量却是一点儿都没减少，连东里长都看不下去了。这日晨起后，夏侯风刚预备开始哼哼，便被东里长制止住。

"今儿你迟些再哼哼，先陪着我去看房子吧。"东里长道。

夏侯风不解："看房子？"

东里长冷眼瞥他："我瞅你这个架势，是预备着一年半载这么哼哼下去，天天住客栈实在烧钱，还是租个房子合算些。"

"老爷子，你是预备在此地长住了？"夏侯风一喜。

东里长冷哼道："不然怎么办？"对于夏侯风装病，他自然一清二楚，但他心里也记挂着墨珑，不愿走远。这数十日下来，他气也消了，脑子也跟着清楚了许多，再联系到渔民惨死之事，雪兰河现身海滩……他基本上能弄明白墨珑不肯离开的原因是什么了。

若灵犀平安无事，在东海自自在在，他绝对不至于恋恋不舍到不肯走的地步。只因为他认为灵犀有危险，所以不肯离去。

这个傻孩子，他又能做什么呢？万一真有危险，把他自己卷进去了怎么办？东里长重重叹了口气，又拿拐杖戳夏侯风，催促道："快起来！躺这么多日，吃了一被窝的糕点屑，真给我长脸！"

反正老爷子打算长住，自己也算功德圆满，夏侯风没敢再耽搁，连忙跃起。

玄股国上次与东海一场大战，兵士伤亡并不多，东海手下留了情，虽然掀翻数十条大船，但将落水将士都冲上了滩涂，只是将船上数名懂得御水的术士伤得重些。饶得如此，和谈条约签订之后，玄股国上下还是怨声载道。

以往，他们靠从东海大肆捕捞海货赚了不少银两，将珊瑚整株整株敲下来贩卖，将鱼皮剥下来冒充是鲛人皮制成衣衫，将成片的鱼鳍从活生生的鲨鱼身上割下来。甚至曾经活捉数只海豚，安置到小小池中，强迫海豚们取悦皇室成员，最终导致海豚们不堪忍受，接连触壁而死。

与东海签订条约之后，昔日生财之道断了十之八九，连捕捞季节都有了限制，他们再不能为所欲为，自然甚是不习惯。

灵均等人皆是平民扮，走在玄股城的街上，出乎意料，城内并不像他们所想的呈现出大战后的萧条景象，反而依旧热闹非常，且还多了许多特地从外地赶来的客商。

"看来玄股国与东海的这场大战，并未伤及元气。"灵均若有所思道。

清樾皱眉看着两旁街道："与东海签下条约之后，鱼翅、珊瑚等物反倒奇货可居起来，引得人纷纷抢购。"

小肉球跟在灵犀身旁，四条小短腿蹦跶着，冷不丁灵犀突然刹住脚步，小肉球"咕咚"一下撞上去，索性抱住她的腿。灵犀站住是因为看见一家店铺外挂着一件鱼皮制衣，是取红珊鱼背上会闪光的部分，数十条缝合而成，就这样挂在店外做招揽之用，看得她怒火中烧："姐，你看！"

清樾目光暗沉，与玄股国所签订条款中明明标明玄股国内不得再贩卖鱼皮制品，这家店……不，不只这家店，仅仅这条街上就有数家店依旧明目张胆地在卖鱼皮制品，究竟是监管不力还是商家为求暴利置法规于不顾？

"我们再往前走走。"清樾沉声朝小妹道，思量着趁这趟了解清楚，看是否应对玄股国施加压力。

此时，稍远处的茶楼上，墨珑推开些许木窗，在熙熙攘攘的人群中，他一下子就看见了灵犀——她抱着小肉球，皱着眉头，目光盯着两旁的店铺，面上极为认真严肃。墨珑看着她，不知不觉间唇边已逸出笑意来，此刻她在想什么，他完全能从她的表情中看出来。想当初，长留城酒楼的一碗鱼翅都能让她将店小二训了一通，如今看见满街的鱼皮制品，还有珊瑚等物，她自然气得不轻。

清樾与灵均就行在她的身旁，墨珑凝目细看灵均，雪兰河说得没错，灵均恢复得很好，短短月余，从他身上已经找不到任何病弱的痕迹。他站在那里，锦衣玉带，风姿翩翩，浅笑安然，不愧是东海的龙太子……

雪兰河与灵均错开半个身位，稍稍落后，飞禽族独有的灵敏目力使得他在略略扫过街面之后就发觉了半隐在窗后的墨珑。这只小狐狸还是真是……雪兰河微微一笑，以目光示意墨珑藏好些。

经过茶楼时，小肉球不由分说从灵犀身上挣脱，直接就往茶楼里头奔去。灵犀一愣，待想去抓它，它早已蹿了进去，气得她跺跺脚："姐，你们等等，我到里头把丸子抱出来。"

担心他们发现墨珑，雪兰河已快步抢进去："我来！你们稍候片刻。"

清樾看见茶楼外支着一张告示，写着本日午时茶楼内有珍奇之物拍卖，皱了皱眉："午时将近，我们进去坐坐，看看到底拍卖什么。"灵犀与灵均皆应了，随她进茶楼。

小肉球一进茶楼就径直往楼上奔，雪兰河边追它边啧啧称奇，这头水麒麟怎么就能知晓墨珑在上头呢？

墨珑原是在茶楼上找了间靠街的雅座，忽然看见小肉球奔进来，紧接着又看见灵犀、清樾等人都进来了，忙赶紧想脱身之法，拉起白曦就要走。白曦不知发生何事，瓜子嗑了一半，生怕浪费，忙将桌上的瓜子都拢到袍袖中。

墨珑刚掀开青布帘，小肉球兜头就扑上来，亲热地把头颈埋到他怀中，使劲蹭啊蹭，紧接着就被一只手拎起来。

"这个小家伙！"雪兰河直摇头，"说来也奇，它怎么就知晓你在这里呢？"

白曦看见雪兰河，惊喜异常，正想打招呼，被墨珑一手又给塞回雅座内。

"他们进来了！"墨珑压低声音对雪兰河道。

雪兰河瞥了楼下一眼，用身子挡住墨珑，低低道："没事，我把他们引开，你只管藏好。"

说罢，他便抱着小肉球往楼下行去，迎上清樾等人，口中笑道："这个小家伙，直接上楼去了，大概觉得这儿新鲜好玩。"

灵犀闻言，抬头往楼上张望——墨珑连忙避到青布帘后头，且毫无必要地本能地屏住了呼吸。白曦捧着瓜子，坐着没敢动，干看着墨珑，拿不定主意自己要不要继续嗑瓜子。

"走吧。"雪兰河将小肉球放入灵犀怀中，"这回可得抱好了。"

清樾道："午时这里据说有一场拍卖，我们在这儿瞧瞧热闹。"

雪兰河一怔："在这儿？"

灵犀想上楼去，雪兰河忙道："楼上都满了，咱们就在楼下坐吧，看得也清楚。"

听他这话有理,清樾遂在楼下捡了张干净的桌子,刚想坐下,就被雪兰河拉住,指着另一边道:"那边好,既是来看拍卖的,就该坐近些。"从这张桌子,只要清樾微一抬头,就能看见墨珑所在的雅座,着实不妙。

被他一拉,清樾虽未疑心,却不甚自在,眸光沉了沉,侧身挣开他的手,这才走过去。灵犀朝雪兰河扮了个鬼脸,悄声道:"我姐不喜欢被人拉扯。"

雪兰河耸耸肩,暗松口气。

其间,灵均一直站在旁边,饶有兴趣地看着周遭喝茶的人,直至灵犀唤他,他才施施然坐下。雪兰河最后落座,朝清樾歉然道:"方才失礼之处,还请原谅。"

清樾淡淡道:"不妨事。"

此刻拍卖还未开始,仅有一说书人,一柄折扇,一块惊堂木,自顾说得唾沫横飞,众人起先未留意,待坐定后听他言语,不由得都变了脸色——"……那东海大公主是何许人也,诸位听我说,她就是个嫁不出的老姑娘……"

听见自家姐姐被人这样说,灵犀如何忍得住怒气,一拍桌上便要上去和那说书人理论,却被清樾按住:"坐下,莫要露了形迹。"

"姐,他这般胡说八道,你让我上去教训他!"灵犀气恼得很。

清樾瞥台上说书人一眼,道:"玄股国与东海签订条约之后,断了许多玄股国人的财路。俗话说,断人财路犹如杀人父母,他们自然对我恨之入骨,任由他们说去吧,这些话也算不得什么。"

"姐,你真的不恼?"灵犀诧异问道。

"他们都是些不相干的人,有何可恼?"清樾环顾周遭人,冷冷一笑,"以前他们虐杀东海水族,不以为错,现下被断了财路,便靠辱骂我来自我安慰,不过都是些可怜虫罢了。"

雪兰河叹道:"我在谷中便曾听说过,玄股国多贪多杀,是一处口舌凶场,是非恶海,今日看其国人,确实可怜可叹。大公主没必要与这等人计较。"

"说是这么说,"灵犀仍有些愤愤,"可听着这些话,还是叫人恼火得很。"

"这算什么,比这更可气更可笑的我都曾遇见过,若件件都计较,那也不必做正事了。"清樾微微一笑,点了点灵犀怀中的小肉球,"它多半是渴了吧,折腾得厉害,叫茶水吧。"

灵均在旁一直未言语,此时方抬头向店小二要茶水,又点了几碟子茶果。此间添茶与别处不同,并非将茶壶送上桌来,而是人人面前一杯盖碗茶,里头事先放好了茶叶。店小二执一长嘴铜壶,立在二尺开外,高高举起,将沸水自壶中直冲进茶碗,一滴不漏,一滴不溅。

茶叶在沸水冲泡下翻滚舒展,店小二见清樾等人衣着不俗,有心想要打赏,变着花样倒水，又是"织女抛梭"，又是"反弹琵琶"，还有"凤凰点头"，卖弄不休。待一桌的茶水添完，店小二抹着汗滴，笑吟吟看着众人。

灵犀尚在气恼说书人，目光定定盯着台上，压根儿没留意到店小二。清樾神情淡然，未有打赏之意。雪兰河倒是有心，怕店小二尴尬，但他身上压根儿没带银两。灵均也未带银两，径直解下扇坠子递给店小二，温和笑道："你这茶壶有趣，能不能让我瞧瞧？"

店小二瞧扇坠子上是虾须围着一枚光华流转的大珍珠，一看便知价值不菲，忙接了过来，递上茶壶笑道："这里头是沸水，客官您小心烫。"

灵均饶有兴趣地接过大铜茶壶，用手量了量茶壶的长嘴，笑问道："这得有两三尺吧？"

"三尺六，正正好。"店小二赔笑答道。

壶嘴极细极尖，灵均用手抚上，不小心指尖被壶嘴划出了道口子，鲜血滴出……

店小二忙道："客官当心！"

清樾原并不在意，此时转头望过来，才发觉灵均伤了手，忙探身来看。灵犀与雪兰河也是微微一惊。灵均缩回手，温和笑道："不小心划了道小口子，你们莫要大惊小怪。"他复将铜壶递还给店小二，示意无事。

壶嘴尖口上尚留着他的一滴血，沿着长嘴内侧，缓缓淌向壶内。

墨珑隐在楼上雕花木柱边，居高临下，因店小二背对着，正好挡住灵均，他并不清楚发生了何事。只是隐隐听得见话音，觉得灵均倒真是性情温和之人。作为一卵双胞的兄妹，相较起来，灵犀脾性便急多了。不过两个人出手都甚是大方，想来是被清樾惯出来的。

清樾取鲛帕帮灵均裹好伤口，轻叹口气，刚要说话，便听见旁边灵犀以极严肃的口吻道："这么大的人了，怎么不知晓照顾好自己，还是这般毛手毛脚的！"

她的语气全然模仿清樾，听得清樾侧头睇她，她才"扑哧"一笑，朝灵均得意道："像不像？"

灵均看着清樾笑。

清樾拿他二人无法，浅浅一笑："既然都背下来了，甚好，也省得我再啰唆。"

墨珑在楼上看灵犀笑得开怀，目光分外眷恋，心底默默叹了口气：她即便和我不在一处，依旧过得很好，并不见伤情，如此也很好。

午时已到，说书人被请了下去，留下惊堂木，有三样用绸布遮盖着的物件被抬到台上。一位体态臃肿、八字胡的中年男子登上台，抄起惊堂木连拍三下，直至台下众人皆寂静无声，他才满意一笑："今日所拍的三件珍品，算得上皆是孤品。咱们老规矩，底价一千银贝，价高者得。"

孤品？灵犀十分好奇，等着他将绸布揭下。清樾等人也都望着台上。

楼上，白曦禁不住好奇之心，也探头出来，想看看究竟是何孤品，一下子就被墨珑拉到雕花木柱后。

"我口渴，想叫茶水。"白曦寻借口道，朝店小二连连招手。

店小二忙举着长嘴铜茶壶上来添茶。

而台上，八字胡已扯下了第一块绸布，展现在大家面前的是包扎整齐的一捆鱼翅："这是东海独有鲸头鲨的鱼翅，这种鲨鱼只在东海活动，大家都知晓东海已经禁止猎捕鲨鱼鱼翅，所以这捆鲸头鲨鱼翅已是最后的鱼翅。"

还以为当真是什么珍奇物件，灵犀看那捆鱼翅至少有二十片，也就是说，至少有十条鲸头鲨被割下鱼鳍之后无助地躺在海底等死，心底怒气又起。

已有人开始竞价，叫价之声此起彼伏，店小二穿行其中，热络地给客人添茶水。清樾目光暗沉，面上无甚表情，不知在思量着什么。灵均只瞥了台上一眼，没什么兴趣，倒像是对店小二斟茶更有兴致，目光跟着移动，手指慢吞吞地在桌上敲打着。雪兰河不放心地望了眼楼上，见墨珑和白曦都在柱后，仅可见一方衣角，还算不易发觉。

墨珑估摸着灵犀当下气得跺脚，摇头叹气。白曦捧着盖碗，叹道："刚和东海打过仗，转眼就开始奇货可居，这帮人可真闲不住。"

鱼翅是易脱手的货，很快被人买走后，八字胡又扯下第二块绸布，一整件由鱼皮制成的袍子。

"这可不是一般的鱼皮，这张皮是从一头小鲸鱼身上剥下来，完完整整，没有任何损伤。"八字胡拍下惊堂木，"从今往后莫说这整张的鲸鱼皮，连寻常的鱼皮制衣都买不到了。"

灵犀气恼非常，楼上墨珑即便看不见她的脸，亦能感受到她的气愤，不由得连连叹气。

"姐，我们走吧。"

又不能出手教训这帮唯利是图的人，灵犀也不想坐在这儿生一肚子闷气。

"不急，再等等。"清樾比她冷静得多，拍拍她的手安慰道。

雪兰河正欲开口说话，忽然袖中金铃振动，他微微一惊，以为是墨珑，先抬眼望了眼墨珑，见他并无异常举动，这才意识到应该是雪五。他忙起身，行到茶楼后院僻静处，取出金铃，金铃漾出的波光中果然出现了雪五。

雪五的表情很凝重，问道："你那边如何？近来可有异常？"

雪兰河摇头答道："距离上次已有月余，再也没有任何异常事件。水府中没有，海面上也没有再出现渔民遇袭之事。"

"灵均恢复得如何？"

"他恢复得甚好，比我料想中还要快得多。"

雪五点头，顿了片刻才语气沉重道："你若走得开，就回来一趟。澜南病重，恐怕……"他虽没有再说下去，雪兰河已然明白，脑中"嗡"地陷入一片空白，整个人直愣愣立在当地。

"是君上让我告诉你的，恐怕……已是时日无多，看你能不能赶回来。"雪五自己说着，语气哽咽。

雪兰河努力控制语气，不让自己失态，低低道："我知道了，我马上就回去。"他收了金铃，脑子有点儿乱，想起上次离开雪峰时澜南的状况便已很不好，想是此后便病倒了。他和雪五自小在昆仑山上跟随三青鸟，三青鸟中以澜南性情最为温柔，待他们如姐如师，自是亲厚非常。此刻听见澜南病重，且可能离世的消息，他一时难以承受。以玄飓那么高的修为，怎么会救不回她呢？

正自心绪烦乱之时，忽有人拍他肩膀，转头望去，原来是墨珑。

"你在这儿做什么？"墨珑问道，随即发觉雪兰河脸色不对，"怎么了？"

雪兰河深吸口气，镇定情绪，朝他沉声道："我有事得回谷里。"

话音刚落，墨珑便已皱起眉头，道："你走了，灵犀怎么办？谁来盯着灵均？"

"我……"雪兰河思量片刻，想了想如何才能妥善安排好，"我会把金铃留给灵犀，她若有事你便可知晓，而且你也可以和她联系。"

墨珑气恼道："你们天镜山庄的人做事能不能靠点儿谱！说走就走？"

雪兰河沉重道："澜南上仙病重，雪五急唤我回去，恐怕是……恐怕是……我必须得回谷一趟，望你体谅。"

听闻澜南病重，墨珑一愣，想起上次见到澜南之时，她已是老态龙钟，眼下她病重，雪兰河要赶回去实在无可厚非。他默然片刻，说道："我担心，万一出事怎么办？"

"这些日子我一直都留意着灵均，从他身上并未发觉任何异常，基本上是不必再担心有幽冥地火的残留。"雪兰河道，"而且他对灵犀甚是爱护，自己一直很谨慎，不与灵犀有接触，生怕再次发生枪冢中的状况。我想，你真的不必过于担心。"

今日墨珑看见灵犀与灵均齐齐出现，倒是也发觉了，灵均与灵犀之间总是有意隔着一人，并不与她过于接近。

雪兰河朝他道："金铃上我会加一道防护，对灵犀有保护之用，若她有异常我也能立刻知晓。"

除此以外，也没更好的法子了，墨珑皱眉，忽眼角瞥见小肉球又溜了过来，有脚步声紧随其后，还能听见灵犀的声音："丸子！丸子，你别跑！"已是近在咫尺，想要躲闪已然来不及。

灵犀追到茶楼后院，堪堪撞到雪兰河时才刹住脚步，笑问道："咦，你躲在这儿作甚？"

雪兰河来不及回答，转头去看墨珑，后者已捻了个隐身咒，只是虽隐了身，却挡不住小肉球往身上扑。雪兰河忙揪着小肉球肥肥的脖颈肉，将它送还到灵犀怀中，替墨珑解了围。

"灵犀……"雪兰河看着她，欲言又止。

墨珑在旁，也看着灵犀，感觉已经许久未曾这么近地看过她，近到能闻到她发间东海紫藻的味道，看见她微微上扬的睫毛。

"嗯？"灵犀也察觉到雪兰河面色不对，"你不舒服吗？"

"不是，谷里有事，我得回去一趟。"雪兰河取出金铃，捻诀念咒，金铃上金光乍现，转而收敛其中。他将金铃递给灵犀："你收好它，我与你联络时，它便会振动。你若有急事，也只管摇它，我便能知晓。"

灵犀拿着金铃，喜道："当真？没有灵力也能用它？"她因为没有灵力，好多法器都用不了，甚是郁闷。

雪兰河点头："金铃上头有我的些许灵力，用于联络应当是足够了。"

墨珑看见灵犀收起金铃时，衣袍襟口露出乌玉一小角，知晓她一直将乌玉贴身存放，心中甚感安慰。

"你何时走？"灵犀问道。

雪兰河道："马上就要走。"

灵犀惊诧："这么急？是谷中出了极要紧的事情？"

雪兰河点点头："我进去与你姐姐说一声。"他有意无意地扫了墨珑一眼，小肉球在灵犀怀中折腾得厉害，时刻都想往墨珑身上扑，隐身术似乎对它一点儿用都没有。

灵犀随着雪兰河回到茶楼内，墨珑方显出原身，轻舒口气，看着菱花格内灵犀的背影，心中甚是不舍，想着方才一刻若能再拖得长一些多好。

"你要走？"

清樾确实没想到，连灵均亦是一惊。

"我原以为你至少会在府中住上三个月，怎么突然要走？"清樾望着雪兰河问道，"莫非是水府有怠慢之处……"

"不是不是！"雪兰河连忙道，"是谷中有急事，我必须得回去。"

"谷中出了什么事？"灵均问道，他也曾在谷中住过，自然关切。

雪兰河原不想说，踌躇片刻才道："澜南上仙病重。"

灵均"啊"了一声，立刻面露悲色，追问道："玄殷那么高的修为，难道救不回她吗？"他从雪兰河话中已判断出澜南定是病重不治，雪兰河是要赶回去见最后一面，否则的话，若是为了疗伤，有玄殷在，又何须雪兰河。

"小弟。"清樾轻轻拍了拍小弟的肩膀，示意他莫要着急。

见雪兰河不能答，灵均默然伏桌，肩头微微耸动，显然已悲痛至极。灵犀虽与澜南只有短短一面之缘，但也感受到澜南为人极温柔和善，现下听到这个消息，亦是心伤。

雪兰河暗叹口气，却是不能再耽搁了，朝清樾道："灵均和灵犀的丹药都在我屋中，灵均仍是每日晚间服一枚，灵犀不舒服的时候再服。"

清樾颔首，起身道："多谢，只盼澜南上仙有天命护佑，能够转危为安。"

"多谢大公主吉言，我告辞了！"

雪兰河拱手施礼，转而急急出了茶楼。

玄殷城外，一只白鹤展翼飞上云霄，鹤唳之声零落可闻，隐隐约约似有悲音。

第九章 暗访玄殷

第十章
异状迭出

茶楼内,清樾轻轻抚摸灵均的背,想要安慰他。

"这儿嘈杂得很,我们还是回去吧。"灵犀也担心地望着哥哥。灵均毕竟在谷中与澜南相处多年,又为了澜南险些丧命,他与澜南之间的情感自然是要深厚得多。

清樾点头。

正在此时,台上那件由整块小鲸鱼皮制成的衣袍已有人拍下,八字胡揭开了第三块绸布,顿时满茶楼一片寂静,间或有倒吸凉气的声音。

灵犀转头望去,一愣之后继而双目怒得快喷出火来——台上竟是一位鲛女,也不知被人用了什么术法,她被定得一动不动,唯有一双湛蓝的眼睛无助地望着众人。

"姐,这事儿无论如何不能忍!"灵犀咬牙切齿,从牙缝中吐出这几个字来。

灵均抬首往台上看去,也是愣住。

"灵犀,你和灵均到外头等我!"清樾看着鲛女,语气虽平静无波,隐在袖中的手却已暗暗攥紧。

鲛人族是东海水族分支之一,历来在东海水府的庇护之下。鲛人族男子凶猛,女子柔美,陆上却有许多人觊觎美色,对鲛女心怀不轨,但东海水府数千年前便已明令,私自猎捕买卖鲛女者,须受黑水贯体之刑。因黑水贯体之刑极其可怕,故而甚少有人敢再打鲛女的主意。想不到今时今日,玄股国竟有人敢活捉鲛女买卖,当真是利欲熏心,不怕死了吗?

灵均双目暗沉,声音低沉:"姐,你不必担心我。这些人利令智昏,死不足惜!"

他这话中杀气甚重,听得清樾暗暗一惊,连忙镇定心神,玄股国人活捉鲛女固然可恶,但可能只是少许昏了头的人所为,应该先救下鲛女,再与玄股国交涉此事,不宜在此大动干戈。

鲛女貌美,自有一种不可言说的柔弱气质,十分惹人爱怜。茶楼中人十之七八都为鲛女所迷,喊价者此起彼伏……墨珑已回到楼上,看着灵犀双手攥拳,保不齐下一刻就会起身揍人,便暗想该怎么帮她才好。忽然有人重重地拍他的肩头,他转头看去,见是白曦,不甚在意地说道:"你且再坐会儿,瓜子吃完了再给你叫一盘。"

白曦不答,也未松开手,另一只手拉住他的胳膊,未有丝毫迟疑,重重地在他胳膊上咬了一口，顿时疼得墨珑险些叫出声来，反手一掌将白曦打回雅座内。

"你疯了？"墨珑压低声音，呵斥道。

白曦抬起眼来，墨珑这才发觉他目光狂乱，似中了邪术一般，眼看着他又朝自己扑过来。墨珑不得已，以手为刃，往他颈后重重一斩，白曦身子软软瘫倒。

刚把白曦打昏过去，便听见茶楼下喧哗声四起，墨珑掀开布帘，透过栏杆间隙望下去，却是有两桌客人因为抬价而争吵起来，继而大打出手。

其中一人竟然抢过店小二的茶壶，将另一人硬摁在桌子上，将滚烫的沸水冲入那人口中。喉咙被沸水烫伤是何等痛楚，凄厉的嘶吼声不绝于耳。更多的人冲上前来，大概是帮架的，茶碗横飞，条凳混抡，整个茶楼乱成一团。不想惹麻烦的客人都偷偷挨边溜了出去。

这一生变着实突然，灵犀有点儿愣住，不明白怎么突然之间茶楼的人都似疯了一样。清樾蹙眉，见台上的八字胡被这架势骇住，正预备带着鲛女跑路，她便轻弹手指，一滴水滴准确无误地击中八字胡的膝盖，膝盖立刻无法打弯，他直挺挺地摔倒在地。

看着茶楼内的人陷入一团混战，灵均冷笑道："姐，你说该怎么处置他们？"

清樾沉声道："我们先带鲛人离开，后续的事情我会与玄股国再行交涉。"

灵均眸子一沉："就这么便宜他们了？依着咱们东海的规矩，他们该受黑水贯体之刑。"

"他们只是来参加拍卖的，并非猎捕鲛女之人。"清樾道，"罪不至此。"毕竟东海与玄股国刚刚才战罢，买卖鲛女虽是大事，但若将茶楼中人全都处置，一来未免有失公允，二来此事也闹得太大，平添玄股国人对东海的惧怕和憎恨。

清樾上台去解了鲛女的定身咒，又对八字须施用水影，将两个人一起带走。灵犀连忙跟上。灵均看了眼茶楼内仍在撕打的众人，冷冷一笑，方才转身离去。

见他们离开，墨珑这才背着白曦下来，一路躲开混战撕打的众人，出了茶楼。

街道上的人不知茶楼内出了何事，只听闻里面打砸声不绝，里里外外围了几层人在看热闹，其中路过的东里长和夏侯风也在其中。他们先是看见清樾、灵犀等人出来，好在清樾的心思都在鲛女此事上，并未留意到他们。

东里长心中正自狐疑，片刻之后就看见墨珑出来了。夏侯风一眼就看见他，急喊道："珑哥！珑哥！我们在这里！"

墨珑抬眼，一下子就看见了东里长。东里长心软自是早就心软了，当初说要走的话也后悔了千八百遍，只是匆忙间也没拿定主意该用什么表情，更没想到该说什么话，便这么干瞪着墨珑。

"小白怎么了？"夏侯风急问道。

第十章 异状迭出

墨珑回过神，忙道："我也不知晓，突然间他就像发狂了一样咬我，被我打晕过去了。老爷子，你见识广，帮我看看他？"

有这么个大台阶，东里长自然得赶紧下来，当下面上虽无表情，尚端着几分架子，但身子却已迎上前，用手拨弄下白曦的眼皮子，又探了探他的脉，皱眉道："是有些古怪，先回去再说。"

当下墨珑背着白曦，随东里长和夏侯风回到他们落脚的客栈。

"他的气血翻涌得很厉害，像是中了某种毒，或者是被施了邪术引得他神志混乱。"东里长把白曦的舌头拉出来瞧了瞧，皱眉道。

"是不是有人对他动了手脚？"夏侯风猜测问道。

此时白曦仍未醒来，在东里长的注视下，墨珑沉下心仔细回想那时候的情景——茶楼下第三块绸布被揭开，鲛女出现，众人哗然，灵犀气恼，他一直在楼上看着她，并未听见身后雅座内有任何异常动静。

若说有人偷袭雅座内的白曦，必定要从他身后经过，一进一出，他不可能没有察觉。除非那人从窗口进来，可是窗子是他亲手关上的，并没有再次打开过。

墨珑仔仔细细想了又想："应该没人对他下手过，否则我不可能不知晓。"

东里长问道："他是不是吃了什么东西？"

"瓜子，他一直在嗑瓜子。我也嗑了几粒，应该没事。"墨珑回想着，"还有就是他喝了茶水，我没喝。不过整个茶楼的人几乎都喝了茶水……"说到此处，墨珑突然顿住——茶水！也许真的是茶水有问题。

他下楼时，目光曾扫过那些混战中的茶楼客人，现在回想起来，他们中有数人，举止神态皆有狂态，不似神志清醒之人，难道说他们也和白曦一样，所以茶楼才会在短短一刻间陷入混乱之中。

"茶水有问题？"东里长问道。

墨珑点了点头，继而由于不能确定，又摇了摇头。同样都是喝茶水，为何有的人没事，有的人有事？他仍是不解。

东里长沉吟片刻，问道："我看见了清樾和灵犀他们从茶楼中出来，还带着一名鲛人，此事会不会与他们有关？"

墨珑并未看过清樾等人有动手的迹象，但自己去了一趟后院，也许其间发生了什么也未可知。

"我不能确定……"他思量着，"但以清樾的身份，她不太可能对整个茶楼的人下毒。"

夏侯风又插口道："会不会是那个鲛人？我一看她，就觉得浑身不得劲。"

"那鲛人在台上是被定住的，便是想要施展法术，恐怕也不容易。老爷子，你看呢？"墨珑仍是摇头，鲛人族向来甚是神秘，他所知甚少，难以下结论。

"听说鲛人族确实有些秘术，能够蛊惑人心，使人迷乱，但从来也只是传闻，并未亲眼见过。"东里长看向床上的白曦，"这么瞎猜也不是办法，等他醒了之后再问问吧。"

墨珑点头。

屋内一时间陷入一片静默之中，再无人说话。东里长沉着脸，只管坐在桌前，慢吞吞地喝茶。墨珑坐在桌旁，亦是心事重重。夏侯风看看这个，再看看那个，几次试图打破沉默都以失败告终，无人接他的话茬。

半晌后，墨珑抬眼看向夏侯风："小风，你去买些糕点回来吧。"

夏侯风愣了下，忙道："你饿了？我被窝里好些糕点呢。"

东里长没好气地看他："谁吃你那些……你……"

墨珑道："我和老爷子有些话要说，要不你去街上逛逛。"

夏侯风这才起身，人已到了门口，不放心地回头道："你们可莫再吵架了！"说罢，才闪身出去。

屋中仅剩下墨珑和东里长，还有尚在昏迷中的白曦。墨珑见东里长手中的杯子不知何时已经空了，便起身替他斟茶。

"算是斟茶认错吗？"东里长看着他倒茶。

墨珑微微一笑："我的错处那么多，一一斟茶认错的话，老爷子你喝下一缸水也不够呀。"把斟满的杯子推到他面前。

东里长瞥他，重重哼了一声："你也知晓自己的错。"

墨珑笑了笑，诚恳地与他谈道："青丘的事，时刻都在我心里，你只管放心。我也知晓，我和灵犀之间并无可能，我只是希望她能平平安安的，这样我才安心。"

"我瞧她今日就平安得很，哥哥姐姐陪着，她又是东海小公主，身旁侍女侍卫一大堆。要我说，你就多余操这份心。"东里长不满道。

墨珑自嘲一笑："我也知晓是多余，可就是忍不住，怎么办？"

他面上虽笑着，语气中却多有苦涩滋味，东里长心肠软，看不得这孩子这般模样，只得叹道："行了行了，我知晓……唉，从前在青丘，那么多狐族女子对你青睐有加，也不见你对谁留心过，后来离开青丘，颠沛流离，也遇见过各色女子，你也未尝动心过，怎么栽在灵犀手里头了？"

"她傻呀。"墨珑挑眉，笑道，"不是有句俗话吗？傻人有傻福。"

东里长不知该说他什么好，连连摇头："你还说人家傻，最傻的就你了！连你娘留给你的乌玉都给了她，真是……看着鬼精鬼精的，其实傻得叫人咬牙切齿！"

墨珑大笑："如此说来，那我该有大福分在后头等着呢。"

"大福分……"东里长叹道,"我也没有别的奢望,只要能看着你重掌玄狐族,将来到了地底,我对主上也有个交代了。"

"哐哐哐……千年王八万年龟,你且有的等呢。"墨珑道,"对了,上回你说,最多半年血咒就能解了。但是究竟怎么个解法,可有个头绪?"

东里长听了他这话,手接过茶杯:"我也一直在想这事呢,从星象上看,似乎是水到渠成之事。我估摸着,是不是回到青丘之后,血咒自然而然就解了。"

墨珑摇头:"血咒未解,我根本就回不了青丘。以前可有先例?"

"以前挨过天雷,又被施了血咒的,压根儿就活不了几年,没等到血咒解开,人就已经死了。"东里长道,"你幸好有你娘的乌玉护着你,否则哪里抗得过来。"

既无前例,无迹可寻,两个人也商量不出结果来,寻思着只能走一步看一步。东里长终于问到最要紧的问题上:"你预备什么时候离开这里?"

墨珑迟疑着,良久没有回答。从今日在茶楼中的情景来看,灵均似乎一切都很正常,对灵犀也甚好,自己似再没有留下的理由。

见他久久不答,东里长叹了口气,知晓他对灵犀着实难以割舍,便道:"这样吧,眼下小白也还病着,咱们就在玄股国多住两日,待他好了之后再走,如何?"

墨珑默然,片刻后点了点头。

东海水府中,清樾将鲛女和八字胡送官,因他们一路上都改装,并不曾泄露身份,故而玄股国的官府也并不知晓她就是东海大公主。直至看着八字胡被收监,清樾这才与灵均、灵犀回了东海水府。

俗话说,靠山吃山靠水吃水,东海水君还在世时,就时常教导清樾,东海沿岸,有许多人都仰仗着东海方能生息繁衍,一定要善待他们,和善待东海水族一样。故而此前与玄股国一战,清樾只是想教训教训他们,并未大肆杀戮,甚至为了保下沿岸的小渔村,她下令严禁掀起滔天巨浪,不可淹没村庄田野,伤及无辜百姓。

今日到玄股国一看,他们竟拿她这番善心当作了无能,将与东海签订的条约视若无物。清樾眸色暗沉,回来的路上一言不发,一径思量着事情。

灵犀看姐姐面色不对,自然不敢再去打扰她。灵均却与她不同,一回到东海水府之中,便对清樾道:"姐,与玄股国的交涉事宜,你交给我可好?"

闻言,清樾微微一惊,诧异地看向他:"你……"

灵均迎上她的目光,不避不躲,微微笑道:"姐,你莫不是还信不过我?"

"不是,我只是想让你把身子养好……"

"我已经没有大碍,雪九都说我恢复得甚好。"灵均道,"今日去玄股国,那情形着实叫我难忍。姐,我离开东海数百年,如今回来了,我想多为东海做些事儿。"

灵均这番话说得甚是诚恳，清樾不由得动容，身为东海龙族，保护东海水族是他们与生俱来的使命，加上今日在玄股国所见所闻，灵均此时想站出来为东海伸张正义，她完全能理解他的心情。

灵犀在旁忙道："姐，你就答应哥哥，我也来帮他，好不好？"

清樾好笑地看向小妹："我问你，藏书阁东面墙的书你看完多少了？"

灵犀一愣，转而讪讪道："二成吧……三成左右？"

"你哥哥当年将整面墙的书都看完，我才许他跟在我身旁参与处理公务。等到他将西面墙也看完，他才自己独立处事。"清樾摸摸小妹的头发，"你呀，还早着呢，乖乖读书去！"

灵犀颇沮丧，垂头不语。

灵均笑着安慰她道："你也不必懊恼，一通百通，等你看到某一本书，说不定就开了窍，再看其他书，学起来就快得很了。"

"当真？得看到哪本书才能开窍呢？"灵犀忙问道。

灵均道："这哪里说得准，总之你愈用功，距离开窍就愈早。"

灵犀撇嘴："说了跟没说一样，我自然是比不上你和姐姐聪明，若是一辈子都不开窍，那怎么办？"

小妹先天不足，在外人面前都要强得很，唯独在自家人面前是不忌讳的，她能在灵均面前说这话，自然是在心中已和灵均足够亲近。清樾看在眼中，甚是欢喜，此前她还一直担心那只狐狸精挑拨离间的话会给小妹心中留下芥蒂，现下看来，自己的担心多余了。

"没事，我抽空也会教你。"灵均安慰她，"再说了，你哪里笨，整个东海，连姐姐在内都没找着我，只有你找着了。你才是最聪明的那个！"

听见灵均的夸赞，灵犀晃晃脑袋，深以为然："我看也是。"

瞥见班乾已候在殿内，想是有事要禀报，清樾便催促灵均、灵犀各自回去休息。

"姐，我方才所说的事……"灵均没有忘记正事。

清樾温颜道："你让我想一想。"

"你可莫要想太久，十天半月叫我好等。"

清樾笑了笑："明日一早我就答复你。"

如此，灵均方才回了碧波殿。

清樾回到殿中，班乾立刻迎上前来施礼。

"班总管，是有急事？"清樾看他的模样，似已在殿中等候许久。

班乾禀道："算不得急事，只是这事来得实在不巧而已，其实还是一件喜事。"

"说吧，何事？"

"南海水府的大太子近日即将继任水君，送来了帖子。"班乾道。

"我记着他只比灵均大些许，这么快就要继任水君了。"清樾先是一怔，看向班乾，"这帖子……我必须得亲自去是吧？"

班乾点头道："继任水君可是大事，四海水君皆须到场。咱们东海虽无水君，但大公主你是掌事者，自然就该你去。"

"要去几日？"清樾问道。

"这就得看南海如何操办此事，少则三四日，多的话可就说不准了，我记得曾有记载，西海某任水君继位时，大贺三年。"

清樾扶额："三年？我就不信四海水君有这等空闲。"

班乾忙道："此等情况极少极少，一般来说，若时日太长，四海水君亲身参加继任大典，其他数日便派府中其他人参加，如太子、公主。"

"灵犀太小，身子情况又不稳定，她肯定不能去。"清樾皱眉，"灵均……对了，班总管，我正有一事想和你商量：灵均今日向我提出，玄股国的事宜都交由他来处理，你以为如何？"

"太子这么早就决定开始处理政务了？"班乾微微一惊。

"你觉得不妥？"

班乾忙道："不是！老臣只是以为太子身子还未休养妥当。"

"我原想让他至少休养一年半载，可此事是他自己提出来的。"清樾思量着，"他的身子确实也恢复得甚好，所以我在考虑是否该答应他。"

班乾沉吟片刻，提议道："与其参与政务，不如让他去西海吧。以他的身份参加西海水君继任大典合情合理，而且东海太子回归的消息也正好让四海皆知。"

闻言，清樾细细寻思片刻，摇头道："不行，灵均刚回来，又诚心诚意向我提此事，我此时让他去西海，定会让他误会我不愿让他接手政务，反添罅隙。"

"是老臣思虑不当。"班乾忙说道，三百年前姐弟失和的情景他是亲眼目睹过的，也看见清樾后悔了三百年，明白她无论如何不愿再与灵均有矛盾。

"让我再想想吧。"

"老臣告退。"

班乾告退，清樾独自倚在靠几上，默默思量着……

玄股城内，夜色朦胧。

白曦仍未醒，好在脉象平稳，众人便由他睡着。墨珑在旁边的竹榻上合衣而睡，守着白曦，让东里长与夏侯风歇息去。

夜半，墨珑大概因多日以来习惯夜眺海面，如今反倒睡不安稳，噩梦缠身，一会儿梦见自己被绑在柱子上受雷刑，一会儿又梦见自己复回到桃花林中，花已凋谢，满地落叶，他怎么都找不到灵犀，心力憔悴地从梦中挣扎醒来。

好在只是梦而已，他睁开眼，长长舒了口气，翻身望了眼白曦，顿时一惊——床上空无一人，白曦不知所终。他立刻起身，点上油灯，看见门虽关着，门闩却松开了，白曦很可能自己独自出去了。

墨珑心思细密，虽然看见门闩松开，但仍将屋内可以藏人的角落都看过一遍，确定白曦已不在屋内，这才出去寻找。他将客栈上下下下都寻了一遍，仍没有找到白曦，只看见地上有许多水渍，不得已只好把东里长和夏侯风全都叫起来。

"小白不见了？"夏侯风张大嘴，打了个大大的哈欠，露出满口獠牙，费解道，"大半夜的，他瞎跑什么？是不是饿了，出去找吃的？"

东里长的第一反应却是盯着墨珑，不可思议道："他出去你都不知晓？"墨珑向来警觉得很，不该如此。

墨珑也不明白，眼下却不是细究此事的时候："客栈我都找过了，老爷子你留下，我和小风到城里头找找。"想到白日里白曦的异常行径，他心底有种说不清的担忧，急急就与夏侯风出去了。

东里长皱着眉头，行到白曦的房间，举着烛火，仔细辨别白曦所留下的痕迹。

夜半时分的玄股城，雾气缭绕，寂静清冷，街面上空无一人，偶尔有一两只找食的猫慢悠悠地沿着街角行走，步伐矫健而轻快。看见墨珑和夏侯风出现，它们警觉地回头望了一眼，随即加快脚步，很快消失在他们的视野之中。

四下并无白曦的踪迹，墨珑只得和夏侯风分头寻找，各自往街道两头寻去。夏侯风速度甚快，前脚刚走，后脚就已过了三条街。

墨珑用力嗅了嗅，极力从街道上弥漫的各种气味中分辨出属于白曦的味道，然而有一股浓重的海腥味几乎掩盖了其他味道的存在，他只能边往前行去，边努力地分辨气味。

就在他专心致志在幽暗街巷中寻找白曦时，忽然觉得头顶似有什么东西掠过，带起一股阴森森的风。他猛然抬头，向空中望去——黑暗中仅能看见远远有一条粗大的尾巴甩过，却看不清究竟是何物。

待他想定睛细看时，那东西已没入雾气之中，没了踪迹。前方窄巷深处传来些许动静，墨珑收回目光，凝神细听，那动静像是有人在呕吐，伴随些许水声，并非猫猫狗狗弄出来的动静。

谨慎地往窄巷深处行去，墨珑很快在雾气中辨出一个人影，身量衣着都似乎是白曦的模样。

"小白？"墨珑试探着唤了一声。

那人缓慢地转过头来，痛苦不堪地看向墨珑，艰难地说道："救……救我……"

果然是白曦！墨珑疾步上前，待他看清白曦此刻的模样时，饶是他也吓了一跳。

白曦站在一口大缸旁边，这缸是玄股城内日常灭火之用，街道巷子每隔数十丈就安放一口大缸，盛满雨水。日子久了，有的缸中水因许久不用，里面浸泡着腐烂的树叶或虫鼠等物，可以说是脏污至极。

而白曦手持葫芦瓢，正一口一口舀起缸中水猛灌下去。此时此刻他已腹胀如鼓，显然已经喝了许多许多的水，可他还在拼命地给自己灌水。

"救我……"白曦痛苦不堪地朝墨珑求救道。

墨珑一时间不明白他在做什么，初始以为白曦是因为中毒了，为了解毒才猛灌水，而后发觉不对劲儿，他再喝下去就会活生生把自己撑死。

"你别喝了！"墨珑急道。

白曦喝水的手似乎根本不受控制，一下一下地舀水灌自己，多余的水从他口中涌出来，淌得满身都是。他只能求助地看着墨珑，却完全停不下来。

"你……"墨珑意识到他像是被什么操控着，根本无法控制自己，当机立断，直接上前斩晕他，推拿腹部，令他吐出腹中的污水，然后才将他背回客栈。

东里长看着浑身湿漉漉的白曦已是吃了一惊，待听墨珑说完当时情景，更加吃惊："这孩子是中了什么邪术吧？"

"若再晚些，只怕他就把自己活活撑死了。"墨珑看着白曦，眉头深皱，实在想不明白怎么会发生这种事，与东里长商量道，"现下怎么办？他醒过来后还这样怎么办？"

还从未遇见过这种状况，东里长踌躇道："要不明日到街上请个大夫来瞧瞧。"

"大夫？"墨珑质疑，"那些寻常大夫的医术能比你还高明？"

"总得试试吧，到什么山头唱什么歌。"东里长也很无奈，"说不定和水土有关，大夫见识过这种病症呢。"

墨珑无语，但也想不出更好的法子，也只能如此走一步看一步了。他正预备帮白曦把湿衣裳都换下来，夏侯风一阵风似的回来了，看见湿答答的白曦，顿时吓了一跳，用手一指，声音有点儿抖："他……他也死了？"

"没死，总算捡回一条命来。"东里长诧异地问道，"什么叫'也'死了？还有谁？"

得知白曦没死，夏侯风先关好门，长长地舒了口气，才道："我在城里头，看见了两个死人，都和他现下差不多，浑身湿漉漉的，躺在水缸边上，肚子鼓得像球，像是活活把自己给撑死的！"

竟然还有人！

墨珑和东里长皆是一惊，两人对视一眼，隐隐意识到此事绝非简单的中邪，恐怕非同小可。

　　东海水府，瞻星院内。
　　灵犀屈膝坐在塔楼的窗边，用手逗弄着小肉球在水中转圈圈，脑中不期然又想起白日里在玄股城内遇见的事情，方才后知后觉地感到有些不对劲儿。
　　"你在白日里头是不是看见谁了？"她点点小肉球的脑袋，"为何往茶楼里跑？"
　　小肉球尚不会说话，使劲拿脑袋去蹭她的手，她只得顺手帮它挠挠脖颈。小肉球顿时舒服地往水波中一躺，四脚朝天，拿身子来将就灵犀的手，指望她再挠挠自己的肚皮。
　　灵犀挠了几下，揪着脖颈肉把它拎到自己眼跟前，面对面，正色看它："你说，是不是看见什么人了？"
　　小肉球划拉着四条小胖腿，似乎很喜欢与人面对面，乐得摇头晃脑，可惜就是不会说话。
　　心里隐隐期望着当时小肉球直奔上楼是因为见到了墨珑，然而这也仅仅是自己的期望而已。分别已有一月有余，想必墨珑已经回到了青丘，又怎么会在玄股城中呢。灵犀沮丧地将小肉球放下，忽又回想起当时是雪兰河上楼去抓回丸子，不知雪兰河是否有看见什么人？
　　可惜雪兰河已经走了，不然自己倒是可以去问问他。
　　灵犀轻轻呼出一口长气，虽然夜已深沉，她却毫无睡意，忽想到上次送给雪兰河的那株海萝。雪兰河走得急，尚未来得及交代人照料它，她想着该拿回来照顾好才是。
　　横竖睡不着，也想出去走走，灵犀把小肉球带上，招手唤来一条鳐鱼，轻巧地跃下塔楼，坐上鱼背，鳐鱼一路蹁跹，往灵均所住的碧波殿而去。临近碧波殿时，灵犀翻身下来，朝欲上前的侍卫打了手势，侍卫知趣地退回原地。
　　这些日子以来，灵犀进进出出碧波殿已是常事，加上她的身份，自然不会有人来拦她。她入殿之后，朝守夜的侍女打了个噤声的手势，侍女也不敢上前打搅。
　　灵犀想着哥哥恐怕已经睡下，不愿惊动他，自己悄悄去雪兰河房中把海萝捧出来就好。因为了方便照顾灵均，雪兰河所住之处与灵均相距甚近。灵犀悄悄从廊下行过，正要往后头去，忽隐隐听见有争执声——
　　"我知晓你心里不舒服，可也不能这样……"这人声音较低，灵犀听得不甚清楚。
　　另一声音略高，硬邦邦的："谁说我不舒服，我好得很！"
　　"那些人……你不该迁怒……"
　　"那是他们咎由自取！"

有人长长叹了口气,接着便再没声音。

灵犀细辨声音的来处,似乎就是从灵均的寝殿中传来,莫非是寝殿的侍卫在吵架?这么大声,也不怕吵醒哥哥吗?

她又停留了片刻,想着他们若再吵,自己便要去呵斥一番才行。只是过了好半晌,也未再有声音,她这才去了雪兰河的房中,将海萝捧了出来,一路走回瞻星院去。

天蒙蒙亮时,白曦悠悠转醒,缓缓睁开双眼,想起身,发现压根儿动不了,低头一看,才发觉自己手脚都被结结实实地捆住了。

"喂!你们……"他艰难开口唤道。

东里长背对着他,正慢吞吞地喝粥,听见动静转头望来,面上却瞧不出半分喜色。

白曦不适地摇晃身体:"你们绑着我作甚?"

东里长踱步过来,探究地看着他,问道:"我是谁?"

"老爷子呀!"白曦莫名其妙,"问我这个做什么?你失忆了?珑哥呢?"

东里长见他脑子清醒,接着问道:"你还记不记得昨日发生了什么事?"

白曦一愣,回想起来才觉得昨日许多事情都仿佛在云里雾里,模模糊糊的,越想弄清楚,脑仁就一阵阵发疼:"……我就记得我和珑哥在茶楼喝茶……后来,我好像做了个梦,梦见我一直在喝水,一直喝一直喝……真奇怪!"

"那不是梦,你真的喝了很多水,若非墨珑及时赶到,你能把自己活活撑死。"东里长说道。

闻言,白曦吃了一惊:"怎么可能?"

说话间,墨珑与夏侯风推门进来,看见白曦醒了,面上神色都有些古怪。

"他怎么样?"墨珑先问东里长。

东里长点点自己的脑袋:"脑子算是清醒了,可我一时也不敢给他松绑。"

听见白曦清醒了,墨珑与夏侯风不约而同地松了口气。夏侯风行到白曦身旁,拿指头对他脑门儿戳戳点点:"你命大!可知晓昨夜外头死了几个?"

白曦紧张地摇摇头:"几个?"

"六个!"夏侯风道,"我和珑哥刚刚出去打听过,六个人,和你一模一样,活生生灌水把自己给灌死了。"

白曦听得小脸煞白,浑身都不过血了。

墨珑正色看着白曦:"你仔细想想,昨日在茶楼,你是不是被人施了什么邪术?"

白曦慌忙努力回想,想了半日,苦着脸说道:"没有啊,我不是一直和你在一起吗?"

"中间我下去过一小会儿,可有人找过你?"墨珑问。

白曦仍是摇头："没有。"

众人面面相觑。

夏侯风紧接着问道："你是不是吃错什么东西了？"

白曦更加委屈了："我就是喝茶、嗑瓜子，多的一样没点。珑哥都知晓的。再说了，我吃过的，他都吃过，我们俩该是一样的。"

墨珑点头："他说得没错。"

深觉此事着实诡异，墨珑想起袖中的金铃：该不该将此事告知雪兰河？现下整件事情的来龙去脉一点儿都不清楚，该怎么和他说？眼下澜南病重，难道让他为了毫无头绪的事情再赶回来？墨珑眉头深皱，默默思量……

"你们能不能先松开我。"

白曦的手脚被捆得着实结实，他可怜巴巴地看着东里长等人。

夏侯风立即反对："不行，万一你又发起疯来怎么办？"

"松开他吧。"墨珑见过白曦目光涣散时的模样，知晓他现下确实已清醒，"我们都在这里，也不怕他出事。"

如此，夏侯风这才替白曦松绑，一面解一面警告他："你可别自己乱跑，免得有事来不及救你。对了，到了晚上睡觉还得把你绑上！你也是邪门了，珑哥看你都没看住，居然能自己溜出去。"

白曦揉着手脚，委委屈屈道："我自己也不知晓呀。"

东里长踱过来替他把脉，片刻后看向墨珑，摇头说道："和昨儿一样，看不出异常。"

墨珑深吸口气，定定看着白曦。一时间众人的目光都落在白曦身上，白曦被大家看得浑身直发毛："我又不是无药可救，你们莫要这样看着我。"

闻言，众人各自或垂下眼皮，或移开目光，伴随着微不可闻的叹息，白曦抽抽鼻子，产生了一种自己命不久矣的幻觉。

东海水府内，清樾一早便往灵均的碧波殿来，经过一夜的思考，她已经做好决定了。

"姐……"灵均见她这么早就来，微微有些诧异。

清樾含笑道："今早有从蓬莱岛新鲜送来的藻菜，今年的头一茬，我记得你爱吃，就命他们拌了送过来。"

灵均探头看了一眼侍女端着的托盘，笑着说道："就是这个味儿！好多年不曾尝过了。"

清樾转头吩咐侍女去瞻星院将灵犀唤过来，笑道："小妹也爱吃，你们俩口味倒是颇为相似。"

第十章 异状迭出

灵均笑道:"这些年都是小妹替我在吃吗?那我也不算亏着。"

示意侍女们将菜肴都放下,清樾整理衣襟坐好,看向灵均:"昨日你所说的事情,我已想好了。"

闻言,灵均立刻肃容看向她,目光甚是期待。

清樾微微一笑:"将来东海事务你也得逐步接手,眼下玄股国的事宜便由你来处理吧,只是切记不可太过劳累。"

灵均大喜,朝清樾长鞠一躬:"多谢姐姐!"

"此前玄股国的一些事情你还不甚清楚,我已吩咐了班总管和聂伯来帮你。聂伯此前曾参与玄股之战,还有商谈条款,对玄股国比较了解。"

灵均连连点头:"我知道了。"

清樾原本还欲吩咐什么,话到嘴边,心中便有个声音在悄声提醒自己:不可再像三百年前那般管束灵均,该放手让他自行处事,若事事都要他按自己所说的做,只怕姐弟之前冲突又起。故而,她便只叮嘱道:"……我只担心你的身体,你记着,不可晚睡,丹药也要按时服用。"

"我都记下了,你放心便是。"灵均笑道,"现下终于有事做了,要不然成日里吃吃喝喝,只看着你忙,我都觉得自己是个废人。"

"胡说八道,你怎么会是废人,将来你还要执掌东海呢。"

两人说话间,灵犀一路小跑着进来。

"是不是今日也要出去玩?咱们换个地方,不去玄股国如何?"她期盼地看着清樾,以为一大早唤她来是为了出去玩。

清樾无奈一笑:"今日不出去,不过有蓬莱岛送来的头茬藻菜,你吃不吃?"

灵犀略有些失望,挨着她坐下:"自然是要吃。"

"昨夜里睡得不好?"清樾替她拢了拢头发,看出小妹似精神不振。

灵犀点头:"玄股国的那些事儿真够气人的,姐,你要好好教训他们才行!"

"玄股国的事儿已经交给灵均了。"清樾道。

"姐答应你了?"灵犀惊喜地看向灵均。

灵均朝她微微一笑:"小妹只管放心,我肯定要好好教训他们!"

灵犀连连点头,忽又想起一事,问道:"昨夜里,你的寝殿里头是不是有侍卫吵架?"

闻言,灵均微愣:"……吵架?什么时候?"

灵犀便将昨夜之事说了一遍。

灵均面色不太好看,道:"想必是侍卫之间争执,待我回头好好问问。"

清樾皱眉道:"把侍卫长唤来,问问昨日值夜的侍卫是谁?"

"姐！既然是碧波殿的事情，"灵均拦了她道，"就让我自己处理吧。"

清樾只得点头："也好，过两日西海水君继任大典，我必须得去几日，水府里头的事情也须你照应好，班总管会帮你的。"

见姐姐对自己如此信赖，这是三百年前未曾有过的，灵均十分振奋："有我在，你只管放心便是。"

玄股城中，墨珑复回到昨日的茶楼内，想找找是否有什么线索。

经过昨日那场混乱，茶楼内十分冷清，桌椅条凳损伤了好些，虽然店家连夜请木匠来修补，也只是勉强修好，来不及补漆。桌椅上斑驳缺角之处甚多，好在店小二热情依旧，看见墨珑，笑脸相迎过来。

墨珑就在昨儿灵犀所坐之处落座，叫了茶水，却也不喝。店内客人少，他貌似无意地与店小二闲聊。

对于昨日突如其来的混乱，店小二亦是完全懵懂无知，只知晓每个人都跟中了邪一样，朝对方下狠手。直至下，店小二都心有余悸，生怕再来一次，倒是情愿店里冷清些好。

"以前也这么'热闹'过吗？"墨珑调侃着问。

店小二摇头道："客官您这话说的，哪能呀！这种'热闹'多来几回，茶楼就不用开了，成日陪着打人命官司去了。以前，打架是有过，也就两三个人动手，最多五六个人了不得，而且也不是深仇大恨，不至于下狠手……"

正说着，从门口又进来两个人，皆是官差打扮，店小二忙迎上去："客官快里头请！"

高个儿官差压根儿不理会店小二的殷勤，径直问道："昨儿在这儿买卖鲛人的薛真，你可认得？"

店小二忙点头："他是店家老板的内弟。"

官差点了点头，硬邦邦道："跟店家说一声，让他们到牢里来收尸，昨夜里人死了。"

闻言，店小二大惊："死了？"

墨珑在旁亦是微微一惊，忙上前问道："怎么死的？"

官差斜眼睇他："你是什么人？哪里人？"

素知这些官差对于升斗小民向来眼睛是长在头顶的，最是踩低拜高，墨珑想要从他们口中套取实话，便得让他们心怀敬畏才行。当下，他双手抱胸，冷冷一笑："凭你们也敢问我是谁？我只告诉你们，孟阳街头，门口有一对白玉狻猊。"

玄股国以狻猊为神兽，食烟花护家宅，孟阳街多是玄股国高官贵胄所住的府邸，

第十章 异状迭出

官差立刻收了轻蔑之色，恭敬道："不知这位公子如何称呼？"

"尊上命我私服查访，懂吗？"墨珑瞥他。

也不知他口中的尊上是朝中哪位贵胄，想来是哪位也得罪不起，官差忙道："懂懂懂，小的不敢再问。"

"说吧，人在牢里头，怎么死的？"墨珑冷冷道，"是不是折在杀威棍了？"杀威棍是玄股国每个犯人初进牢房都要挨的一顿打，若有钱物相赠差人，便可轻些，否则轻则去掉半条命，重者一命呜呼。

官差忙解释道："公子明鉴，薛真这顿杀威棍还未来得及打呢。昨夜里就突然暴毙了，真和我们没关系。"

"暴毙？"

"是，牢头今早去看，薛真躺在地上，身遭淌出许多黑水，人已然没气了。"官差稍稍压低嗓音，"听说，这是东海对他动的私刑，按东海的规矩，猎捕买卖鲛人要受黑水贯体之刑。"

"东海私刑？"

墨珑忽想起昨夜看见半空中的那条粗大尾巴，难道是龙尾？是清樾还是灵均？或者是清樾派来的蛟龙，聂季？

白曦之事，与此事是否有关联？当真是东海在报复吗？看清樾行事，应该是恩怨分明之人，即便有心用私刑警告玄股国，也不会殃及无辜才是。

此事越发扑朔迷离，墨珑眉头紧皱思量着，待他抬起头来，那两名官差已不知何时走了，唯独店小二愁眉苦脸地站在一旁。

"这茶楼之中，可还有其他异常的事情？"墨珑问他。

店小二摇头，见墨珑似很失望，忙补充道："昨夜灶间死了许多耗子，算吗？"

"耗子？"

"是，全死在水缸边上，水缸里头也有，淹死的，还有喝了一肚子水活活把自己撑死的。"

又是喝水撑死的？居然还有老鼠！

墨珑让店小二领着自己去灶间看了一圈，心中暗忖，若是清樾报复，自然不可能对几只耗子动手，也不会有其他人无聊到对耗子施邪术，最大的可能就是这些耗子和白曦一样，都误食了某种东西，故而会有发狂寻死的举动。

只是灶间除了死耗子，只有茶壶和茶果等物，并无任何异样，任墨珑再细心，一时间也找不到其他线索。

第十一章

风雨欲来

夜已深沉,东海水府,碧波殿内,灵均独自一人坐在重重帷幔深处,一动不动。

"必须杀了她!"他身子陡然一震,口中狠狠说道。

他自己立刻反驳,与之前语气却大相径庭,虽是拒绝,却带着恳求:"不行,她是我妹妹。"

"她已经听到我们的对话,必须得死。"恶狠狠的语气又说道,"你的身体完全没有自我修复的能力,这些年如果不是我,你早就死了。"

"我知晓,可是……她是我妹妹……"

"她本来就是上天为你准备的,杀了她,你才能算得到完整的自己。"语气稍稍放柔和了些,"你将来是要执掌东海的人,你也不愿一辈子都和我在一起吧?"

灵均眼睛骤然一亮:"你是说,你会离开我?"

"哼……怎么,迫不及待就想让我走?我告诉你,你的身体现在是靠我撑着,我一走,你也活不成了。除非你能得到灵犀的灵识,她身上的血有修复疗伤的效验,你得到她的灵识,你才能真正活下去。"

闻言,灵均甚是纠结,片刻之后还是痛苦地摇头:"不行,我不能这样做!"

"假仁假义!我最看不惯你们这点——"灵均猛然起身,"我现在就去杀了她!"

"不行……"

"闭嘴!"

瞻星院内,灵犀今日睡得甚早,却睡得极不安稳,梦境杂乱无章,自己像是被缠绕在海蜘蛛布下大网之中,任凭她如何摆脱,都只是徒劳无功的挣扎。

突然间,胸口处传来尖锐的疼痛,仿佛一柄斩断蛛网的利刃,一下子将她从梦中解救出来。灵犀惊醒,大口大口喘着气,看向胸口——墨珑赠给她的乌玉已碎裂成数块,其中一块扎进肌肤之中,鲜血染在乌玉之上。

这乌玉怎么碎了?

灵犀大惊,忙拿了块鲛帕,忍痛拔下碎片,又将碎裂的乌玉碎片一块块捡起,用鲛帕包好,心中惴惴不安:这方乌玉是珑哥要紧的东西,现下突然碎了,将来怎生向他交代呢?他若以为是我不小心弄碎的,会不会恼?

胸前的伤口很少，几缕鲜血逸出，很快消散在水中。片刻之后，瞻星院的侍卫长白鲨出现在窗口，低眉垂目，不敢有丝毫越逾，施礼道："卑职闻到有血腥味！"

灵犀披好外袍，行到窗前："我不小心碰破了点儿皮，不碍事，你莫要去惊动姐姐。"

白鲨见灵犀言行举止无碍，便躬身告退，转瞬没入水波之中。

将鲛帕收好，灵犀站在窗前，忽怔了怔——她明明记得睡前这扇窗子是关好的，怎么现下是开着的？

难道有侍女进来过？

灵犀已无睡意，推门出去，沿着廊下信步而行。虽是夜深人静之时，瞻星院中却有种异于寻常的清冷，灵犀走了好一会儿，身边连一条游鱼都没有，周遭空空荡荡，梦境般不真实，令她心中一阵阵发虚，本能地就往白沙地去。

"蚌嬷嬷……"

她行到巨蚌身旁，用手摸摸蚌壳，等着蚌壳张开，半晌后，蚌嬷嬷却仍一动不动。

灵犀诧异地皱眉，若在平时，即便蚌嬷嬷睡着了，只要她来了一唤，蚌嬷嬷也会即刻醒来。今日这是怎么了？

"蚌嬷嬷？"

她的手沿着蚌壳缝细细摩挲，身子也挨上去。

过了好半晌，蚌壳仍旧毫无动静，没有丝毫要张开的迹象，而且连一个水泡泡都没有吐出过。

灵犀隐隐意识到不对劲儿，心里有点儿发慌，开始用力敲蚌壳："蚌嬷嬷！蚌嬷嬷！你怎么了？"

蚌壳没有任何回应，灵犀和身扑到蚌壳上，贴耳细听，蚌壳内是一片混沌嘈杂，并非往日浑厚有力的澎湃之声。

再无别的法子，灵犀双手抵住蚌壳，想用力撑开。这只巨蚌已有数千年的年岁，大如屋舍，蚌壳厚如城墙，饶得灵犀力大，想要撑开也绝非易事。

灵犀竭尽全力，凝聚全身之力在手臂上，拼劲一撑——蚌壳被她撑开一条缝隙，一股浑浊的血水从蚌壳内冲出来，灵犀猝不及防，被撞出丈余，跌倒在白沙地上。

她半坐在地，眼睁睁地，不可置信地看着蚌嬷嬷。

蚌壳经过最紧的那道关卡，现下已完全打开，血水冲出，慢慢被稀释，灵犀渐渐能看清蚌内的景象——苍白的蚌肉无声无息地平摊着，毫无生气，蚌足瘫软在一旁，一直被蚌嬷嬷保护着的珍珠们散落得七零八散。

泪水不受控制地冲出眼眶，灵犀愣愣地坐在地上，不敢相信蚌嬷嬷就这样死了！没有任何预兆，没有任何交代，就这样死了！

怎么可能呢？

曾经以为蚌嬷嬷可以一直活下去，她已经活了数千年，肯定还可以再活数千年。

灵犀就这样坐在白沙地上失声恸哭，因血腥味而赶来的侍卫们见此情形皆大惊失色，连忙赶去向清樾禀报。清樾飞快赶到，将小妹纳入怀中。

"姐，姐……"灵犀哽咽不能成声。

清樾搂着灵犀，望着蚌嬷嬷，哀声道："我知晓，我知晓……"蚌嬷嬷已在东海水府数千年，清樾与她，虽不如灵犀，但也一直将其视为亲人一般，如今突然去了，清樾也甚是哀恸。

白鲨侍卫长躬身禀道："卑职察看过，并无任何外伤，蚌嬷嬷应该是……尽享天年。"

"不可能……"灵犀抽泣道，"她一直都好好的，好好的……"

生怕灵犀悲恸过度，再次晕厥过去，清樾轻轻拍她的背，低声安抚她。片刻之后，灵均也赶到了白沙地，看见眼前情景似大吃一惊，又见灵犀哭得上气不接下气，忙让清樾先扶灵犀回去休息。

"这里有我，姐，你照顾灵犀。"灵均道。

知晓蚌嬷嬷对于灵均来说也很是亲厚，见他能掩下悲伤，镇定处理事务，清樾甚是欣慰，觉得他终于是长大了。

海底与陆上不同，从不设坟墓，所有水族，包括龙族在内，丧礼之后，尸体回归大海，任凭鱼虾啃咬吃食，直至成为白骨。水族相信，天生万物，生死循环，死后仍回归天地之中，方是天道。

当下灵均命侍女们取来一大幅绿织金飞鱼锦缎，覆上巨蚌，他施法在巨蚌周遭加设结界，使闲杂人等不至于打扰巨蚌尸体的安宁。另外再吩咐侍女提前备下水晶匣，待明日举行过丧礼，便要将蚌肉尽数取出，抛入海沟之中。至于蚌壳，倒是可以与清樾商量商量，看是否就留在白沙地中，也算是给灵犀留个念想。

侍女与侍卫们依从灵均的吩咐，各自做事去。

灵均立在巨蚌旁边，手轻轻抚上蚌壳，小时候的记忆如潮水般一波波涌来，泪水从他的眼睛里慢慢滑落。

清樾一直陪着灵犀，等到她哭累了，渐渐睡着，这才叹了口气，替她掖好被衾，吩咐侍女们好生照顾着，才轻轻出了屋子。她回到白沙地，见蚌嬷嬷身上已覆上了绿织金飞鱼锦缎，周遭浑浊的血水也已清理干净，诸事井井有条，并未因巨蚌突然离世而有丝毫混乱，心中不由得对灵均赞许有加。

"灵均……"她轻声唤小弟，见他默默靠着巨蚌一动不动。

灵均闻声回过头来，面上满是泪痕，看见清樾，匆忙举袖擦拭。

清樾上前，轻拍灵均的背："你能在蚌嬷嬷走之前回来，至少你们还是见着了。"

灵均背脊微微有点儿发颤："也许我不回来，蚌嬷嬷就不会……"

"莫要瞎想。"清樾柔声道，"生死无常，你该懂的。"

灵均默默地点了点头，深吸口气，镇定心神："姐，你也回去休息吧。这里我都安排好了，明日午时举行丧礼。这蚌壳……已在白沙地数千年，就留着吧，灵犀想念之时，也可以来看看。"

"你想得很是周到。"清樾点头应允，目光中甚是欣慰，"就依你所言。"

静峰轩内，灵犀迷迷糊糊睡了一会儿，忽又醒来，想起蚌嬷嬷，心中竟是糊里糊涂的，一时间分不清梦境与真实，用手胡乱抹脸，满是水泽。

"小公主……"年长侍女见她醒来，忙替她披衣。

灵犀茫然地看着年长侍女："那个……蚌嬷嬷没事对吧？我方才做了个梦……"

年长侍女目有哀色："蚌嬷嬷享尽天年，已经走了。"

闻言，灵犀顿时怔住，嘴唇微微颤抖，迟疑道："……不是梦？"

"小公主，请节哀才是。"

灵犀身子一软，靠在床边，慢慢回想起之前的一切，不由得悲从中来，又不愿在侍女们面前落泪，挥手让她们出去。

侍女们依命退出。

享尽天年？怎么会这么突然，灵犀怔怔地想着，始终觉得此事太过突然。回到东海之后，她几乎每日都要去与蚌嬷嬷待一会儿，说说自己的小心思，有些话不能对姐姐说，却尽可以对蚌嬷嬷说。一直以来，她并未发现蚌嬷嬷有任何不适之处，怎么会突然离世？

想要坐直身子时，一物从袖中掉落，她一愣神，发觉是雪兰河临走前给她的金铃——"你收好它，我与你联络时，它便会振动。你若有急事，也只管摇它，我便能知晓。"雪兰河的话复在她脑中响起。

直至此刻，她才意识到事情似乎哪里不对劲儿。

雪兰河为何要将金铃给自己？而不是给姐姐，也不是哥哥？按理说，姐姐清樾是执掌东海之人，若有事他自然该与她联系。而雪兰河留在东海是为了哥哥的复原，他应该更加担心哥哥才是，为何反而将金铃留给自己呢？

"若有急事……"雪兰河为何觉得自己会遇上急事呢？

白皙的手指轻轻在金铃光滑的弧面上摩挲，灵犀心下略有迟疑，蚌嬷嬷这件事算不算是急事呢？

或者，蚌嬷嬷之事另有蹊跷？

灵犀不再犹豫，拿起金铃，用力而坚决地摇动它。

正是夜深之时，经昨夜一事，墨珑浑无睡意，斜靠在竹榻上，看着窗外漫天星斗。距离他不过丈余的床上，白曦浑身上下被捆了个结实，居然还能睡得呼呼大响，浑无挂碍。

昨夜才捡回一条命，眼下能够心宽至此，墨珑对白曦倒是佩服得很。

忽然袖中金铃作响，墨珑顿时挺直背脊，连忙取出金铃，波光荡漾，出现了灵犀的模样，双目粉光微融，鼻头红红的，一看便知她适才定是大哭过一场。墨珑心头一紧，不知她遇上了什么事。

灵犀因为没有灵力，只能靠雪兰河留在金铃上的灵力联系，故而她并看不见墨珑。摇了片刻之后，她听见了雪心亭的声音。

"灵犀，可是有事？"雪心亭的声音有点儿沙哑，带着掩饰不住的倦意，但依然很是温柔宽厚。

灵犀吸吸鼻子："我有急事，雪九说若有急事，可以寻他。"

"好。"

雪心亭立刻应了，灵犀听见一阵匆匆的脚步声，紧接着就是雪兰河的声音，同样沙哑疲倦，更多了一丝紧张。

"灵犀？你没事吧？"雪兰河能看见灵犀刚刚哭过的模样。

"我没事，可是……蚌嬷嬷死了！"

雪兰河惊诧，立刻追问道："她怎么死的？"另一端，墨珑也吃了一惊，双目眨也不眨地看着波光中的灵犀。

"他们说蚌嬷嬷年岁到了……"灵犀哽咽着说道，"可我总觉得哪里不对劲儿，她一直都好好的，没有任何征兆，怎么会突然间就走了？她那么疼我，若是要走，一定会告诉我。"

雪兰河柔声安抚她："你先莫伤心，把整件事情仔仔细细地说一遍给我听，好不好？"

在墨珑的注视下，浑然不觉的灵犀将今夜自己是如何发现蚌嬷嬷去世一事说了一遍。

听罢，雪兰河沉吟了片刻，从灵犀的话中，他实在无法判断蚌嬷嬷之死是否有蹊跷，只能再问道："今夜，可还有别的不寻常的事情？你仔细想想。"

被他问得一怔，灵犀想了想，犹豫道："还有一事，只是与蚌嬷嬷无关。珑哥送我的一方乌玉，不知怎的，今夜好端端地就碎了。"

她话音刚落，另一端的墨珑大惊，急声道："灵犀，有人要杀你！你现下很危险！"

乍听见墨珑的声音，灵犀又惊又喜："珑哥！你在哪里？你和雪九在一起？"

墨珑朝她道："不是，我就在玄股城。"

想不到能和墨珑说上话，灵犀一时间有许多话想和他说，只是可惜看不见他人："你在玄股城，我刚刚才去过……"

"灵犀，你且等等……"雪兰河打断灵犀的话，问墨珑，"墨珑，你方才说有人要杀灵犀？"

"对，那方乌玉上有狐族禁术，有护身之用。它突然碎裂，一定是有人要伤灵犀，被它挡过一劫。"墨珑焦急道，"一定是灵均！他没伤到灵犀，转而杀了蚌孾孾！"

"哥哥？不可能……"灵犀不可置信，"蚌孾孾对他极好，他怎么可能杀了她。"

整件事情云山雾罩，叫人看不清头绪，墨珑的话固然过于武断，并无任何证据能证明是灵均做了这些事，但从眼下的情形看来，灵犀很可能真的有危险。雪兰河皱眉思量着该如何妥善处理此事。

"灵犀，你马上离开东海水府！"墨珑道。

灵犀一愣："离开？"

"离开？"雪兰河也是一怔，然而，他立刻意识到墨珑是对的。

"在东海水府里，能保护你的人只有清樾，但清樾一定不会相信想杀你的人是灵均。"墨珑飞快而坚决道，"灵犀，你必须马上离开，而且不要惊动任何人！"

莫说清樾不会相信，灵犀自己都不太相信，迟疑着："偷偷离开？"心中不免忐忑，这一走，会不会让清樾以为自己再次离家出走，恐怕会将她气得不轻。

雪兰河也劝道："墨珑说得对，你马上悄悄离开东海水府，就去玄股城找墨珑。我会尽快赶过来与你们会合。"

去玄股城找墨珑，灵犀自然是愿意，但仍迟疑道："可是我出不去呀？上回是打伤了侍卫才闯出去，这回姐姐在府里，若还是闯出去，我还未到海面就会被她抓回来了。"

她没有灵力，此事确实比较为难，雪兰河颦眉思量。

墨珑只寻思了片刻，便朝灵犀道："此事不难，你便按我所说的……"如此这般，墨珑细细教了灵犀一遍，不仅灵犀连连点头，连雪兰河也不由得要服气，这些旁门左道还是小狐狸玩得溜。

"我就在海边等你。"墨珑看着灵犀，最后道。

虽然看不见墨珑，灵犀仍冲着金铃点点头："嗯，你等着我！"

看着波光中的两人，雪兰河暗暗期盼灵犀此行顺利，这对小儿女能平安见面。

"君上！君上！……"听见不远处传来唐石和雪五一叠声的呼喊，心猛地往下一沉，雪兰河急急收了金铃，疾步赶过去。

"君上怎么了？是玄飓上仙吗？"灵犀诧异追问。

墨珑已看不见雪九，只能看见灵犀，答道："大概是谷中出了什么事吧。"

灵犀忧心道："也不知澜南上仙现下如何？"

"眼下你莫再想这些，顾好自己要紧！"墨珑复叮嘱道，"我方才说的，你可都记下了？"

"嗯，都记下了。"

"好，依计而行。"墨珑望着波光中的灵犀，"不要着急，小心为上。"

尽管看不见，可听着他的声音，灵犀似乎能看见他关切的模样，笑了笑："放心，等我。"

两个人各自恋恋不舍地收了金铃。

只盼着她能平安顺利地出水府，墨珑掩下忐忑心绪，到隔壁屋中叫醒夏侯风，让他替自己看着白曦，便一路往海边沙滩而去。

把墨珑所设之计在脑中复过了一遍，灵犀深吸口气，行到外间唤侍女。

"玉枕姐姐，我想吃蓬莱岛的藻菜，现下就想吃。"她将年长侍女唤入屋中道，"你去帮我摘好不好？别告诉其他人。"瞻星院并非所有侍女都有进出水府的自由，仅有几位年长侍女才可以。

被她称为玉枕姐姐的年长侍女一怔，她服侍灵犀多年，小公主虽然任性，但从不会提无理要求来故意为难侍女。眼下突然有此要求，大概是因为心绪不定，所以很想吃点儿可口的。

玉枕忙点头道："好，我现下就去。"

"多谢。"灵犀嘱咐道，"你乘鳐鱼去，好快一些！"说着，她便从窗口招来鳐鱼，示意侍女上去。

想不到小公主如此心急，玉枕便依言上了鳐鱼。灵犀看着鳐鱼一路翩然消失，才收回目光，又开门唤另一位侍女："白香姐姐，你帮我铺下床可好？我还有点儿困，想靠靠。"

白香随她进屋，一面帮她铺床一面关切道："小公主，你半宿没睡，再躺躺吧……"

灵犀口中漫应了，将门关上，顺手拿了本书盖在水晶灯上，让烛光鱼一时半会儿出不来。

"……对了，玉枕去了何处？"白香仔细地用手捋平被衾上细小的褶皱，问道。

灵犀自然不会回答，立在她身后，犹豫片刻后，轻声道："白香姐姐，你别生气啊。"

"嗯？"

不解灵犀这句没头没脑的话，白香诧异转过头，下一瞬，她已被灵犀捂住嘴，身子被制，动弹不得。

"嘘！"灵犀将早就准备好的布塞入她的口中，又捆了她的手脚，歉然道，"我想出府走走，借你这身衣服用用。"

"唔唔……"白香想说又说不出话来，只能看着她干着急。

灵犀脱下她的衣衫，很快给自己换上，又照着白香的模样，给自己梳了头，揽镜自照，只要自己低垂下头，不留意的话并无明显破绽。她复看了白香一眼，拉开门，低着头，匆匆而去。

眼睁睁看着小公主扮成自己的模样出去，若出了事如何是好？白香急得不得了，偏偏手脚又动弹不得，正在着急之时，看见枕边恰好有把裁纸刀，也不知灵犀为何会将它落在枕边。她顾不得多想，努力将身子挪过去，拾起裁纸刀，将捆住手脚的布条割断，这才匆匆出门，命侍卫赶紧禀告大公主。

清樾本已浅浅睡下，听到侍卫的禀报，吃了一惊，赶到瞻星院，知晓灵犀想扮成侍女模样出府去，随即将所有侍女都查了一遍，也未找到灵犀的踪影。知晓因为蚌嬷嬷突然离世，小妹可能心绪不稳，可万万没想到她竟然会想要出府去。清樾一面暗暗责怪自己应该陪着小妹，一面急召把守水府四个出入口的侍卫来问话。

东面牌楼下的侍卫回禀，两炷香工夫前，确有一名瞻星院的侍女乘鳐鱼出了府。

看来就是灵犀了！还好才一小会儿，应该很快就能追回来。

清樾立即命令侍卫长领两队人马，跟随自己出府，沿着几条海路追去。她暗暗打定主意，即便追到灵犀，也不责备她，更不会硬要她回水府，自己陪着她在外头走走就是了。清樾甚至还想，去南海时带着灵犀一起去，免得她在府中触景伤情。

随着逐渐上升，海路分岔渐多，侍卫们分头而追。清樾领着两名侍卫，在前往蓬莱岛的海路追到了玉枕。

玉枕不知何事，竟惊动大公主追来，慌忙翻落鳐背。

"你怎么会在这里？"见此人并非灵犀，清樾一怔，喝问道。

"小公主说她想吃蓬莱岛的藻菜，让我立刻来摘采。"玉枕禀道。

清樾眉头微皱，问道："她可还有其他交代？"

玉枕不明就里，如实摇头道："并无其他交代。"

莫非灵犀并没有出府，只是在和侍女闹着玩？清樾颦眉，有少许疑惑。既然没有其他人出府，灵犀应该还在府中，清樾命侍卫长召回其他侍卫，复回到东海水府中。

在府中，清樾又细细找寻了一遍，连碧波殿已就寝的灵均都闻讯而来，仍找不到灵犀的踪影。此时的清樾已然有些着急。灵犀若只是出去玩，她并不着急，但像眼下这样人影无踪，也不知她是否安然无恙，才真叫人焦心。

"也许她只是心情不好，想一个人待会儿。"灵均安慰姐姐。

清樾摇头："水府上上下下都找过了，连你的碧波殿都找过一遍，她怎么可能不知晓。我就是担心……"

话音未落，侍卫长匆匆赶过来："禀大公主，刚刚有侍卫发现丢失了一套衣袍，经他回想，曾有侍女模样的人进出过侍卫居所。"

"灵犀？"

清樾越发感到费解，灵犀拿侍卫的衣服作甚？一会儿扮作侍女，一会儿又拿侍卫的衣袍，怎么如此古怪？

灵均看着侍卫长，沉吟片刻，之后问道："姐，你方才出去找灵犀，带了多少名侍卫？可都回来了？"

清樾几乎是立即明白他的意思，看向侍卫长："方才出府的侍卫可都回来了？"

侍卫长一愣："待卑职去复查一遍！"他匆匆而去。

清樾与灵均四目相投，灵均微微一笑："若真是那样，小妹倒是聪明得很。"

摇了摇头，清樾仍觉得不可置信，灵犀绝不是行事会弯弯绕绕的人，这样的计策虽然巧妙至极，可实在不像是她会想出来的。

不多时，侍卫长急急进来，面有愧色："禀大公主，当初出府共计二十九人，归来二十八人。经点校，侍卫均在列，多出来的那人……不是侍卫，是假扮的。"

果然如此，灵犀竟能布下如此精细的计划，清樾简直不敢相信。先故意让玉枕去蓬莱，造成有侍女出府的事实，然后再故意让人以为自己要假扮侍女出府。等侍女通报清樾之时，她已偷偷扮成了侍卫，趁着清樾心急要出府找寻，混在侍卫群中一同出府，光明正大地沿着海路出去。

真真是神不知鬼不觉，而且待清樾察觉此事，她也早已走远。清樾眉头皱得越发紧，这样的计策，声东击西，瞒天过海，倒像是那只狐狸精在为她出谋划策一般。

"多出来的那人，去了何处可知晓？"清樾沉声问道。

侍卫长禀道："卑职查问过，最后与她分开的侍卫说她是往通向玄股国的海路去了。"

玄股国？清樾越发不解，灵犀去玄股国作甚？若只是想散心，东海周边风景秀美怡人之处多不胜数，为何要去玄股国？

"姐，我去玄股国看看吧。"灵均在旁道。

"不，你也忙了半宿，快去休息吧。我去去就来。"

清樾心系灵犀，顾不得与灵均多说，疾步而去。这次她没有再叫上侍卫，而是独自一人往玄股国追去。

暗沉沉的海面，灵犀一步步从海中走上海滩，仰头望望头顶苍穹上的繁星，伸手摘掉所戴的侍卫头盔,这才长长松了口气。

星光黯淡,周遭黑漆漆的,只能听见浪涛拍打礁石的巨大响声,灵犀湿漉漉地立在海滩上,海风将衣袍吹得烈烈作响。她四下张望,并未看见墨珑,只能试探着小声唤道:"珑哥?"

她的声音被强劲的海风撕扯开来,几乎立刻淹没在浪涛声中。

难道是自己走错了海滩?还是墨珑压根儿不在这里?

灵犀站着,被风吹得身子一阵阵发冷,心下不由得有点儿焦急起来,忽然间,她听见了夹杂在海风中的另一个隐隐约约的声音——"灵犀!"

她循声望去,努力想在沉沉夜色中辨出其人其声。

很快,下一声"灵犀"清晰了许多,她能听出确是墨珑的声音,心中大喜,连声高喊:"我在这儿!我在这儿!"

墨珑目力胜于灵犀,踏水朝她飞奔而来:"灵犀!"

终于见到墨珑,灵犀心中欢喜至极,纵体入怀,一叠声道:"你怎么没走?我一直以为你回青丘了……还想着要去寻你……"

墨珑紧紧抱着灵犀,心下满是感激。自从离开青丘,他已许久都没有像今日这般感激上苍,此时此刻,抱着好端端的灵犀,听见她在自己耳边说着话,他才真正感觉到,老天爷总算待自己不薄。

"蚌嬷嬷死了……"灵犀说着,又伤心起来,身子被风吹得打了个哆嗦。

墨珑解下自己的衣袍,严严实实地给她围起来,柔声道:"我知晓,你定是难过得很。"

灵犀吸吸鼻子,歉然看着他:"还有,你给我的那方乌玉碎了,怎么办?那可是你娘留给你的。"

"那玉是为了保你平安的,只要你平安就好。"墨珑无比庆幸自己将乌玉留给了灵犀,否则的话,恐怕此时自己便已看不见她了。

灵犀还想说什么,身子又是一哆嗦,紧接着打了个喷嚏。

"走,咱们先回渔村再说。"生怕她受了寒气,墨珑揽着她往渔村走。

两人分别月余,对于各自而言,都觉得似有三年五载一般。灵犀心中满是疑问,边走边问:"你还未说,你怎么没回青丘?"

"此事说来话长……"

墨珑话才说到一半,忽然听见身后海水哗哗作响,回头望去,却是一名手持钢叉的巡海夜叉。

这名巡海夜叉显然是认出了灵犀,想问,一时又不敢上前,立在浪头上紧盯着他们。

灵犀回头，看见夜叉，吩咐道："你去回禀大公主，我没事，想在外头散散心，请她不用担心。"

夜叉犹豫着，终于还是问道："小公主，大公主可知晓你上岸？"

灵犀迟疑片刻："那个……我忘了告诉她了。"

一听便知灵犀又是偷偷溜出来，夜叉抓她也不是，看着她走也不是，正自为难，身后卷来一层巨浪，回首一望，高高立在浪头上的正是清樾。

"姐！"

乍看见清樾，灵犀也有点儿发怵，再看清樾沉着面，想到今晚偷溜出来把姐姐骗得团团转，恐怕把她气得不轻。

这只狐狸果然没走！清樾看见灵犀和墨珑在一起，虽心下已隐隐意料到，却仍十分气恼，朝灵犀喝道："灵犀，跟我回去！"

不待灵犀出声，墨珑已道："不行！她不能跟你回去。此时的东海水府对她来说太过危险！"

清樾气急："你又在灵犀面前说那些挑拨离间的话，是不是？"

"我只是就事论事，从未想过要挑拨离间。"墨珑也深知很难让清樾相信灵均有问题，只能道，"你至少可以相信，我绝对不会害她。"

"像你这等人品，叫人如何信得！"清樾恼道，"当日在东海水府，明明答应与灵犀不再往来，我才许以重酬。如今，重酬你一样不少全收下，却暗中与灵犀联系，甚至教她瞒天过海，骗过所有人，偷偷溜出东海来见你。这等行径，着实无耻至极！"

灵犀此时方才知晓当初姐姐许以重酬，竟不是为了感激墨珑，而是想要墨珑与自己断了联系，顿时怒从心起："姐，你怎能以财物来收买他？你便是再不喜欢他，也不能如此对我！"

此事确实理亏，清樾只能道："灵犀，我都是为了你好！这只狐狸满脑子歪门邪道，根本不适合你。快跟我回去！"

"我不回去！"灵犀是真怒了，冲清樾嚷道，"他有不好的地方，你可以告诉我，我自己会分辨！你怎么能用财物来收买他呢？……还有你，你怎么能答应她？"最后一句话竟是冲墨珑。

墨珑愣了下，如实道："你姐姐这般强势，我也没法子，只能用缓兵之计，先让她信以为真。"

"那倒也是。"灵犀想了想，若是他当时就和姐姐硬顶着，依着姐姐的性情，恐怕是没好果子吃，"……还是你聪明。"

墨珑微微一笑。

清樾听见灵犀这话，简直气不打一处来："灵犀，你……"

灵犀正色看向清樾，气仍未消："姐，我现下还不想回去，你也莫逼我，硬逼我的话，我便……我便再也不理你了。"她也说不出什么狠话来，只是神情认真异常，目光透着对清樾的失望，叫清樾看着不由得暗自心惊。

说罢，灵犀拉着墨珑转身就走。

"等等，"墨珑拉住她，朝清樾道，"我知晓你现下不会相信我，但我一定会证明给你看，眼下灵犀和我在一起比在东海水府安全。"

清樾立于浪头之上，看着小妹与那只狐狸走远，心中既气恼又懊悔，却一点儿办法都没有。灵犀的性情清樾是知晓的，若此刻对她用强，硬将她带回东海水府，只怕她当真会对自己心生怨恨，到时候却不知又会生出什么事来。

方才灵犀那句"我便再也不理你"仿佛让清樾回到三百年前与灵均争执的那幕。自从那时灵均离家出走，对自己避而不见之后，清樾的心境也起了极大的变化。表面上看，她依然在东海水府说一不二，小弟小妹都须得听她的话，而实际上，她的心里也害怕与小弟小妹之间会重蹈覆辙。

小小的巡海夜叉一直在旁，看着大公主与小公主的争执，自觉有些尴尬，想走也不是，留下来似乎又不妥，只得慢慢把半只身子都沉入海中，希望大公主不要留意到自己。

清樾收敛情绪，低首看见半隐半现的巡海夜叉，遂降下浪头，吩咐道："偷偷跟着他们，看清他们落脚之处，然后速来回禀。"

巡海夜叉领了命，忙跃上岸，追着墨珑和灵犀的踪迹而去。

轻叹口气，清樾沉入海中，一路回水府，心下却又升起一个疑问："灵犀与墨珑究竟是如何相互联系？莫非府中有人为他们俩传递信息？"

距玄股城还有些路程，夜半行路不便，墨珑领着灵犀回到近处的渔村，先取了自己的一套衣袍让她到里屋换上，又笼了火盆为她取暖。

火盆中的木炭发出暗暗的红光，暖意在屋中蔓延，灵犀换过干爽衣袍，赤着脚坐在床上，手里捧着热茶，小口小口地喝。外间海风虽大，潮气也大，墨珑将她换下的衣袍撑在火盆近处，慢慢烘干。

"这些日子，你一直住在这里？"灵犀见他对这间屋子的物件摆放都熟稔得很，诧异问道。

墨珑笑着点点头："是啊。"

"为何没有回青丘？"

墨珑走到她身旁，顺手拉过被衾裹了她的脚，看她面容憔悴得很，柔声道："你睡一会儿，明日我们回玄股城，见到老爷子他们，我再把所有事情慢慢告诉你。"

灵犀连逢大事，折腾了一宿，确已疲倦，却不肯睡，靠在他身上关切地问道："你先告诉我，是不是遇上难事了？这些日子我看了好些青丘史事，那些狐狸一个比一个狡猾。是不是他们为难你，不让你回青丘？"

墨珑微微笑道："我也是青丘那些狐狸中的一只，若论狡猾，我可不比他们差，放心吧，他们还拦不住我。"

"那便好……"灵犀放了心，困意席卷而来，喃喃道，"你和他们不一样，你是只好狐狸，最好的那只。"

听见这话，墨珑不由得失笑，口中仍附和道："你说得很是。"

灵犀没经受住困意，打了个哈欠，把头往墨珑身上埋了埋，含含糊糊道："以后姐姐就会明白了……"语音渐小，直至无声。墨珑低首看去，她鼻息浅浅，已合目睡去。

火盆中的炭灰间或着发出几声噼啪轻响，墨珑借着火光，凝视着灵犀的眉眼，良久之后，轻轻叹了口气，身子却一动不动，生怕惊醒了她。

屋外，巡海夜叉扒着窗缝看了许久，只看见小公主对这狐狸甚是依赖，好在这狐狸并未有任何越逾的举动，心下暗忖："这狐狸倒也还算知礼。"他匆匆折返回东海，将墨珑灵犀在渔村落脚之事告之清樾。

第十二章
真相显露

灵犀是在海浪声中醒来的，她常年居于海底，十分寂静，乍然在海边住一宿，感觉倒是十分新奇有趣。

墨珑煮了粥，盛好端上桌，又端上蜜汁熏鱼和腌制的海菜，几乎都是前几天白曦闲来无事捣鼓出来的。

"你尝尝，看味道如何？"他递了竹箸给她。

灵犀依言尝了几样，点着蜜汁熏鱼道："这个好吃。"

早猜着了，她的口味和小孩儿一般，就爱吃甜的。墨珑笑了笑，正待坐下，忽听见门外有人道："给我也盛一碗粥吧。"

墨珑和灵犀转头望去，聂季正站在门口，一脸无奈地看着灵犀。

"你怎么来了？"灵犀刚问完就明白过来，面色一沉，"我姐让你来带我回去？"

聂季走进来，不待招呼就自行落座："你想多了！她就是让我来陪着你，保证你别出事就行。"说话间，他自行用手拈了块蜜汁熏鱼，放入口中，嚼得香甜。

灵犀不放心地盯着他："你若是敢拿揽月索来捆我，我就把你关……"话说半截，忽然记起蚌嬷嬷昨夜已经去了，不自觉红了眼圈，低下头闷闷喝粥，再不说话。

聂季也知她想起蚌嬷嬷，默默不语。墨珑果然盛了碗粥给聂季，沉声道："你来了也好，有些事儿，还真需要你帮个忙。"

"什么事儿？"聂季不解，忽想起临来时清樾的叮嘱，说这只狐狸甚是狡猾，让自己小心莫着了他的道，"你莫不是又想要骗我？"

墨珑嗤之以鼻，用竹箸点了点他的碗："这碗粥里还下了毒，你最好别吃。"

聂季一愣，低头瞅白粥："我不信。"

墨珑瞥了他一眼，点头道："不错，是没下毒，我骗你的。"

"谅你也不敢。"聂季哼了哼，将碗端到嘴边，喝了一大口。

墨珑挟了一箸海菜给灵犀，才朝聂季淡淡道："下的是迷魂药，你多吃点儿。"

他的话真真假假，叫人分不清哪句是真哪句是假，聂季停箸，盯着碗看了半晌，吃也不是，不吃也不是，恼道："我就不信了！灵犀，你就能眼睁睁地看着他给我下药？"

灵犀望了他一眼，没吭声，接着低头喝粥。

"横竖又吃不死，你怕什么。"墨珑风轻云淡地劝慰他，"吃吧吃吧。"

聂季着实憋屈，将竹箸一撂："不吃了。"他只得眼睁睁看墨珑和灵犀用过饭，墨珑收拾了桌子，把碗箸都拿去洗净了。灵犀跟在旁边帮忙，抹抹桌子，擦干竹箸，这些在东海水府她从来无须沾手的事情，她做得自然无比，看得聂季一愣一愣的。

"你可看过蚌嬷嬷的尸体？"墨珑复进屋时，突然问聂季。

聂季一怔，随即答道："并未靠近，未曾看分明。"

墨珑便不再说话，回里屋收拾东西。聂季不解其意，跟进来追问道："你问这话是何意？"

将白曦的几件单薄袍子都叠好放入包袱中，墨珑才看向聂季："我以为，蚌嬷嬷是被人所杀。"

聂季直觉地反驳："不可能！东海水府里头，谁敢杀她？"

墨珑不屑与他多解释，斜睨了他一眼，目光中的意思很清楚：与你说也是白说。

被他的眼神激怒，聂季扳过他的肩膀，恼道："小狐狸，我告诉你，蚌嬷嬷虽未修人身，但在东海水府里头地位尊崇，与世无争，无人会对她动手。你想想，当初我被关在蚌壳中整整两日，我都没敢碰蚌嬷嬷一指头。再说，她数千年的修为，难道是摆设吗？那对蚌壳一夹，府中怕是没几人能抵得过。"

"数千年的修为……"墨珑反倒似更加了然。

聂季不明白他的意思："怎么了？"

墨珑正色看他："假如，我是说假如她真的是被杀，你觉得会是何原因？"

聂季语塞片刻，低首想了想，仍是摇头："没道理！除非是误伤，可凭她的修为，怎么可能让人误伤？"

"你方才说过，她有数千年的修为，"墨珑目光暗沉，"杀了她的人，只要吸食她的灵识，至少可以拿到一半修为。"

听到吸食灵识，聂季已然脸色大变，斥道："胡说八道，这是逆天阴损之事，水府中不可能有人会做下这等事来。"

墨珑走近一步，接着道："而且，你方才说过，她那对蚌壳一夹，府中怕是没几人能抵得过。所以杀她的人，一定是她的亲近之人，令她毫无防备。"

"满口胡言！"聂季怒道，"临来时大公主就曾嘱咐，你这只狐狸狡猾多端，让我对你多加戒备。你现下对我说这些，究竟是为了什么？"

墨珑将包袱背上身，看着他，无所谓道："我知晓你现下肯定不会相信，和我们一起到城里去吧，还有些事儿你应该看看。"说罢，他掀开布帘，出了里屋，看见灵犀就靠在灰墙上，显然是听见了他方才的话。

第十二章 真相显露

与蚌嬷嬷亲近的人，墨珑所指的人，除了她，便只有哥哥了。灵犀仍然记得那日灵均将蚌嬷嬷打伤的事情，可内心还是无法相信……她咬咬嘴唇，看向墨珑。

　　知晓她心中所想，墨珑叹了口气："走吧，我们先回城。"

　　聂季被墨珑的话语所激，随他们一同到了玄股城。进了客栈，墨珑头一件事就是先去白曦房间，看他是否一切如常。

　　推门进去，东里长、夏侯风和白曦都在，三个人围着推牌九，一派其乐融融的景象，倒让墨珑始料未及。

　　"珑哥！"看见墨珑进来，夏侯风笑道，紧接着就看见灵犀，面露诧异，再看到聂季时，顿时立起眉毛，语气不善，"他怎么来了？"

　　东里长看见灵犀，语气更加不善，将牌九一推，皱眉看墨珑："她怎么来了？"

　　"东海水府，昨夜出事死人了。"墨珑简短道，"我担心灵犀有危险。"

　　东里长一怔："谁死了？"

　　"蚌嬷嬷。"

　　东里长虽未见过蚌嬷嬷，不过倒是听墨珑提过几句，知晓蚌嬷嬷是灵犀极亲近的人，灵犀未出世时一直都在她怀中被保护得很好。当下他也有点儿愣住，心立刻就软了，望向灵犀："你说你这孩子……眼睛还是肿的……"

　　墨珑担心的是白曦："小白，没再出什么幺蛾子吧？"

　　"没有，昨夜里捆得结结实实，今早到现下也没再发疯。"夏侯风忙道，目光不忘警惕地瞥聂季。后者索性双手抱胸，往多宝槅上一靠，好整以暇地看着他。

　　灵犀听得不解："白曦怎么了？"

　　墨珑这才拉她坐下，将那日茶楼中的事情，包括后来白曦半夜猛灌水，还有城中等等离奇事件都说了一遍。灵犀越听越惊诧。聂季更是直接到白曦身旁为他把脉。

　　"不用把脉了，老爷子都瞧不出毛病在哪里。"白曦沮丧道。

　　灵犀到现下才知晓墨珑那日也在茶楼，问道："你觉得，是在茶楼出了问题？"

　　墨珑点头，正色看她："有件事我须得问你，我记得那日在茶楼，灵均曾经问店小二借茶壶来看，当时店小二挡着我，我看不分明。灵均是否有异常举动，比如在茶水里下药？"

　　话音刚落，聂季便不满道："胡说什么，堂堂东海太子岂会做这等下三滥之事！即便茶楼那些人私自买卖鲛人，自当送官法办，他怎么会暗中做手脚，更何况还会连累无辜之人。"

　　墨珑没理会他，只看着灵犀："当时你就在灵均对面，你可看见了什么？"

　　灵犀脑中已然浮现出那日的情景，目光下意识地避开墨珑，自顾自思量着：应该只是凑巧而已……

"灵犀！"墨珑轻唤她，柔声道，"有人因此而丧命，白曦也尚在危险之中，若想起了什么，你要告诉我。"

"我觉得应该不是。"灵犀看向他，咬了咬嘴唇，才道，"哥哥当时并没有打开壶盖，肯定没有下药，但是……"

"但是什么……"事情直接关系到自己的生死大事，白曦分外紧张，连忙追问。

"他的手，被壶嘴划破了。"灵犀看着墨珑，忐忑道，"这只是小意外，对不对？"

东里长骤然"啊"了一声，将众人都骇了一跳，紧接着连声道："这就对了！这就对了！"

"什么就对了？"聂季对这咋咋呼呼的老头儿也很是不满，心中提防着，总觉得墨珑这群人是在故弄玄虚，没准儿又是设什么骗局诓自己呢。

东里长面色凝重："根据记载，幽冥界皇族的血有迷幻人心的作用，八千年前，与幽冥界的那场大战，就有五万将士因此折损。这五万人原本奉羽阙之命，驻守虎啸关，却因心智迷乱而自相残杀而死。"

"五万！"夏侯风倒吸一口凉气。

白曦听得手脚发冷："那就是说，我没救了？"

"可有解救之法？"墨珑问东里长。

东里长犯难地摇摇头："若羽阙上仙还驻世，他手中的紫薇天火剑可破幽冥之毒。但眼下……他已失踪数千年，紫薇天火剑也毫无线索。"

白曦身子摇摇欲坠："我死定了？"

墨珑深吸口气，起身拍拍他的肩膀，安慰道："应该还有别的法子，再者，你还有清醒的时候，应该中毒不深。"

聂季看众人神色，不似作伪，皱眉大声道："等等！老头儿，你方才也说过，幽冥皇族的血才有迷幻人心的作用。灵均又不是幽冥皇族，他是东海太子，他的血怎么可能会害人呢？"

倒也怪不得他，灵均当年受伤的原委他并不知晓，墨珑便将当年澜南入魔，灵均为了救她身受重伤一事说了一遍，听得聂季愣在当地。

"这是真的？"聂季深知此事非同小可，澜南上仙入魔，幽冥地火重现，这等大事被天镜山庄捂得严严实实，外界全然不知。

灵犀默默点头："是真的，是我亲耳听澜南上仙所说。"她虽早已知晓此事，但这月余与哥哥相处下来，只觉得他为人甚好，亲厚有礼，算得上是谦谦君子，怎么也无法相信幽冥地火会转移到他身上。

夏侯风看白曦已是面色青白，皱眉道："咱们现下怎么办？总不能看着小白死。"

"别急,我找雪九问问,玄飓上仙这些年都在寻找解除幽冥地火的法子,也许他会有办法救白曦。"

墨珑从袖中取出金铃,用力摇了摇,金铃振动,发出悦耳的碰撞之音,但等了好半晌,波光之中都未看见雪九出现。

"奇怪……"此前或者雪五,或者雪九,都会很快出现,询问何事,怎么今日竟无人应答。

灵犀也从袖中取出金铃:"用我这个试试。"

看见她竟然也有金铃,聂季诧异至极,一时又不便问,只得按捺下来。灵犀摇动金铃,随着振动,两枚金铃皆脱手而出,在空中重新融汇成一枚金铃,波光荡漾……众人屏息静气等着,过了好半晌,雪九才终于出现在波光之中,比起午夜时分,模样更加憔悴不堪。

"雪九,你怎么了?"灵犀觉得他不对劲儿。

雪兰河勉强温和一笑,道:"没事,你还好吗?可出了东海?"

"她现下和我在一起,很好。"墨珑顾不得多加寒暄,将茶楼中灵均划破手的事情告诉雪兰河,并且说出了对此事的推测,问雪九可有解救之法。

雪兰河听罢,沉默了半晌,下定决心般道:"我马上赶过来。"

"眼下这般状况,我觉得玄飓上仙应该来一趟了。"墨珑沉声对他说道。

闻言,雪兰河显出为难之色,只道:"你们莫怕,我马上就来。"很快他便收了金铃。

金铃从空中坠下,墨珑伸手接住,仍收回袖中。

屋中众人面面相觑,方才雪兰河的神情众人都看在眼中。白曦尤为失望,他本就是擅长察言观色之人,从雪兰河神情举止都看得出似乎对此事无甚底气。

聂季一直在旁,此事对他而言,着实太过突然,且如此离奇,一时间他也不知自己该不该信。若是信了,又该如何,难道回去对大公主说灵均被幽冥地火附身,杀了许多人?莫说大公主,恐怕连他的自家哥哥聂伯聂仲都不会相信。

"你还是不信?"墨珑看出聂季犹豫不决,"玄股城牢中有个人前天夜里死了,听闻身周有黑水,人人传闻是东海对他用了黑水贯体的私刑。你不妨去打听一下尸体埋在何处,看看是不是你们东海的人所为。"

"我……"聂季迟疑,毕竟清樾交给他的任务是看住灵犀,"那你们……"

"我们还得在这里等雪九,不会走的,放心吧。"墨珑道。

这只狐狸真是七窍玲珑心,怎么自己心中所想,不用说他就能清清楚楚?聂季心里直泛嘀咕,仍叮嘱了灵犀一句:"你可莫要乱跑,又要我好找。"说罢,才快步出了屋子。

屋内陷入一片寂静。

半晌，灵犀突然站起来，问墨珑："可有匕首，借我一用。"

墨珑问道："干吗？"

灵犀看着白曦："之前那枚千年鲛珠原可解百毒，虽说碎了，但一直留在我体内。而且我的血本就有疗伤效验，可以让白曦一试。"

闻言，白曦顿时振奋了些许："这……能行吗？"

"行不行总得试试吧。"灵犀道。

墨珑看向东里长，东里长点了点头："现下没有别的法子，姑且一试吧。"他取出匕首，递给灵犀。

灵犀撩起衣袖，就想往手腕上割下去，墨珑忙拦住："你慢慢来，当日灵均仅仅划破指尖而已，你先用指尖血试试。"说着，他先倒了一杯茶，放到灵犀面前。

听他说得有理，灵犀用匕首尖在指尖轻轻一扎，豆大的鲜血接连滴入茶杯中，丝丝血迹很快在茶水中荡漾开。

"你试试。"灵犀收了匕首，把茶杯推向白曦。

白曦端起茶杯，看血滴已在茶水中尽数化开，迟疑道："能行吗？"

夏侯风是个急性子，催促道："眼下就是死马当活马医，你快喝。"

"可我是羊。"白曦更正他。

夏侯风朝他瞪眼，龇牙。白曦没敢再多说，端起茶杯一饮而尽，然后呆坐桌旁，一脸的视死如归。

墨珑先拿了干净布条替灵犀将手指包扎起来，再看向白曦。已经过了半晌，白曦毫无动静，连脸色都未曾有变化，想必是此法对他而言是毫无用处。灵犀十分懊恼，抬首问墨珑："会不会是血少了？"

"你当这是割肉喂鹰吗？"墨珑摇摇头，"若有用，多少也会有征兆，看这情况，大概是没什么用。你想，那鲛珠是因为抵不过老风口的寒气才碎裂，既是碎了，便再无效验，与乌玉应该是一样的。"

灵犀郁郁寡欢，靠入墨珑怀中，低低道："怎么办？此事原不该拖累你们的。"

墨珑摸摸她的头发："总会有法子的。眼下我们得想想，怎样才能让你姐姐相信灵均有问题，要不然迟早出大事。"

灵犀面露难色："此事没有证据，何况连我到现下都……姐姐如何能信？"

东里长问道："蛘嬷嬷死了，难道你姐姐就不生疑？"

灵犀摇头道："我记得，侍卫回禀蛘嬷嬷是享尽天年，后来哥哥说他来负责处理后事，让姐姐照顾我……我真笨！当时怎么就没看清蛘嬷嬷究竟是如何死的！"

墨珑轻拍她的背，安抚道："不能怪你，换了是我，乍逢此事，惊悲交织，也想不起要察看尸体。"

　　这小子居然能体贴成这样，东里长挑眉看了眼墨珑，没吭声。夏侯风自从与墨珑相处以来，从来只听他冷嘲热讽，何曾见过他这般柔声安慰人，不由得看愣了。

　　白曦本待说话，刚一开口，忽然感到一股酸苦之意从腹中直冲上嗓子眼，他根本控制不住，张口呕出，一口酸水径直吐在了夏侯风衣袍上，后者惊得跃开三尺有余。

　　"……他怎么了？"灵犀惊道。

　　白曦还在往外呕吐，所吐尽是些污秽之物，屋内顿时充满浓重的秽气，闻者欲呕。最后他整个脸涨得通红，似被什么东西卡在喉咙，气都喘不上来。墨珑眼明手快，跃至白曦身后，往他背上重重一拍，白曦一张口，竟从口中吐出一条虫不似虫、鱼不似鱼，滑溜溜的东西来，半尺来长，拳头般粗，重重落到地面。

　　此物从白曦体内一出来，他才长舒口气，仿佛经历了一场大劫，面色一点点红润起来，再不像之前那般灰蒙蒙的。

　　"这是什么东西？"夏侯风捂着鼻子，低头去瞅地上那虫鱼。

　　那虫鱼，身子一挣，在地上弹了弹，吓得夏侯风连忙退开。白曦更是连退数步，一想到这恶心玩意儿是从自己腹中吐出来的，更是欲哭无泪。灵犀胆子倒是大，蹲下身子，拿手戳戳它。

　　"灵犀，别乱动！"墨珑喝止她。

　　灵犀奇道："你瞧，它不动了。"

　　正在此刻，那虫鱼突然跃起，凶狠地一口咬上灵犀的手指。墨珑想要冲过来已然来不及，灵犀痛呼一声，用力把它甩出。它重重摔到墙面上，然后滑落到地，再也不动弹了。

　　"没事吧？"墨珑忙看灵犀被咬的手指，赫然有两道血印子，渗出几滴血珠子来。

　　"没事，跟蚊子咬似的。"

　　一则生怕墨珑责备自己鲁莽，二则不愿他担心，灵犀忙轻描淡写道。

　　"有这么大的蚊子吗？"墨珑嗤了一声，皱眉看她伤口，"都见血了，这玩意儿也不知是不是什么毒物？要不要紧？"见伤口处的血都是鲜红色，并无中毒症状，这才稍稍安心，重新替她包扎。

　　东里长拄着拐杖，行到那只虫鱼旁边，拿拐棍戳了又戳，确定它已经死透了，这才俯身细看，越看眉头皱得越紧。

　　"这到底是什么？怎么会在我肚子里？"白曦被吓得不轻。

　　东里长看看他，又看了看灵犀，语气沉重道："若我没记错，这是幽冥蛊虫，寄生于体内，能乱心智，操控本主。你前两次的异样应该就是由它而起。"

　　夏侯风道："现在它出来了，那么小白就没事了？"

"应该是的。"东里长点头道,"看来灵犀的血确实有用。"

灵犀喜道:"太好了,还有没有其他人也中了毒?我一并给治了。"

"等等……"墨珑不放心地问东里长道,"方才它咬了灵犀,要紧吗?"

"你想,灵犀的血就是它的克星,它咬灵犀,吃亏的是它。"东里长说罢,捂鼻而出,不忘交代道,"你们把屋子打扫打扫,真是没法住人了。"

聂季匆匆回来,刚刚推门进屋,就被一股酸臭熏了出来,捂住口鼻,探头发觉屋中竟然一个人都没有,立刻吃了一惊,恼道:"又中了那只狐狸精的诡计!"他以为墨珑故意将自己支开,趁机带走灵犀。

隔壁厢房的门原就开着,墨珑好整以暇地靠在门框上,闲闲问道:"敢问,是哪只狐狸精?"

聂季看见他,怔了怔:"你们怎么跑到隔壁去了?"

"你过来,我告诉你。"灵犀探头出来,朝他招手。

看见灵犀也在,聂季这才算放了心,依言过去,一眼看见灵犀被包扎的指头,忙问道:"你的手怎么了?"

"没事没事。"灵犀急不可耐地将方才之事说了一遍给他听,振奋道,"你瞧,原来我的血竟然还可以解毒!想不到吧?"

聂季瞥她,不以为然:"那又如何,若是这满城的人都中毒,你难道还把自己煮了给他们吃?"

其实墨珑也是这等心思,灵犀的血能解毒自然很好,至少可以保她自己平安无碍,但若是城中那些不相干的人,难道也要灵犀献出血吗?纵然她愿意,也只有一身龙血,能禁得起几番折腾?

"为今之计,还是须得拆穿灵均的真面目才行……"墨珑关上门道。

聂季先皱了眉头。

灵犀咬着嘴唇,看向墨珑道:"此事究竟是不是哥哥所做,仍无法下决断,你……要不,换个说法?"

墨珑无奈,招呼众人围坐到桌边,重新道:"好吧,我们须得想法子把真凶找出来,最要紧的是,必须让清樾也知晓谁是真凶。"

"告诉她不就行了吗?"夏侯风理所当然道。

白曦同情地看着小风,现下他已经不太羡慕小风强健的体魄和惊人的速度,毕竟脑子才是真正的好东西。夏侯风被众人看得有些发毛,直觉地意识到自己似乎说了句傻话,只得大声干咳几声,掩饰窘态。

没人理会夏侯风,谁都知晓,要让清樾相信灵均是真凶,除非能让她亲眼所见,可此事谈何容易。没人知晓灵均下一步会在何时出手,更不知晓他会在何地出手,屋内陷入一片寂然。

墨珑接着道:"我将这几日的事情分析了一下,你们不妨听听看。"

众人都看向他。

"首先,第一桩命案,是夜里出海偷渔的渔民,被吸走灵识。当夜是我离开东海水府的第一晚。雪兰河虽然和灵均同住碧波殿,但他吃多了醉蟹,睡得很沉,还起了疹子。所以……"墨珑顿了顿,"若灵均是真凶,他完全有作案机会。"

"第二桩命案,就是前夜,为何中间隔了这么久,我想是因为雪兰河前日才刚刚离开。"墨珑接着道,"死了数条人命,连小白也差点儿丧命。这些人的共同点就是,都曾经在茶楼参与鲛人的拍卖。你去看过牢中那人的尸体了?如何?"他问的是聂季。

"别提了。"聂季回想起尸体的样子就浑身难受,"确实是黑水贯体之刑,但此刑因过于残忍,自大公主执掌东海,便不曾再用过。怎么会有人私自行刑?"

"是就好。"墨珑示意众人留意,"这两桩命案的共通之处就是,死者都违反了东海定下的规矩,此人是在为东海复仇。现下我们来说第三桩命案,昨夜里的蚌嬷嬷。"

"蚌嬷嬷不可能做对不起东海的事情。"灵犀急道。

墨珑示意她莫急:"因为他原来的目标并不是蚌嬷嬷,而是你。"

"灵犀也不可能啊!"聂季道。

"灵犀没有对不起东海,但她发觉了灵均的一个秘密,而且还偏偏让灵均知晓了。"墨珑颇有些无奈地看向灵犀,"她发现了灵均殿中有两个人在争吵,我猜想,这就是她差点儿被害的缘由。"

"灵犀差点儿被害?"聂季吓了一跳。

"珑哥说,是这方乌玉替我挡了一劫。"灵犀从怀中掏出鲛帕,歉疚打开,里头是乌玉的碎片。

虽事先知晓,可看见这些碎片,东里长还是禁不住心疼,斜眼瞥向墨珑。后者只能佯作没看见。

"等等!殿内有两个人在争吵,这算是什么秘密?"聂季不解。

"灵犀听到得不多,内容大致为其中一人做了什么事情,另一人劝他不该迁怒,那人却说是他们咎由自取。"墨珑向聂季复述道。来玄股城的路上灵犀曾向他提过此事,当时他就觉得此事颇为古怪,在心中思量许久,总算想出不对劲儿之处。

聂季仍旧不解:"那又如何?"

"这段对话,正好发生在第二桩命案的那天晚上。"墨珑重重道,"你仔细想想,买卖鲛人者已经被抓入牢中,茶楼的大部分客人,包括小白,他们有什么错?

为何还要将他们置于死地？这不是迁怒是什么？"

聂季懵懵懂懂，低首想了半晌，才道："这两个人是谁？就算其中一人是灵均，那么另一人是谁？"

这也正是众人的疑问。

夏侯风忙道："我也想问这话，难道灵均还有同伙？"聂季先问了，他再问，就不至于显得自己最笨。

灵犀和白曦都看着墨珑，等着他解答。而东里长似已明白了什么，面上神色越发不好看。

"此事确有诡异之处，甚至到今早我也没有想明白，但是……"墨珑看向白曦，"小白提示了我！"

白曦惊喜莫名，挺胸道："我？"

"对！你吐出了那只幽冥蛊虫。"

这是白曦最不愿回想的片段，他复趴回桌上，不接话了。

墨珑接着道："小白是被幽冥蛊虫控制，那么如果幽冥地火就在灵均体内的话，灵均会不会也被控制了？"

听到此处，灵犀眼睛一亮，忙道："一定是这样！杀这些人不是哥哥的本意，他一定是被控制了！"

墨珑知晓她心地善良，对哥哥姐姐感情笃深，自然愿意将灵均往好的一面设想，但他不得不提醒她："就算灵均被控制，但这些杀人之事他件件都知晓，包括对你和蚌嬷嬷下手。"

"他……为何要杀蚌嬷嬷？"这是灵犀最为痛心之事。

"很明显，他想杀你，却反被乌玉所伤，所以不得不杀了蚌嬷嬷，利用她数千年的修为来疗伤。"墨珑皱起眉头，心下暗忖：……需要数千年的修为，他当时一定伤得很重，乌玉虽有护身之用，但要重伤他恐怕不易，莫非还有别的变数？

聂季听得昏头昏脑，一方面觉得墨珑所说确实有理，另一方面牢记着清樾的叮嘱，提醒自己莫要被这只狐狸精给绕进坑里。

"你也别说这么多了，眼下又没有实证，都是凭空揣测而已。"聂季道，"你倒是所说，接下来打算怎么做？"

墨珑看了他一眼，才道："我之所以说这么多，就是告诉你们，他眼下很可能受了伤，而且雪九不在，无人可以牵制他，为了疗伤，他应该还会继续出来狩猎。而且根据之前的命案，除了蚌嬷嬷是因为他重伤之中情非得已所杀，其他人都犯了东海的规矩……我们可以设下圈套，引他上钩！"

众人听了，都是一惊。

第十二章　真相显露

身为大尾巴羊,有着食草类趋吉避凶的本能,白曦本能地僵直背脊,试探问道:"你的意思是,要选人做诱饵?"

"不错。"墨珑道。

聂季很是无所谓:"只要能引出真凶,我来当诱饵。"

"你不行。"墨珑直接驳斥,又看见灵犀想开口,"你和灵犀都不行,你们本身就是东海龙族,很容易就会被识破。"

夏侯风道:"那我来!"

墨珑点头:"一个人太少,最好再有一人。"

白曦微不可见地将身子往后挪了挪,猝不及防被夏侯风一把拎起来。"我和小白,够了吧?"夏侯风完全没有问白曦的意思,自顾自替他做了主。

"那个……我身子尚未完全恢复……"白曦尴尬笑道,看众人神色,"别误会,我自然想去,能出一份力就出一份力嘛。就是……就是怕这个,手软脚软,万一误了事就不好了。"

墨珑道:"我想好了,你们只要乔装成渔民,夜里出海偷渔,到时候我用隐身术和你们一起待在船上。"

"半夜啊,渔船啊……"白曦声音有点儿抖,随即被夏侯风重重拍了拍肩膀。"怕甚,有老子陪着你呢。"

墨珑看向聂季:"你的任务最为重要,你得想法子把清樾引出来。你们都会腾云术,你就与她一起在云层中等着,小船一旦被袭,你们就冲下来。"

"我呢?"灵犀忙问道。

"你和老爷子在岸上等着。"

灵犀皱眉:"怎么我一点儿用场也派不上?"

墨珑安慰她:"正因为你有大用场,所以才不叫你去。你想,万一我们中间有人受伤中毒,便须得你来解毒疗伤。你可不能出意外。"

他这话倒也有理,灵犀不再纠结,看向聂季:"你想好了吗?怎么把姐姐引出来?"

聂季没好气道:"你当我是这只小狐狸,脑子一转,鬼主意一筐一筐的。"

墨珑微微一笑:"要把清樾引出来有何难,你只说玄股国命案频发,有人故意栽赃东海,灵犀设计想要擒拿真凶,她必定不放心,肯定会来看看。"

"此话当真?"聂季将信将疑。

"只是此事,你切不可让灵均知晓,否则便会功亏一篑。"墨珑叮嘱道,"记着,夜半三更时分。"

聂季盯着他,忽然察觉事情的转变着实有些让人摸不着头脑,自己明明是清樾派来看着灵犀，以免她被小狐狸花言巧语骗走，可现下自己反而被小狐狸派去骗清樾，而且自己还是心甘情愿做此事。

"小狐狸，你……"聂季踌躇片刻，才道，"你有几成把握能抓住真凶？"

墨珑干脆道："我没把握，但这件事一定得做，因为做了还有些许机会，若不做就完全没机会。"

聂季想了想也是，顶多就是让清樾白白候上半宿，自己挨几句骂，也算不得什么大事。

"还有，"墨珑笑了笑，"你莫要口口声声小狐狸小狐狸的，我的年岁可未必比你小。"

语塞半晌，聂季梗梗脖子："我个头儿比你大，要不现原身比比？"

"别闹了，你们……让我安静一会儿行不行？出去吧，都出去！"

东里长忧心忡忡，将众人都赶出屋子，自己拄着拐杖，返回桌前坐下。八千年前那场与幽冥界的大战，虽说幽冥大军最后被迫退回幽冥界，但四海八荒亦是满目苍夷，自此后，人人谈幽冥而色变。如今骤然间发觉，他们距离幽冥地火竟然这般近，要说不怕，自然是骗人。没想到他与墨珑在外流落多年，好不容易挨到现下，星象显现血咒将解，却又遇上了这等事。

桌上还摆着乌玉的碎片，幽冥地火绝非寻常，狐族的禁术都抵不住它。东里长长叹口气，万一……墨珑因此出了什么意外，他怎么对得住主上的托付呢！

外间廊上，夏侯风朝墨珑告状："珑哥，逮着机会你得说说老爷子了，最近这脾气见长，三天两头不给好脸儿，我多吃两块糕他都能拿眼瞪半日。你看，好好说着正经事儿，又把咱们都给赶出来了！"

白曦插口道："我看老爷子这是阴虚火旺，肾水匮乏，不如抓几味养肝补心、除躁安神的药来给他吃吃。"

东里长的心思，墨珑岂能不知，当下只道："也好，待会儿我去药店抓些药来。你们歇着去吧。"

夏侯风颇委屈："怎么歇？老爷子占了我的房，还把我轰出来。"

"你去我房里吧。"

墨珑打发走夏侯风和白曦，转头看见聂季还杵在跟前。后者眉头紧皱，自顾念念有词，也不知在做什么。

"他怎么了？"墨珑奇道。

灵犀"扑哧"一笑："他一定是在想见了我姐姐怎么说。"

闻言，墨珑便不再理会聂季："我去抓药。"

"我也去！"灵犀连忙道。

她与墨珑分别这些时日，好不容易见了面，一时一刻也不愿分开。墨珑亦是这般心思，挽了她的手，边走边笑道："只是你到了街上，看见那些鱼翅鱼皮，又要气鼓鼓的。"

　　"又要……"灵犀一怔，"上次我在街上的时候，你就看见我了？"

　　墨珑点点头。

　　停住迈下楼梯的脚，灵犀定住不动。

　　墨珑转头看向她。

　　"你不好。"

　　"嗯？"墨珑不解。

　　灵犀的眼圈微微泛红："你能看见我，我却瞧不见你。可是……在我心里，想你也想得紧，难道你不知晓吗？"

　　墨珑心下感动，抬手轻抚过她的脸颊："我知晓了，是我不好。"

　　"以后咱们再也不分开……"灵犀想了想，笑道，"万一要分开，就找雪九借他的那对金铃，当真是好用得很！"

　　"确实好用。"墨珑笑道。

　　两个人说笑着往客栈外行去。

　　等墨珑和灵犀抓了药回来，东里长沉着脸把墨珑叫进屋，却不叫灵犀进去，只让她在楼下歇歇。

　　"又怎么了？"墨珑将药包往桌上一放，细瞅东里长的脸色，"听小风说你这几日胃口也不好，脾胃不好？"

　　东里长不耐烦地将药包往旁边一推："我跟你说正事。"

　　墨珑赔笑道："我说的也是正事，您老的身子多要紧呀。"

　　东里长瞪他："我身子要紧，你的命就不要紧？"

　　"我好端端在这儿呀。"墨珑笑道，"全须全尾的，又没出事。"

　　"行了行了，我不和你东拉西扯。你给我坐下！"东里长看墨珑侧着身子，一副随时要离开的模样。

　　"灵犀一人在楼下，我不放心。"墨珑笑道。

　　东里长越发气不打一处来："她在楼下，有吃有喝，你有什么可不放心的？真是……都说娶了媳妇忘了娘，你这还没娶呢……"

　　"好好好。"墨珑忙打断他的话，在桌边坐下，"我坐下来听您说，坐下来还不行吗。您说您说。"

　　东里长看墨珑坐下，这才略消了点儿气，自己也坐下，沉声道："今晚这事，我觉得不妥，我看还是算了。"

"怎么不妥？"

"你们拿自己当诱饵，这不是小事，这可是在玩命。"东里长道，"八千年前那场大战，你没经历过……当然我也没经历过，但我从许多记载典籍中看过，幽冥大军所过之处，生灵涂炭，尤其那些被活活折磨至死的，着实惨不忍睹。假如灵均当真被幽冥地火附身，你们以身做饵，不是找死是什么？"

"不至于……"墨珑安慰他道，"不算上小白，我和小风也不弱，再说，聂季和清樾也在空中，不会有事。"

东里长仍摇头："你想想，仅仅只是一滴血混入整壶的茶水之中，便将那么多人折磨致死，你切切不可小觑他。而且说到底，此事本就与我们无关，是东海的事情。咱们就将事情告诉清樾，她信也罢，不信也罢。犯不上为了让她相信，就把自己的命往上搭。"

墨珑沉默了良久，才艰难道："老爷子，你知晓，这事我不能不管。"

"就因为灵犀？你……早知今日，当初在长留城遇上她的时候，我就不该多事。"东里长将拐杖拄得咚咚直响，"你娘留给你的乌玉已然搭进去了，你若有个三长两短，我有何面目去见主上！"

"老爷子，你只管放宽心，我保证没事儿。"墨珑宽慰他道，"这样，晚上你早些休息，一觉睡醒，明儿早上我把早点送到你床边，如何？"

东里长说服不了他，自然也不会理他这些花言巧语，闷声道："如今我的话你是一句也不肯听，还管我这老头儿作甚？走走走！莫在我跟前做样子。"说着，连赶带轰地将他赶了出去，重重关上门，独自在房中生闷气。

墨珑拿他没法子，只得隔着门哄道："老爷子，你爱吃甜软的，明早我亲手给你煮锅红糖小米粥如何？"

"滚！"屋内干脆利落道。

老爷子尚在气头上，墨珑无法，想着待明日事情顺利解决，再好好哄一哄，估摸着老爷子也就能消气了。

他下楼去，看见灵犀坐在一方桌旁，也正抬头望他，目中有忐忑之意。

"老爷子不愿你插手此事，对吧？"她问道。

墨珑不答，只道："没有的事儿，你莫胡思乱想。"

"你不必瞒我。"灵犀用手指指楼板，"方才拐杖敲得咚咚直响，落了好些灰呢。"

"老爷子最近肝火旺，瞅什么都不顺眼。"墨珑道。

"方才我把乌玉拿出来时，便看见他心疼得很。"灵犀迟疑片刻，才道，"这件事其实与你们无关的……"

墨珑打断她的话，挑眉笑道："怎么原来在你心里，还与我这般见外？"

"不是。"灵犀也不知晓该怎么说，"就是……"

"不必多想，俗话说，拿人钱财，与人消灾。我收你姐姐那么重的谢礼，这点儿事也不算什么。"墨珑故作轻松道。

灵犀却知他绝不是为了钱财，正要说话，忽看见东里长紧缩着脖子，板着脸从楼上下来，也不看他们俩，拄着拐杖就朝外头去。

"你去哪儿？"墨珑忙问道。

东里长头也不回，没好气道："心里烦，出去走走！"

既然他还肯回答，想来气是略消些了，墨珑稍松口气，笑了笑朝灵犀道："他这脾气跟小孩儿似的，你不必担心。"

灵犀点点头，环顾四周都未看见聂季，猜想他是不是已回东海去了，不禁担忧道："也不知聂季能不能说动姐姐，若是姐姐不肯来怎么办？"

"若他按我说的做，你姐姐一定会来。"墨珑并不担心这层，"我只担心，此事千万不能让灵均知晓，否则前功尽弃。"

"你不是提醒过他了吗？我想他会留意的。"

"聂季是会留意，但清樾对灵均毫不设防，万一……"墨珑长呼口气，抿紧嘴唇，"罢了，不想这么多，尽人事，听天命吧。"

第十三章

生死危机

玄股城的大街上，东里长拄着拐杖，"咚咚咚"直往前走，街道两旁的店铺招揽声不绝于耳，他皆看都不看，径直往前走，直走到龙王庙前。

龙王庙前，昔日是一些闲散渔夫找活干的地方，城里酒楼饭肆临时需要订海鲜，便会差人来此处请渔夫下海。自从东海明令夏秋两季不得下网之后，此处的渔夫接不到活儿，多半都赋闲在家，连带庙前的小茶寮生意也冷清了许多。

东里长来到此地，未看见渔夫，便去问茶寮店家："我想要请人出海，你可有认得的人？"

茶寮店家打量他，不耐烦道："你不知晓规矩啊？这时节不让下海。"

东里长取出一锭银贝，直接放在茶摊上，重重道："我有急事！"

一锭银贝抵得上店家卖上十来天的茶水，店家虽有些不好意思，但实在抵不住这锭银贝的诱惑，当下伸手拿了银贝，才道："我倒是有熟识的渔夫，可帮你去唤他们。但话我得说在前头，我只帮你唤人，至于他们肯不肯去，可就不关我的事了。"他是生怕东里长把银贝再讨要回去。

东里长点头："行，你去吧，我替你看着茶铺。"

店家喜得应了，忙快步去了。东里长立在原地，面无表情地看着茶锅中的茶水"咕嘟咕嘟"直冒泡泡。他来此地实在是无奈之举，万不得已才用的下下之策。因为无法说服墨珑，所以他想出钱雇用渔夫出海，越多越好，如此一来，灵均即便要下手，也未必就会挑中墨珑那条船。

至于这些渔夫的生死……东里长僵硬着脖子，逼着自己狠下心来：总之，自己又不是逼着他们去送死，你情我愿的事情，况且也未必会死。

不多时，茶寮店家便带了六名短衫打扮的汉子走过来，朝东里长说道："他们都是渔夫，以前可都是好手，一网下去，数百斤鱼捞上来。你想捞什么只管和他们说。"

这些渔夫往日赚得多，常出入赌坊酒肆，大手大脚惯了，如今赋闲多时，也没个进项，听说有人出高价要他们出海，便都忙赶过来。

"你们，可敢出海？"东里长扫过这帮渔夫。

为首的一名汉子笑道："这有何不敢，只是眼下是休渔期，要俺们冒着风险出海，就得看你出啥价钱了。"

"一条船两人，我给两枚金贝。"东里长道。

瞧这个老头儿和以往的人有些不同，那汉子奇道："你得说你要什么呀？鱼呀？还是虾呀？"

"都行，最要紧的是你们的渔船今晚亥时就出海，不到丑时二刻，不可回来。"东里长道。

渔夫们听罢都是一愣，为首的汉子皱眉道："啥意思啊？"

"就是这意思，行不行一句话！"东里长自然没法和他们解释，"除了每条船两枚金贝，你们捞到什么，我都按市价两倍买下来。"

汉子打量着东里长，疑心他是不是想要他们，遂道："行，不过得先给定金！俺们这儿六个人，三条船，你先给三枚金贝。"

东里长也生怕他们拿了金贝却不履约，皱眉道："三枚太多了，两枚。剩下的四枚金贝，明早我在这儿给你们。"

那汉子以目光询问其他人，半晌后，才不耐烦地点了点头："行行行，两枚就两枚。"

东里长正想去掏金贝，从旁边巷子里冲出一群孩子，骑着竹马，呼啸着往龙王庙跑去。那汉子看见了，忙呵斥道："二娃，你不许趴龙王爷爷身上！大娃，你看着他！"

有孩子敷衍地应了声，转瞬就跟着大家伙跑了。

取银两的手停滞住，东里长怔在当地——这汉子自然有孩子，其他几人多半也有孩子，而且家中还有老者须得奉养。自己以重金做诱饵，将他们往死路上推去，此举与持刀杀人何异？

"快掏钱啊！"汉子催促东里长。

东里长复把银两揣回去，默默道："罢了，这事还是算了吧。"说着就要走。

眼看就要到手的银两飞了，那汉子如何肯，急得拦住东里长："怎么又算了，不都说好了吗？"

东里长一把扒拉开他，怒气冲冲道："我说算了就是算了，你们还上赶着，赶着去阎王殿投胎啊！起开！"说着，他用拐杖一格。那汉子虽然五大三粗，但毕竟比不得东里长是修行之人，一格之下，连退数步，跌坐在地。

一直走出很远还能听见那群汉子在龙王庙前骂骂咧咧，谩骂声中东里长觉得心里舒服多了。

东里长已活了五千多年，与墨珑在一起这数百年过得最是颠沛流离操心劳力，无一日不想帮他如何回青丘，头发都白了许多。"罢了，总之我只管帮着他，再不去想其他。尽心尽力，也算是对得起主上了。"他在心中默默道。

夜色渐沉，海滩上，猎猎海风中，白曦缩着脖子，裹了裹衣袍，小声问夏侯风："你说，船会不会翻？我不会水怎么办？"

夏侯风鄙夷地瞥了他一眼："老子也不会，老子就不怕。"

"那是因为你……"不想惹事，白曦适时地把一个"傻"字咽下去。

"因为什么？"夏侯风挑眉。

白曦敷衍道："因为你胆大。"

另一边东里长絮絮叨叨地交代墨珑："……你得记着，引出来就好了，莫要想着制服他，还有清樾和聂季在，你可千万别逞强。对了，烈火璧在你身上对吧？关键时刻就得拿出来用。"

墨珑连连点头，并不说破烈火璧早就不在自己身上了。

灵犀忧心忡忡地看着他们，觉得自己真傻，瞻星院里那么多宝贝，自己离开东海时却不懂得多带一些，要不然现下让墨珑挑选挑选，说不定有用得上的。

"你们一定要小心，蚌嬷嬷数千年的修为都……"灵犀不放心地看着墨珑。

墨珑摸摸她的头："放心。"

随即，他示意白曦先上船，他与夏侯风合力将船从浅滩推入水中，两人方才跃入船内。小船渐渐驶远，隐没在黑暗之中。灵犀目力不及东里长，又不敢一直问，只能通过东里长的表情来判断小船眼下是否安全。

她时不时仰头往夜空中望去，今夜恰巧是个阴云密布的天气，虽未下雨，但无星无月，云层低低压着海面。

上有沉沉阴云，下有滚滚浪涛，两相里夹着小船，便如一片树叶般脆弱。东里长望着小船忽而在浪尖，忽而落到浪底，紧皱眉头，行到礁石堆中蹲下。黑乎乎的礁石群位置更高些，且高低错落，能隐藏住他的身形。

灵犀跟过来，半蹲在他身旁，十分紧张地望着海面。

小船上，墨珑和夏侯风各持一船桨往前划去。白曦原本在船头，瞧了半晌黑漆漆的海面，心中越发害怕，便挪到夏侯风身旁，想着自己好不容易才大难不死，怎么又上了这条贼船，着实冤枉。

"珑哥，你说他什么时候才来？"夏侯风却是迫不及待，他的银弓已许久不曾用过，"他只要冒头，我就射他三个透明窟窿。"

墨珑摇头："我也不知晓。"他抬眼望了眼云层，云层很厚，足够隐住聂季与清樾的身形，这是好事，不至于叫灵均看出破绽来。

眼看船已距离海滩越来越远，差不多是上次遇害渔船的位置。墨珑停了桨："就在这儿，你们俩开始撒网捕鱼。"他自己则捻了诀，身形立刻隐没。

夏侯风看不见墨珑，稍稍有点儿慌："珑哥，你没事吧？"

白曦因昔日在月支山巅误食过苍目草，能够不受蒙蔽，仍看得见墨珑，当下安慰夏侯风："他就在你对面，没事。"

"你怎么看得见？"夏侯风奇道。

白曦自己也不知晓原因，昂昂头，得意道："天生的！"

"啧……"夏侯风一脸怀疑。

白曦急道："你们穷奇的天赋是速度快，我们大尾巴羊总也得有点儿你们及不上的天赋吧。"

为了保全白曦的颜面，让他好歹能在夏侯风面前找回些面子，墨珑觉得还是不说出原因才好，只催促道："下网吧。"

夏侯风与白曦都不会水，更不用提捕鱼，光是把渔网抛出去，就折腾了好一会儿，好在总算是把网撒出去了，做出一副偷渔的模样，现下就只需等着就行了。

约莫过了小半个时辰，白曦低低道："聂季和清樾来了，就在咱们头顶上……我方才看见聂季的龙尾了。"

闻言，夏侯风立刻仰头去看，满目都是沉沉乌云，压根儿什么都看不见。

墨珑没抬头，他的双目一直盯着海水，不敢有稍许放松。

礁石堆中，因为涨潮的缘故，灵犀和东里长半截身子都浸在海水中，好在两个人都不怕水。自始至终，东里长都未和灵犀说过一句话。灵犀知晓，东里长并不愿墨珑去冒险，毕竟此事太过危险，而且与他们无关。

"老爷子，我知晓，是我拖累了你们。"灵犀轻声道。

东里长没吭声，双目盯着海面，做全神贯注状。

灵犀也不气馁，接着道："你的目力比我好，能看见船对不对？若有状况，烦请你马上告诉我。我在水里游得很快，一定会尽力保他们无事。"

东里长没转头看她，原想"哼"一声，到了嘴边却变成一声"嗯"。

夜渐深沉，云层也越发厚重，雨点开始噼里啪啦地落到海面上，将夏侯风、白曦等人浇成落汤鸡。

原本就黑漆漆的海面，再加上交织的雨幕，已叫人难以视物。头顶处电光闪烁，惊雷阵阵，海浪激荡，将这船儿抛上抛下，越发显得惊怖。白曦不会水，分外害怕，双手牢牢扣住船舷，还是觉得不够安全，顺手抓起船上的缆绳在脚上绕了几圈，想着即便自己不小心掉出去，抓着绳子还能爬回船来。

倾盆大雨中，白曦打了数十个喷嚏，分不清脸上究竟是雨水还是鼻涕，小声开口道:"都说龙族行云布雨,咱们头顶上这雨会不会是清樾或者聂季在故意戏耍我们?"

夏侯风甩甩水,哼了一声:"保不齐呀!"

墨珑却无心思想其他,突然间发觉搭在船舷上的渔网似乎被什么力量扯了扯,骤然绷紧身子,低低道:"大家小心!"

此刻恰好一道电光闪过,他们赫然看见一条巨大的触手悄无声息地出现在右侧船舷,柔软地向他们探过来……

"啊——"白曦从未见过这物件,完全不知道是什么玩意儿,惊得直往后躲,偏偏又无处可躲。

不管它是什么,墨珑不再隐身,从背上抽出银铩,狠狠扎进触手下方。与此同时,夏侯风亮出银弓,朝触手连射数箭。

那触手吃痛,瞬间缩入海面之下。

墨珑与夏侯风立在船上,各自负责船舷左右两侧,紧紧盯着海面,以防止突袭。等了片刻,未有动静,白曦扒在船舷边,心有余悸道:"这到底是什么玩意儿?不像是灵均吧?"

"管它什么玩意儿,反正肯定不是好东西!"夏侯风箭在弓上,拉至满弦,就等着那东西再冒头。

墨珑凝目看铩尖上滴落的血滴,眉头紧皱:灵均的原身是龙,方才那东西显然不是龙,却不知是何怪兽。为何会出现在此地?而灵均又在何处?

他正思量着,突然之间,船的左侧海面接连冲出三四条触手,溅起的水花纷纷落下的同时,巨大的触手横揽过船身,下一瞬,整条船已被触手拖入海水之中……

"不好!"

一直隐在云层中的聂季见状不对,想下去救人,但又碍于身旁的清樾,只能焦急地看向她。

清樾点头,聂季身子一摆,迅速自云层中急速落下,一头扎入水中。另一头,礁石之上,随着东里长的惊呼,灵犀跃入水中,顺着他的手所指方位疾游而去。

触手将船拖入海水还不够,一径拖着船往海底深处游去,白曦与夏侯风都不会水,初初入水时便喝了一大口海水,眼下被触手牢牢绑在船身上,加上愈来愈重的水压,痛苦不堪。

同样被触手捆住手脚,墨珑比他们稍好些,至少还能保持神志清醒,看清这头怪兽竟然是一只身形异常巨大的章鱼。他奋力挣了挣,将手中银铩朝章鱼头部用力掷去,正中章鱼左目,章鱼疼痛难忍,一股黑水激射而出,瞬间将海水染得如墨汁一般。

聂季潜入海中,原本已看见船被章鱼拖行,转瞬眼前已是一团墨色海水,压根儿分不清何处是人何处是章鱼,只能摸索着往前游去。

此刻的灵犀也已赶到,面前虽是墨黑一片,想到墨珑他们就在其中,顾不得许多,一头扎进去,口中急喊道:"珑哥!珑哥!……小白!小风!"忽然撞上硬邦邦的船身,紧接着便有人抓住她的胳膊。她看不清是谁,那人也不开口,只能听见咕嘟咕嘟冒泡的声响,灵犀无法,任由被拽着,双手托起木船,往海面奋力游去,冲出墨黑的海水,将木船托出水面。

"啊……啊……"白曦竭尽全力吐出海水,整个人瘫倒在船内。

灵犀急问道:"珑哥和小风呢?"

白曦艰难地摇着头,用手指着海中。

灵犀复跃入海水,下潜的过程中正好看见聂季托着半死不活的夏侯风上来,焦急道:"珑哥呢?"

"没找到!"聂季朝她道,"是海沟里头的一只章鱼,不知怎的跑到这儿来了?"

顾不得听他说完,灵犀已心急如焚,海中不比陆上,即便墨珑没有被章鱼所伤,单单被它拖入深海,便会因无法承受深海水压而丧命。她复回到那团墨汁海水中,上下左右,摸索找寻,皆未再摸到其他物件。

海水一点点清澈,待她能看清时,发觉周遭并无墨珑的身影。

他在哪里?

究竟在哪里?

周遭的海水一片寂静,灵犀心跳如鼓,不停地四下张望着……

方才看见灵犀托出木船,清樾便已降下云头,先后察看了白曦与夏侯风,见他们并无大碍,而海面上雨急风劲,便命聂季先将他们送回岸上。她跃入海中,很快游到灵犀身旁。

"灵犀!"清樾唤道。

"姐!"听见她的声音,瞬间像是找到了救星,灵犀一把抓住她,急道,"他可能被那只章鱼拖走了,我不知晓它往哪里去,怎么办?"她的声音微微颤抖着,连带着手指尖也在轻抖,显然是紧张至极,却极力控制着,让自己言行正常。

"莫慌!"

清樾自然知晓墨珑被拖入深海会有性命之忧,她虽然不喜欢这只狐狸精,但也知晓墨珑罪不至死。当下用手指蘸取一滴已越发变淡的墨汁水滴,捏了个诀,那水滴骤然开始发亮,紧接着所有被章鱼墨汁沾染过的海水都开始发亮。昏暗的海水中,一条细细的亮线蜿蜒展现在她们面前。

灵犀二话不说,顺着亮线就追下去,清樾紧随而上。

那亮线在海水中蜿蜒曲折，直往东面的海沟去。那道海沟灵犀是知晓的，深不见底，若墨珑当真被拖入其中，只怕生死难料。灵犀循着亮线，奋力往前游去，连水母群都不曾稍稍避让，任凭水母在自己身上蜇出数道伤口，照样无知无觉地往前追去。

清樾在其后，又是心疼又是无奈，眼下墨珑生死难料，自然不是劝小妹的时候，赶紧找到人才是正事。

海滩上，东里长见上岸来的只有白曦和夏侯风，而墨珑自被拖下水后久久不曾露面，就已十分担心。虽然知晓灵犀和清樾都下海去找他了，但时候愈久，他的心就愈加发慌。

毕竟海中不比陆上，墨珑灵力被血咒所封，能动用的极为有限，那庞然大物一看便知不好对付，出意外的可能性极大。他一面替夏侯风拍背，一面不停口地问道："你仔细想想，墨珑到底有没有受伤？"

夏侯风有气无力地摇头："看不清……全是黑的……什么都看不清……"

"是一只巨型章鱼，原先应该在海沟里的，不知怎的跑到这儿来伤人。"聂季朝东里长道，"这厮会喷墨汁，弄得一团漆黑，叫人什么都看不见。"他一面说着话，一面从东里长手中接过夏侯风，以手背抵住夏侯风的后心，用自身灵力帮助他恢复元气。

一团漆黑、看不见……她们能不能找到他？即便找到，若是迟了怎么办？东里长刚这么一想，就赶紧往地上呸呸呸连吐数口唾沫：不会的，不能这么想，墨珑不会有事，一定不会有事！

受伤后的巨型章鱼一心想回海沟疗伤，或许是想要复仇，又或许是想要泄愤，它的一条触手死死绕着墨珑，将他绑得动弹不得。墨珑原本还捏着避水诀，试着挣脱钳制，但随着巨型章鱼往深海游去，越发增强的水压令他喘不上气，整个身体都痛苦难当，避水诀骤然失效，海水汹涌而至。

到了海沟边缘，巨型章鱼堪堪将墨珑拖进去，忽被一股大力擒住触手，将它拖了回来——灵犀看见被触手缠绕的墨珑闭着双目，心中大骇，伸手要去替他解开触手，不料那巨型章鱼却将墨珑越缠越紧，而且其他几条触手又来缠灵犀。

灵犀恼怒至极，想着要快速解决这只巨型章鱼好救出墨珑，但偏偏越急却越无法速战速决。清樾赶到，看这只章鱼的个头儿估计也有数百年的年纪，想要解决它对清樾来说并非难事，只是看墨珑的状况十分危险，经不起片刻耽搁。制服章鱼，再解开触手，恐怕就留不住他的性命。

当下,清樾先用水影包裹住墨珑,替他格开海水,不必再受强大水压的痛楚,然后唤灵犀:"把它拖到岸上去!"

灵犀会意点头,伸手擒住巨型章鱼的两条触手。清樾同时擒住其他触手。两个人同时往海面游去。身为龙族,两个人在水中游得极快,那巨型章鱼触手被制,加上一路被清樾拖行,直至最后被重重拖上海滩。

离开水面,巨型章鱼痛苦难当,在海滩上奋力挣扎,触手四下飞舞,弄得漫天飞沙。此时此刻它也没必要抓着墨珑了,触手一抖,将墨珑抛了出去。眼看就要落到礁石堆中,灵犀大惊,飞身去接,伸手托住墨珑,自己却重重撞在礁石上。

正与巨型章鱼缠斗的清樾眼看小妹这下撞得不轻,暗叹口气,手中祭出沉章剑,朝巨型章鱼接连刺出数剑。章鱼触手断成数截,头部也中了一剑,残喘片刻之后终于不再动弹。

清樾收了剑,朝灵犀快步走来,同时凌空消了墨珑身上的水影。

海滩上,在聂季的帮助下,夏侯风与白曦基本恢复,与东里长快步朝墨珑这边赶过来。

而墨珑却是气息全无,任凭灵犀怎么唤他,都无知无觉。

东里长赶到墨珑旁边,眼看他面色青白,抖着手去探他鼻息,也是毫无生气,身子晃了晃,险些栽倒下去,幸而聂季眼明手快扶住他。

夏侯风不可置信地看着墨珑,完全呆住,一动不动。白曦最为镇定,不仅探了鼻息,还分别在脖颈和手腕处都探了脉,结果却是脉象全无。

"真的死了?怎么会?"白曦自言自语道。

"不会!不会死的!他肯定不会死的!"灵犀搂着墨珑,她长这么大,还从未体验过像这般手足无措,眼睁睁看着墨珑气息全无,却一点儿都帮不上他。但她无论如何都不能相信墨珑会这样死去,求助地看向姐姐:"姐,姐……你救救他!你一定有办法救他,是不是?"

清樾蹲下身,细看墨珑,在东海这么久,她见过无数溺水而死,或者是受不住深海水压而内脏爆裂的人,墨珑眼下这样子,与那些人倒还有些差别,说不定真还有救。

东里长含泪看向清樾,"扑通"一声跪了下来:"大公主,那些重酬我都不要了,只要您能帮忙救救他!求求您了!"

这些人等,难道将自己看作是见钱眼开之人吗?清樾皱了皱眉头,原想说什么,但体谅到东里长此时心境,终是没说,只淡淡道:"你们先让开!灵犀,你把他扶正,我且试试吧。"

灵犀连忙将墨珑扶至坐起,清樾用指头轻点墨珑眉心,送入一股灵力,转瞬间灵力游走墨珑的四肢百骸，复回到她的指尖。清樾心底暗忖：这倒是奇了，他的五脏六腑并没有破损，只是全部停滞住而已。

"如何？"灵犀细察姐姐神情，小心翼翼地问道。

清樾不答，双手扣住墨珑手腕，凝神专心，大力催动他体内的血脉运行，果然，片刻之后，墨珑的脉搏复轻轻地跳动起来，血脉的奔涌带动了心、肝、脾、肺、肾，面色也慢慢褪去青白。

眼见墨珑胸膛起伏，真的活了过来，灵犀喜不自禁，面上一片水泽却不自知。

"算他命大，缠在他身上的触手虽然令他动弹不得，却也替他抵了大部分深海水压。"清樾朝东里长道，"过会儿他应该就能醒了。"

东里长称谢不迭，感激得老泪纵横。

清樾起身，看向灵犀，问道："灵犀，你跟不跟我回东海？"她问完，再看灵犀看着墨珑的眼神，恐怕十八匹骏马也拉不动她，便猜到灵犀肯定是不愿随自己回去了。然而叫她万万料不到的却是，灵犀一咬银牙，狠狠心起身："我跟你回去。"

此言一出，莫说清樾，便是东里长、夏侯风等人皆是惊讶不已。

"老爷子，你带他回青丘吧。"灵犀强忍着泪水，朝东里长道，"东海的事，我们会自己处理好，让他不必挂心。"

东里长看向灵犀，明白了她因为墨珑差点儿丧命而不愿他再为了自己冒险，尽管她对墨珑十分眷恋，但为了墨珑的安全着想，她宁可让他远离这一切。

"姐，我们走吧。"

灵犀口中说着，目光恋恋不舍地看着墨珑，然后猛地别开头，转身疾奔几步，跃入海中。清樾轻叹口气，朝东里长道："不管怎么说，此番你们是为了替东海抓住行凶者，如今真相大白，清樾在此谢过诸位！"说罢，她快步追上灵犀。聂季随后跟上。

海滩上，雨依然下得铺天盖地，巨型章鱼的尸骸四下散落，断了的触手间或着抽动几下，在雨夜中有几分可怖。

甩甩头上的水，夏侯风抱起依然在昏迷中的墨珑，朝东里长道："老爷子，咱们先去渔村避雨吧。"

东里长点了点头。白曦转头不放心地看了眼那具巨型章鱼的尸骸，心有余悸，也忙急急赶上夏侯风，一同往渔村去。

回到渔村小屋中，白曦升了火盆，先替昏迷中的墨珑换了衣衫，然后众人各自更衣，围火取暖，无人说话，连最爱说话的白曦都被今夜接二连三的事情吓住，默默无语。

第十三章 生死危机

东里长虽倦乏，却睡不踏实，一醒来就去探墨珑的脉，见他脉象稳定，才又松口气，合目继续休息。如此这般，折腾了数回。

大雨肆虐了一夜，直至天蒙蒙亮时才慢慢小了，变成了毛毛细雨。

墨珑缓缓睁开双眼，挣扎着想要坐起身来，身上便传来一阵阵疼痛，自己低头看去，身上数道青紫，全是在海里被那只巨型章鱼的触手勒出来的，稍微动动就全身疼。

他一动，距离他最近的东里长立即醒了，喜道："你总算醒了？"

墨珑看见夏侯风和白曦都在屋内，知晓他们也无事，遂松了口气，看向东里长，问道："是不是聂季和清樾把我们从水里捞了出来？我都不记得了。"

东里长还未回答，他已又将屋内扫了一遍，紧接着问道："灵犀呢？"

"她随她姐姐回东海了。"东里长答道。

"什么？"墨珑一惊，翻身就想下床，无奈腿上也有数道青紫肿胀，腿脚都不甚听使唤，差点儿摔下来，"清樾硬将她带回去的，是不是？"

东里长扶住他道："不是，是灵犀自己想回去。"

墨珑不可置信地看向东里长。

东里长叹口气，接着道："她让我带你回青丘，而且还说了，东海的事情她们会处理好，要你不用挂心。"

墨珑皱紧眉头，追问道："昨夜里，是不是发生什么事了？灵均出现了吗？还是雪九来了？"

"没有，都没有……"东里长欲言又止，最终还是决定说实话，"是你，你差点儿死了。"

"我？"

"灵犀把你和那只章鱼一起从海里拖上来。你气息全无，脉搏也没有，和一个死人一模一样，把我们都给吓着了。"东里长缓声道。

此时夏侯风和白曦也都醒来，听见东里长这话，皆附和道："就是啊，珑哥，你不知晓你当时的模样，一点儿气都没有，脸都青了。"

墨珑不解："后来呢？"

"后来是清樾，她说幸好有触手缠着你，你的五脏六腑并未在深海水压下破裂，所以她把你救了回来。"夏侯风急忙道，"老爷子当时都朝她跪下来了，说之前的酬谢都不要了，只要她救你。"

东里长摆手道："别提了，人家压根儿也没说过想要回酬谢。这事做得有点儿丢人……只是当时那情况，我连自己究竟说了什么都不知晓。"

"是不是灵犀为了让她姐姐救我，所以才答应回东海？"墨珑皱眉猜测道。

"不是！"东里长替清樾正名，"咱们也不能忒小看这位大公主，气度还是有的，人家什么条件都没提，二话没说就救了你。"

墨珑默然无语。

白曦不解道："为何昨夜来的是一条那么大的章鱼，而不是灵均？会不会是咱们弄错了？"

想起巨型章鱼一下子就将整条船卷入海中，夏侯风当时甚至来不及反应，至今想起都觉得后怕："这章鱼怎么会有这么大的个头儿！下辈子、下下辈子我都不想再吃章鱼了……有触手的我都不吃！"他想想又补上一句。

墨珑并未听见他们的话，默默想着：不是灵均，不是灵均……

他挣扎下地，问道："那只章鱼在哪里？我要去看看！"

"看它作甚？都被剁成几截了，没什么好看的。"夏侯风本能地反感道。

墨珑瞪着他。

片刻之后，夏侯风只好道："好好好，去看去看，我带你去看。"

雨已初歇，众人行到海滩，巨型章鱼的尸体还在，三丈外围了好些渔民，都是从来没见过这么大的章鱼，只敢远远看，不敢近前。个别胆大的，用鱼叉试着去捅章鱼的触手。

墨珑的银铩昨夜掷向巨型章鱼的眼窝，已被它自行用触手拔出，远远丢入海中。眼下墨珑连个趁手的兵刃都没有，便朝渔夫借了一柄鱼叉，径直走向巨型章鱼的尸体，猛力用鱼叉剖开章鱼柔软的腹部，一股恶臭扑鼻而来，被海风一吹，饶得这些渔民在海边闻惯了腥臭味，仍是被熏得掩鼻欲呕。

墨珑并未停手，接连又是数下，直至把整只章鱼开膛破肚，然后他狠皱下眉头，用鱼叉从肚肠中挑出一物，摔在沙地上。东里长、夏侯风和白曦定睛看去，皆吃了一惊——沙地上赫然是一只幽冥蛊虫，已经死去，与昨日白曦吐出来的那只一般模样，只是个头儿略小点儿。

"怎么又是这玩意儿？"夏侯风不解道，"难道它也……"

狠狠将鱼叉插进沙地之中，墨珑狠狠道："肯定是灵均事先有所察觉，故意让这只章鱼来替他送死！"

"那灵犀……"白曦刚说出口，就被东里长狠狠地瞪了一眼，连忙收声。

墨珑眉间紧锁，他自然已经想到：清樾认为巨型章鱼便是真凶，更加不会对灵均起疑，灵犀在这种时候回到东海水府，再是危险不过。

正在此时，远处有渔妇朝这边奔来，口中喊道："快去蛤蜊滩，稀奇事儿啊！满满的全是鱼，全是鲸鱼！"

那些渔夫听闻，便全都跟着渔妇，往蛤蜊滩去了。

"蛤蜊滩？"夏侯风问白曦。

这月余的日子在渔村也不是白混的，白曦道："往东三里左右的海滩，比这儿大得多，滩上多砂石，起伏不平，像蛤蜊壳一样，所以叫蛤蜊滩。"

"鲸鱼怎么会跑到海滩上？"夏侯风不解。

墨珑大步从他身边走过，沉声道："走，去看看！"

既是件稀奇事儿，夏侯风自然好奇得很，连忙跟上他。

白曦望向东里长："老爷子？"

对墨珑的性情再清楚不过，东里长叹了口气，摆摆手："走吧，去看看。"

东海水府中，清樾唤来班乾及水府内的侍卫长，交代诸事。南海水君的继位大典，她原该前日就出发，但因灵犀还有蚌嬷嬷的事情拖到现在，实在不能再拖，必须马上出发前往南海。

好在灵犀如今也回来了，又是自愿回来，应该不会偷溜出去。清樾仍是交代侍卫长多加留意瞻星院。

班乾已将恭贺南海水君继位的礼品备好，尽数装箱，现将礼单呈给清樾。清樾过目后，点头赞赏道："想得很是周全，辛苦你了……接下来几日我不在，灵均会帮着我处理些事情，你多帮衬着，若有急事，就派人去南海告诉我。"

班乾点头称是。

想到灵均处理政务，清樾微蹙起眉头，顿了片刻，还是道："……他毕竟年轻，好些事情让他做主，我着实不放心，可又不能不让他参与。总之，他若有不妥，或者出格之处，你一定要拦下，等我回来再行解决。"

班乾躬身道："老臣明白。"

纵然仍是不甚放心，但清樾已经想好，去南海最多三日便返。短短三日而已，想来东海也不至于出什么大事。遂她坐上鳐鱼，除了随行的侍女侍卫，身后还有海马所拉的二十几车礼品，浩浩荡荡，前往南海。

瞻星院内，小肉球蹦跶到灵犀床上，起劲地拱她脖子，逼得她不得不醒来。小肉球得意地将自己的新宠，一只小海星丢到她脸上，想让她陪自己玩。

"丸子，你别闹！"灵犀无心与小肉球戏耍，随手把海星贴床栏上，拎起小肉球，把它复丢回地上。

小肉球毫不气馁，小短腿一蹬，立即跳回床上，不屈不挠地继续拱灵犀。

原本灵犀心情忧郁，本想在床上一直躺着，只愿长睡不愿起，但被小肉球这么一弄，只得起身，用手胡乱拨弄它："你又做什么？去找侍女姐姐陪你玩，不好吗？"

小肉球虽还不会说话，却已听得懂人言，极为聪慧，似乎知晓她心情不好，才更要与她玩耍。

"其实上回走的时候，该将你带上，现下你就可以和珑哥他们一道去青丘。"灵犀叹了口气，"不用留在这里。连你也觉得这里很闷，是不是？"

小肉球拿头使劲蹭她的手，也不知是想说"是"，还是"不是"。

灵犀下床趿鞋，随便从椸架上取了件外袍披上，也不在乎自己是不是披头散发，推开窗子，倦倦地看着外头。廊下侍女见窗子推开，知晓她醒了，忙进来与她盥洗。

"白香姐姐，你可还生我的气？"灵犀从镜中看向正替她梳头的白香。

白香做恼状，拿沉木梳轻轻敲了两下灵犀肩膀："怎么不恼？你没看见吗？进你屋子，我可再不敢一人进来了。还有，枕边的裁纸刀是不是你故意摆着的？"

灵犀点点头。

"我们家小公主是真长大了，这种声东击西的主意都能想出来。看来以后呀，我们都要绕着你走路才行。"白香边梳头边摇头笑道。

"这个主意不是我想出来的……"

白香奇道："那是谁在帮你？"

想起昨夜里墨珑差一点儿丧命，灵犀却又不肯再说下去，只道："白香姐姐，我给你赔不是，送你一枚夜明珠好不好？"

"夜明珠还是罢了，你呀，以后莫再做这些让我们担惊受怕的事情，我就谢天谢地了。"白香笑道。

替她梳洗完毕，又送上早饭，灵犀看着眼前精心烹煮的精美菜肴，想起渔村小屋的白粥熏鱼，无甚胃口，草草吃了两口便搁下木箸。她生怕吃得太少，侍女姐姐们恐怕要担心，便又将小肉球抱上桌。

小肉球身体虽然小小的，却甚是能吃，风卷残云般将桌上菜肴吃了大半，才满意地连连舔爪子，擦净嘴角，然后在灵犀身上蹭蹭，以示感激之意。

蚌嬷嬷的丧礼是在昨日吧？东海的规矩，丧礼结束后，肉身都要抛入海沟之中，自己是再也见不着她了。灵犀吸吸鼻子，不想在房中闷坐，便出了门，沿着回廊，仍旧习惯性地走向白沙地……

小肉球"嗒嗒嗒"跟着她。

远远地，还能看见巨大的蚌壳，她怔了怔，心中升起奇怪的感觉：莫非蚌嬷嬷没死，所有的事情只是自己的一场梦境？

越想证明蚌嬷嬷还活着，她的脚步越发迟疑，几乎是一步三蹭地走过去，轻颤地将手放到蚌壳上，然后，在那一瞬，她的心猛地往下一坠——蚌壳毫无生气，再不似从前那般，手一摸上去就能感觉到蚌嬷嬷体内强劲奔涌的气息。

第十三章 生死危机

她用力抬起蚌壳，蚌壳内空荡荡的，什么都没有，所有蚌肉都已被取下来了，只剩下这对光洁的巨大蚌壳。灵犀怔怔看着蚌壳里头，冰冷、坚硬，她再也不可能躺在蚌嬷嬷的怀里打滚睡觉……

泪水不听话地又要涌出来，她吸吸鼻子，举袖遮目，背转过身去。

忽听见小肉球"嗷呜"叫了一声，她放下手，看见有一人就在丈外，顿时愣住，身子不由自主地想往后退，却被蚌壳抵住，半步也动弹不得。

灵均缓步上前，并未看她，目光落在蚌壳上："昨日是蚌嬷嬷的丧礼，你怎么没来？"

"……我上岸去了。"

眼前的哥哥虽依旧是那副模样，对于灵犀来说，却有种说不出来的陌生。尽管昨夜已经证实了行凶者是那只巨型章鱼，但仍有太多疑问没有答案。对灵均，她已心生戒备之意。

灵均此时方才转头看向灵犀，嘴角微露嘲弄之意："找那只小狐狸去了？"

很不喜欢他提到墨珑的语气，灵犀淡淡应了一声，抬脚便想离开此地。

"昨夜他还没死吗？"灵均在她身后接着道。

灵犀猛地刹住脚步，回头看向灵均："你……说什么？"她在脑中已将事情飞快地整理了一遍：昨夜的事情，若是姐姐告诉他，他应该知道墨珑没死，不会对自己说这话。若不是姐姐告诉他，他究竟是如何知晓的？

灵均微微一笑，仍旧是很温和的模样："我是说，那只小狐狸还没死吗？"

"昨晚的事情，你怎么会知晓？"灵犀不会拐弯，更不会套话，只能单刀直入地问他。

"我怎么不能知晓？"灵均盯着她看了片刻，忽而一笑，"看来小狐狸是捡回一条命了，算他命大！若再有下回，恐怕就不会有这么好的运气了。"

灵犀紧紧盯着他："那只章鱼，与你有关？"

灵均笑而不语，眼底透着一丝得意之色。

隐在袖中的双手紧攥成拳，灵犀咬咬嘴唇，直直盯着灵均："好，我只问你一件事，蚌嬷嬷是不是被你所害？"

"此事不能怪我，我也不想杀她。"灵均似乎对于此事也甚是遗憾惋惜，抬眼看向灵犀，"这事应该怪你。"

"我？"

"若不是你伤了我，我又何必伤她。"灵均用手轻轻摸摸蚌壳，轻轻叹了口气。

"我怎么会……"灵犀话才说了一半，便想起墨珑之前所说的话，眉头深颦，"哥，你当真想要杀我？"

"若哥哥活不成了，你可愿舍弃自己的性命来救我？"灵均望着她。

"你活不成了？"灵犀闻言一愣，她原本知晓是灵均杀了蚌嬷嬷，又险些害了墨珑的性命，对他满腔愤恨，未曾想突然听见灵均这话，脑子一下子转不过来，毕竟骨肉亲情，不由自主地关切问道，"怎么会活不成？你怎么了？"

"我实话告诉你吧，其实在三百年前我就已经活不成了。"灵均缓缓道，"你也知晓，你我二人本就先天不足，本该相辅相成来成全其中一人，却偏偏生成了咱们两人。现下，若你不肯帮我，我也活不成了。你肯不肯帮我？"

灵犀没有听懂，忙道："我自然是肯帮你，可你得告诉我，你究竟怎么了？"

"你肯舍了自己的命来帮我吗？"灵均追问道。

灵犀似在踌躇，过了片刻，问道："只要我帮了你，你就不会再去害旁人了吗？"

"我做那些事儿，其实也只是为了活下来而已。只要你肯帮我，我再也用不着去做那些事儿了。"灵均又是期盼又是诚恳地望着她，"你相信我，我都是逼不得已，我根本不想去杀他们。"

"包括珑哥他们？"灵犀眉毛微挑，一刻不放松地看着他，追问道，"如此说来，那只章鱼也是受你驱使，才将珑哥拖入深海？"她并不傻，尚记得墨珑说过，灵均体内很有可能也有一只类似幽冥蛊虫的东西，或者是更加可怕的东西，它控制了灵均，就像那夜她在碧波殿廊下听见的对话。

灵均看着灵犀，目光中有探究之意，片刻之后，忽然一笑："我就知晓，你又怎肯舍命来救我。所谓兄妹之情，也不过如此，不过如此……"

"你到底是谁？"灵犀喝问道。

"我？"灵均略微扬起下巴，倒来反问她，"你以为我是谁？"

此时此刻，他说话的样子与平素的灵均截然不同，再无半分温和，取而代之的是倨傲和漠然。

灵犀脑中飞快地思量着，自己的血能逼出白曦体内的幽冥蛊虫，说不定也能逼出灵均体内的那个"他"。手边没有兵刃利器，她迅速察看四周是否有尖锐之物。

灵均将她的举动收入眼底，误以为她想寻帮手，或者是想逃走，当下冷笑一声："怎么？你怕了我？"

正好有一群小青枪鱼游过，灵犀探手抓住一条小青枪鱼，迅速用它的长长的尖锐的矛形上颌划破手腕，朝灵均狠狠道："不管你是什么，马上离开我哥哥！"

她这一下划得颇深，鲜血奔涌而出，周遭的水光迅速被染红。灵均骇然变色，跃开数丈，远远地避开这层淡红的水光……

"灵犀，不可！"他朝灵犀喊道。

这个声音，语调口气与方才却又大不相同，灵犀听得一愣，看向灵均，只见灵均满面恳求之色，与适才倨傲淡漠的神色截然相反。

"哥哥？"

"灵犀，他若离开我，我必死无疑！"灵均语气甚是可怜。

"哥哥，你在说什么？"

"靠他我才能活下来的，你速速将伤口包扎起来，我与你细说此事。"

灵犀见灵均神色又惊又怕，不似作伪，心中虽然存疑，但终是不忍心让哥哥这般惧怕，便撕下一方衣角，将伤口包裹起来。

待到血色水光散尽，灵均这才小心翼翼地走近了几步，双目望着灵犀，满是祈求之意："灵犀，你相信我，我根本不想杀人，都是他！"

"他究竟是谁？"灵犀问道。

"他是幽冥界的三皇子昼晦，八千年前幽冥大军退回幽冥界时，为了卷土重来，他不惜自残肉身，以一缕灵识附在澜南上仙身上。但这数千年来，他始终无法操纵澜南，便选中了我。"灵均道，"他故意将我重伤，附上我身，本以为玄飓会将我送回东海，那么他很快便可借由我操控整个东海，但没想到玄飓将我送至冰鉴枪家。"

"所以他现下是想操控整个东海？"灵犀一惊，"哥，那更应该让他离开你！"

"不行！"灵均急道，"你可记得你我各有先天不足，你没有灵力，而我没有丝毫痊愈之力。当日被澜南重伤之后，我本该伤重而死，但正是因为他才能活下来。"

"可是……可是……"灵犀听懂了整件事，却陷入更大的混乱之中，"不能让他离开你，不然你会死；可让他留在你身上，他却想要操控东海……不！他既然是幽冥界的三皇子，想让幽冥界卷土重来，他的野心一定不止东海！"

"你说得不错。"

灵均勾唇一笑，又恢复成原来那副倨傲淡漠的样子。

"你……你是昼晦……我哥呢？"灵犀急道。

"不急，且让他歇一会儿，我们俩聊聊。"灵均，确切地说应该是昼晦，朝她微微一笑，瞥了眼她手腕上包扎起来的伤口，"小姑娘家，动不动就往身上划一刀可不是什么好习惯，将来嫁到夫家，也是要被人嫌弃的。"

"你少东拉西扯！"灵犀厉声道，"你到底对我哥动了什么手脚？叫他离不得你？"

"你该谢谢我才是，若非我，你苦苦找到的就是一具遗骸。"昼晦微笑着，且朝灵犀走近两步，"你若真想让我离开他，倒也不是没有法子。"

"什么法子？"灵犀立刻追问道。

"很简单，你把你的那部分用来补足他就可以，他有了痊愈之力，自己就能活下去，自然就可以离开我了。"

虽然知晓眼前人是幽冥中人，他绝对不会好心来帮自己，他说的这些话定然是有他的用意，可灵犀已意识到，他的话是真的。哥哥若未受重伤，尚不要紧，可既然受了重伤，就需要她的痊愈之力。可是，哥哥得到痊愈之力后，昼晦当真会离开吗？

"此事其实不难……"昼晦的声音温和了些许，"对于你来说，极为容易。"趁着灵犀出神，他已走到她近旁，不动声色地盯了眼她手腕包扎好的伤口，做好随时躲闪的准备。

"等等！"灵犀猛然抬头，"既然你一直想借我哥哥来操纵东海，那么即便他得到了痊愈之力，你也不会离开他，对不对？"

闻言，昼晦不再迟疑，突然出手，右手捏剑诀，快捷无比地向她眉心点去。

两人相距太近，这一生变又甚是突然，灵犀避闪不及，只觉仿佛从眉心处伸入一只巨手，要将她整个人撕裂开来，痛苦难当，模模糊糊之中只能听见小肉球焦急的"嗷嗷"叫声。

第十三章 生死危机

第十四章
鸠占鹊巢

墨珑等人堪堪赶到蛤蜊滩，就被眼前的景象惊呆了，凹凸不平的砾石滩上躺着上百头逆戟鲸，奄奄一息，而且竟然还有逆戟鲸正在继续冲上滩涂，这种疯狂的行径无异于是在自杀。

到底出了什么事情，让这些逆戟鲸前赴后继地且毫无价值地赴死？

东里长挂着拐，走近最近的一头逆戟鲸，这头鲸鱼已经非常虚弱，他用拐杖撑起鲸鱼的眼皮，皱眉看了看……

夏侯风探头过来，却看不懂，只得问道："老爷子，看出什么来了？"

不理会他，东里长眉头皱得越发紧，看向正检查另一头逆戟鲸的墨珑，两人四目相对，心下皆一片冰凉——这上百头逆戟鲸竟都是被活生生地吸取了灵识，如行尸走肉，纷纷冲上浅滩。

而做这件事的人，墨珑已经可以确定，必定是灵均！

墨珑料到了灵均受伤之后迫切需要吸取很多灵识用于自我恢复，所以才设下计策，但想来此计不知怎的让灵均知晓了，所以灵均用蛊虫控制巨型章鱼来袭击他们，洗清了他自己的嫌疑，然后对海中这上百头逆戟鲸下手，取走灵识，任它们自生自灭。

他之前只是对偷渔的渔夫和买卖鲛人的商贩下手，还算得上是为东海复仇。而现在……墨珑深颦眉头，若灵均体内当真还有一人，那么只能说明，灵均已经无法再制约他了。

灵犀、灵犀……她在此时回到东海，无异于是羊入虎口！

墨珑心急如焚，望着茫茫大海，无法控制住心底的慌乱和无力。这种无力感，上一次已是在数百年前，他眼睁睁地看着娘亲死去的时候。而现下，这种无力感卷土重来，仿佛更甚于从前，灵犀虽然还活着，可他进不了东海水府，甚至连潜入深海都不可能，根本无法去保护灵犀，只能任由她处于危险之中却无能为力。

"啊——"从胸腔深处爆发了一声怒吼，继而他跪倒在蛤蜊滩上，重重一拳捶向地面，手背指节被滩涂上的砾石划得鲜血淋漓。

白曦与夏侯风仍未想明白其中的缘由，见墨珑这般模样，两人都吃了一惊。"珑哥这是怎么了？"白曦忙去问东里长。

东里长又怎会不知墨珑的心境，叹了口气，轻声道："这些鲸鱼都是被灵均吸取了灵识，所以灵犀现下很危险。"

夏侯风恍然大悟，忙道："那咱们得赶紧告诉她呀！"

白曦捅了捅他，示意他小声点儿，然后才说道："经过昨晚一事，清樾已然认定行凶者是那只章鱼，怎么会相信是灵均做了手脚。再说，咱们这些人，谁能进得了东海水府？莫说是进水府，就是潜入水中咱们也不行啊，就连叫灵犀小心提防灵均都做不到。"

夏侯风默然良久，突然道："咱们进不去，可以找人进去啊！"

"找谁啊？谁能帮咱们？"白曦反问他。

无言以对，夏侯风再次默然。

正在此时，半空响起一声鹤唳，墨珑猛然抬头，看见一只白鹤自长空翩然而来，羽衣胜雪，正是雪九。

对了，雪九！雪九终于赶回来了！他可以下到东海水府救出灵犀！

墨珑复振奋起来，快步向雪九迎去。

因为金铃在墨珑身上，金铃上又有自己的灵力，所以雪九飞来时，一下子就能感应到金铃在蛤蜊滩上。而当他飞到滩涂上空，便被下头的景象所惊呆，上百头逆戟鲸前赴后继搁浅而死，看着着实惨烈至极。

"这……这是怎么回事？"他落地后化为人身，张口便问墨珑。

墨珑此时已是心急如焚，顾不得客套，简要地将事情讲述一遍，随即催促他赶紧去东海水府救人。

想到灵均竟吸取这么多头逆戟鲸的灵识，雪九不寒而栗，知晓确实不能再耽搁下去，转身便跃入海中。

墨珑立在滩上，心头焦切，如被密密匝匝的藤绳紧紧缠绕着，既透不过气，又挣脱不开。他深知，雪九要带走灵犀，须得有清樾的首肯才行，但清樾经过昨夜之事，更加不会怀疑灵均，又怎么肯相信雪九的话呢？

捏着避水咒，雪兰河一路疾游，穿鱼过藻，翻过海底起伏的山脉，很快来到东海水府。

牌楼下的侍卫见是雪兰河，知晓他不仅是玄飓上仙驾下的右使，而且是专门为了灵均太子留在府中，自然不会拦他的路。

而雪兰河在询问之下，才知晓清樾已去了南海参加水君继位大典。

此时清樾不在，事情反倒还好办些，只是日后向她解释起来，难免要为自己擅自做主多赔几个不是。雪兰河打定了主意，便一路往灵犀所住的瞻星院去。

到了瞻星院，问了侍女，侍女称看见灵犀往白沙地去了，向雪兰河指明方向。雪兰河一面得知灵犀尚且无碍稍稍放心，一面沿着廊下行去。待他赶到白沙地，便看见灵犀躺在地上，小肉球围着她急得直打转。

"灵犀！灵犀！"

雪兰河快步上前，蹲下身去看灵犀，只见她双目紧闭，银牙紧咬，似经历了极大的痛楚，任凭他怎么唤她，她始终无知无觉，再探她脉象，已是若有似无。

因在谷中耗费灵力修为甚多，加上天镜山庄与东海相隔甚远，雪兰河星夜兼程赶来，整个人犹如强弩之末。灵均一夜间吸取了上百头逆戟鲸的灵识，想来已经魔化很深，加上灵犀已命悬一线，雪兰河此时不便与灵均对上。

他一把抱起灵犀，想起在雪谷时澜南曾给灵犀的丹药，自言自语道："丹药呢？"

闻言，小肉球"嗷嗷"几声，就往灵犀日常起居的静峰轩奔去。

而不远处传来人声，似有人往这边过来了，雪兰河生怕将灵均引来，不愿在水府多加停留，便裹了灵犀，一路上也不理会侍卫侍女们的问话，径直想要出府去，却未料到，才出瞻星院便遇见了班乾。

原来班乾听到侍卫禀报，得知雪兰河忽然回到府中，也不知有何事，如今大公主清樾不在，他生怕怠慢了这位天镜山庄的雪右使，所以匆匆赶过来。

"雪右使，这是……"看见雪兰河抱着晕厥的灵犀，他大吃一惊，"小公主怎么了？"

雪兰河无法与他多说，只能叮嘱道："小心灵均，一定要小心灵均！"

班乾一头雾水："不是……小公主她怎么了？"

"她出了点儿状况，我须得带她上岸去。"

"大公主可知晓此事？"班乾尚记得上回灵犀偷溜上岸时清樾的怒气，好不容易灵犀回来了，怎么又要被带上岸？

"眼下我来不及告诉她……"

雪兰河抱着灵犀就要走，班乾跟在后头急急地追。

"雪右使，此事……我……看不妥……"班乾气喘吁吁道，"您这样……将小公主带离……实在……实在……有失体统……"

"我也知晓甚是失礼，日后自当向大公主赔罪。"雪兰河说着，看见牌楼就在前面，生怕班乾再加阻拦，纵身跃起，从牌楼上方离开。

"雪右使，你……"班乾阻拦不及，眼睁睁看着雪兰河远去，看向左右的侍卫，急道，"你们还不赶紧追，看看他到底把小公主带哪里去了！"

侍卫们忙不迭地顺着水波留下的痕迹追去。

班乾叹了口气，忽又想起雪兰河的那句话来——"小心灵均，一定要小心灵均！"

他颦眉寻思，这话又是何意，是叫他小心提防灵均，还是小心灵均身体抱恙呢？小心提防灵均，想来不太可能。看来应该是让他小心些，莫让灵均操劳过度伤身。

　　雪兰河从海中出来，刚露头，墨珑一下子就看见他，见灵犀被雪兰河抱在怀中，他的心顿时猛地往下一沉——灵犀当真出事了！

　　"灵犀怎么了？"墨珑涉水朝雪兰河迎去，眼睛一眨不眨地望着灵犀。

　　"我赶到她就已经是这样了。"从深海出来得太急，雪兰河喘了口气，将灵犀交给墨珑，"……后头有人在追我！"

　　墨珑抱过灵犀，看见她眉头紧皱，面容仍带有痛苦之色，也不知她究竟遇见何等事情，不由得心中大痛。

　　此时，奉命追雪兰河的侍卫们也赶到了海面，雪兰河喘着气看向他们，尽力有礼道："请诸位回去告诉班总管，灵犀有危险，我带走她是为了她好，不得已而为之，此事我自会向大公主解释清楚，请他不必担心！"

　　侍卫们面面相觑，他们自然知晓雪兰河是何等人，也不敢出言不逊，当下拱手道："职责在身，还请右使见谅。你带走小公主，好歹得让我们知晓个去处，回去也有个交代。"

　　雪兰河迟疑片刻，看向墨珑。

　　墨珑沉声道："我们就在距离此地五里处的渔村，聂季也知晓。班总管若不放心，尽管让聂季到渔村来寻我们。"

　　雪兰河看向侍卫们："诸位以为如何？"

　　以雪兰河的身份地位，确实不至于来骗他们几个小侍卫，侍卫们又对视一眼，拱手退回海中。

　　墨珑与雪兰河经过一具具逆戟鲸的尸体，朝滩涂上方的小道走去。此时的滩涂之上已是人声鼎沸，附近几个渔村的渔民听说这里有这么多白捡的鲸鱼，全都赶了过来，就地将鲸鱼开膛破肚，取肉割脂，个个唯恐慢人一步，忙得热火朝天。雪兰河看着这些渔民，心底一阵阵不舒服，尽是说不出来的滋味。

　　一直在树下歇息的东里长等人，见到墨珑抱着灵犀回来，也都吃了一惊，连忙赶上前来询问，而墨珑心事重重，根本无心回答众人的问题，好在雪兰河颇有耐心，一一对东里长等人解释。

　　"对了，你留给灵犀的丹药呢？"墨珑问道，"可给她吃过了？"

　　雪兰河歉然道："当时形势不明，我一时间不知晓丹药放在何处，又生怕被灵均发觉，不敢逗留太久。"

　　"……连你也怕灵均？"墨珑意识到了什么，雪兰河的这般举动实在与他右使的身份不匹配，更何况，此前的种种迹象也说明灵均确实对雪兰河十分忌惮，所以雪兰河在东海水府时，他始终不敢行邪事。

似有苦衷，雪兰河不愿多谈，只道："先回渔村再说吧。"

看着怀中昏厥不醒的灵犀，墨珑极力掩饰住自己的心慌意乱：他不知晓灵犀这一昏迷究竟多久才能醒来，又想，只要她还能醒来便好，不管多久，他终是能等的……

刚进渔村，便看见聂季已然站在破旧的小屋外，正自焦躁不安地四下张望，直至看见墨珑等人，这才松了口气，紧接着又看见墨珑抱着灵犀，立刻紧张起来……因他来得急，班乾并未对他细说缘由，只说灵犀被雪九带走，让他赶紧上岸跟着，莫出什么岔子。

"灵犀怎么了？"聂季忙迎上前问道。

墨珑抬眼，几乎算得上是恶狠狠地瞪了他一眼，没搭理他，自顾进了屋子。

聂季不解："他怎么了？"

而随后而来的东里长、夏侯风和白曦，对聂季都没有好脸色，要么沉着脸，要么黑着脸，要么装着没看见他，鱼贯进屋去。

聂季越发一头雾水，虽说他与这群人还算不上朋友，可自问也未得罪他们，怎么个个都对自己这般不待见？

"到底怎么了？"他立在门口急道。

雪兰河拍拍他的肩膀，劝道："灵犀一直没醒，大家心情都不好，你多担待点儿……咦，你也来了！"说着，他从地上拎起小肉球。小肉球很欢喜，直往雪兰河脸上凑。

"我出府时，看见它也想出来，被侍卫拦着。我想它大概是想跟着灵犀，就顺便把它带过来了。"聂季道。

小肉球脖颈处挂着一个锦袋，此时拼命甩头，想把锦袋甩下来。雪兰河便替它取下锦袋，打开一看，里头正是他留给灵犀的小玉葫芦。

雪兰河惊喜地摸摸小肉球的头："原来你特地去取了丹药想送来？"

小肉球连连点头。

"真乖！"雪兰河抱着小肉球，快步进屋去，朝墨珑喜道，"丹药在这儿！"

独独剩下聂季一人被抛在门外，没人理会，甚是尴尬，站了片刻，毕竟关心灵犀的状况，也顾不得其他人的眼光，也赶了进去。

拿到小玉葫芦，墨珑面色稍霁，倒出丹药让灵犀服下，然后将她放到床上，替她拢了拢发丝，守在一旁静静等她醒来。

"灵犀究竟怎么了？怎会又晕过去？"聂季忍不住再次问道，他与灵犀打小就在一块儿玩，眼看她这般模样，自然关切得很。

他不问还好，一问之下，墨珑猛地转过头来，紧紧盯着他，冷冷道："我问你，昨日你是不是走漏了消息？让灵均得知了咱们夜里的计划？"

聂季立刻道："没有！不可能！我说这事的时候，灵均根本不在场。"

"旁人呢？除了清樾之外，还有谁？"墨珑追问道。

聂季也怒道："你当我傻吗？我也知晓此事须得保密，所以特地寻了个没人的空当儿向大公主禀报！"

墨珑仍皱眉道："那你仔细想想，究竟消息是从何处走漏的？"

聂季不服气道："为何一口咬定是我走漏了消息？昨夜抓到的明明是只章鱼，也与灵均无关。小狐狸，你是不是看事情未如你原先所料，所以恼羞成怒，非得找个由头来替自己开脱？我告诉你，别想从老子这儿下手，当我是软柿子吗？"

这话他不说还好，一说之下，墨珑气急，猛地起身，一手揪住他的衣领，一手指向昏迷不醒的灵犀："只要灵犀能够好好的，我宁可我错一千次一万次，也不打紧！我告诉你，就是因为消息走漏，所以灵均才会将计就计，用巨型章鱼来袭击我们，让清樾误以为此事与他无关。然后他自己在海中悄无声息地吸取了上百头逆戟鲸的灵识……"

狠狠格开他的手，聂季疑惑道："逆戟鲸冲入浅滩一事与灵均有关？"

担心两人再起冲突，雪兰河拦到两人中间，朝聂季道："那些逆戟鲸都是被活生生吸取了灵识之后，失去六感，所以才会冲上浅滩自杀。"

"怎么会这样！"聂季大惊失色，紧张地思量片刻，还是无法相信，"……也许不是灵均？"

"若不是灵均，灵犀现下又怎会变成这样！"墨珑怒道。

"可是……可是我真的没有走漏消息，我可以对天发誓！"聂季也急了。

白曦忙说道："会不会是清樾无意间告诉了灵均，又或者告诉旁人，比如班总管……灵均是由旁人口中得知此事的？"

他这么一说，聂季似想起了什么，迟疑道："我向大公主禀报此事之后，大公主让我先在外头等一会儿，待她处理完公务再走，其间班乾和几位将军都进去过。难道，大公主曾向他们提及此事？"

雪兰河轻叹口气："罢了，此事现下无从查证，我们也不必再猜忌，事已至此，须得想想下一步怎么办。眼下，清樾去了南海，东海水府此时无人能够制约灵均，着实麻烦。"

"连你都说怕了灵均，还能有什么法子？"墨珑看向雪兰河，语气讥讽，"我倒是想问问，此事因天镜山庄而起，演变成如今这种局面，玄飔上仙作为驻世三青鸟之一，不闻不问，只让你来。而你枉有数千年的修为，远远在我们之上，却告诉我，连你都怕了灵均。哼……枉世人还以为天镜山庄中人一直在守护四海八荒，原来竟是这样的守护？知晓的恐怕都要笑掉大牙了！"

知晓他因为灵犀出事，心绪不宁，还有满腹愤然，加上自己在此事上麻痹大意，被灵均所迷惑，也确有责任，雪兰河不气不恼，缓声道："君上无法前来，是有不得已的苦衷，还请诸位体谅。"

"什么苦衷？"夏侯风对天镜山庄尤为不满，直愣愣地道，"你知不知道，昨夜里头，我们仨被那只章鱼拖入海中，差点儿被它弄死。"

白曦语气虽缓和，但也能听出其中的不满："雪右使，此事因天镜山庄而起，且玄飓上仙，还有驾下左右使等人，你们的修为远远高于我们。对付灵均，想来对于你们也就是动动手指头的事儿，何必看着我们这么操心搏命还落不着好呢？"

"我……"

雪兰河心道：若不再与他们说明此事，恐怕对天镜山庄的误会将越来越深。自己被误会倒不打紧，只是君上的名誉却会因此受损，着实不妥。

"我与你们说实话便是……"他轻叹口气，在桌边坐下，"因澜南上仙病重，君上用尽毕生修为为她疗伤，险些丧命，我和雪五费了好大劲儿才将他救回。眼下君上已是修为尽失，与凡人无异。便是他来了，只怕也无力对抗幽冥地火。"

往日也曾听说过三青鸟情谊深厚，却怎么也想不到玄飓上仙为了替澜南上仙疗伤而散尽修为，此事当然无可指摘，一时间众人寂然。

灵犀尚在晕厥中，墨珑此刻只能考虑实际问题："你和雪五还剩多少修为？"

雪兰河不答，只道："你放心吧，小狐狸，此事我不会袖手旁观。"

墨珑本来还想追问，但看雪兰河面容甚是憔悴，甚至全身还是湿漉漉的，竟然连把自己弄干的灵力都舍不得动用，他心下稍软，转身到床边照看灵犀，未再说话。

出了这么大的事儿，该立刻叫大公主回来才行！聂季寻思着，南海水君继位大典虽然要紧，但也抵不过这事。只是怎么才能让大公主相信呢？经过巨型章鱼一事，单凭一面之词，拿不出丝毫证据，显然大公主是肯定不会相信自己……

"下一步怎么办？"聂季心里烦恼，口中不知不觉也问了出来。

墨珑定定看着灵犀，沉声道："只要灵犀一醒，我就带她离开这儿，别的事情与我再无关系！"此时此刻他已别无所求，只盼灵犀能够醒来，再不要受到其他伤害。

"你……"

聂季心想，你撒手不管也就罢了，大公主怎么可能让你带走灵犀。

一直没有开腔的东里长缓缓道："正是这话，此事本就与我们无关，若不是因为灵犀，我们根本不会留在此地。现下，东海的人在这里，天镜山庄的人也在这里，再怎么论，此事也摊派不到我们身上吧。"

听他语气，倒像是东海无能一般，聂季恼道："没人求着你们留下，你们要走就走，我们东海的事情自己会解决！"

"自己能解决最好！"夏侯风顶过去，愤愤不平，"把我们害得还不够吗？小白差点儿被肚子里头的幽冥蛊虫害死，昨夜里珑哥也差点儿死了。"

"你莫忘了，是灵犀救了这只羊。还有他，昨夜可是大公主亲自出手救了他……"聂季后驳道。

雪兰河耳中听见他们的吵嚷声，心下甚是失望。虽然他心中也知晓，墨珑口出此言，也是因为灵犀出事，已是心中大乱。但他曾亲身经历过八千年前与幽冥界的大战，当时为了阻击幽冥大军，众志成城，人人奋勇当先，牺牲者不计其数，那时候又何曾有人轻言放弃。

听他们吵得脸红脖子粗，雪兰河想要开口相劝，不期然胸中气血翻涌，喉头一甜，他心知不妙，硬生生将要涌出之物咽了回去。这数日来，他连日奔波劳累，从东海赶回天镜山庄，耗费修为与灵力救回君上，又日夜不歇地守在澜南上仙榻前，紧接着听闻东海出事，立刻再赶回来，将灵犀带出水府。数日数夜，不眠不休，再加上修为耗损过巨，他的身子已然有些支撑不住了。

山海大陆，群山之间，一座座烽火台已被废弃数千年。

一群白鸟从天镜山庄飞出，振翅飞上距离山庄最近的烽火台，羽翼扇动，上下翻飞，如同冲天而起的白色火焰一般。

不多时，远远地，下一座烽火台也聚集起了同样有着白色羽翼的鸟儿，种类各不相同，有白隼、白猫头鹰、白鹭等，它们亦在烽火台上下翻飞，洁白的羽翼映着日头，用身姿诉说着无声的悲恸。

下一座烽火台、下下一座烽火台……直至整个山海大陆的每一座烽火台上都有飞翔的白鸟。而各地的风雨神望见这奇异的白色烽火，皆默默而立。

渔村中，小屋内，聂季与夏侯风尚在你一言我一语地争吵中，忽然听见外间有小孩儿在喊："下雪了！下雪了！"

玄股国在南边，此刻还未入冬，怎么会下雪？初始众人都以为小孩儿胡闹，并不理会，没想到过了一会儿，便听见外头有大人在惊呼——

"这时节，怎么会下雪？"

"这是异象！异象！"

当真下雪了？众人面面相觑。白曦忙往门外去，一推门，纷纷扬扬的雪花被风刮入屋内，众人看见，皆是惊诧。

夏侯风奔出屋外，见漫天大雪，飘飘洒洒，雪片都有巴掌般大，很快便将目光所及之处都覆上一层白色。

"此间的风雨神喝多了犯糊涂吧？"聂季也走了出来，皱眉望天。

如此异象，屋中众人都出门来看，除了墨珑。他专注地守着灵犀，莫说外间是下雪，便是下金子，他也毫无兴趣。

雪兰河立在雪中，任凭雪落满身，一动不动。小肉球大概是头一回看见雪，兴奋不已，在雪地里头印脚印，打滚，扑腾，就数它最兴奋。

东里长拄着拐杖，担忧道："天降异象，恐有大祸将至。"

"老爷子，你别吓我！"白曦听得不寒而栗。

雪兰河轻声说道："你们不必担忧，这不是异象，而是讣闻，想要告知天下的讣闻。"

白曦听了，奇道："讣闻？谁死了需要漫天大雪来告之天下？难道除了玄股国，其他地方也都在下雪吗？这阵仗也太大了吧！"

东里长看向雪兰河，顿时意识到了什么，忙朝白曦使了个眼色，让他莫再问了。夏侯风一肚子好奇，看见东里长使眼色，只得忍住。

聂季却自然要问个清楚："谁啊？能让四海八荒的风雨神都为之下大雪，这得是什么人？"

雪兰河艰难地张了张口："……是澜南上仙。"他离开之时，澜南尚未离世，虽然知晓希望渺茫，但他心中总存了一丝希望，盼着有转机出现，澜南还能转醒，没想到他才刚刚离开，便已是天人永隔。

"讣闻……澜南上仙死了！"夏侯风这下总算明白了。

随着他的话，雪兰河无法再压住胸腔中的翻涌，嘴角渗出鲜血，身体无声无息地倒在雪地之中。

"喂！喂！"

众人都吓了一跳，夏侯风最甚，以为是自己说错了什么话。东里长忙唤人先将雪兰河抱进屋内。

意外这样接踵而来，聂季立在院中，看着苍茫大雪，内心不免仓皇："又倒下一个，这到底是怎么了？"

见雪兰河晕过去，墨珑亦吃了一惊。东里长为雪兰河探脉，片刻后朝众人道："积劳过度，加上悲思伤身，唉……小白，你煮些小米粥，待会儿喂他喝一些。"

白曦应了，又拖着夏侯风去烧火，他自己洗锅淘米。

"悲思伤身？"墨珑询问地看向东里长。

东里长朝外头努努嘴，叹道："你道这场大雪为何而下？这是讣闻，只有上仙离世才会如此昭告天下。"

墨珑一听便懂了:"澜南上仙?"

东里长沉重地点了点头:"三青鸟奉西王母之命,驻世守护山海大陆,如今三去其二,连唯一的玄魍上仙都已修为尽失,与凡人无异。而幽冥地火在此时重现人间,看来有一场大劫将至。"

墨珑静静看着灵犀,什么山海大陆的劫数,还是青丘的动荡,眼下他都无心去思量,他只希望灵犀能够醒来……从灵犀服下丹药,已经过了许久,她依然没有丝毫转醒的迹象,这令他更加担忧。上一次在雪峰下,同样的丹药,灵犀只过了一会儿就醒了,怎么这次过了这么久都没有醒来?会不会……不会!一定不会的!

他的手摸上她的额头,然后轻轻盖住她的双目,手无法自控地颤抖着,心中一遍遍地告诉自己:不会的!不会的!她一定没有被吸走灵识!一定还能醒过来!

"你是不是怀疑……"东里长见灵犀一直没醒,而墨珑的手覆上她的双目,"……和那些逆戟鲸一样?"

"不可能!不会的!"墨珑斩钉截铁地说道,只是他口中虽如此说,却怎么也不敢去看灵犀的眼睛。

东里长知晓他的心境,蹒跚上前:"让我看看。"

"老爷子……"墨珑立即拦着他的手。

东里长慢慢拿开他的手,安慰道:"总得知晓她究竟怎么了,兴许还能找出别的法子来呢。"

明明知晓东里长的话有理,或者说这道理他早就懂得,但出于本能地惧怕,墨珑牢牢抓住东里长的手,目光痛苦:"再等等,也许她马上就会醒了。"

东里长叹了口气:"你想想,最坏的事情咱们都经历过了,还有什么可怕的。"

"……我的命不好,万一……"

墨珑紧紧握着东里长的手,几乎在他手上捏出青紫来,东里长也不叫疼,很有耐性地等着他自己缓过来。

过了半晌,墨珑自己松开手,下了决心般:"我自己来看。"

"好。"东里长道。

墨珑伸手,轻轻拨开灵犀的眼皮,察看她的瞳仁。一个人是否灵识被夺,从瞳仁中便可看出端倪,若是瞳仁涣散,毫无光彩,加上整个人如行尸走肉,便已是十之八九。

而灵犀的瞳仁黯淡无光,但所幸并未涣散。墨珑深吸口气,又察看她的另一只眼睛,亦是如此。

这种情况,又该怎生才好?

"如何？"最紧张的是聂季。

墨珑没回答，朝东里长道："老爷子，你来看一下。"

东里长依言，依次看过灵犀的双目，皱紧眉头："……看来要用追魂术才能弄清楚。"

"她到底怎么样？"聂季急道。若是灵犀身上当真发生灵识被夺这等事情，他想好了，不管对方是不是灵均，也不管灵均是不是被幽冥中人附身，也不管大公主是否首肯，他都要替灵犀报仇！

墨珑此时才看向他："现下还看不出来，只是她双目无光，灵识肯定是出了问题，须得用追魂术才能知晓问题在哪儿。"

追魂术，聂季倒是听说过，但从未修习过这等术法，忙问道："你可会这术法？"

墨珑朝东里长努努嘴："老爷子会，但是……"

东里长示意墨珑不必再往下说："我来试试吧。"

"再等等……"墨珑忙阻止道，"等雪兰河醒了再说，他是天镜山庄的人，也许会有别的法子。"

聂季不解，急道："灵犀吃了丹药也没醒，为何不用追魂术试试？"

墨珑盯了他一眼："追魂术不是一个寻常法术，施术者须得灵识离体，不能受到任何干扰，否则自身会有极大损伤。不到万不得已之时，最好不要用。"

听闻如此凶险，聂季也不再出声，靠在墙上，担忧地看着灵犀。

外间，柴火噼啪作响。

屋外，大雪纷飞。

片片雪花飘入海中，顷刻消融，无声无息。

灵均立在浪头之上，望着这苍苍茫茫的天地，雪落了他一头一身，他自伫立不动，眼底的恨意一点一滴地迸发出来，直至满溢，双目不知不觉间已成血红。

"你居然真的死了！"

昼晦心中恨极，想数千年来，她始终未被他控制，而是固执地与他对峙，宁可一点点消耗自身修为，宁可容颜渐衰，却始终不肯退让半步。八千年前，是他看错了人，他原以为她虽为三青鸟之一，但性情温柔，待人极好，附身于她应该不难把控。到时候，她的修为灵力可尽数为他所用，再让三青鸟在世人心目中的形象尽毁。可是……他始终没有得逞，她宁可玉石俱焚都不曾给过他半分机会，最后他不得不另择人选，并在离开她时毁去她对自己的记忆。

"你以为这片山海大陆，当真值得你这样以命相护吗？"昼晦冷笑着，袖中的手攥握成拳，举止间狂态毕显，"你死了，他们有谁会记得你？有谁会为了你难过吗？我告诉你，没有！他们照样夜夜笙歌，照样锱珠必较，照样自顾着自己的一亩三分地……这样一群庸人，也值得你以命相护？"

说着，昼晦跃入海中，激起冲天水花。

灵均慌了神："你……你要做什么？你莫要乱来啊！"

"闭嘴！"昼晦狠狠道，"今日若不是你阻拦，灵犀早已是我的囊中物，何至于让雪兰河带走。"

"你已吸食了我东海上百头逆戟鲸的灵识，难道还不够！"灵均急道，"为何非要杀我妹妹？"

昼晦道："怎么你忘了，杀了灵犀，你也有好处！"

灵均沉默片刻，才道："她终究是我一卵同胞的妹妹，你要走便走，总之不能杀她。"今日昼晦突然对灵犀出手，不仅灵犀措手不及，连他也是措手不及，差一点儿就看着灵犀死在眼前。

"惺惺作态！"昼晦冷哼道，"我实话告诉你，灵犀必须死！"

灵均闻言大惊："为何一定要她死？"

昼晦却又不愿再回答，想起白沙地之事，越发恼怒。今日他本可以尽数取走灵犀灵识，没想到先是被灵均阻拦，紧接着被地上的小肉球以水箭击中。待他想再次动手时，却隐隐听到了雪兰河的声音，以他目前的能力还无法与雪兰河对峙，不敢逗留，忙匆匆离开，此事功亏一篑，着实令人气恼。

灵均还想说什么，却被昼晦压下，又不知昼晦究竟要做出何等事情来，心下越发慌乱。

昼晦回到东海水府，即刻命聂伯、安澜、耿轩、定涛四名将军来见，传下指令，要他们在一个时辰内点齐十万兵将，对玄股国开战。

众将乍听此事，皆大惊。

聂伯忙拱手问道："太子殿下，何故要突然出兵？"

"这些日子，我对玄股国明察暗访，他们根本没有遵守与东海的合约，照样偷渔，贩卖鱼皮制品，买卖鲛人。"昼晦道，"昨夜更甚，居然诱捕上百头逆戟鲸，割肉取脂，简直是欺我东海无人，是可忍孰不可忍！"

"逆戟鲸一事，臣也知晓。只是鲸鱼的死因尚未查出，一下子有上百头冲上浅滩，此事恐怕另有蹊跷。"安澜将军禀道。

昼晦道："此事我已查明，确实是玄股国人所为，他们利用妖术，令逆戟鲸失去方向，冲上浅滩送死。"

"太子殿下可拿到证据了？"安澜将军不依不饶。

昼晦冷冷看向他："将军的言下之意是，我在骗你们？"

安澜将军拱手道："微臣不敢，但兵者，国之大事，死生之地，绝不可擅动。

微臣以为，兴兵一事，应等大公主回来再行定夺。"

"大公主……"昱晦冷道，"你们对我口口声声称太子殿下，可究竟把我这位太子殿下摆在何处？"

四名将军齐齐道："微臣不敢。"

"姐姐临行之时，已将玄股国事务尽数交由我处理，如今出了这等大事，死了上百头逆戟鲸，兴兵惩处，势在必行！"昱晦看向安澜将军，"安澜将军，你再三阻拦，究竟是何居心？"

安澜将军大惊，忙道："卑职绝无他意，只是觉得东海与玄股大战刚刚结束月余，此时不宜再战。"

聂伯也忙道："安澜将军所言有理，请太子殿下三思！"

昱晦一摆手："诸位将军无须多言，我决心已定，一个时辰之后即刻发兵！"

"一个时辰恐怕来不及，"定涛将军道，"许多兵将平素都在岱屿、员峤、方壶操练，一个时辰要令他们赶到玄股海境，只怕不易。"

昱晦眸光微沉，冷冷问道："那么，一个时辰内能赶到玄股海境的，有多少士兵？"

四位将军彼此对视片刻，聂伯答道："只有两万。"

"够了！"昱晦随即道，"先调集这两万兵士，作为前锋，随我前往玄股国。另外八万人马须在两个时辰内调齐，等我号令。"

"太子殿下……"没想到仅有两万人马，灵均都坚持要出兵，聂伯急道，"即便要兴兵，也不必如此着急啊。"

"就是要打他们一个措手不及，难道还要等他们有所戒备再去吗？"昱晦一挥手，干脆利落地制止了还欲开口的将军们，"尔等休再多言，速去点兵，一个时辰之后，我要率兵出发。"

"太子殿下！"安澜将军单膝跪下，膝盖触在石板上，砰然有声，"逆戟鲸一事，并无实证，冒然出兵玄股，非我赫赫东海所为，恕微臣不能从命！"

"你……是想抗命吗？"昱晦微眯起眼，"看来你眼中，压根儿就没有我这个太子殿下。"

"请太子殿下三思。"安澜将军性情耿直，宁折不弯。

昱晦冷笑："公然抗命，好，很好！"说着，将手边的镇纸玉石砸出去，玉石边角锋利，正中安澜将军左眼，顿时鲜血直流。

"目无尊上，我看你这双眼睛也不必再要了！"昱晦狠狠道。

众将骇然，忙上前劝解。

昱晦重重道："一个时辰之后，发兵东海，胆敢违令者，杀无赦！"

因为昼晦的命令，班乾一直守在殿外，无法入内，只听得殿内有动静，却又不知究竟发生了什么事，急得他团团转。好不容易等到将军们都出来了，看见安澜将军满脸鲜血，吓了一跳，连忙上前询问。

"赶快让大公主回来！"聂伯朝他低声道，"太子殿下一个时辰之后就要发兵玄股，我们拦都拦不住。"

"什么！"班乾大惊失色，"发兵？"

"安澜将军力劝，结果……"聂伯咬牙道，"他毕竟是太子殿下，我等人微言轻，只有大公主才能拦得住他。快，必须赶紧让大公主回来！"

班乾连连点头，早先灵犀被雪兰河带走时，他就已经派人去告诉清樾了，现下连忙再派一人，以最快的速度前往南海。

一个时辰之后就要发兵，恐怕大公主即便收到消息也赶不回来，想起清樾临走时的托付，班乾自觉责无旁贷，迈步上玉阶，前往大殿。

"你怎么能这样对他？他可是东海的有功之臣。当年平叛海狼之乱，他……"眼睁睁看见他打伤安澜将军的眼睛，灵均心惊且心疼。

"闭嘴！"昼晦狠狠道，他已经对灵均越来越不耐烦了，若非他还无法完全自主地控制身体，他早就想杀了灵均。

班乾目瞪口呆地看着灵均的背影，他知晓自己没有听错，从灵均的身体内确实有两个声音发出，这等诡异的事情他曾经听说过，但是从遥远的典籍上看到的，简直不敢相信竟会发生在他的眼前。

听见动静，昼晦迅速回头，正看见班乾惊诧的模样。

"你来作甚？"他眉头一皱，喝问道。

"老臣……"班乾重重清了清嗓子，借机稳定心神，"老臣方才在殿外看见安澜将军受伤，才得知太子殿下欲出兵玄股……"

昼晦不耐烦地打断他："怎么，你也是来劝我的？"

"老臣不敢！"班乾躬身道，"只是大公主临走时曾嘱咐老臣，千万注意太子殿下的身子。老臣以为，太子殿下身子尚未痊愈，这等动刀动枪的事情着实伤身劳神，不如还是等大公主回来……"

"闭嘴！"昼晦本就心绪不佳，这些东海臣子在耳边絮絮叨叨，对他而言简直比苍蝇还烦人，这个东海他已然不想再待下去了。他冷冷打量了下班乾："老东西，多大年纪了？"

听他这么一问，灵均知晓他已动了杀机，顾不得许多，挣开昼晦对他的钳制，朝班乾喊道："班爷爷，快走！快走！"

见灵均在瞬间转变两种面孔，后者的担忧焦虑已溢于言表，依然是被自己从小看着长大的小太子，班乾此刻如何还顾得上自己，反而是一心只关心灵均的安危。

"太子殿下……你是不是被邪灵附体了？"

"快走啊！"

灵均朝班乾大喊，却无法阻止昼晦一步一步朝班乾行去，手掌一扬，昼晦已然出手。

"快走！"灵均想尽力将手收回，然而自从昼晦吸取了越来越多的灵识，昼晦的力量已经一日日超过他，包括对这具躯体的控制，他都已经丧失了大部分，便是想抬抬手，都如同要举起千斤一般沉重。

昼晦要出手，灵均拼死要回撤，动作不免迟缓。

班乾这数千年也不是白活的，他虽是文修，但应变之道早已烂熟于胸，当下脖子一缩，显出原身，两条后腿在近旁琉璃柱上用力一蹬，顺着水势，硕大无比的龟壳漂了出去。

"这老东西！以为这样就能逃出去？"

昼晦哭笑不得，运劲于掌，正待凌空击出，灵均急中生智，大声道："他昔日也曾见过'澜南'上仙。"

听到"澜南"二字，昼晦果然一怔，转而冷笑道："那又如何？"

"那……那……"

灵均也编不出什么理由，但见这一小会儿工夫，班乾的身影已经隐没在水光之中，方才心下稍安。蚌嬷嬷已死，当时是自己阻拦不及，若是班爷爷也被他害了，自己当真是东海罪人。

见班乾已逃远，昼晦冷冷一笑，大步走到殿外，唤来侍卫："传我口谕，班乾身中邪术，胡言乱语，神志不清，速速将他拿下。"

班总管方才还好好的？怎么会突然中了邪术？殿前侍卫不明就里，面面相觑，一时间无人动作。

昼晦将脸一沉："你们也想抗命不成？"

"卑职不敢。"侍卫们忙领命，匆匆离去。

"你到底想做什么？"灵均已越来越不明白昼晦，"回东海时，我们事先便已说好的，你不可伤我东海的人。但你一而再、再而三，你……"

当年他被重伤之后，是昼晦潜入他体内，才替他续下命来。在枪冢之中，昼晦受冰鉴枪所迫，损伤甚大，勉力支撑着灵均活下去。灵均感激他续命之恩，帮着他躲过冰鉴枪。回到东海之后，昼晦虚弱至极，急需吸取灵识，灵均与他说好，绝不可乱杀无辜，故而昼晦没有伤害东海水府中人，而是浮上海面，杀了两名偷渔者。

雪兰河每晚要灵均所服的丹药，是玄飓所炼制，有克制幽冥地火的效验，对昼晦不利，灵均也偷偷将丹药吐掉，并未服下。

没有了冰鉴枪的震慑，也不必受丹药所扰，昼晦恢复得很快，连带着灵均精神也好了许多。

但之后的事情，接二连三，都令灵均猝不及防……起先是在玄股国的茶楼，昼晦故意划破手指，当时灵均并不知昼晦有何意图，以为他只是想小惩一下茶楼中这些市井小民，但到了夜间，他才明白过来。昼晦只说去取那买卖鲛人的八字胡的性命，未料到他不光取了八字胡的性命，顺道还收了数人的灵识，皆是那日在茶楼中饮下血茶之人。

灵均认为那些人罪不至死，当夜便与昼晦争执起来，偏偏话音碰巧被灵犀听到。次日灵犀提及此事时，灵均心中大惊，而昼晦对灵犀便起了杀意。那时，昼晦连吸数人灵识，再不是以往虚弱的样子，对于躯体的控制，已比灵均强势了许多。

不顾灵均反对，昼晦闯入灵犀的房中，灵均想阻止他，一时间左右双手互相纠缠搏斗，难解难分。昼晦不愿与灵均多加纠缠，索性脱出躯体，此时他未有人形，只是一团模糊的红光。而灵均失去支撑，无力倒地。昼晦趁机去取灵犀性命，不料被乌玉所伤，更令他所料不及的是，碎玉划破灵犀肌肤，鲜血渗出，他不慎触及，顿时如被烈火焚烧，痛苦不堪，急忙回到灵均躯体之中，仓皇逃走。

昼晦重伤之下，灵均为了救他，也为了救自己，不得已向蚌嬷嬷求助。蚌嬷嬷有数千年的修为，若肯渡一些修为给昼晦，大概就能救回昼晦，也算是救了自己一条命。但他万万没有料到，昼晦竟然趁机杀了蚌嬷嬷，直接将她数千年的修为占为己有。

在灵犀房中，昼晦离开灵均的一小会儿，灵均再次尝到了死亡濒临的恐惧，那时他只知晓他想活下去，他不想死，他是东海太子，他不能就这样死去……而事情一步步走到今日这个地步，是灵均始料未及的，眼睁睁看着蚌嬷嬷死去，再看见上百头逆戟鲸死去，再到得知昼晦要向玄股国开战，他才意识到，昼晦的欲望远不止控制东海，恐怕还有更多，而且都要以无数生灵为代价。

眼下，灵均已然控制不住昼晦，甚至他也完全不明白昼晦突然要对玄股用兵究竟是为了什么。

难道只是因为澜南上仙离世，所以昼晦想要杀人泄愤？

尽管昼晦从不提及澜南，但灵均隐隐能感觉到，之所以从来不提，不是不在意，更像是一种避忌。毕竟昼晦与澜南曾朝夕相处数千年，却始终未能如愿操纵她，这数千年的日日夜夜，对他而言，究竟是怎样的时光？

第十五章

海上激战

雪兰河缓缓睁开双眼，望着头顶灰蒙蒙的房梁，怔怔出了一会儿神，仿佛一时间不知身在何时何地，这几日所发生的事情从脑海中席卷而过，他倦然收回目光，支起身子，伸手就推开身侧的窗子——凉意卷入屋内，外间雪不知何时已经停了，他定定地看着。

"你醒了。"东里长朝他道，"过来喝碗热粥吧。"

意识到自己之前大概是失态了，雪兰河翻身下榻，理了理衣袍，歉然道："我怎么了？是不是吓着你们了？"

"可不是……"夏侯风刚开口就被东里长瞪了回去。

东里长用木勺舀了碗热乎乎的米粥，端上桌，简洁道："眼下诸事未定，还请雪右使节哀才是。"

被他一提醒，雪兰河一愣，忙问道："灵犀还没醒？"

东里长摇摇头："我方才替她探了脉，又察看过她的双目，情况不明，恐怕要用追魂术才知晓她究竟出了何事。"

雪兰河一听便要起身去看，被东里长拦住："不差这一会儿，先把粥喝了吧，特地给你熬的。"

"不要紧，我先去看看灵犀。"

雪兰河说着便撩开布帘，进了里屋，见灵犀依然静静躺在床上，墨珑守着她，聂季忧心忡忡地靠墙而立。

"从她服下丹药，到现下有多久了？"雪兰河因自己晕过去一阵子，故而无法确定。

墨珑低低道："一个时辰左右。"

这么久了，丹药肯定已经起了效验，为何还未有起色？雪兰河凝神为她探脉，脉象仍是微弱紊乱……

"她瞳仁无光，恐怕灵识有损，老爷子说要用追魂术才行。"墨珑看向他，"你可有别的法子？"

雪兰河沉吟片刻，朝墨珑道："我来试试追魂术，其间不可受到打扰，你们且

都避一避。"

他的修为自是比东里长高出许多,他肯用追魂术再好不过。墨珑自然无异议,多看了灵犀两眼,便与聂季退出里屋,在外间等候。

深吸口气,雪兰河明知自己此刻身体虚弱,但为了灵犀,还是愿意勉力一试。当下他屏息静气,捏诀念咒,一缕神思从他额间逸出,钻入灵犀体内……

屋外,雪停了,倒一点儿也不冷,只是凉凉的。白曦饶有兴趣地看着小肉球使劲朝晾得高高的咸鱼干蹦跶:"……再高点儿,若是你能够着,我就赏你一整条咸鱼!"

小肉球也不知听没听见,四条小短腿倒是蹦跶得更起劲了,雪地里头到处都是它的小脚印。

白曦有心将一条咸鱼干弄低点儿,正解麻绳,眼角余光似瞥见了什么,怔了怔,然后转头望去,顿时惊呆。下一瞬,他顾不得咸鱼干,也顾不得小肉球,冲进屋内朝众人大嚷:"快!快逃命!"

"小声点儿!"墨珑皱紧眉头,疑心他惊扰到里屋的雪兰河,压根儿不问什么事,返身就进里屋去。

"怎么了?"聂季与夏侯风同时问道。

白曦这辈子都未见过那么高的海水,紧张地直结巴:"水……水……海水朝这儿扑过来了!"

聂季一把拨开他,大步行到屋外,饶得是他,也立刻被眼前的景象惊呆——高达十几丈的海水,像是一堵厚厚的高墙,铺天盖地,正朝这儿推进!

随后出来的是夏侯风与东里长,目瞪口呆,完全无法言语。

"快走、快走、快走!"东里长连声道。

夏侯风完全被这景象骇住了,感觉像是整个东海正朝他倒扣下来,喃喃道:"怎么走?怎么走得掉?"

里屋,因为被白曦的那一嗓子所惊扰,雪兰河匆忙收回那一缕神思,却已然有些不及,顿时间头痛欲裂,耳边是山呼海啸般的喧嚣声,眼前黑一阵白一阵,模模糊糊。他知晓灵识激荡,很可能会受重伤,踉跄到桌边去拿小玉葫芦,想服一枚安神的丹药。

因眼前模糊,手一抖,丹药倒出数枚,径直落到了地上。墨珑在旁见他面色不对,看出他的意图,连忙抢上前将丹药拾起放到他手中,雪兰河顾不得许多,仰头先将手中丹药服下,就地盘腿而坐,调匀气息。

片刻之后,耳边的喧嚣声渐渐减退,眼前也渐渐清晰起来,他看向墨珑:"灵

第十五章 海上激战

犀她……灵识恐怕有所残缺……"

"……什么意思？"墨珑盯着他，"我只想知晓她什么时候能醒。"

雪兰河看着墨珑，不作声。

墨珑收回目光，复落到灵犀身上，似在自言自语："不可能，她一定会醒。"

此时东里长从外屋匆匆进来，道："快！快走！海水马上就要淹过来了！"同时蹿进来的还有小肉球，看见散落在地上的丹药，想都没想，一口一枚，一口一枚，自顾嚼得香甜，无人留意到它。

"什么？"墨珑与雪兰河都不解。

"没工夫解释了！"东里长催促道，"快，背上灵犀，赶紧走！"

墨珑忙将灵犀负到背上，没忘记将小玉葫芦揣进怀中，随东里长出屋子。

雪兰河抢先一步出去，看见聂季正朝着高耸的水墙飞奔而去，同时恢复三头蛟龙的原身。

身为蛟龙，东海龙族一员，聂季天生便有驭水之能，当下以龙身阻挡水墙，凭一己之力，硬生生将这堵骇人的水墙阻挡在渔村之外。

此刻渔村中许多人也都看见了即将到来的灭顶之灾，惊恐万分，携妻带子，纷纷往远方高处逃去。墨珑等人不会驭水之术，帮不上忙，只能带着其他人也撤往高处。夏侯风背着东里长，转头望了好几眼，才急急离去。

海水之力澎湃汹涌，聂季一面苦苦支撑，一面大感不解：出了海水倾覆这等大事，怎么东海无人出来平定？即便大公主不在，也不可能无人出面。大哥呢？或是其他定海将军呢？

他正想着，忽然水中骤然刺出数柄水剑，幸而他龙身一摆，将这数柄水剑一一击飞，碎成水珠。与此同时，灵均出现在浪头顶端，居高临下，皱眉望着聂季。

"我道是何人挡我去路呢？原来是你。"昱晦眸光暗沉，"东海对玄股发兵，难道你不知晓吗？再敢挡路，便以投敌论处！"

聂季大感不解，龙身腾挪而上，问道："为何突然对玄股国发兵？是大公主的意思？"

昱晦冷道："玄股国诱杀我东海上百头逆戟鲸，实为挑衅。东海发兵惩戒，断不能容忍这等行径！"

"等等！"聂季忙说道，"逆戟鲸并非玄股渔民捕杀，此事有误会，我要见大公主！"

闻言，昱晦手腕一抖，一柄长戟出现在他手中，正是东海的青璃戟，戟刃划出一道水痕，直直指向聂季："速速让开，否则休怪我不客气！"

"便是要开战，也不该祸及无辜百姓！"聂季不肯相让，"我要见大公主！"

昼晦懒得与他多言，戟刃挟风，朝他刺下，直击要害，竟是半分也不留情。聂季一面要阻挡水墙，一面要与昼晦相斗，分身乏术，加上昼晦招招狠辣，转瞬间他便已左支右绌。就在聂季要被青璃戟刺中之时，旁边一股大力将他推开，同时击开青璃戟。

　　聂季心有余悸，看见正是雪兰河替他解困。

　　此时此地见到雪兰河，昼晦也是一惊，不明白雪兰河明明已经回了天镜山庄，怎么又会出现在此地。雪兰河毕竟是从昆仑山上下来的，修为甚高，对他昼晦甚是忌惮。

　　"灵均！"雪兰河一反常态，疾言厉色朝昼晦喝道，"速速平复海水，若伤及无辜，我断不会饶你！"

　　事已至此，昼晦又怎肯收手，长戟一抖，冷笑道："我若不肯，你能奈我何！"

　　说罢，长戟疾扫，溅起水花一片，瞬间化为无数冰刃，迎面朝雪兰河飞射而去。雪兰河袍袖一卷，拂开冰刃，待要擒住长戟，忽然眼前一黑，胸中气血涌动，险些失足落下。他心知是方才施用追魂术时受到惊扰，虽服了丹药，但并未完全恢复，此时催动灵力，与人动武，着实危险。

　　为了掩饰失足，雪兰河足尖轻点，翻身飞起，手中祭出一柄长剑，朝灵均斜斜刺去。因心存善念，剑尖所指，并非灵均要害，只是想伤了他，然后迫使灵均平复海水。

　　昼晦持戟相格，又朝左右喝道："快与我拿下他！"

　　旁边数十名东海兵士朝雪兰河一拥而上，雪兰河知晓他们是受灵均驱使，不愿伤了他们，拂袖震开，抬眼处却又看见一位身披铠甲的将军手持双锏，破浪而来，双锏呼呼生风，分别打向他的头顶与腰际。

　　雪兰河在东海未曾见过他，也不知他是何人，见他来袭，只能硬着头皮迎战。长剑格挡双锏，一触之下，才发觉对方力大无穷，震得他虎口发麻，一股大力自剑身涌入他体内，激得气血又是一阵翻腾。若在昔日灵力充沛之时，他以灵力牵引，巧卸劲道，不在话下，偏偏是在此刻……

　　昼晦在旁，冷眼旁观，也看出雪兰河不对劲儿之处。从容貌上看，雪兰河憔悴堪损，与之前大不相同；再看他出手，也不知是心存仁慈，还是体力不支，以他的修为，即便短短数招赢不了定涛将军，也不至于处下风。

　　也许澜南离世，对于玄飓、雪兰河等人打击甚大，以至于他们都有异于平常。一抹暗光从昼晦眼底掠过，既然有这等好机会，他自然不会放过。用指尖轻轻抚过戟刃，尖端一滑，一滴血珠悬停其上，他轻振长戟，趁着雪兰河招架定涛将军之时，挺戟直上，直刺向雪兰河颈部……

第十五章 海上激战

眼看雪兰河无处可避，忽有三支银箭凌空而至，连续击打在戟刃上，将长戟打偏。昼晦皱眉，正待看是何人，又有一柄鱼叉朝自己激射而来，他匆忙避闪，鱼叉堪堪擦过他的面门，划出一道血痕。

原来是墨珑与夏侯风看见灵均出现，生怕聂季与雪兰河不敌，折返回来相助他们。夏侯风银弓银箭，例无虚发，不仅击飞戟刃，还逼开定涛将军，让雪兰河略微喘了口气。而墨珑以树身为弓，鱼叉置于其上激射而出，方才险些伤到昼晦的鱼叉正是他所射出。

"找死！"

昼晦挥舞长戟，溅起数百点水花，尽数凝成冰刃朝墨珑与夏侯风激射而去。

墨珑虽聪明，但因有血咒在身，能动用的灵力甚是有限，说实话根本不是灵均的对手，他自己也明白。而夏侯风虽是凶兽，但修行有限，也敌不过灵均。此时海水压境，稍有差池，他两人恐怕都要命丧此地，然而两人竟然还是前来助战。聂季心中感动，龙身腾挪而过，以龙鳞替他二人挡下大部分冰刃。

昼晦心道：聂季、墨珑等人不值一提，当下只要废了雪兰河，便再无人可挡住自己。遂不再去管墨珑等人，他集中全力攻向雪兰河。

雪兰河原本对付定涛将军已颇感吃力，现下昼晦强攻而至，使得他不得不动用灵力，也顾不得灵识受损，强行将灵力灌注到长剑之中——剑气涤荡，浩然白光，瞬间将定涛将军震开数丈，剑身挟着长啸之音，直刺灵均眉间。灵均立戟挡住面门，戟刃与剑尖相触，溅出数十点金光，与此同时，原本在戟刃上的那枚血珠，顺势滴落到长剑之上。

长剑悲鸣，其声如泣如诉，这是数千年未现的悲音。

雪兰河大震，长剑竟脱手而去。

趁此机会，昼晦操戟刺去，墨珑等人来不及相救，眼看雪兰河就要被长戟穿身……

从渔村小屋内，一只浑身通红的小兽犹如流星锤般从窗口飞出，直直朝昼晦撞过来，逼得昼晦不得不回戟自卫。

小兽撞到长戟上，也不见受伤，但想来是撞疼了，立刻爆发出一声嚎叫。叫声尖厉至极，紧接着就开始没头没脑地乱咬乱踢，冲着昼晦，冲着周遭的东海兵将，又冲又撞，毫无章法。它身上烫得像个火球，所到之处又都是海水，"刺刺"直冒白雾，转眼间就撞翻了一圈兵将，掉头就朝着昼晦冲过来。

莫说昼晦，连雪兰河、墨珑等人也都有点儿愣住，不明白这只小兽是打哪儿蹿出来的。

昼晦朝小兽刺出几戟，没料到这小兽鳞甲甚厚，竟是刀枪不入。下一刻小兽便已扑向他，鳞甲炽热犹如烧得通红的铁片，烫得昼晦连连后退，周遭兵将赶忙来救。那小兽接连叫唤了几声，叫声甚是痛苦，突然整个身子潜入水中，只听得"咕咚咕咚"，水墙急剧下降，也不知是它在海水里头动了什么手脚。

顾不上弄清小兽的来历，雪兰河此时已然支撑不住，跌落在地，夏侯风连忙去将他扶起，见他脸色发青，连嘴唇都是白的。

"你被伤着了？"夏侯风问道。

方才强行用灵力，雪兰河自身受损甚重，微弱道："没事，你们快走！"此时他眼前已是一片模糊，墨珑取出丹药，也顾不得数了，接连给他服下三四枚。

夏侯风奇道："那头……什么玩意儿？"

此刻那只小兽复冒出来，嘴巴一张，一股粗粗的水箭从它口中激射而出，劲道颇大，喷得一众东海兵将站立不稳，无人能上前。

这幕着实有点儿眼熟，夏侯风忽然想起双影镇的客栈中，小肉球也是这般替他和白曦解开水影。"它……它就是小肉球吧！怎么突然间长这么大了？"

这只小兽确实是小肉球，只因它贪嘴，吃了落在地上的丹药，而且不光一枚，是吃了好几枚。那些丹药是用各种上等药材炼成不提，其中还有玄飓上仙的修为，它小小年纪，如何消受得了。

眼下丹药药性发作，它一下子长成了小麒麟的模样，且多余出来的药性在它体内激荡，无法释放，这才造成了它现下这副模样，浑身高烧，乱冲乱撞，倒不是它英勇无敌，实在是浑身难受得很。

它方才喝了一肚子海水，再将海水吐出来，顿时觉得舒服了些许，自觉找到了好法子，立刻又一个猛子复扎入海中，"咕咚咕咚"继续喝水……

趁着小肉球胡闹的空当儿，聂季朝墨珑喊道："你们不是他的对手！水淹过来都挡不住，傻啊，快走！"

墨珑扶住雪兰河，朝聂季急喊道："你才傻！你制不住灵均，至少该让其他东海兵将停手！"

聂季急道："他们不听我的怎么办？灵均才是东海太子呀。"

"告诉他们，灵犀就在岸上，他们若再向前一步，伤了灵犀，谁来负责！"墨珑朝他道。

聂季再不多言，龙尾一摆，冲上水墙顶端，朝定涛将军大喊："尔等速速停手！灵犀就在岸上，你们若是伤了她，谁来负责！"

定涛将军闻言一愣："灵犀公主怎么会在岸上？"

昼晦喝道："休得听他胡言！聂季胆敢扰乱军心，分明是玄股国的奸细！速速拿下他！"

"我……奸细？"聂季对这个罪名着实哭笑不得，"定涛将军，你一定要信我，快快住手！"

对于出兵玄股国一事，定涛将军本就反对，但不得不听命于灵均，眼下听聂季说灵犀就在岸上，自然更加踌躇，朝灵均躬身道："太子殿下，若灵犀公主当真在岸上，此举……"

话才说到一半，小肉球又浮出海面，嘴巴一张，又是一股粗壮的水箭，转着圈地喷向东海兵将。这下吐出水后，它终于舒服了，体内那股高热被水流带走，它精疲力竭地躺在海面上，挺着肚子，随海浪起起伏伏，惬意地喘着气，动也不想再动一下。

被这么个玩意儿闹了个人仰马翻，昼晦很恼怒，勒令兵将布下渔网，擒拿此物。他自己复看向地面，雪兰河重伤尚在调息之中，墨珑、夏侯风等人他则压根儿未放到眼里。

虽不知雪兰河今日为何如此脆弱，但显然这是一个除掉他的最好时机。在昼晦的图谋中，天镜山庄诸人是他最大的阻碍，能扫清一个是一个！

当下，昼晦未再迟疑，长戟一紧，俯身冲下，直取雪兰河。

墨珑见他来势汹汹，连忙抄起一旁的鱼叉，护住雪兰河，同时喝道："小风！"

"嗯？"夏侯风正弯弓搭箭，一箭接着一箭，接连五六箭朝昼晦射去。昼晦虽将箭矢击飞开来，但俯冲之势也为之一缓。

"小风，背他走！"墨珑喊道。

"珑哥！"

"快！"

知晓珑哥向来主意比自己多，夏侯风便只管听他的话，负起雪兰河就跑，风驰电掣一般，往远方高地奔去。

见灵均欲追，墨珑持鱼叉，纵身跃上，硬生生挡在灵均身前。

昼晦冷哼道："不自量力！"他自然是不会把这只狐狸当一回事儿，当下长戟一摆，挺胸刺去。

墨珑挥叉来挡，一击之下，鱼叉只是凡铁所铸，如何比得过青璃戟，当即崩成数段，残铁飞溅，逼得墨珑连退数步。他暗暗咬牙，若是那柄银镖还在身边，绝不至于这般狼狈，只可惜银镖已被那只章鱼甩入深海之中，再无从找去。

昼晦待要再进一步，杀了这只挡路的狐狸，忽然看见墨珑又退了一步，手中残存的半截鱼叉划断了一旁的绳索，一张渔网从天而将，正正好落在昼晦身上。

因为匆忙，这渔网陷阱设得甚是草率，墨珑知晓困不住灵均，又不能杀他，只能用半截鱼叉直抵他咽喉，喝问道："说！你把灵犀怎么了？"

尖锐铁器就抵在下颌，昼晦非但丝毫不怕，反而用力朝铁器上压了压，顿时就溅出血来，冷笑道："想杀我？来啊！"

灵均的这般举动是墨珑之前所未料到的，他隐隐察觉到，假如他此时面对的并非是灵均，而是深藏在灵均体内的另一个人，那么这个人对于灵均这副躯体似乎毫不在乎。

墨珑只是稍稍一愣神，昼晦眼底闪过一丝寒意，手腕一翻，长戟从渔网洞眼中穿出，瞬间刺入墨珑的腰际。这一下刺得甚深，从他左侧腰际穿入穿出，墨珑闷哼一声，他的半截鱼叉依然抵在灵均下颌，但即便是到了这一刻，他都不愿杀了灵均——毕竟灵均是灵犀的哥哥，是她千辛万苦才找回来的哥哥，若死了，她定然会难过得很。

随着昼晦一声冷笑，长戟向上一挺，竟将墨珑高高挑在戟刃之上——远远地，东里长看见，顿时肝胆俱裂，手足无措，只知晓向墨珑奔来，高悬的海水，路上的障碍完全视而不见，摔了跌了也顾不上，连滚带爬地赶过来。

"珑哥！"白曦负责照看仍在昏迷之中的灵犀，急得直跺脚，他也想去救墨珑，又担心灵犀无人照看。

夏侯风刚刚把雪兰河送回，看见东里长与白曦的异常，转身望去，心中大骇，怒吼出声："珑哥！"话音未落，他便已冲了出去。

聂季一直在海中与定涛将军交涉，请他速速退兵，莫要伤及无辜百姓，一切事宜等大公主回来再作定夺。定涛将军也知晓此事蹊跷，原本应该有四位将军领兵前来，安澜将军眼睛受伤，可其他两位将军却直至现下都不见踪影，并未遵循灵均的命令出兵，他心里也直犯嘀咕。

"……可是，若太子殿下……"定涛将军仍在犹豫之中。

聂季待要再说，忽听见夏侯风那声"珑哥"。夏侯风毕竟是凶兽，情急之下的这声吼叫，气势磅礴，若是在山林之中，足可令百兽震惶，便是聂季听了，亦是一惊。他循声望去，正好看见墨珑半身是血，被长戟甩出，惊骇之余，连忙俯冲而下，用龙身接住墨珑。

之前他也不喜欢这只小狐狸，但这短短几日的相处，他对墨珑渐渐改观。眼下海水覆倾，墨珑等人本已逃走，却又赶回来相助雪兰河，明知身单力薄，仍肯以命相搏，着实有情有义。以前老是觉得狐族只会耍心机，认为墨珑根本配不上灵犀，现下聂季忽然觉得，其实灵犀挺有眼光的。

腰间鲜血汩汩直淌，墨珑连抓住聂季龙鳍的气力都没有，很快就从龙背上摔下，重重落地。夏侯风迟了一步赶到，没有接住他，眼睁睁看着墨珑浸透在鲜血中的模样，想替他止血，却因为伤口太大，怎么也止不住一直外淌的鲜血。再这样下去，

第十五章 海上激战

即便不是伤在要害，墨珑也会因失血过多而死，夏侯风着慌得很。

东里长连滚带爬地赶到墨珑身边，口中喃喃道："没事的，没事的……一定没事的。你一定没事的！"双手发抖地从怀中摸出治伤的药来，想给墨珑上药。

昼晦此时已经跃至浪头之上，见状，手指轻挥，一小股浪花直奔向墨珑，将他从头到脚淋湿不提，也将东里长手中的药粉冲刷得干干净净。血水淌了一地，触目惊心，东里长已无药可用，只能眼看着墨珑血越淌越多。见到这般情景，昼晦大笑出声，很是开怀。

"你……"

东里长仰头看向灵均，双目怒得喷火一般，丢弃拐杖，口中也不知念了什么，双掌中冒出两枚火球，滴溜溜转得飞快，下一瞬便朝灵均扑去。

昼晦不以为然，长戟轻摆，想将两枚火球尽数挡开，不料，长戟触及火球的那一瞬，火球突然炸裂开来，猝不及防间昼晦的手背被烧伤了。

"老东西！不自量力！"

长戟一摆，昼晦想连东里长一块儿杀了，却听见聂季在旁大声道："大公主！大公主！"

清樾明明去了南海，怎么可能这么快赶回来？昼晦估摸这是聂季的缓兵之计，迟疑片刻，终是心存忌惮，转身望去，顿时怔住——清樾、班乾，还有聂伯、耿轩和安澜将军都到了，定涛将军正朝清樾施礼。

原来班乾逃出之后，立即找到了聂伯，他们两人皆是辅佐清樾执掌东海的重臣，千余年来彼此间甚是信任，绝无罅隙。班乾说出了灵均的异样，聂伯此前就觉得灵均不对劲儿，闻言大惊，两人相商，此事非同小可，须得速速请回清樾。当下聂伯赶往南海，班乾又去说服了耿轩和安澜将军，两位将军都决定冒死抗命，等待大公主回来决断。待班乾还想去说服定涛将军时，时辰已到，定涛将军已随灵均出发前往玄股国。

班乾无法，只得在原地焦急等待，好不容易等来了清樾，连忙一同赶往玄股海域。原本听到聂伯转述的话，清樾尚有些将信将疑，但路上班乾将殿上所见所闻仔仔细细讲述了一遍，清樾这才感到深深的恐惧。

"你到底是谁？"

清樾双目紧紧盯着灵均，心底隐隐发寒，因为从灵均眼底她看到了某种并不熟悉的东西。

昼晦冷冷一笑，瞥了眼班戟，道："老东西，跑得还挺快。"

"灵均！"清樾厉声喝道。

一直被昼晦压制住的灵均听见姐姐的声音，想和姐姐说话，却发不出声音，尽力挣扎着，面容呈现出一种怪异的扭曲："姐……姐……"已经是用了最大气力，所发出的声音却微弱至极。

他这模样看得清樾很心痛，当下朝昼晦呵斥道："不管你是谁，速速离开灵均，否则休怪我对你不客气！"

昼晦大笑："你能奈我何？实话告诉你，若非有我在，灵均早在三百年前就死了！"

清樾皱眉，不知眼前此人的来历，更无从分辨他的话是真是假，当下双掌一翻，祭出日月五行轮，想着先将此人逼出灵均躯体，否则灵均被他所制，处处受缚，无法行事。

上一次见到这对日月五行轮，已是八千年前的事，昼晦还清楚地记得伤在双轮之下的那些幽冥部众，想不到今时今日，这对日月五行轮再次出现在他的面前。昼晦将长戟一摆，眸光寒意森森，杀心已起……

"大公主，当心！雪右使都被他打成重伤了。"聂季忙道，他并不知雪兰河是因为使用追魂术时受到惊扰以至于灵识受损，只道是昼晦太过厉害。

闻言，清樾亦是暗自心惊，论修为，雪兰河比她恐怕高出数倍，居然连他都被其重伤："雪右使在何处？"

聂季远远一指："在那儿！灵犀也在，至今都未醒来。"

"灵犀怎么了？"清樾又是一惊，"也是被他伤了？"

聂季对灵犀之事并不清楚，一时不知该如何应答。昼晦在此时，轻松插口道："灵犀如今灵识残缺，是再也醒不过来了。"

清樾闻言，怒不堪言，日月双轮极有灵性，感其怒气，双轮光芒大盛，锐气直逼昼晦。

"莫怪我事先未提醒你，杀了我，灵均也活不成！"

昼晦丝毫不惧，挥动青璃戟，就朝清樾攻去。

清樾闻言一凛，长戟迎面而至，她再无工夫迟疑，只能挥轮迎上。两人战作一团，海水滔天，似银河倾泻而下，澎湃汹涌。轰隆隆声中，又有青璃戟与日月双轮的相击之音，电闪雷鸣一般，一时间天地尽昏昏。

聂季、聂伯，还有其他诸将有心上前相助清樾，却碍于昼晦的那句话"杀了我，灵均也活不成"，无人敢插手。

清樾亦束手束脚，而昼晦却可以肆无忌惮。数十招之后，清樾知晓这样打下去不是办法，遂退开些许，指尖轻弹，想用水影先困住灵均，然后再想别的法子。

水影柔软地包裹住灵均，昼晦试着左冲右突，皆被水影挡了回来。

周遭聂伯、聂季等人皆松了口气，清樾面色郁郁地盯了昼晦片刻，才转头吩咐聂季："把灵犀和雪右使护送过来。"

对于昼晦方才所说的话，她将信将疑，若灵犀当真灵识残缺，那么即便会伤到灵均，她也不得不对他下重手。

聂季领命而去。

忽然之间，水影一振，清樾尚来不及反应——青璃戟从水影中骤然突出，直刺向清樾后背心口，日月双轮感知危险，光芒爆长，却来不及抵挡。

"大公主！"聂伯疾声喊道，猱身扑上。

这一生变着实突然，众将皆惊。

破开水影的昼晦一心要杀了清樾，灵均眼看姐姐就要命丧当场，再顾不得许多，使尽浑身解数，拼死挣开昼晦的压制，将青璃戟死死拖住。

昼晦要进。

灵均要退。

青璃戟就停滞在距离清樾后背心口半分所在，一动不动。

此刻，聂伯已至，碧椎枪破开青璃戟，直逼向灵均。灵均已近力竭之时，爆发出最后的气力，硬是不让昼晦有所动作，就这样眼睁睁看着碧椎枪扎入心口——聂伯怎么也没想到灵均竟会一动不动，瞬间愣住，长枪脱手。

清樾回过身，看见弟弟被长枪穿心而过，呆立当地，脑中瞬时空白一片。

"姐，姐……"灵均身子晃了晃，微弱地唤她。

清樾这才反应过来，抢上前抱住灵均，连声道："不怕啊，不怕，姐姐在这儿，我们马上回家，回家就没事了……"她说这话时，身子一直在抖，因为恐惧而止不住地颤抖，双目看着灵均，眨也不敢眨一下。

聂伯跪倒在地，痛声道："微臣万死，请大公主责罚。"

"……和他没关系。"灵均摸到清樾的手，紧紧握着，勉力笑了一下，道，"姐，我不怕……现下我什么都不怕了。"

清樾搂着他，哽咽着，什么话都说不出来。

"灵犀呢……"灵均努力向四下张望，鲜血从他口中不停地往外淌，咳了咳。

聂季正好将灵犀与雪兰河都带了过来，见到这一幕，他亦是震惊至极。清樾连忙示意他把灵犀抱过来。

灵均伸手去摸了摸灵犀的脸，艰难地笑了笑："我这个做哥哥的……直到今日……才总算能有个……做哥哥的样子了。"说着，他将掌心覆在灵犀的眉心之上。

"灵均？"清樾不明白他要做什么。

"姐，我……我辜负了你的期望……"灵均望着灵犀，"我想，灵犀会做得比我好，不会给咱们……东海龙族……丢人。"

说话间，他的体内泛起隐隐光芒，星星点点，汇成一条细线，如同涓涓细流般淌过他的手臂，从他的掌心注入灵犀额间。清樾这才意识到，灵均是在将自己的灵力全部注入灵犀体内。

"灵均，不可以……"清樾急道，她深知这样一来，失去灵力的灵均更加回天乏术。

灵力离体，灵均只剩下最后一口气，紧紧抓住清樾的手指，艰难道："灵犀会没事的。姐，你一定要相信我，我不想害人……从来都不想……"

"我知道，我知道……"清樾哽咽难言。

极力想睁大眼睛，再望一眼东海，灵均竭力想要坐起身，清樾连忙扶他，却在这一瞬，灵均的身子骤然往下一坠，再无知觉。清樾抱着他，死死咬着牙，不让自己当众哭出来，众将皆寂然无声，唯有海浪滔滔。

灵犀闷哼一声，终于醒来，只觉头痛得厉害，扶着头缓缓坐起。

"姐……"看见清樾抱着灵均，而后者的心口处满是鲜血，她顿时愣住，"哥……"

见清樾面容悲恸地望着自己，灵犀不可置信地伸手试了试灵均的鼻息，果然全无气息："是谁？谁杀了哥？是不是昼晦？"

"昼晦是谁？"清樾还是头一遭听见这个名字。

"他是幽冥界的三皇子，他一直藏在哥哥身上，连蚌嬷嬷也是被他杀了。"灵犀道，"哥哥跟我说，他当年受了重伤，若非昼晦，他就死了。可昼晦之所以帮他，是为了操控东海。"

方才与灵均交手，雪兰河便已知晓，灵均绝对不是被幽冥蛊虫操控那般简单，而是切切实实有一个人在灵均体内。那滴落到长剑的血，能引得离合剑悲鸣，其戾气之深，不可小觑，恐怕还是位幽冥界的厉害人物。万万没想到，一直深藏在灵均体内的人竟然是幽冥三皇子。

也就是说，数千年来，这位三皇子也一直潜伏在澜南上仙体内，就在他们身边……雪兰河伤怀之余，忽想到一事，立刻悚然而惊——灵均死了，那么眼下昼晦又去了何处？

当年昼晦刻意重伤灵均，附在灵均体内。而眼下，他绝不可能如此轻易被杀，说不定又藏在了何处。

毕竟是执掌东海的大公主，悲恸之余，清樾知晓自己还有正事需要处理，遂含泪将灵均的遗体交给班乾，请他将灵均带回东海水府。她站起身，举目四望，目光所及之处，皆是浅浅的水泽，方才的一场大战，许多海水漫上了岸边，也不知淹没了多少良田，又有多少无辜百姓受灾。

雪兰河撑起身子，向四下张望，想看看何处有异状。低首时，看见不远的树林间，东里长倒地不起，旁边夏侯风也躺倒，而墨珑却不知去向。他忙赶过去，扶起东里长，问道："发生什么事了？"

东里长昏昏沉沉，也不知发生了何事，只知晓他拼命想替墨珑止血，刚把伤口包扎起来，墨珑就把他打昏了过去。旁边的夏侯风也是被墨珑打翻在地，直至现下都没有回过神来，完全不明白墨珑为何突然发难，也不明白墨珑明明重伤，哪来那么大的气力。

心下已生起不祥的预感，雪兰河看着东里长衣袍上的血迹，忙问道："你没事吧？"

东里长摇头："都是墨珑的血，他……"想到墨珑伤得如此之重，眼下踪迹全无，不知生死，他就再也说不下去了。

雪兰河当时在远处也看见墨珑被昼晦挑在戟刃之上甩出去，想来他必是受了重伤，心中暗忖：人重伤至极时，也正是灵识最为虚弱之时，当年昼晦就是重伤灵均之后，才藏到了他身上，难道今日的墨珑……

灵犀只看见了东里长、夏侯风等人，并未看见墨珑："珑哥呢？"

白曦跑得慢，刚刚赶到这里，听见灵犀问，忙道："我刚刚看见珑哥往那儿去了，也不知去作甚。"

雪兰河急问道："哪里？"

白曦往北面一指，雪兰河循指望去，茫茫一片水泽，已看不见人影。

"他去哪里做什么？"灵犀疑惑道，她尚不知墨珑受重伤一事，但看出雪兰河脸色不对，"怎么了？"

雪兰河迟疑片刻，思量着要不要告诉她。

灵犀越发焦急，追问道："到底怎么了？"

"我疑心昼晦……"雪兰河顿了一下，"墨珑为了我，受了重伤，昼晦很可能……"他看着灵犀，没再说下去。

灵犀怔了怔，脑中先闪过哥哥的死状，然后猛然明白过来，惊道："你是说，因为哥哥死了，所以昼晦不得不换一个人，而这个人就是珑哥。"

夏侯风没听懂他们在说什么，扶着脑袋，摇摇晃晃地站起来，莫名其妙道："珑哥到底怎么了？明明伤得那么重，还突然出手打我。"

闻言，灵犀与雪兰河对视一眼，心皆是一沉。

"怎么办？"灵犀心急如焚，"珑哥会不会被他控制？他会做什么？"

雪兰河皱眉摇头，对于昼晦，他并不了解，一时之间完全想不到他会去何处，也猜不到他想做什么，唯一能确定的昼晦这一消失必定后患无穷，须得尽快尽早找到他才行。

此时聂季已上前,将此前发生的种种事情都向清樾禀报了一遍,清樾才知晓墨珑等人为了灵犀为了东海竟以命相搏,自己此前对他误解颇深,心下甚是惭愧。

"灵犀,你先随聂季回东海水府吧。"灵均已死,清樾无论如何也不能让灵犀再出事了,"剩下的事情我来办,我会把墨珑找回来的。"

灵犀看向姐姐,缓缓摇了摇头,语气温和而坚定:"姐,我要去找他,你回东海吧。"

"他现下很危险,他很可能……"清樾看着她,"你明明知晓,昼晦连蚌嬷嬷都杀了,墨珑他……"

"我知晓,所以我才更要去找他。"灵犀斩钉截铁道。

"灵犀……"

清樾望着小妹,突然间感觉到眼前的小妹不再像过去的她,仿佛一夜之间,她就长大了,像极了当年的自己,也是在一夕之间从无忧无虑的豆蔻少女变成执掌东海的大公主。

第十六章
尘埃落定

昏迷中的墨珑，在颠簸中醒来，腰间传来的痛楚让他不由自主地闷哼一声，然后他才意识到自己竟然在马背上，而且手持缰绳，在旷野中疾奔。

"你醒了？"他开口道。

墨珑立即意识到不对劲儿，因为说这句话的人就是他自己，然而他立即明白过来了："你是谁？"

昼晦微微一笑："看来是我小看你了，你怎么一点儿都不害怕？"

"害怕有用吗？"墨珑反问道。

昼晦耸耸肩："没什么用，不过，会让我感到很舒服。我喜欢看你们惊慌失措的样子。"

"你还没有回答我，你究竟是谁？"墨珑问道。

"昼晦，幽冥三皇子。"昼晦笑道，"怎么样，比你这个从青丘被赶出来的玄狐少主还是强一点儿吧？"

墨珑也笑："三皇子在山海大陆数千年，混得连具躯壳都没有，还能这样自我安慰，确实比我强了不是一星半点儿。"

"小狐狸，你……"昼晦刚想发火，转瞬又按捺下来，他的原意并不是想和墨珑斗嘴。而且，短短数语之间，他也意识到墨珑与灵均差别甚大，若是用当初威胁灵均那套来对付他，多半不起作用，故而笑道："我喜欢聪明的人。俗话说，识时务者为俊杰。灵均那般愚钝，活该死了。"

"灵均死了？"墨珑一惊。

昼晦浑不在意道："是啊，其实他本可以不用死的，可惜人傻……"

灵均死了，灵犀会很伤心吧，墨珑黯然。

"对了，灵均在临死前，把他的灵力都给了灵犀。若我所料不错，现下的灵犀不仅没事，而且因祸得福。原来应该是她来补足灵均，现下反而是灵均来补足她。"

灵犀没事了，还得到了灵力！墨珑心中顿时松了口气："你所言当真？"

"我骗你作甚？若非灵均这么做，我也不用离开他来找你。小狐狸，你是个聪明人，咱们也不必弯弯绕绕。"昼晦道，"我知晓，你最想做的事情就是回到青丘统帅玄狐族，我可以告诉你，此事对我而言易如反掌。你见识过我的手段，莫说统帅玄狐族，就算是要整个青丘的狐狸都臣服于你，我也做得到！"

曾经听说过幽冥之人最擅长抓住人心欲望之处，墨珑沉默着，脑中不禁回想起自己离开青丘时的情景——死去的爹娘，落井下石的同族，还有长期打压玄狐族的那些人。

恨意一直在心中滋生，只是被他默默压抑着，而昼晦一眼就看穿了这一点。

"那些欺辱过你的人，还有那些背叛者，只要有我，你就可以让他们受尽折磨，然后痛苦地死去，甚至生不如死地活着。"昼晦继续道，"当初将你赶出青丘，这是他们应该付出的代价。"

墨珑依然没说话，过了半响，才突然问道："你在往北走，并不是往青丘去。"

马蹄飞驰，昼晦望着天际，道："我要先去一个地方，然后才能陪你回青丘。不过你放心，只要你不与我杠着来，方才我所说的话都会兑现。"

墨珑试着用手紧一下缰绳，很顺利，心中暗松口气，看来昼晦并没有完全占据躯体。灵识进入陌生躯体，短短时日是很难完全操纵的，何况灵均一死，昼晦就必须换一个人，说明他的灵识还无法完全独立占据一副躯体，也就是说，一时半会儿墨珑自己并没有危险。

方才墨珑还在心中疑惑，为何昼晦会主动提出帮自己的忙，现下看来，昼晦既然需要这副躯体，就必须得到墨珑的配合，就像当初他让灵均臣服于他一样。想到此处，墨珑就不由得更加疑惑：当年，昼晦究竟是用什么理由威胁澜南上仙呢？

道路曲曲折折，向北延伸，座下的马儿似乎被昼晦施了什么法术，径直一路狂奔，完全是一副打算把自己累死的架势，墨珑暗暗心惊。

由于整片山海大陆都刚刚下过大雪，极目四望，到处都是白雪皑皑，银装素裹。墨珑心念一动，问道："你是要去天镜山庄？"

没想到他会猜到，昼晦哼了一声，算是回答。

墨珑何等聪明，对于昼晦突然间发兵玄股，掀起滔天海水，折腾出这么大的动静，他本来就心存疑惑。依着昼晦的状况，隐在灵均的面具之后韬光养晦，才是明智之举，他还远远没有操控东海的能力，为何突然间非要兴兵玄股？明明时机未到。

此前，无论是蛰伏数千年，还是派出巨型章鱼将墨珑等人玩弄于股掌之中，昼晦的所有行为都证明他是个心思缜密、行事步步为营的人。此番发兵玄股，他则像是一个冲动至极的人，似乎他压抑不住内心的怒火，非得要做些什么来泄愤。

而这场大雪，也许就是令昼晦突然异常的缘由。

"澜南上仙……"墨珑故意轻飘飘道，"可真是个好人呀，上回好不容易才见着她，想不到短短时日，她竟就离世了。"

昼晦立刻驳斥道："什么好人，不过是个蠢女人罢了！"

"蠢？不会吧。"墨珑存心想套他的话，"对了，你和澜南上仙在一起待了数千年，我自然不如你了解她。"

昼晦却又不想谈澜南，闷声不吭。

"人非草木孰能无情，你和她在一起那么久，听到她的死讯，应该也不好受吧。"墨珑继续道。

"死就死了，有什么好难受的。"昼晦顿了片刻，终是按捺不住心中怒气，咒骂道，"什么心怀天下，什么苍生为念，愚蠢至极！她死了又怎样？除了一场大雪，还有什么？等明日雪一化，还有谁会记得她澜南……"

墨珑听其话意，追根溯源，昼晦如此愤慨并非当真厌恶澜南，而竟是在为她抱不平，认为山海大陆的众生灵根本不值得澜南来守护。

这样的愤慨，莫非就是昼晦发兵玄股的缘由？若当真如此，澜南上仙在昼晦的心中，想必分量极重。墨珑心中暗忖，卓酌就因为看过澜南上仙的一幅画像，便为之神魂颠倒，以堂堂北海二太子的身份，竟去学修复书画，就是为了能进天镜山庄看澜南一眼。而昼晦与澜南数千年朝夕相处，很难说他究竟对澜南产生了何种情感，也许连他自己都说不清楚。

玄股海边，东海众兵将遵从清樾之命，将海水尽数退回。清樾又命聂伯等人前往玄股城谈赔偿事宜。

"虽然灵均是被昼晦所操控，但他毕竟是东海太子，此事我们东海负全责。"清樾吩咐聂伯，"但一码归一码，玄股城内依然有人贩卖鱼翅、鱼皮制品，包括买卖鲛人，你也必须逼迫玄股国拿出相应的措施。"

"微臣明白。"聂伯仍为失手杀了灵均之事而耿耿于怀，"大公主，我……"

"去吧，其他的事情莫再多想。"

聂伯领命而去。

随即，定涛将军拖着个渔网来找清樾："大公主，这个玩意儿怎么办？"

清樾看渔网中，躺着一只圆滚滚的小兽，身上长着闪闪发光的鳞片，小尾巴一个劲儿地甩来甩去："这是……"

聂季忙道："大公主，这就是灵犀那只水麒麟，今日也不知怎么回事，它突然就长大了，还帮了我们好些忙儿呢。"

"既是如此，就放了它吧。"

渔网解开，小肉球打了个滚，站起身来，使劲甩了甩水，立刻撒开蹄子朝灵犀奔去。

灵犀正在为追踪墨珑的踪迹而犯愁,海水所漫过的地方,足迹不清,很难追踪,而且到处都充斥着一股海腥味,掩盖了其他气味。想要找到墨珑,甚是困难。

在东海众兵将合力之下,海水退去,雪兰河从泥泞中捡到金铃,叹了口气。若金铃还在墨珑身上,他还可以借由金铃上残余的灵力追踪到墨珑,可现下真是一点儿法子也没有了。

小肉球奔到灵犀身旁,热络地直往她身上蹭,灵犀乍然见它,吓了一跳,听到聂季的解释之后,才明白过来,又惊又喜,伸手去摸了摸它。

雪兰河看见小肉球,先是一怔,他知晓这只水麒麟颇有灵性,还知晓从东海水府把丹药带出来,继而想起那日在玄股城街道上,小肉球毫不费劲就能找到墨珑。眼下已别无他法,不如试试,这般一想,他立刻蹲下身,柔声对小肉球道:"你能不能找到墨珑?"

闻言,小肉球身上鳞片参起,脑袋左右摆了摆,立刻撒开蹄子,朝北面奔去,正是方才白曦所指的方向——雪兰河大喜,忙朝灵犀道:"快,跟上它!它能找到墨珑!"

灵犀闻言大喜,连忙追上。雪兰河紧随其后,夏侯风背上东里长,还有白曦,尽数追着小肉球而去。聂季犹豫片刻,先向清樾禀报了一声,然后显出蛟龙之身,在空中追上他们。

众人追出甚远,发觉小肉球所引之路并非常用的大道,而是已经废弃数千年的古道,蜿蜒曲折,一路向北。

渐至荒野无人处,莽莽雪原之中,蹄印甚是清晰。最前头的灵犀看见路上除了小肉球的蹄印之外,还有一行马蹄印记,想来墨珑应是骑马而行。

雪兰河半蹲下身,细察马蹄印,见蹄印颇深,且蹄印之间相隔甚远,想来这匹马一直处于狂奔状态,却不知昼晦究竟有何用意,只能一路继续追下去。聂季见雪兰河还甚是虚弱,还有白曦也一副跑得快吐血的模样,便将他二人,还有东里长一并甩到自己背上,从空中腾挪往北。

其后,清樾亦很快追上他们。她无法阻拦灵犀,但知晓昼晦极其危险,生怕灵犀出意外。

如此,一直追到新月初上,星辰漫天,雪兰河伏在蛟龙背上,看着天际寒星,意识到昼晦始终没有改变过方向,一直在往北走,而顺着这个方向,正是天镜山庄。

昼晦要去的地方是天镜山庄?

难道他知晓君上此时已与凡人无异?雪兰河骤然担心起来,连忙从袖中掏出金铃,想要速速联系雪五。

与澜南在一起的数千年，昼晦对天镜山庄早已熟稔得像自己的手指一样，到达设在镜湖边上结界，他捏诀念咒，很快毫发无损地穿过结界，轻车熟路地进入谷中。

　　上次墨珑来时，谷中杏花盛开，绿草茵茵，一派生机盎然世外桃源的景象。而今日再入谷中，他不由得怔了怔，杏花早已谢了，草木凋零，天际一轮寒冰，叫人一望之下，不免心生冷寂之意。

　　栖息在树上的银喉长尾小山雀最先看见墨珑，连忙飞过来，落在他的肩头喜道："你回来了！"

　　墨珑微微一笑，展目四顾，此时的谷里不仅萧条了许多，连之前负责警戒的苍鹰似乎也少了好些。看来澜南上仙离世这场变故，对于天镜山庄影响甚大。

　　早有人去禀报了雪心亭，雪心亭一怔，心下亦满是疑惑，匆匆出来见墨珑："你怎么来了？是雪九让你来的？"

　　他既然这样问，昼晦便顺水推舟道："算是吧。"

　　雪九不用金铃，而特地让墨珑跑一趟，想来是大事，雪心亭忙追问道："出什么事了？"

　　"灵均死了。"昼晦说的也算是实话。

　　"死了？"雪心亭一凛，"怎么死的？"

　　"自戕。"

　　目光所及，昼晦看见了从前的芥园已经被封，目光黯了黯。

　　雪心亭奇道："自戕？怎么会发生……"

　　昼晦不想再与他纠缠，遂打断他道："我想去拜祭澜南……上仙。"

　　雪心亭怔了怔，说起来，君上虽然命天降大雪，将澜南离世的讣闻昭告山海大陆，但谷中长年与外界隔绝，根本不会有人前来拜祭，故而事先也并没有设下灵堂。

　　"她在哪儿？"昼晦追问道。

　　"她……"雪心亭愣了下才反应过来他口中的"她"是指澜南上仙，"澜南上仙已用冰棺收殓，仍在雪峰之中。"

　　昼晦听罢，转身大步朝老风口去。雪心亭连忙喊住他："君上还在那里，恐怕不太方便。"

　　"我对玄飓没兴趣。"昼晦冷冷道，拨开雪心亭，仍往老风口去。

　　总觉得这只小狐狸哪里不对劲儿，可又说不上什么地方不对，雪心亭正待再次追上他，袖中的金铃却响了。

　　金铃摇动，波光中现出雪兰河的模样，甚是心焦地朝他道："一直以来藏在灵均身上的人是幽冥三皇子昼晦，眼下他就在墨珑身上，很可能往谷里去了。"

　　"他在墨珑身上？"雪心亭闻言一惊。

"对！"雪兰河皱眉道，"我们一直在按迹追踪，他一路向北，我猜想他有可能是要去谷中。"

雪心亭沉默一瞬，道："他已经来了。"

雪兰河大惊。

自从澜南病重以来，玄飓身体也每况愈下，老风口的寒气对他来说便有些经受不住，故而便撤了雪蛤，让它自行在雪峰中游荡。何况此时澜南已然离世，也再没有必要将雪峰隔开。

昼晦穿过已然无风的老风口，来到雪峰之中。他知晓澜南在雪峰的所住之处，就在半山腰的一处天然洞穴。

他刚想上去，忽然身后扑来一股劲风，迅速一闪，只见雪心亭与唐石双双朝自己袭来。

雪心亭与唐石虽然这段日子为了救回玄飓，修为与灵力皆耗损甚巨，但因墨珑本身大部分灵力都被血咒封印，昼晦使这个身子也极不灵便，要同时应对雪心亭和唐石依然甚是艰难。短短数招，搅得积雪噗噗而落，腾起阵阵雪雾，昼晦左支右绌，一直在想应对法子。

雪心亭与唐石因为不愿伤及墨珑，故而也没有下重手，只是想先将人拿住再说。

墨珑无作为，甚至没有想要阻拦昼晦。一来他想知晓昼晦来此地究竟有何用意，更重要的是，之前昼晦所说的那些话他确实也在考虑之中。青丘往事，始终是扎在他心头的一把尖刃，他一直渴望着，有一日能将这把尖刃拔出来，将刀口对准那些背叛、欺压、陷害他的人。他不是灵均，灵均会被昼晦牵着鼻子走，而他只要找到昼晦的弱点，就可以将昼晦变成自己可以利用的工具。

三个人尚在交手之中，忽从雪峰上传来极低沉的声音："雪五，难道不知在此间打斗是大不敬吗？"

听见这话，雪五与唐石立刻都停了手，面露为难之色。虽看不见人，雪五仍恭恭敬敬朝声音之处拱手道："事出意外，请君上恕罪。"

"他是何人？"那声音问道。

"他是幽冥三皇子昼晦，此前藏在灵均体内的就是他，还有澜南上仙……"雪心亭急急禀道，"如今他利用这只小狐狸，闯入谷中。"

话音刚落，半山腰一块落满积雪的大石上出现了一个人影，高大魁梧，黑袍在风中猎猎作响，声音较之前更为低沉："还等什么，杀了他！"

雪心亭一愣，尚来不及回答，昼晦已朗声笑道："玄飓，杀我不过是桩小事。但你就永远不会知晓，这数千年来，澜南疏远你的真正原因是什么。"

澜南上仙一直疏远玄飓？墨珑心中不免诧异。雪心亭和唐石对视一眼，皆面色凝重。

而雪峰之上，玄飓静默片刻，才冷冷地开口道："你将她折磨至此，倒还敢来说这等话。"

"非也，非也！若你这个当哥哥的能让她信得过，她又怎么会瞒着你呢？"昼晦笑得若无其事，"你就不曾想想，为何数千年来，澜南都不曾告诉你我的存在？"

上头的玄飓沉默了良久，终究是过不了这个心坎，问道："你是如何威胁她的？"

"你又错了，我从不曾威胁过她。"说这话时，昼晦的语气甚是柔软，"你当真想知晓？那好，先让我见她一面，我就告诉你。"

"你要见她？"玄飓语气骤然低沉。

"说起来，我与她朝夕相处数千年，如今她离世而去，我来看她一眼，也在情理之中吧。"昼晦说着，抬脚便迈上被积雪掩盖的石级，石级是顺着山势凿刻而出，十分险峻。

雪心亭和唐石欲上前阻拦，被昼晦冷冷一瞥。"你家君上都没发话，你们两只雀儿瞎咋呼什么！"

"君上？"雪心亭急急望向玄飓。

玄飓不语，静静看着昼晦一步步往上走，直至走到自己的面前。雪心亭与唐石不放心，也跟了上来。

对于玄飓，昼晦并不陌生，但墨珑却是第一次见到这位传说中神秘的玄飓上仙。比起澜南的老态龙钟，玄飓的样貌要年轻得多，看上去与雪五、雪九等人差不多，眉宇不怒而威，似不苟言笑之人，只是异常憔悴。墨珑想起雪兰河说过，为了救回澜南，玄飓修为尽失，此时已与凡人无异。

已是毫无修为，他竟然还敢让昼晦上雪峰来，相隔咫尺，毫无惧色，这份胆识倒也令人钦佩。

昼晦与玄飓相对而立。

玄飓冷冷道："我还记得上一次见你，是幽冥左路大军兵败之时，你至少还有人样。想不到这么多年后再见，你已经可怜到只能寄居在别人的身体里。"

不受他言语讽刺相讥，昼晦冷笑道："当年西王母驾下三青鸟何等威风，如今也只剩了你一人孤苦伶仃。澜南死在这儿，羽阙呢？这么多年，你还没找到羽阙的下落？是找不到还是压根儿不想找？"

闻言，墨珑在心中不由得暗叹，恐怕三青鸟之间也有些故事，羽阙上仙失踪多年，传说他已离世，只是始终也没人找实证，难道此事与玄飓上仙有关？若当真如此，昼晦说起话来，真是句句戳玄飓的肺管子。

玄飓眸光阴沉地盯着昼晦："你知晓他在哪里？"

昼晦微微一笑，不吭声了，径直往洞中去。

"你站住！"玄飓喝道。

昼晦虽停住脚步，却未回头，伸手抚向石壁上一道凸出的石棱，似在自言自语，又似在对玄飓说话："当初，澜南差一点儿就降下这道石门，想把自己和我封死在这洞内。"

澜南竟曾有过这个心思，怎么自己丝毫不知？玄飓心中一痛。

昼晦转头冷冷瞥了玄飓一眼，慢悠悠地补上后半句："好在，被我劝住了。"

玄飓缓步行至洞口，用手抚上那道石棱，能感觉到澜南在上头留下的封印，这道石棱厚约尺余，上面又有澜南亲自施下的封印，一旦关闭，便永无打开的可能。当年澜南竟然默默给自己备下这么一道封印，却不曾对他吐露过半字，对于他，她就这般不信任吗？

看见玄飓的脸色，昼晦冷笑一声，径自迈步进洞去。此间的洞穴是天然而成，后来加了些修整，洞口处悬挂着红麝珠串的珠帘，透过珠帘，可见洞中烛光隐隐。昼晦撩开珠帘之时，有一瞬间的恍惚，似乎只要拐过玉屏风，就能看见澜南在灯下捧卷细看，手边一杯香茶。曾经几时，他险些也觉得这样岁月静好的日子不错，一度斗志消沉……

好在他终于还是清醒过来，没有沉迷下去，昼晦眸光一沉，落在停放于洞穴中间的冰棺上，胸口气血一滞，双足停在当地，一时间竟没有勇气走过去。

昼晦盯着冰棺，蒙蒙胧胧能看见里面模糊的人影，那人影一动不动。

也许，她没死，这只是她为了将自己引出来设下的计策？

他倒希望这是一个引他现身的计策，如果这个计策是她想出来的，那么至少说明，她知晓自己在他心中的分量。

昼晦苦笑，像澜南这么蠢的人，她怎么可能明白这点，她从来都只把他当成幽冥界的妖魔鬼怪而已。不再迟疑，他上前走近冰棺，终于看见她了。

想必这些年她受了好些苦楚，老态龙钟，皱纹从额头一直延伸到颈下，平放在胸前的双手也是褶皱重重，整个人干枯而瘦小。这样一个老妇人，身上哪里还有半分绝世美人的影子，昼晦怔怔地看着她，半晌才低低道："值得吗？你若肯听我的，何至于将自己折磨成这样。"

玄飓就站在昼晦旁边，紧盯着他："现下你可以说了，你究竟是如何威胁她的？"

"我说过，我从来都没有威胁过她。"昼晦目光没有离开澜南，慢慢移到她的苍苍白发之上，"我只是告诉她，我知道羽阙的下落。"

此言一出，玄飓全身大震："他在哪儿？"

昼晦好笑地瞥了他一眼："你当真不知晓？"

玄飓皱眉："此言何意？"

"据我所知，最后见到羽阙的人，应该是你。"昼晦笑了笑，"我也不妨告诉你，澜南之所以疏远于你，是因为她认为，羽阙的失踪与你有关。"

玄飓面色越发难看。

"你瞒了她多少事情，你自己心里有数。"昼晦冷冷看着玄飓。

此时此刻，在洞中的还有雪心亭和唐石，闻言都不免愣了愣。

玄飓盯着昼晦，沉声问道："你究竟知晓了什么？"

"我知晓……"昼晦慢悠悠地拖长语气，踱了两步，行到冰棺前头，才突然疾声道，"羽阙并没有死！"话音刚落，趁着玄飓还在愣神之中，他的手快捷无比地伸入冰棺之中，从澜南发丝中掠走一样物件。

墨珑亦是一惊，突然发觉自己还是低估了昼晦，之前他以为昼晦千里迢迢赶到天镜山庄，就是为了见澜南上仙最后一面；以为昼晦在数千年的日日夜夜中，对澜南暗生情愫，所以才会有放不下的举动，然而直至昼晦从澜南发间拿走这件东西时，骤然散发出来的烈烈杀意，他才意识到自始至终昼晦的目的就是来拿这个物件。

他低头看向手中的物件———支镂刻云纹的精致银钗。

"你做什么？"玄飓下意识以为他毁坏澜南遗体，扑到冰棺前，看见澜南安然无损，这才松了口气。

而昼晦望着银钗，如同看着久违的故友，欣喜之情连雪心亭等人都看出来了。眨眼工夫，也不知昼晦动了什么手脚，手中的银钗化为一柄寒铁钺，正是昼晦在八千年前所用的法器。

"老兄弟，咱们俩终于见面了！"昼晦握紧寒铁钺。

虽然握它的手并非八千年前那人，但寒铁钺感到主人的气泽，钺刃散出阵阵寒气，伴随着细微的嗡鸣之音。

担心他会伤及君上，雪心亭与唐石赶忙上前，想将玄飓护在身后。玄飓压根儿不领情，拨开二人，朝昼晦大怒道："你竟敢将法器藏在澜南身上！她可知晓？"

昼晦笑而不答，反问道："你说呢？"

感其法器所散发的寒气，墨珑此刻已是后悔莫及，他一下子就明白过来，自己被昼晦利用了。昼晦之前所说的青丘那些事儿不过是为了稳住他，不让他坏自己的事，为得就是顺利取到法器。而墨珑一直以为昼晦尚没有能力完全掌控自己的躯体，问题不大，但眼下昼晦取到法器，法器与他相辅相成，能力暴涨。墨珑不得不去想，昼晦冒险进入天镜山庄来取法器，究竟所为何事？反正肯定不是想回青丘帮他。

昼晦此前对玄飓还心存忌惮，故而一直用言语吊住玄飓，让他一时半刻不会对自己动手。而方才见到玄飓憔悴如斯，他的忌惮已减轻了几分，眼下看见雪心亭和唐石都忙不迭地要护住玄飓，他终于起了疑心——玄飓这般大怒，竟然都没有对自己动手，这着实与玄飓一贯行事作风不符。

他原本打算拿了法器就速速离开，但现下觉得不妨试探一下。手掌翻动，寒铁钺抹过冰棺上方，冷冽寒光直逼向玄飓。

已无灵力护体，玄飓被逼得退开一步，却完全没顾及自己，只是担心昼晦的长钺会伤到澜南，哪怕是触及冰棺，对于澜南都是惊扰。

雪心亭挺身跃上，祭出长剑，与昼晦相斗，口中朝唐石喊道："带君上走，快！"此刻昼晦法器在手，莫说要取胜，便是想要相持久些恐怕都不易。墨珑有心相助雪心亭，但每当他想要遏制昼晦的动作，寒铁钺中便有一股寒意向他袭来，似冰刃剜肉，痛不可当。

"君上！"

唐石想带玄飓出洞，玄飓却不肯，只吩咐道："你去把棺盖覆上，免得打斗弄下灰来。她向来是最爱洁净的。"

"君上，我们还是……"唐石还欲劝，被玄飓一瞪，不敢违背，便去取棺盖，将冰棺盖上。

此时，雪心亭已然招架得十分吃力，催促唐石道："快！带君上出去啊！"

玄飓岿然不动，淡淡道："昼晦，我才是你想杀的人！你停手，让他们俩出去。"

寒铁钺斜斜往下一削，堪堪划过雪心亭的左肩，鲜血涌出。数千年未尝过血腥味，寒铁钺自是一振，鸣声大作，昼晦亦是杀得兴起，压根儿不想停手。

长钺一挑，再飞快地往下劈去，眼看雪心亭招架不及，一条胳膊就要被卸下来，唐石猱身欲救，没想到洞口飞入两轮一剑，一前一后，分别击在钺刃与钺身上，将长钺击开。

雪兰河从洞外赶进来，接过长剑，护在雪心亭身侧："雪五，没事吧？"

飞轮旋转返回，清樾从洞外跃入，正好接住双轮。灵犀紧随在她身后，看见墨珑，先是一喜，又见他神情有异，迟疑唤道："珑哥？"

乍见灵犀，看她当真无碍，墨珑自是欢喜异常，想要开口说话，却被寒意压制着。自从昼晦拿到寒铁钺之后，就有一股寒意如蛇如蟒，将他一点点地缠绕起来，叫他动弹不得，一动便如百刃加身。

昼晦看着灵犀，慢慢地，从嘴角漾出一抹笑意，柔声道："我本想着去找你，没想到你自己来了。"

灵犀听得一怔。

墨珑直至现下才知晓：昼晦原想去找灵犀？拿到法器之后，他想要找的人是灵犀？断断续续地，许多片段在他脑中浮现出来，等到想明白这件事情，他已深悔于心——众人之中，只有灵犀的血能驱除幽冥蛊虫，昼晦似乎对此甚为忌惮，他再三对灵犀出手，恐怕就是这个缘故。之前由于灵均的阻挠，昼晦能力又太弱，始终没有得逞，所以他特地冒险来拿法器，就是想彻底杀了她。

他不由得心惊肉跳，墨珑啊墨珑，你一念之差，为了一己私欲，就快要害了灵犀了！

清樾手持日月双轮挡在灵犀身前，沉声朝众人道："你们且先出去，我与他来战！"来时路上，她已从雪兰河口中得知天镜山庄内所发生的事情，包括玄飓上仙修为已失一事。

"姐……"

灵犀看看墨珑，又看看姐姐，心急如焚，她既不愿姐姐伤了墨珑，又生怕姐姐被昼晦所伤。

雪兰河手握长剑，立在清樾身旁："我来帮你。"雪心亭与唐石亦不肯离开半步，对昼晦怒目而视。

昼晦大笑道："尔等不必谦让，我这柄寒铁钺今日须得喝足人血方才痛快！一起来吧！"说罢，长钺舞动，虎虎生风，直将洞内搅得阴风大作，几盏烛火"哗"地尽数熄灭，洞内立刻昏暗，唯见洞外透进来的微弱雪光。

众人尚来不及反应，昼晦已直取灵犀，墨珑顾不得痛楚，试图扳动寒铁钺，无奈这件法器与昼晦心意相通，压根儿不听他使唤，似乎并不是他在挥动长钺，而是寒铁钺带动着他的手。

日月双轮击上钺刃，在黑暗中激起数点火光，清樾不明白昼晦为何一心要对付小妹，只能疾唤道："灵犀，你快走！"

"姐！"

灵犀一心想要帮忙，此时她虽已有灵力，却不知晓该怎么用，直至全身涨得通红，脑仁生疼，却仍使不出丝毫灵力来。

雪心亭与雪兰河双剑合璧，齐齐朝昼晦攻去。上一次像这样双剑合璧，并肩而战，已是数千年前的事情，他俩丝毫不感生疏，心意相通，攻守有序。数招之间，便将昼晦逼得退开数步。

清樾双轮飞旋出手，看着并非直取昼晦，但日月双轮分别触碰洞壁之后，以极其刁钻的角度飞向昼晦。昼晦躲闪不及，寒铁钺击飞日轮，却被月轮割伤了手腕，鲜血随着月轮飞溅而出。

"小心！"雪兰河急忙道，挡在清樾身前，血溅在他身上，同时用长剑将月轮挑飞。

清樾大感不解："你做什么？"

"他的血不能碰！"

"那你……"清樾知晓他替自己挡了溅出的血珠。

雪兰河疾声道："我不要紧，你快带灵犀出去！"

手腕虽然受伤，昼晦毫不在意，用手往钺刃上一抹，顿时整个钺刃上都沾染了他的鲜血："可惜了，这是小狐狸的血，着实有限，若是我真身在此，你们个个都得为我所用。"

眼见墨珑受伤，灵犀又是心疼又是担心，却想不出将昼晦逼走的法子，急得双手攥得紧紧的，指甲划破肌肤都没有察觉。

"真身又如何？就算是你父皇，也未曾挡住紫薇天火剑。"眼看昼晦又要出手，长钺之下，必会伤人，到时后果不堪设想，玄飓突然出言道。

昼晦静默一瞬，转而大笑出声："羽阙失踪，紫薇天火剑早已不在人间。如今，你能奈我何？"

"你怎知我手中就没有呢？"玄飓沉声道。

"……不可能！"

昼晦一凛，盯住玄飓，疑心他是不是知晓了什么。

"君上，你快走！此间有我和雪九，拼上一命，也不会叫他逃掉！"雪心亭朝玄飓急道。君上眼下没有修为，万一被昼晦所伤，就太危险了。

溅到雪兰河身上的血珠子仿佛有生命一般，嗅着他伤口处的血腥味，血珠儿自发自觉地往伤口滚动，片刻之后，与雪兰河的血融在一处。只听得雪兰河痛苦地呻吟一声，喊道："君上，快走！"

见此状况，唐石顾不得许多，不管玄飓愿不愿意，硬是将他护出洞去。

趁着雪兰河伤重，昼晦又朝灵犀攻去，被清樾持日轮挡下，雪心亭仗剑相助于她，三个人混战成一团。

而见雪兰河痛苦得站都站不直，灵犀连忙扶着他，朝洞口退出去，顺便捡起了落在地上的月轮。

月轮上的血渗入她手心之中，如同火烧火燎一般，灵犀自己都骇了一跳，瞬间，月轮光芒暴涨，不同于在清樾手中的光芒，更像是烈烈火焰，在灵犀手中熊熊燃烧……

雪兰河抬首望之，又惊又喜："紫薇天火！君上，是紫薇天火！"

玄飓早已看见，不由得悲喜交集——灵犀手持月轮，轮上火光耀眼，有着五彩外焰，果真是紫薇天火无误。是她，竟然是她！这么多年，他苦苦寻找紫薇天火降世之人，终于出现在他面前。

怪不得昼晦想杀了她，应该是他早已得知此事。

　　清樾曾经在典籍记载中听说过紫薇天火，传说当年羽阙上仙正是天火降世，手持紫薇天火剑，斩杀无数幽冥乱鬼，紫薇天火正是幽冥地火的克星，后来随着羽阙上仙的失踪，紫薇天火剑也在山海大陆消失。她万万想不到，小妹竟然会是天火降世，怎么这些年丝毫没有看出些许端倪？

　　看见紫薇天火的烈焰，昼晦气急，长钺舞得如狂风暴雨一般，接连伤了雪心亭和清樾，直取灵犀。

　　灵犀举月轮格挡，说实话，直到现在她仍不知晓该如何运用这股力量，一切只凭本能而行。月轮触上寒铁钺，天火的烈焰瞬间灼烧到长钺之上，墨珑立刻察觉到牢牢捆绑自己的那条冰蟒松动了些许，他便使劲挣扎。

　　对于昼晦，无异于内外夹攻，甚是难受，立即朝灵犀道："你就不怕害死这只小狐狸吗？"

　　这下正戳到灵犀的死穴，灵犀持轮的手停滞在空中，因不知晓墨珑眼下安危如何，一时不敢对昼晦出手。

　　玄飓在旁看出灵犀不仅心有忌惮，而且眼下她还在懵懂之中，完全谈不上运用紫薇天火，如同一个身怀巨富的孩子，此时的她与昼晦对阵，着实危险。

　　"灵犀，不用担心我！"墨珑生怕灵犀因为顾及自己而有所损伤，挣扎喊道，"你若不废了他，我便会同灵均一般。"

　　想起哥哥死得甚惨，灵犀心中一凛，紧握住月轮，心中暗暗下定决心：若是投鼠忌器，反倒害了珑哥，倒不如豁出去搏一搏，说不定还能将珑哥救下来。心思一确定，她不再犹豫，月轮在手中飞快旋转，复攻向昼晦。

　　烈焰燃燃，从昼晦胸前划过，顿时炙热的烧灼感令昼晦痛苦不已，他连退数步方站住，长钺一摆，径直将月轮挑飞，远远落到雪谷之中。

　　灵犀一怔，手上已无兵刃，亦不见烈焰。

　　清樾被寒铁钺伤了右臂，见状，忙将日轮抛给她："灵犀，接着！"

　　伸手接过日轮，因日轮上并没有昼晦的血，尽管灵犀很努力，急得不得了，却始终不得其法，紫薇天火没有再次出现。

　　心知她还无法控制天火，昼晦大笑，再次挥钺相向，墨珑大惊，两人相抗之后，寒铁钺斜斜劈下，没有伤到灵犀，而是砍在了洞壁之上，火光四溢。

　　"凝神静气，心随意走。"玄飓朝灵犀沉声道。

　　当前状况这般紧急，叫她如何凝神静气，灵犀咬咬牙，拼命地使劲，仍是无法催生出紫薇天火来，索性拿日轮当成弯刀来用，朝着昼晦一通乱砍。昼晦举钺相应，灵犀仗着气力大，而昼晦已受了伤，两人战了数招，不相上下。

此时众人尽数已退至洞外，独剩灵犀在洞口处与洞内的昼晦交手。清樾方才受了寒铁钺的伤，这寒铁钺是在幽冥界的忘川水中炼制而成，其寒无比，她毕竟年轻，修为与定力比不得雪兰河等人，当下虽然强撑着，但身子却不由自主地在发抖。伤口处仿佛有一块寒冰，将寒气源源不断地透入她的体内，这种寒气不同于寻常的寒冷，冷得叫人锥心刺骨。

见雪兰河伤得最重，玄飓从怀中取出仅剩的一枚丹药让他服下，未料到雪兰河拿了丹药，本能地就先递给清樾。

"吃下去！"他早已看出清樾的不适，"服了药就会好些。"

清樾没多想，依言服下。

玄飓暗叹口气，并未多言。

这边，随着灵犀步步紧逼，昼晦又被墨珑所阻挠，不慎右臂被日轮划伤，鲜血沾染其上，激发出隐藏在灵犀体内的紫薇天火，火光瞬间燃起，再次灼伤昼晦。

墨珑用力挣开束缚的冰蟒，昼晦重伤之下，正是他控制身体的最佳时机，手臂用力，将寒铁钺掷得远远的，落到雪谷之中，让昼晦再拿不回来。

"该死！"

昼晦咒骂着，好不容易才拿回的法器，竟被墨珑抛出。若在昔日，他稍用灵力，寒铁钺与他心意相通，便可凌空飞来，眼下不是自己的身体，却半分也驱动不得，心中气恼至极。

灵犀挥舞着日轮，步步逼近，昼晦已被紫薇天火灼伤，同时与墨珑尚在苦苦相持之中，眼看就要命丧在天火之下，数千年来的蛰伏即将功亏一篑，他如何能甘心。

忽然，他看见洞边的那道石棱，当年澜南设下这道石门的机括，他尚记得清清楚楚。只是，这道石门一旦关闭，上头有澜南设下的封印，无人能够再打开，他将一直被关在洞内……形势紧迫，他再顾不得许多，即便出不去，也比命丧当场要强，之后再慢慢图谋出路就是。

如此一想，他转身，整个人扑到悬于石壁上的琉璃灯盏，瞬间打碎灯盏，露出青铜灯座，双手转动灯座，顿时洞口处发出"咔嚓咔嚓"的声响，碎石飞溅。

墨珑想起甫进洞时昼晦对玄飓所说的话，一下子明白过来，朝灵犀疾声喊道："灵犀，快出去！"这一瞬他只想到灵犀万万不能被封在里头，却未曾想到自己。

灵犀本还迟疑，但头顶处恰好有石块落下，她往后跃出，以为洞穴就要崩塌，急道："你快出来！"

墨珑欲纵身跃出，却被昼晦死死拖住，身子一时间动弹不得。

灵犀甚是焦急，正欲进来拉他一把，就在这一刻，石棱在她眼前重重闭合，顷刻间将她与墨珑隔绝开来。

第十六章　尘埃落定

"珑哥！"灵犀发急，扑到粗糙的石门上用力拍打，"珑哥！珑哥！"

石门岿然不动。

她再试着用日轮在其上劈砍，然而石门之上有澜南上仙当年所设下的封印，任凭刀砍斧劈，不能伤其分毫。

"你们……你们快来帮忙……"她边砍边朝众人喊道。

清樾勉力上前，雪氏兄弟二人皆受了伤，也想上前帮她。还有唐石，正欲上前，却被玄飔拦住。

"没用的，上面有澜南的封印，谁也无法开启这道门。"玄飔沉声道，"不要再白费劲了。"

灵犀愣住，转头看向他："里面的人怎么办？还有别的出口对不对？"

玄飔缓缓摇头。

"怎么可能？澜南上仙不可能设这样一道门，肯定还有别的法子！"灵犀急道。

"她设下这道门，为的就是把自己永远封在里面。"玄飔望着封死的石门，想到当年澜南的绝望心境自己却分毫不知，不由得心痛如绞。

灵犀说不出话来，定定地看着玄飔。

清樾按着伤口，吃力地走上前，试着安慰小妹："灵犀，你别急……你怎么了？"

灵犀全身都绷着劲儿，能看见的手背上已是青鳞暴起，清樾慌张道："灵犀，灵犀……不可以！你要做什么？"灵犀从出世之后便一直是人身，从未显出过龙身，清樾也曾请诸多医者来给她瞧过，大多数医者都认为灵犀先天不足，而龙身过于霸道，消耗元气，所以她的身体自发自觉地选择了人身，抵制显出原身来。现下灵犀这般模样，清樾甚是担心。

似乎根本没有听见清樾的声音，灵犀弓起脊背，痛苦地闭上双目，全身绷得像一柄拉得满满的弓……

"灵犀……"清樾想要制止她。

下一瞬，从灵犀身上绽放出一团耀眼至极的银光，她腾空而起，光芒中可见鳞爪飞扬。

一条通体银白的龙在雪峰上空腾挪盘旋。

"小妹！"清樾还是第一次看见灵犀的原身，想不到她竟是一条银龙。龙族多数为青龙、白龙，或者黑龙，金银两色则极为罕见。

雪兰河等人亦仰头望去，玄飔在八千年前也曾见过这样一条银龙在云中翻腾，现在见得此情此景，心中激荡难言。

银龙在众目睽睽之下蜿蜒爬升，飞得甚高，然后掉转过头，朝着雪峰俯冲而下……

众人先是以为灵犀是在折返回来，直至她已到了近处，俯冲之势却丝毫未减，峥嵘龙角，银光闪耀。

清樾猛地明白过来，厉声喊道："灵犀，不可以！"

然而已经来不及了，银龙的头角重重撞上雪峰，山体震动，积雪崩塌。

随着巨响，墨珑全身似乎都被五彩火焰包裹着，炎炎烈烈，赫赫威威，昼晦在体内痛苦挣扎，终是受不了，冲体而出。然而烈焰依然跟随着他，任凭他左冲右突，始终无法摆脱天火。

体内火焰灼烧，势不可当，墨珑体内数百年的血咒终于被冲破，被封印的灵力如清泉般流淌而出。火光渐熄，灵力自发地环绕周身，抚慰身体，墨珑再也撑不住，晕厥过去。

待他醒来的时候，室内落了一层薄薄的晨光，白曦在近处的榻上睡得正香甜。

他掀开被衾，坐起身来，身子并无丝毫不适，这让他有些诧异，他尚记得自己受了好几处伤，有的伤还颇重。撩起衣衫，察看腰际曾被长戟贯穿的伤口，他怔了怔，左侧腰际并没有任何伤口，只是皮肤显得嫩红些，像是初生的。

是自己睡了许久，还是……墨珑尽力回忆着，脑中的记忆仅仅到雪峰上石门关闭，然后是轰然巨响，犹如天崩地裂，之后又发生了什么，他全然不知。自己为何又会到了此间？这里像是客栈的房间，却不知是何处的客栈。

他下了床，不愿吵醒白曦，轻轻开门出去，周遭熟悉的物件让他顿时明白过来——这里是双影镇的客栈，不久之前也曾经在这里住过。

灵犀呢？还有其他人呢？

他缓步下楼。店小二正边打哈欠边洒扫庭院，显然没想到客人起这么早，忙招呼道："客官，没睡好？"

"没有……"墨珑迟疑片刻，问道，"昨夜里，天镜山庄那边可曾发生什么事？"

"昨夜，没有啊。"店小二摇摇头。

在墨珑脑海中的那声巨响惊天动地，按理说，双影镇与天镜山庄距离这般近，应该是能听到动静的。"当真没有？没听到什么响声吗？"他追问道。

"响声……"店小二仍摇摇头，"昨夜里没有，不过三天前倒是有。"

"三天前？"

"是啊，挨着天镜山庄的那座雪峰从中折断，那动静……"店小二啧啧道，"以前知晓龙族厉害，可万万想不到，居然能把山峰撞断，闻所未闻呀！"

"龙族？"

"是啊，一条银龙，镇上的人都看见了，浑身银光闪闪，我也是头一回见。"

第十六章 尘埃落定

墨珑怔住——难道他听见的巨响正是银龙撞向雪峰的动静？银龙是清樾吗？还是灵犀？他还从未见过她的原身。

"珑哥！"白曦赶下楼来，看见墨珑安然无恙，这才松了口气，"你醒了怎么也不叫我……"

"小白，我睡了多久？"墨珑问道。

白曦道："三天了，幸好老爷子说你脉象平稳，而且伤口痊愈得甚好……"

墨珑打断他："灵犀呢？究竟发生了什么事？"

白曦顿了顿，看着他："你……都不记得了？"

墨珑有点儿急了："你快说，究竟发生了什么事？我听店家说，有条银龙……"

"对对对，那条银龙就是灵犀！"白曦道，"你被关在洞内，石门是被澜南上仙封印过的，凭谁都无法打开。灵犀显出了龙身，硬生生把雪峰撞开，把你从洞中驮出来。"

撞开雪峰，就是为了救他！墨珑倒吸口气，这样的法子，真真只有灵犀才做得出来，完全不顾自身，不计后果。

"她没事吧？"他追问道，"她在哪里？"

白曦迟疑道："……应该没事吧。玄飓把她留在天镜山庄了。"

"什么叫应该没事？"墨珑急道。

"她落地时，流了好多血，你身上也有好多血，我都分不清哪些是她的，哪些是你的……"白曦不安地看着墨珑，"不过有玄飓上仙在，我想她肯定会没事的，你不用担心。"

他话音未落，墨珑已转身离去，向天镜山庄飞奔而去。

"珑哥，珑哥……"白曦追在他身后，"老爷子说了，你的血咒……"眼睁睁看着墨珑已然远去，他只得作罢。

墨珑穿过镜湖，径直来到天镜山庄的结界前，叩动结界，不多时，雪兰河的身影便出现在蒙蒙雾气之中。

"小狐狸，你没事了吧？"隔着结界，雪兰河朝墨珑温和笑道。

墨珑顾不得与他客套，疾声问道："灵犀是不是在谷里？我要进去！"

雪兰河道："她已经回东海了。"

墨珑一怔："她没事吗？"

"没事。"雪兰河见他不甚相信，微微一笑，"龙角磕掉了些许，又流了好多血，幸好还是救回来了。君上觉得她着实太莽撞了，说她还需好好历练历练才行。"

墨珑不明其意。

雪兰河解释道："灵犀是紫薇天火降世，将来还有许多大事等着她。你可明白？要知晓，紫薇天火降世的上一人可是羽阙上仙。"

也就是说，将来还有许多更加艰险的事情等着她。谁能想得到，东海龙族之中唯一没有灵力，连玉匣上都没有名字的灵犀，竟然会是紫薇天火降世？墨珑不知是喜是忧，一时间也不知该说什么。

"我还能再见到她吗？"他问道。

雪兰河笑道："也许吧，看你们的缘分了。灵犀回东海是为了灵均的丧礼，之后便会按君上的安排去历练。对了，紫薇天火一事只有谷中的人和清樾知晓，灵犀此时还未学会控制天火，此事不宜让外人知晓，否则对她不利。"

"我明白……昼晦呢？"

"他死了。"雪兰河想起那日雪峰之上在烈焰中挣扎的血影，"放心吧，寒铁钺也被封印了。"

"灵犀，会去何处历练？"墨珑很想见她。

"君上未说，我也未敢多问。"

由于东里长还要到好几处地方收租子，曲曲折折，经过将近四个月的路途，墨珑等人才行到了青丘的地界。

此时已是冬日，正逢青丘刚刚下过大雪，厚厚的积雪堆在边界上，踩下去，一步一个脚印。

踏上边界的那刻，东里长停住脚步，忍不住就红了眼圈。

"这么多年……终于能……"他哽咽了一下，看向墨珑，笑道，"少主，咱们终于回来了！"

"是啊，终于回来了。"

踏上故土，墨珑何尝不是感慨万千。

"事事终有命定，"东里长叹道，"此前知晓你血咒能解，我一心劝你速回青丘，却想不到正是灵犀为你解了血咒。你若非执意留下，血咒也解不开，当真是机缘如此。现下血咒已解，少主，你再也不用怕那些人了。"

"我从未怕过他们。以前，现下，将来……"墨珑沉声道。

东里长微笑道："好。"

夏侯风和白曦也是头一遭到青丘来，两人东张西望，因无墨珑等人的近乡情怯，倒也不觉得青丘和别处有何不同。

过了边界，往前行去，墨珑极目远眺，不远处便是一片梅林。正逢梅花盛开之时，红梅映着皑皑白雪，煞是好看。

"雪后寻梅……"不期然，墨珑想起从前，耳畔仿佛能听见灵犀的声音——"这么多梅花！在哪里？能不能带我去看？"

此番良辰美景，只可惜她不在身畔，他轻叹口气，埋头继续快步往前行去。

从梅林中蹿出来一只小兽，一蹦一跳，在雪地中打滚撒欢，看着竟有几分眼熟。白曦盯着看了半晌："珑哥，那……是肉球吧？"

墨珑原只管埋头，闻言才抬首望去，也怔了怔，那小兽的模样与肉球甚是相似，就是个头儿又大了些。

夏侯风是个急性子，蹽起大步，积雪在他身后被踢成一串云烟，他很快就到了小兽跟前。小兽亦不认生，在他身上使劲儿蹭了蹭，夏侯风俯身长吸了口气，面露喜色，一把抱起小兽，朝墨珑喊道："珑哥！它就是肉球！没错！"

小肉球怎么会在此间，它应该和灵犀一块儿回了东海才是，难道……墨珑心念一动，快步奔过来，四下张望——

林中步出一人，巧笑倩兮，灼灼红梅，越发衬得她冰肌玉骨。

"玄狐少主，我在此间等了你好些时日，怎么现下才来？"她看着墨珑，笑问道。

再怎么也想不到她竟会在青丘等着自己，墨珑喜不自禁，一时竟不知该说什么，只道："你怎么会在这里？"

"在下灵犀，奉命司牧青丘风雨。"

两人相视而笑，风过处，梅香浮动。

（全文完）

外传
穷奇一家的那些事儿

作为一只穷奇,山海大陆上赫赫有名的凶兽,夏侯战对自己的二儿子着实有些不满。他有三个儿子,老大夏侯雷,老二夏侯风,还有老三夏侯桂。大概由于夏侯风是老二,夏侯战不得不承认自己对这娃的关心是少了那么一点点。

生老大时,初次当爹,他着实兴奋得很,想到自己平生所有未能完成的心愿终于后继有人,比如去挑战七座山外的那头老饕餮,还有九座山外的那条化蛇。这两个是他的老对头了,夏侯战从前和他们打过无数次架,总不能取胜,自从得了风湿后,便渐渐连架也不打了。

老大夏侯雷颇争气,不枉夏侯战给他取了这么个震天动地的名字,还未成年就接连挑战各种猛兽凶禽,已然称霸附近几座山头。这娃又不懂事,打起架来没时没晌,没轻没重,众猛兽不堪其扰,本着惹不起躲得起的原则,拖家带口搬走了许多户。少了天敌们的压制,猴群越发猖獗,树上的果子被采摘一空,万万没想到成了夏侯战的一遭磨难。

那时节,夏侯夫人肚子里正怀着小夏侯风,闻见荤腥就犯恶心,夏侯战领着儿子吃只野鸡腿都得躲得老远,生怕被夏侯夫人闻着味儿。夏侯夫人只想吃点儿酸甜可口的,可猴群手脚着实快,树上的果子还未全熟,就被他们尽数采了去,也不全吃,落了好些在地上,都被踩得稀烂。夏侯夫人眼巴巴地看着地上被糟践的果子,饿着肚子,心中委屈,越发看夏侯战不顺眼,骂了他三日没敢进屋。

直到第四日红日西沉,夏侯战默默等到星垂平原,也未见夫人怒气稍退,万般无奈之下,只得拽着夏侯雷,觍着老脸,一家家登门赔罪,请他们搬回来住。如此折腾了一些时日,总算劝回许多老邻居,夏侯夫人吃上了最后一拨入秋后的晚桃。

一腔少年热血无处宣泄的夏侯雷蹲在大石上,冲着重重群山,紧一声慢一声地叫唤着。好不容易等到夏侯雷成年的那日,按夏侯家的规矩,就须得离家自立。夏侯夫妇替儿子备了些盘缠,看着他连跑带蹿地消失在林中,不由得唏嘘了半日,也不知这娃会去祸害哪方水土。

初秋时节,夏侯战守着一架子快熟的葡萄,看着夫人在月光中啃桃子,心里美滋滋的,胸中涌动的雄心壮志有一大半化为柔情蜜意——娘子吃得好,家里安稳,才是顶顶要紧的事儿。

彼时尚在夏侯夫人腹中的小夏侯风大概是感受到了这股涓涓暖意，很是惬意，蜷了蜷身子，打了一串嗝。

就这样，夏侯夫人吃完了桃子吃葡萄，吃完了葡萄吃大枣，吃完大枣吃蜜柿子……日子平静无波地度过，小夏侯风在尝过百样瓜果之后，终于呱呱坠地。夏侯战抱着二儿子，虽没有像大儿子降生时那般激动，却也由衷地生出苦尽甘来之感慨。

由于吃过苦头，为了维持邻里和睦，夏侯战自打夏侯风小时候就对他谆谆教导，例如不能仗着自己是凶兽就恃强凌弱、横行乡里，和谐稳定才是首要之事……但很快他就发现，自己的这些话似乎有点儿多余，因为夏侯风压根儿没有身为凶兽的自觉，或者说，穷奇的天性本能在夏侯风身上似乎尚未苏醒。

夏侯风也有他的特长，比方说种地。他种了一大片南瓜地，长出来的南瓜又大又甜，他给前山后山的邻居送了个遍，邻里关系空前亲密。还有玉米、豌豆、冬瓜等，数不胜数。房前屋后，夏侯风种了好些月季、绣球、木芙蓉、桂花等草木，到了开花时节，花团锦簇，将屋子围绕其中，凭谁也猜不着这里会是凶兽穷奇的住处。

老三出生时，正是桂花飘香之时，夏侯夫人闻着桂花香，看着褓褓中的小穷奇，心情分外好，便突发奇想，要给老三起名为夏侯桂。夏侯战当即傻了眼，儿子的名字是他早早就已经想好了的，雷、风、电、火……

夏侯夫人不肯退让，定要老三叫夏侯桂，否则就让夏侯战抱着娃自己喂奶去。夏侯战只得让一步，心里头默默想着，等到老四出世，自己就要坚持到底。

眼看着夏侯风也快成年，到了该出去自立的时候，可这孩子成日埋头在地里，看不到一点儿想出去闯荡江湖的志气。

那些日子，夏侯战吃着南瓜粥，发着愁——夏侯家怎么会出个这样的孩子呢？怎么才能使夏侯风意识到他身体里流淌着凶兽的血液？

不能和左邻右舍再起冲突，但又想激发出儿子血脉中的天性，夏侯战很是费了一番脑筋。后来他看到了山下那条路，眼前一亮：对啊！可以让夏侯风下山打劫。

这些日子，山下倒是有不少过路的旅人，只是老的老、瘦的瘦，就没几个能让夏侯战看上眼。

好不容易这日来了一头白犀牛精，身材魁梧，高大威猛，推着一辆独轮车，咿咿呀呀地从山路上行过。夏侯战一看眼睛就亮了，连忙唤来夏侯风："儿啊！过来。"

正陪弟弟踢藤编球的夏侯风一愣，倒是夏侯桂反应最快，一下子就蹿了过来，看见白犀牛精，立刻明白了爹爹的用意，小小个头儿，摩拳擦掌就想冲下去，却被夏侯战拎住后脖颈动弹不得。

夏侯战道："你别动手，这是你哥的。"

夏侯桂甚是失望。

"阿爹？"夏侯风抱着藤编球过来，不解地看着他们俩。

"儿啊！"夏侯战亲切地将夏侯风拉到身边，一改平日的粗声大气，听得夏侯风脖颈上的毛一下子竖了起来，"看见那头犀牛了吗？"

夏侯风点点头。

"好！"夏侯战重重拍了下他的肩膀，"去吧，打服他！"

夏侯风一惊："为什么？"

"什么为什么？"

"为什么要打服他？"夏侯风不解。

夏侯战更加不解，理所当然地说道："因为我们是穷奇啊！山海大陆上赫赫有名的凶兽，遇到机会当然就要扬威！"

夏侯风仍不解，仰着头问阿爹："既然咱们已经赫赫有名了，为何还要扬威？"

这个问题夏侯战还从未思考过，一下子愣在当场。夏侯桂想了想，也没想明白："是啊，阿爹，为什么？"

面对一大一小俩儿子的质疑，夏侯战若不回答，显然会大跌他身为阿爹的威信。他皱紧眉头，思量良久，才道："这个……那个……主要是怕他们忘了，所以时不时就需要提醒一下他们。"

"原来如此。"夏侯桂点头称是。

夏侯风似懂非懂，挠着头还在想。

夏侯战生怕他又提出什么莫名其妙的问题弄得自己下不了台，便连声催促夏侯风："快去！打服了他再来与我说话。"

话音刚落，他就猛地推了夏侯风一把，气力甚大，夏侯风身量尚未长足，一推之下便顺着坡滚下去，滚了几圈，撞到一株老松上才止住身形。他笨拙地爬起来，因为皮糙肉厚，丝毫没伤着，转头去看阿爹……

夏侯战朝他连连挥手，态度坚决，示意他赶紧冲下去。

见状，夏侯风无法，便挠挠头，拖着脚步往山路上走，全无杀气可言，看得夏侯战心急："这娃，倒是快点儿冲上去啊！急死个人！"

此时，全然不知晓自己已被凶兽盯上的白犀牛精拐过山坳，因山路崎岖，独轮车有些颠簸，他小心应对，尽力避开路面上的石子，不想行出数丈之后，斜刺里蹿出一名大汉，挡住了他的去路。

白犀牛精刹住车，望向大汉，粗着嗓子问道："打劫？"

夏侯风愣了愣，连忙摆摆手。

白犀牛精挑挑眉毛，问道："想谋财还是想害命？"

"没……没有,我不是打劫!"夏侯风急道,"我就是……下来看看而已,你……要帮忙吗?"

白犀牛精显然不信他的话,斜眼盯着他:"我明告你,这就是一车柿饼,要钱财一分没有,要命一条,有种你来拿!"

夏侯风呆呆地看着他……

山上,夏侯战把旱烟袋在石头上磕了磕,示意夏侯桂给自己添上烟叶,然后目光疑惑地望着山坳那头。已过了好一会儿,没听见动静,也没见树摇枝动,到底打没打起来?该不会小风连头犀牛精都制服不了,反倒被人家给打趴下了吧?

"去,你去瞅瞅!"夏侯战使唤小儿子。

夏侯桂依言而去,身影快捷如风,片刻之后就回来了。

"咋样?"夏侯战连忙问道。

似乎不知该如何描述,夏侯桂的表情有些奇怪。

夏侯战有些急了,皱眉道:"怎么?小风吃亏了?"

"不是,没有……"夏侯桂说道,"哥哥和他正坐着聊天呢,还边吃边聊……"

夏侯战听得莫名其妙,终于坐不住了,把旱烟袋一丢,亲自起身去看个究竟。

青山下,山路旁,独轮车静静地停放在古杉下,夏侯风拿着柿饼,嘴里头还嚼着,正与白犀牛精促膝相谈……

夏侯战眉头皱起,侧过耳朵,想听听他们究竟在聊什么。风自林间穿过,也将些许言语送到了他的耳边。

"我种了好些柿子树,但从来没做过柿饼……长留城是啥样?"正是他那个傻儿子的声音。

"我也不知晓,"白犀牛精也没去过长留城,"我只是听说那里的人最讲究吃喝,就想着拿柿饼去城里卖,这么好吃的东西,他们若是识货,肯定能卖个好价钱。"

夏侯风嘴里塞得鼓鼓囊囊的,连连点头:"那是肯定的,这么好吃的东西我也是头一回吃到。"

真是个没见过世面的小崽子!夏侯战心里狠狠地骂了句,冷不防听见小儿子夏侯桂附到他耳边小声问道:"阿爹,柿饼很好吃吗?"

夏侯战恼怒地转头,瞪向夏侯桂。后者立刻意识到自己这话说得大概不是时候,只得噤声,想着还是待会儿去问阿娘。

"你说他怎么还聊上了?"夏侯战咬牙切齿道。

"大概是柿饼真的很好吃……阿爹,我也想去吃一个。"

"你旁边待着去！"夏侯战呵斥道，犯愁地看着并肩而坐的两个身影，"聊什么聊，再聊日头就下山了！"

说归说，夏侯战总觉得这事儿是小风历练的好机会，自己不便插手，就耐着性子等着，这一等便等到了月上中天——夏侯风与白犀牛精越聊越投机，两个人一块儿吃着柿饼，晃着腿，看着月亮，从长留城聊到昆仑山，从三青鸟聊到上古神祇……最后，在夏侯风的盛情相邀下，白犀牛精决定就在此间夜宿一宿，明日再启程赶路。

一直以来夏侯夫人都觉得夏侯战把孩子们管得太严了，山海大陆上可没有哪条规矩说当凶兽就非得整日里打打杀杀。所以，当夏侯战朝白犀牛精瞪眼时，夏侯夫人一把就将他拽开，催着他去灶间替自己剥栗子，然后亲自为白犀牛精准备了铺盖。

"这……这头牛只吃草的，他怎么能……"灶间，夏侯战心中恼火，觉得儿子没出息，一把栗子在手指间噼啪作响，接连爆了数颗，莫说栗子壳破了，连栗子肉也被捏成碎屑，吃都没法吃。

夏侯夫人一进灶间就赶忙把装栗子的篓子拿开，免得被夏侯战糟蹋光了。

"你小声点儿，当心让他听见！"她连拍了两下夏侯战的肩头，嗔怪道，"当长辈就得有长辈的模样。"

"我在自己家里头，我还得管他一头牛犊子怎么想，"夏侯战气恼道，"我抬抬手就能撕了他。"

"你撕，你撕……"夏侯夫人笑道，"你去撕一个给我瞧瞧。"

夏侯战瞪了眼夫人："你还来气我？"

夏侯夫人笑道："我就是不知晓你到底在恼什么，小风和他谈得来，我看那牛犊子也老实，又不是坑蒙拐骗，有何可担心的？"

"我原本是让小风把他打服了，没让他和人家瞎聊。"

"成日里就知晓打打打，小风和他聊聊天怎么了？让他成日里只听见你吼来吼去的才过瘾吗？"夏侯夫人把碎栗子从灶台上扫下来。

"娃要有出息才行嘛！"夏侯战道。

"谁敢说我娃没出息？"夏侯夫人抬腿想轻踢他一脚，不慎将腰扭了一下，轻唤了一声，用手撑住灶台，慌得夏侯战连忙扶住她。

"当心！当心！你还是坐着歇会儿吧，我来做饭。"

夏侯夫人也不与他客气，扶着腰往竹凳上一靠："行，那头小牛犊子是吃素的，你煮一锅南瓜粥……"

"我还得陪着他吃素？"夏侯战用鼻孔出气。

夏侯夫人笑道："烟熏肉切一盘另摆，别掺在粥里就行。你若还馋，就让小桂再烤几只鹌鹑去。"

"算了，我又不是小孩儿，哪会馋。"夏侯战念叨着，到屋角抱了个大南瓜过来。

夏侯夫人瞅他的神情，"扑哧"一笑，朝他招招手："老头儿，过来！"

"什么老头儿？我哪有那么老……"夏侯战口中不满道，却仍依言行到她跟前蹲下身来，"怎么，是不是哪里不舒服？"

夏侯夫人伸手摸了摸夫君硬茬茬根根如钢针的胡子，柔声道："战哥，过两天陪我回娘家走走吧，我想我阿爹了。"

"行啊！那我得赶紧打两头野猪，好扛过去，你阿爹就爱吃卤大肠。"夏侯战与老丈人虽然谈不到一块儿，但尽孝上毫不含糊。

夏侯夫人点点头，嫣然一笑道："你怎么对我这般好？"她虽已是三个娃的妈，因这些年一直被照顾得甚是安逸，未曾有操心劳累之事，面容上仍是小女人的娇态。

"我不对你好对谁好？这傻话说的。"夏侯战想抱抱娘子，刚把她揽入怀中，正待温存片刻，便听见灶间门外脚步声急匆匆而至……

"阿娘，有吃的没？我饿了！阿爹……我什么都没看见！"夏侯桂一阵风似的过来，又一阵风似的刮走了。

用饭时，白犀牛精喝着南瓜粥，啃着黄馍馍，吃得甚是香甜，只是吃完之后放下碗，坐在一旁，神情有些扭捏。

"饱了吗？"夏侯风忙问道，"我再给你盛一碗去。"

白犀牛精有点儿羞涩："还有？"

夏侯夫人瞧这孩子的体形，光吃草能吃成这样，这饭量断然是不会少，遂吩咐小风："你去把和面的盆拿来盛粥，黄馍馍也多拿些过来。"

"不不不，我吃不了那么多……"白犀牛精忙说道。

说归说，一整锅南瓜粥被吃了个底朝天，锅底都刮干净了。白犀牛精很是不好意思，拿了洗净的和面盆，装了满满一盆柿饼，想要留给夏侯风家。

夏侯夫人笑道："我们吃不了这么多，你这些柿饼是要运到长留城卖银两的，照你这么个送法，到不了长留城就没了。"

"不碍事，你们吃！"白犀牛精忙说道，"这些都是我娘和我大姨亲手晒的，好吃！"

夏侯战起身道："拿回去拿回去，我们不吃这些玩意儿。"这话语气不好，立刻让白犀牛精有些难堪。说实话，夏侯战虽不喜欢这头小牛犊子，但本意倒也不是想给他难堪，只是他天性直来直去，最不耐与人客套推托。

"爹！"见自己的朋友尴尬，夏侯风比自己尴尬还要难受十分，朝夏侯战嚷道。

夏侯夫人也瞪他。

夏侯战只得往回找补，嘟囔道："人家这是要卖银两的，我是为他着想。"

白犀牛精分外热情地把盆往夏侯战怀中推："没事，您尝尝！尝一块。"

夫人看着，孩子们也看着，尽管不情愿，夏侯战也不好再推托，只得拿了块尝尝，一咬之下发觉真是挺好吃的。

"你这玩意儿，到了长留城可别卖低了，是好东西！"他朝小牛犊子道。白犀牛精连连点头。

夏侯风喜道："是吧，我就说好吃得很。小桂子，你也尝尝……"

"我……饭前就吃了好几个了。"夏侯桂如实道，"好吃是好吃，就是不当饱，还是熏鹿肉实在。"

夏侯夫人笑道："行了，知晓你眼里只有肉。"

当夜，夏侯风听着白犀牛精的如雷鼾声，看着地上简单的行装，一个念头在心中悄然萌发。他在床榻上翻了两次，没能打消念头，反而越发睡不着觉——柿饼能拿出去卖，那么自己攒的地瓜干、南瓜子，还有晒干的灰葫芦条应该都可以拿去卖。

白犀牛精一个悠长的呼噜尚未打完，就被夏侯风轻手轻脚地推醒。

"嗯……嗯？"他睡眼惺忪，不解地看着蹲在自己跟前的这只穷奇。

"你说说，地瓜干和南瓜子能不能也拿到长留城去卖？"夏侯风小声问道。

"嗯……嗯？"

小牛犊子尚未全醒，听得懵懵懂懂。夏侯风便压着嗓子又问了一遍。

"应该可以吧，我阿爹说长留城老大老大的，喜欢吃什么的都有……可我看你家日子过得挺好，犯不上折腾。"

"折腾？"

"我是没法子，我阿爹说年成不好，我们兄弟几个吃得又太多，让我们自己到外头找找活路，不成了再回来。"白犀牛精打了个哈欠，月光从窗外落到他的牙上，白亮亮地泛着光。

夏侯风皱眉："吃得多就赶你们走？"

"不能这么说，也是想让我们到外头历练历练，看看外头是啥样子，免得一辈子就守着一亩三分地，啥也不懂。"白犀牛精看着他，又张大嘴打了个哈欠，喷出的气全是南瓜味儿的。

夏侯风自己怔怔地出了半日神，待要开口时发觉白犀牛精已经睡着了，想了想没叫醒他，从地上站起身来，轻轻拉开门出去。

蹲在院中抽完最后一袋烟，夏侯战这才敲了敲烟袋锅，把身上衣袍拍了又拍，生怕沾染上烟味。迎着夜风，仔仔细细上上下下都拍了一遍，他举起衣袖又嗅了嗅，抬头时正好看见夏侯风拉门出来。

"阿爹……"没料到他就在院外，夏侯风愣了愣。

隔着屋墙也能听见白犀牛精的呼噜声，夏侯战了然且同情地看了眼儿子："被吵得睡不着？"

夏侯风摇摇头，欲言又止。

"谁让你要将他请回来，且将就一晚吧，反正明日他就走了。"夏侯战说道，自己也准备回屋去了。

"爹爹……我……"夏侯风连忙喊住他，"我有事想与你说。"

夏侯战停住脚步，见夏侯风神色异于寻常，说道："说吧。"

"我……我也想像他一样，把咱们家里头的地瓜干、南瓜子都拿到长留城去卖。"夏侯风期盼地望着夏侯战。

看吧，被小牛犊子带坏了！先是种地，现下居然想当个小商贩？这是一只凶兽该干的事情吗？夏侯战面色顿时沉了下来，皱眉道："胡闹什么？你也听见了，他那是因为家里年景不好，不得已才推着一车柿饼出来讨生活。咱们家里头有吃有喝，又饿不着你，你去卖什么东西？不行，绝对不行！"说罢，夏侯战就径自回了屋。

夏侯风愣在当场，过了片刻，懊恼地叹了口气。

见夏侯战气呼呼地回来，夏侯夫人一边给夏侯桂缝着肚兜，一边挑眉看他，诧异道："怎么了？"

夏侯战朝她打了个噤声的手势，从窗缝往外看去——外间，夏侯风在院中站了好一会儿，才垂头丧气地回了自己屋。

"小风被那头小牛犊子带坏了，居然说要去长留城卖地瓜干和南瓜子。"夏侯战这才回到夏侯夫人身边，叹了口气，"简直丢凶兽的脸！"

夏侯夫人笑着摇摇头："你不是一直说，小风到了年纪该出去自立了吗？如今，他想出去你怎么又不许？"

"我希望他出去闯荡闯荡，立一番事业！将来最不济，至少也能跟我一样占个山头。你瞧瞧，雷儿来信，在不周山打服了两头孟槐，这才是凶兽的样子。"

夏侯夫人不以为然地撇撇嘴："成日里打打杀杀，又不是什么好事。小风想卖东西便让他去卖，各人有各人的命，未必非得占个山头才能过日子。"

夏侯战被夫人说得一愣："你想让小风去？"

夏侯夫人叹了口气："我自然是舍不得他，可孩子大了，终究是要出去自立的。与其来日看你打打骂骂地撵他走，不如让他现下欢欢喜喜地去做自己喜欢的事儿。"

"当个卖地瓜干的小贩子？"夏侯战想到夏侯风站在街边殷勤叫卖的模样就不

寒而栗，简直是丢尽凶兽的脸面。

"有何不可？只要他喜欢就好。"

那夜，夏侯战翻来覆去，直至下半夜才闭目歇了一会儿。

次日清晨，天蒙蒙亮，白犀牛精由于要赶路，很早便起身，向众人辞行，继续一路往长留城去。夏侯风一直将他送到山的岔路口，才怏怏地回来。

夏侯战看他闷闷不乐，想了许久后，沉着脸，招手唤他。夏侯风不解其意，以为阿爹为了昨夜的事还在生气，便慢吞吞地蹭了过去。

待夏侯战对他说完话，他惊得眉毛都快飞出去了："阿爹！你……你肯让我去长留城卖东西？"

"你把你那些能卖的都收拾收拾，全都拿去卖吧。"夏侯战道，"这就算你出去自立了！"

夏侯风愣住："出去自立？那我……"

"不能再回来，东西卖不掉也不能回来。"夏侯战道，"我夏侯家的孩子到了年纪就得出门自立，你大哥是这样，你也不例外！"

"那……那我还是不去了！我不想离开家，不想离开你们！"夏侯风想了想，改了主意。

夏侯战恼道："你这孩子……能不能有点儿出息？"

夏侯风蔫蔫地回屋，不肯出来吃饭，就连夏侯桂捧着烤山芋送进去，他都没吃。

夏侯战越发恼怒，不明白这孩子究竟在想什么。夏侯夫人炒了花生仁给夏侯战下酒，又煮了盐水花生，晾凉后，搁在大海碗里头，端到了夏侯风房中。

娘俩边剥花生，边聊天。

"山外头，是啥样？能比咱们山里还好吗？"夏侯风问阿娘。

夏侯夫人笑了笑："是不是比咱们山里好，我可说不上来。我最远也只去过北海，整个山海大陆逛了还不到一半。听说东海的蓬莱岛极好，有许多奇花异草，能把天上凤凰都引下来。"

夏侯风眼睛亮了亮："那……长留城呢？"

夏侯夫人顿了顿，道："长留城我也是许久以前去过，现下大概与之前不同了。等小牛犊子回来的时候，你可以问问他。"

想起白犀牛精，夏侯风又不吭声了，半晌才开口："阿娘，我是不是没出息？"

"当然不是！"夏侯夫人说道，"你只是习惯了山里的安逸，可有时候，安逸会让人沉沦，发懒。"

"我……我还舍不得你们。"

夏侯夫人温柔地劝道："我们也舍不得你。这样吧，明日我与你阿爹会带桂儿回我娘家住一阵子,你自己在家好好想想,想留想走,都由你。"

夏侯风委屈道:"阿爹会不会撵我走?"

"有我在,他敢?"

夏侯夫人把盛着盐水花生的大海碗往夏侯风怀里一放,笑着摸摸他的头。

次日一大早,夏侯战便去山中猎了两头野猪,套好马车,将野猪拴在马车后头,扶夫人上了车,让夏侯桂骑在马背上。

夏侯风孤零零地站在家门口,望着他们。

"小风,过来!"夏侯夫人招手唤他,眼眶有点儿红,叮嘱道,"阿爹阿娘不在,你也得照顾好自己,知道不?"

夏侯风点点头。

夏侯夫人摸了摸他的头,又摸了摸他的脸,最后替他理了理衣袍:"衣衫想着添减,别冻着也别热着。"

夏侯桂听得古怪:"阿娘,咱们预备在外公家住很久吗?"

没人理会他。

夏侯战也看着夏侯风,半晌才说道:"不管在哪儿,自己照顾好自己。"

夏侯风点头。

马车嗒嗒,渐渐驶远。

三日之后,夏侯战与夫人回来了。还未到家,夏侯夫人便迫不及待地撩开车帘,望了又望。

家中冷冷清清,夏侯战先绕到灶间,发现原本堆在墙角的地瓜干和南瓜子果然都不见了。

这孩子,真的走了。夏侯夫妻二人又是心疼又是欣慰。

两个人回到屋中,夏侯战数了一遍存钱的罐子,继而长叹口气。

"怎么了?"夏侯夫人忙问道,"他拿走了多少?"

"咱们这个傻儿子,一块银贝都没拿。"夏侯战无奈道。

夏侯夫人担忧道:"这娃这么老实,出去可怎么办呀?"

"没事……"夏侯战安慰夫人,"当年我比他还傻呢,终归都能活下来。"

门被"咚咚"敲了两下,夏侯桂探进头来:"阿娘,阿哥把所有熏肉和腌肉都带走了,咱们晚上只得吃素。"

夏侯夫妇面面相觑。

半晌后,夏侯战摇头叹道:"这娃,傻得就会吃了。"

意林精品图书推荐

《雪鹰领主1》
简介：我吃西红柿全新力作！少年骑士惊世崛起，铸就为人类荣誉而战的英雄传说！
定价：29.80元

《禁域①墓地神婴》
简介：皇者重现世间，只为触底反击，再创传奇！踏破乾坤纵横时空，禁域绝密即将揭晓！
定价：28.80元

《禁域②宗门斗者》
简介：扶桑谷内迷雾重重，时间长河、神秘女子……时空彼端，究竟有着怎样的秘密？
定价：28.80元

《风之守望者》（①、②）
简介：一个关于青春和魔法的故事，一些关于崩坏与爆笑的校园日常，一次爱的救赎。
定价：24.80元/册

《我不成仙 一 断尘绝念》
简介：不想成仙却毅然修仙，她见愁无可想有朝一日对那人说："纵你成仙，亦不可逃！"
定价：28.80元

《我不成仙 二 杀红小界》
简介：血衣作战袍，刻骨为利刃，通天坦途，便是他的穷途末路！
定价：28.80元

《我不成仙 三 流星赶月》
简介：敏锐与直觉，无一欠缺，缜密与果决，兼而有之。力敌群雄者，舍她其谁！
定价：28.80元

《我不成仙 四 鏖战空海》
简介：为成大道，葬痴情、斩尘缘者有之，可若寻仙问道是这般模样，她宁愿永不成仙！
定价：28.80元

《符神传说①斩焰少年行》
简介：接通元灵符界，交易、对战、派单……现实与虚拟之间，体味什么叫酣畅淋漓！
定价：28.80元

《符神传说②东川起风云》
简介：逆转鬼煞岭、人蛮荒探迷域，跨越空间界限，开启度奇幻热血征程！
定价：28.80元

《符神传说③刀芒惊天下》
简介：巧进黑狱筑识海，烈焱龙雀惊天下。勇探天符浩土，领略异幻传奇！
定价：28.80元

《符神传说④地下悬赏令》
简介：识妖族斗南洲，符驱四方见奇谋。游历异界空间，探索奥妙人生！
定价：28.80元

《倾世萌狐1》
简介：避难遇到了王爷家，竟然有去无回？冷酷王爷"情斗"憨萌灵狐，甜宠升级，深情不改！
定价：29.80元

《倾世萌狐2》
简介：心悦君兮，矢志不渝！一切线索都指向了天界，他们真的要"天人永隔"？
定价：29.80元

《我的画风不太对①》
简介：当外星玩家遇到地球萌妹，爆笑爱情悬疑大戏惊喜上演！
定价：29.80元

《我的画风不太对②》
简介：一不小心成了外星玩家的目标对象？千回百转的拼图游戏，谁是最终赢家？
定价：29.80元

《仙萌奇缘①》
简介：迷糊弟子"绑架"冷傲少主，无厘头话本奇袭玄天剑宗，非正统仙侠大戏反转上演！
定价：29.80元

《仙萌奇缘②》
简介：大战一触即发，"仙门叛徒"玄慕与"魔族卧底"白溯携手，为天下苍生而战！
定价：29.80元

《灵犀1》
简介：龙族、赏金猎人、千年火龟……山海异兽玄奇登场，谱写一个暖心温情的历险传奇！
定价：29.80元

《浮玉仙魔》
简介：跨越六界的情仇离合，仙家养成，爆笑开锁！看一代魔尊，如何搅翻浮玉仙山！
定价：29.80元

意林精品图书推荐

《那个神秘的宣愉小姐》
简介：心理分析小说，一次亲情伤痛造成的人格分裂，一场治愈并守护爱情的计划……
定价：32.80元

《对方正在输入中》
简介：你是否能从他涨红的脸颊看到他比阿尔卑斯山还强大的内心，让他的病只为你发作。
定价：29.80元

《你是年少的欢喜，喜欢的少年是你》
简介：古风作家吾玉打造都市清风之作，告诉你，如何学着去爱一个人。
定价：29.80元

《余生请对我好一点》
简介：时光回望，今日的纠葛，竟好似还了往日的债。
定价：32.80元

《比心》
简介：暗恋被冷酷拒绝，离开却突然收到女孩的短信，只有一行字，却让他笑了……
定价：32.80元

《从此晚安我自己》
简介：95后作家何家豪青春成人礼童话，将16个故事，说给长成大人的你！
定价：29.80元

《我不愿让你一个人走过青春的荒芜》
简介：写给你深情的告白书，15篇故事，有作者的亲身经历，也有勾勒的世间温暖。
定价：29.80元

《你是久爱，亦是心欢》
简介：青春与梦想，爱和守护的故事，孤冷少女与霸道阔少相爱相杀深情开演。
定价：32.80元

《胭脂将》
简介：魔幻江湖的纷乱，胭脂女将的传奇！
定价：32.80元

《一两江湖之望星记》
简介：古风作家一两打造全新江湖，一醉江湖三十春，尽在《望星记》！
定价：29.80元

《一两江湖之琵琶误》
简介：家仇国恨，爱上不该爱的敌国先锋，如何面对这生死纠缠的爱情。
定价：29.80元

《月光蒲苇①·夜阑时》
简介：阴谋、友情、爱情，上古四神的恩怨，今生能否化解？
定价：32.80元

《世界的另一个你》
简介：18岁少女的奇幻冒险，唯美魔幻的童话世界，寻找世界的另一个你！
定价：32.80元

《绯色黎明》
简介：人类并不孤单，在黑暗种族的环伺下，被掩盖的真相等着你去探寻。
定价：32.80元

《这一杯，我敬的是年少无知》
简介：悬疑作家何慕精心打造的都市心理悬疑成长小说集。
定价：32.80元

《我的人生无须证明给你看》
简介：是选择梦想，还是安于现状？马叛用这些故事告诉你答案。
定价：32.80元

多味之恋
简介：七彩青春，多味之恋，寻找身边错过的小美好。
定价：29.80元/册

十八而志
简介：十八岁之前的远大志向，决定了十八岁之后的梦想人生。
定价：29.80元/册

深夜暖心
简介：青春絮语，灯下最好的陪伴，马敬、张芸欣、冷亦蓝深夜暖心之作。
定价：29.80元/册

初心讲义
简介：初心故事讲给你听，拥有一个又一个的小温暖。
定价：29.80元/册